Access 数据库应用与程序设计

主　编／高升宇

副主编／奚建荣　索红军

习贵民　刘龙飞

主　审／张郭军

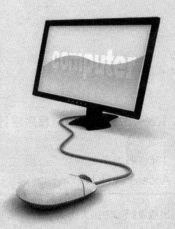

中国人民大学出版社

·北京·

图书在版编目（CIP）数据

Access 数据库应用与程序设计/高升宇主编. —北京：中国人民大学出版社，2011.11
ISBN 978-7-300-14793-2

Ⅰ.①A… Ⅱ.①高… Ⅲ.①关系数据库-数据库管理系统，Access-程序设计-高等学校-教材
Ⅳ.①TP311.138

中国版本图书馆 CIP 数据核字（2011）第 239357 号

Access 数据库应用与程序设计

主编　高升宇
主审　张郭军
Access Shujuku Yingyong yu Chengxu Sheji

出版发行	中国人民大学出版社			
社　　址	北京中关村大街 31 号		**邮政编码**	100080
电　　话	010 - 62511242（总编室）		010 - 62511398（质管部）	
	010 - 82501766（邮购部）		010 - 62514148（门市部）	
	010 - 62515195（发行公司）		010 - 62515275（盗版举报）	
网　　址	http://www.crup.com.cn			
	http://www.ttrnet.com（人大教研网）			
经　　销	新华书店			
印　　刷	中煤涿州制图印刷厂			
规　　格	185 mm×260 mm　16 开本		**版　　次**	2011 年 12 月第 1 版
印　　张	20.25		**印　　次**	2011 年 12 月第 1 次印刷
字　　数	480 000		**定　　价**	35.00 元

内容简介

本教材是根据教育部计算机基础课程教学指导分委员会提出的《关于进一步加强高校计算机基础教学的几点意见》及原人事部、原信息产业部《信息处理技术员考试大纲》的考试要求并结合信息技术教育的现状而编写的。

全书以 Microsoft Office Access 2003 中文版为平台，内容共分 11 章，先后介绍了关系数据库的基本理论与应用技术，主要包括数据库的概念、Access 数据库及数据库对象、数据表的创建和操作、查询、SQL 结构化查询语言、窗体、报表、数据访问页、宏、模块与 VBA 程序程序、学生管理系统实例。全书以理论联系实际的方式讲解知识、介绍 Access 数据库的应用与操作技能，叙述详尽，概念清晰。读者可以通过一边学习、一边实践的方式，达到掌握 Access 数据库应用的目的。

本书结构严谨、可操作性和实用性强，既可以作为高等院校非计算机专业的教材，同时也可以作为全国计算机等级考试考生的培训辅导参考书。

前　言

　　Access 是由微软公司开发的 Office 办公软件系统中的一个重要组件，是一个功能强大且易于实现和使用的关系型数据库管理系统，拥有良好的图形用户界面和丰富的应用向导。Access 可以用来直接开发一个小型的数据库应用系统，也可以作为网站的后台数据库，具有很好的应用前景。所以，掌握应用数据库技术进行信息处理，已成为一个新时代大学生所必备的基本文化素质之一。

　　在组织、编写过程中，除考虑讲授 Access 的基本概念和应用之外，还充分考虑了《全国计算机等级考试（NCRE）二级 Access 考试大纲》和《信息处理技术员考试大纲》考试科目的内容。书中采用以案例驱动方式讲解 Access 知识，使学生能从应用角度出发，带着问题学，学以致用，达到提高数据库技术应用能力的目的。

　　本书在内容的选取上既考虑到大学新生计算机知识的起点明显提高这一现状，又兼顾了学生生源多样性及地区教育的不平衡性所引起的计算机基础知识与操作技能上的差异。

　　本书共分 11 章，第 1 章介绍了关系数据库的基本概念、数据模型、数据库设计概念等基础知识。第 2 章介绍了 Access 数据库系统功能、特点及应用环境等基本概念。第 3 章介绍了 Access 数据库表的创建、操作等基本操作方法。第 4 章介绍了 Access 中查询的概念、查询的创建及应用的基本方法。第 5 章介绍了 SQL 语言的语法及应用方法。第 6 章介绍了窗体的概念、作用、不同类型的窗体创建方法等。第 7 章介绍了报表概念与用途，报表的创建，报表数据的排序与分组方法。第 8 章介绍了数据访问页的概念及创建方法。第 9 章介绍了宏的概念、设计方法及应用。第 10 章介绍了 VBA 的概念、编程过程及应用方法等。第 11 章以设计"学生管理系统"为例，介绍了应用 Access 数据库系统解决实际应用的方法和步骤。大部分章节后附有上机实验内容，在附录部分附有各章的部分答案。此外，还为教师提供电子课件，老师可登录（http：//jpkc. wntc. edu. cn/ec/C156/Course/Index. htm）免费下载。

　　本书由高升宇主编并统稿，索红军、奚建荣、习贵民、刘龙飞任副主编，由张郭军主审并定稿。第 1、2、8 章由索红军编写，第 3、4、5 章由习贵民编写，第 6、7 章由刘龙飞编写，第 9 章由高升宇编写，第 10、11 章以及附录由奚建荣编写。

　　为便于以后教材的修订，恳请读者、专家及教师多提宝贵意见，以帮助我们不断改进和完善。

　　在本书的编写过程中，始终得到中国人民大学出版社的关心、支持与帮助，并在本书编写和审阅过程中，提出了许多宝贵意见，且给予了具体指导，在此致以诚挚的谢意。

编者

2011 年 10 月

目 录

第 1 章 数据库的概念 ·· 1

1.1 数据库基础知识 ··· 1

1.2 数据模型 ··· 3

1.3 数据库设计基础 ··· 10

本章小结 ··· 16

习题 ··· 16

第 2 章 Access 数据库及数据库对象 ··· 18

2.1 Access 数据库简介 ··· 18

2.2 Access 2003 数据库的启动与退出 ·· 20

2.3 Access 2003 数据库的创建及其对象 ··· 20

本章小结 ··· 27

习题 ··· 27

第 3 章 数据表的创建和操作 ·· 28

3.1 数据表的建立 ·· 28

3.2 表结构编辑与深化设计 ·· 46

3.3 表数据的编辑、排序与筛选 ··· 56

3.4 数据表操作 ··· 61

本章小结 ··· 65

习题 ··· 66

第 4 章 查询 ··· 70

4.1 查询概述 ··· 70

4.2 选择查询 ··· 73

4.3 交叉表查询 ··· 86

4.4　操作查询 ·· 89

本章小结 ·· 96

习题 ·· 96

第 5 章　SQL 结构化查询语言 ·· 99

5.1　SQL 语言简介 ··· 99

5.2　SQL 数据查询语句 ·· 100

5.3　SQL 数据定义 ·· 110

5.4　SQL 数据操纵 ·· 113

本章小结 ··· 114

习题 ··· 114

第 6 章　窗体 ·· 116

6.1　窗体概述 ·· 116

6.2　快速创建窗体 ··· 121

6.3　使用窗体设计视图设计窗体 ·· 136

6.4　窗体的美化 ··· 155

本章小结 ··· 159

习题 ··· 160

第 7 章　报表 ·· 165

7.1　报表概述 ·· 165

7.2　快速创建报表 ··· 169

7.3　使用报表设计器制作报表 ··· 178

7.4　编辑报表 ·· 183

7.5　创建子报表 ··· 192

7.6　报表的预览与打印 ··· 195

本章小结 ··· 196

习题 ··· 196

第 8 章　数据访问页 ··· 201

8.1　数据访问页概述 ·· 201

8.2　快速创建数据访问页 ··· 202

8.3　用数据访问页设计器创建数据访问页 ·· 208

8.4　数据访问页的使用 ··· 214

本章小结 ··· 215

习题 ··· 215

第9章　宏 ·· 217
 9.1　宏的概念 ······································· 217
 9.2　宏的创建 ······································· 219
 9.3　运行宏 ·· 228
 9.4　宏的调试 ······································· 229
 本章小结 ··· 230
 习题 ··· 230

第10章　模块和 VBA 程序设计 ······················· 233
 10.1　模块概念 ······································ 233
 10.2　模块分类 ······································ 234
 10.3　创建模块 ······································ 237
 10.4　VBA 程序设计基础 ····························· 239
 10.5　VBA 流程控制语句 ····························· 254
 10.6　过程调用和参数传递 ························· 262
 10.7　VBA 程序的调试 ······························ 266
 10.8　VBA 程序运行错误处理 ························ 269
 10.9　VBA 应用编程实例 ····························· 272
 本章小结 ··· 274
 习题 ··· 274

第11章　学生管理系统实例 ··························· 277
 11.1　数据库应用系统的开发过程 ················· 277
 11.2　系统需求分析 ································· 279
 11.3　系统数据库设计 ······························ 279
 11.4　系统功能设计 ································· 283
 习题 ··· 289

附录Ⅰ　全国计算机等级考试二级 Access 考试大纲 ·········· 290
附录Ⅱ　全国计算机等级考试二级 Access 笔试模拟题 ········ 294
附录Ⅲ　全国计算机等级考试二级 Access 上机模拟题 ········ 300
附录Ⅳ　全国计算机等级考试二级 Access 真题（2011 年 3 月） ······ 302
附录Ⅴ　各章习题参考答案 ······························ 312

第 *1* 章

数据库的概念

数据库是一个关于特定主题或用途的、具有一定结构的数据的集合，它与一般的数据文件（其中的数据是无结构的，是一串文字或数字流）不同。数据库中的数据可以是文字、图像、声音等。从最初的数据库发展到今天的大型数据库管理系统，数据库已经成为我们日常生活中重要的组成部分。假如不借助数据库的帮助，许多简单的工作将会变得冗长乏味，甚至会难以实现。

本章作为本书的开篇，将向读者介绍有关数据库的一些预备知识，主要包括数据库基础知识、基本概念、数据模型、数据库设计基础等有关方面的内容。

1.1 数据库基础知识

数据库是在 20 世纪 60 年代兴起的一种数据管理技术。所谓数据库，顾名思义就是数据的仓库，但它与现实生活中存放物品的仓库不完全相同。数据库中的数据必须有一定的联系，具体地讲，数据库是具有统一的结构形式并存放于统一的存储介质内，并可被各个应用程序共享的数据的集合，是多种应用数据的集成。

1.1.1 信息处理的发展

数据库中的数据有一定的结构形式，而且一般都有确定的意义，也就是包含一定的信息。数据实际上就是描述事物的符号记录，数据经过加工处理之后就成为信息。

信息和数据既有联系又有区别。数据是描述客观事实和概念的一组文字、数字或符号等，它是信息的素材，是信息的载体和表达形式。信息是加工后的数据，是从数据中加工、提炼出来的关于客观事物的知识，能够减少不确定性，对使用者的决策有意义。数据只有经过处理和解释并赋予一定的意义后才成为信息。信息既是客观事物的特征、运动变化的反映，又是事物之间相互作用、相互联系的反映。

信息处理也称为数据处理，它是指将数据转换成信息以及对信息进行再加工的过程，包括信息的筛选、清理、检索、存储、共享等。随着信息类型的多样化、信息数量的庞大化以及人们对信息要求的精细化等，信息处理变得越来越复杂化和多样化。比如对庞大、多样信息的存储与检索必然涉及信息的结构，必然要研究信息的组织形式等。而数据库正是有组织地存储大量信息的仓库，应用数据库可以方便地对信息进行检索、共享与分析等，为相关的处理、决策提供相应的支持。另外，各个信息之间必然也存在一定的联系，如何正确地表达信息之间的联系，处理信息之间的相互关系，也需要对信息进行有组织的管理、分析等，这同样要用到数据库。信息处理最终将与数据库技术结合进行研究与分析。

数据处理是计算机应用的主流，特别是关系数据库管理系统 DBaseⅢ 推出之后，数据库技术就成为计算机应用者必须掌握的技能。数据和信息是数据处理中两个最基本的概念。

数据处理是从某些已知的数据出发，推导加工出一些新的数据，这些新的数据又表示了新的信息。数据处理包括对数据进行收集、存储、传送、整理、检索、计算、输出等各种加工、管理。数据管理是指数据的收集、整理、组织、存储、维护、检索、传送等操作，这些操作是数据处理业务的基本环节，而且是任何数据处理业务中必不可少的共有部分。数据处理能力与数据管理方式有着密切的关系，随着数据量的剧增以及计算机技术的发展，数据管理技术的发展大致经历了人工管理、文件管理、数据库管理及分布式数据库管理等 4 个阶段。

1.1.2　数据库系统

通俗地讲，数据库就是数据的集合。例如，每个人都有很多亲戚和朋友，为了保持与他们的联系，我们常常用一个笔记本将他们的姓名、地址、电话等信息都记录下来，这样要查谁的电话或地址就很方便了。这个"通讯录"就是一个最简单的"数据库"，每个人的姓名、地址、电话等信息就是这个数据库中的"数据"。我们可以在笔记本这个"数据库"中添加新朋友的个人信息，也可以由于某个朋友的电话变动而修改他的电话号码这个"数据"。不过说到底，我们使用笔记本这个"数据库"最主要的目的还是为了能随时查到某位亲戚或朋友的地址、邮编或电话号码这些"数据"。如果我们将笔记本中的这些数据信息转移存储到计算机中，并按一定的结构组织起来，就形成了我们现在所说的数据库。

另外借助数据库的帮助，可以将复杂甚至难以实现的工作变得简单、容易。例如，不应用数据库，假设供应商电话号码存储在以下不同位置：在包含供应商电话号码的卡文件中、在文件柜内的产品信息文件中、在包含订单信息的电子表格中。如果供应商的电话号码发生了变化，则必须在所有这三个地方更新该信息。但是，应用数据库后，在精心设计的数据库中，只存储一次电话号码，就可在多处使用，所以只需在一个地方更新该信息，便可实现在数据库中任何使用该电话号码的地方自动更新此电话号码。

数据库（DataBase，DB）就是为了实现一定的目的而按某种规则组织起来的"数据"的"集合"。与文件系统比较，数据库系统有以下特点：

（1）数据的结构化。在文件系统中，各个文件不存在相互联系，因此从单个文件来看，数据是有结构的，但从整个系统来看，数据又是没有结构的。而数据库中的数据存储是按同一结构进行的。

（2）数据共享。在文件系统中，数据一般是由特定的用户专用的。数据库系统中，数据共享是它的主要目的，数据库系统提供一套有效的管理手段，保持数据的完整性、一致性和安全性，使数据具有充分的共享性。

（3）数据独立性。在文件系统中，数据结构和应用程序相互依赖，一方的改变总会影响另一方的改变。数据库系统则力求减少相互依赖，实现数据的独立性。

（4）可控冗余度。数据专用时，每个用户拥有并使用自己的数据，难免有许多数据相互重复，即冗余。数据实现共享后，不必要的重复将全部消除。当然在某些情况下为了提高查询效率，也可保留少量冗余，其冗余度由设计人员控制。

在信息社会里，数据库的应用非常广泛，如银行业、通信行业用数据库存储客户信息；企业用数据库管理原料、生产、产品等信息；经销行业用数据库存储生产、库存、销售信息；学校用数据库管理学生的个人信息、课程成绩等。

数据库系统（DataBase System，DBS）是一个计算机应用系统，它由计算机硬件、数据库管理系统、数据库、应用程序和用户等部分组成。数据库管理系统（DBMS）是处于用户和数据库之间的一种系统软件。DBMS 提供对数据库中数据资源进行统一管理和控制的功能，它是数据库系统的核心，其功能的强弱是衡量数据库系统性能优劣的主要指标。

1.2 数据模型

数据模型是指数据库中数据与数据之间的关系，它是数据库系统中的一个关键概念。数据模型不同，相应的数据库系统就完全不同，任何一个数据库系统都是基于某种数据模型的。不同的数据模型提供了模型化数据和信息的不同工具，根据模型应用的不同目的，可以将模型分为两类或两个层次：一是概念模型，二是数据模型。前者是按用户的观点来对数据和信息建模，后者是按计算机系统的观点对数据和信息建模。

美国国家标准协会（American National Standard Institute，ANSI）的数据库管理系统研究小组于 1978 年提出了标准化的建议，将数据库结构分为 3 级：面向用户或应用程序员的用户级、面向建立和维护数据库人员的概念级、面向系统程序员的物理级。用户级对应外模式，概念级对应模式，物理级对应内模式，使不同级别的用户对数据库形成不同的视图。所谓视图，就是指观察、认识和理解数据的范围、角度和方法，是数据库在用户"眼中"的反映。很显然，不同层次（级别）用户所"看到"的数据库是不相同的。

模式又称概念模式或逻辑模式，对应于概念级。它是由数据库设计者综合所有用户的数据，按照统一的观点构造的全局逻辑结构，是对数据库中全部数据的逻辑结构和特征的总体描述，是所有用户的公共数据视图（全局视图）。它是由数据库管理系统提供的数据模式描述语言（Data Description Language，DDL）来描述、定义的，体现、反映了数据库系统的整体观。

外模式又称子模式，对应于用户级。它是某个或某几个用户所看到的数据库的数据视图，是与某一应用有关的数据的逻辑表示。外模式是从模式导出的一个子集，包含模式中允许特定用户使用的那部分数据。用户可以通过外模式描述语言来描述、定义对应于用户的数据记录（外模式），也可以利用数据操纵语言（Data Manipulation Language，DML）对这些数据记录进行处理。外模式反映了数据库的用户观。

内模式又称存储模式，对应于物理级，它是数据库中全体数据的内部表示或底层描述，它描述了数据在存储介质上的存储方式及物理结构，对应着实际存储在外存储介质上的数据库。内模式由内模式描述语言来描述、定义，它是数据库的存储观。

在一个数据库系统中，只有唯一的数据库，因而作为定义、描述数据库存储结构的内模式和定义、描述数据库逻辑结构的模式，也是唯一的，但建立在数据库系统之上的应用则是非常广泛、多样的，所以对应的外模式不是唯一的，也不可能是唯一的。

1. 概念模型

概念模型是对客观事物及其联系的抽象，用于信息世界的建模，它强调其语义表达能力，以及能够较方便、直接地表达应用中各种语义知识。这类模型概念简单、清晰、易于被用户理解，是用户和数据库设计人员之间进行交流的语言。概念模型的表示方法很多，其中最著名的是 E−R 表示方法（实体—联系方法），它用 E−R 图来描述现实世界的概念模型。用 E−R 图表示概念模型是 1976 年由 Peter Chen 首先提出的，该模型将现实世界的要求转换成实体、联系、属性等几个概念，以及它们间的两种基本连接关系可以用一种图非常直观地表示出来。E−R 图的主要成分是实体、联系和属性。在概念模型中主要有如下一些概念：

实体：实体是现实世界中可区别于其他对象的"事件"或物体。如学生是一个实体。

实体集：实体集是具有相同类型及共享相同性质（属性）的实体集合。如全班学生就是一个实体集。

属性：实体通过一组属性来表示，属性是实体集中每个成员具有的描述性性质。将一个属性赋予实体集，表明数据库为实体集中每个实体存储相似信息，但每个实体在自己的每个属性上都有各自的值。如学生实体有学号、姓名、年龄、性别等属性。

关键字和域：实体的某一属性或属性组合，其值能唯一标识出某一实体，称为关键字，如学号是学生实体集的关键字，学号可以区分每一个学生。每个属性都有一个可取值的集合，称为该属性的域，如性别的域是"男"、"女"。

联系：客观事物之间的关系即信息世界中实体之间的联系。常见的实体联系有 3 种：一对一联系（1:1），如学校与校长间的联系，一个学校与一个校长间相互一一对应；一对多联系（1:n），如公司与员工间的联系，一个公司可以有多个员工，一个员工只能属于一个公司；多对多联系（n:m），如教师与学生的联系，一个教师可以为多个学生上课，而一个学生也可以受教于多个教师。

2. 数据模型

数据模型是人们运用数学方法描述数据库技术所研究的对象，即客观事物（如人、物、工作、效果、概念等）以及反映这些客观事物之间相互联系的数据。

数据库中的数据是结构化的，是按某种数据模型来组织的。当前常用的数据模型有 3 类：层次模型、网状模型和关系模型。它们之间的根本区别在于数据之间联系的表示方式不同：层次模型用树型结构来表示数据之间的联系；网状模型用图形结构来表示数据之间的联系；关系模型用二维表来表示数据之间的联系。

（1）层次模型。

层次模型是将数据元素分为若干层，最高层只有一个元素，称为根。上一层与下一层发生关系，下一层只与再下一层发生关系，它是一个定向的有序树，表示了一对多的联系，如图 1—1 所示。例如家谱、行政隶属等各数据元素之间的关系。

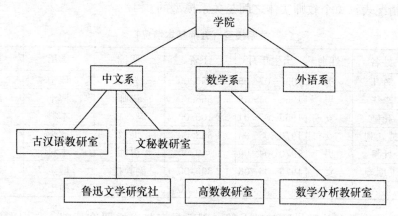

图 1—1　层次模型

层次模型的基本结构是树形结构，具有以下特点：

①每棵树有且仅有一个无双亲结点，称为根；

②树中除根外所有结点有且仅有一个双亲。

（2）网状模型。

层次数据模型中的任意一个基本层次互相连通的集合，就是一个网状数据模型。它能表示多对多的联系，数据之间不分层次，每个数据元素都和任意一个或多个其他数据元素相连接，形成网络，如图 1—2 所示。例如售票系统、城市交通等。从图论上看，网状模型是一个不加任何条件限制的无向图。

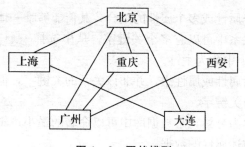

图 1—2　网状模型

（3）关系模型。

关系模型是由若干行、若干列构成的二维表（表格）的结构。其中，每一列为一个数据项，是数据库文件中的最基本单位，表示了实体的一个属性，叫做字段。每一列给定一个名称，叫做字段名。每一行通过各个属性表示了一个完整的实体，叫做元组或记录，如表 1—1 所示。在二维表格中，第一行标明了各字段的名称，表明该关系中实体所具有的属性，体现了二维表格的结构。除了第一行外的其他任一行的数据就是一个元组（表 1—1 中第二行开始）。关系模型是使用最广泛的数据模型，目前大多数数据库系统都是关系模型的。

1.2.1 关系数据模型

关系模型是用二维表格结构来表示实体与实体之间联系的数据模型，表1—1就是一张教师基本情况表，每个教师实体之间是关系模型的。

表1—1 　　　　　　　　　　　　关系模型（教师基本情况）

编号	姓名	性别	出生年月	工资	职称	学历	所属院系
T001	蒋孔	男	1950-07-05	2 350.00	教授	硕士	中文系
T002	李华	男	1968-04-08	1 568.00	讲师	博士	经济学院
T003	孔艳	女	1955-05-04	2 100.00	副教授	本科	中文系
T004	戴红利	女	1970-05-03	1 368.00	助教	硕士	数学系
T005	杜凯	男	1970-04-09	1 759.00	讲师	本科	中文系
T006	王珊珊	女	1975-05-06	2 300.00	副教授	博士	计算机系
T007	东风	男	1965-04-25	1 566.00	副教授	硕士	计算机系

关系模型是建立在关系代数基础上的，因而具有坚实的理论基础。与层次模型和网状模型相比，具有数据结构单一、理论严密、使用方便、易学易用的特点，因此，目前大多数数据库管理系统的数据模型都是采用关系数据模型，成为数据库应用的主流，如Access就是一种关系型的数据库管理系统。

1. 关系数据模型的基本概念

关系：一个关系就是一张二维表，每个关系有一个关系名，即Access中的数据表。

关系模式：对关系的描述称为关系模式，例如表1—1所示的关系被描述为：教师基本情况（编号，姓名，性别，出生年月，工资，职称，学历，所属院系）。

属性：表中的列称为属性，每一列有一个属性名，且属性名唯一，对应Access中的字段。

关键字：关系中一个属性或多个属性的组合，其值能够唯一地标识一个元组。

主关键字：在一个关系中可以有多个关键字，从中选择一个来与其他关系建立联系，称为主关键字，在Access中称为主键。

外关键字：关系中的属性或属性组，并非该关系的关键字，但它们是另一个关系的关键字，称其为该关系的外关键字。

数据项：数据项也称为分量，是数据库中可以命名的最小逻辑数据单位，指某个元组对应列的属性值，用来描述属性的数据。

元组：二维表中的一行，对应Access中的记录，指的是关系中的一行数据，用它描述实体。它是数据项的有序集，即一个记录是由若干个数据项组成。

索引：为了加快数据库的访问速度，所建立的一个独立的文件或表格。

2. 关系规范化

不是所有的二维表都能称为关系。一个二维表要称为关系或合理的关系，还应满足一定的限制，即关系要规范化。关系规范化是指关系模型中的每一个关系模式都必须满足一定的要求，这些要求可分为最基本要求和高级要求两大类。满足最基本要求的二维表才能称之为关系，最基本的要求有三个：

（1）属性不可再分或多值。

最基本的要求是，关系中的每个属性都必须是不可再分的数据单元且属性不得多值，即通常人们讲的表中不能再含表，属性值仅一个。这称为关系的一级范式：1NF（first normal form）。通常表示为：$R \in 1NF$。例如表 1—2 所示的表，由于在成绩数据项中，又包含了四个"子数据项"，因此就不是一个关系。

表 1—2 　　　　　　　　　　　　　　　**具有组合数据项的非规范化表**

学号	姓名	成绩			
		语文	数学	物理	化学
001	蒋孔	78	95	89	90
002	李华	89	90	67	78
003	孔艳	93	89	91	62
…	…	…	…	…	…

又例如表 1—3 所示的表，由于在学历数据项中，孙丹的学历及毕业年份中包含了两栏数据，属于属性多值，因此也不是一个关系。

表 1—3 　　　　　　　　　　　　　　　**具有多值数据项的非规范化表**

编号	姓名	性别	职称	学历	毕业年份
T007	东风	男	副教授	硕士	1990
T008	葛优	男	讲师	本科	1992
T009	孙丹	女	副教授	大学 研究生	1990 1996
…	…	…	…	…	…

（2）属性不得同名。

同一关系中不能有相同的属性名出现，但属性的左右位置可以任意。

（3）元组不得完全相同。

同一关系中不允许有完全相同的两个元组，但元组的先后次序可以任意。

需要说明的是，符合最基本要求的关系并不是好关系，它存在着冗余大、插入异常、删除异常、修改异常等危险。

关系数据库的规范化理论认为：关系数据库中的每个关系都要满足一定的规范。根据满足规范的条件不同，可以将规范分为 5 个等级：第一范式（1NF）、第二范式（2NF）、第三范式（3NF）、第四范式（4NF）、第五范式（5NF）。一般情况下，只要把数据规范到第三范式标准就可以满足需要了。

第一范式：在一个关系中消除重复字段，且各字段都是最小的逻辑存储单位。

第二范式：关系模型属于第一范式，关系中每一个非主关键字段都完全依赖于主关键字段，不能只部分依赖于主关键字段的一部分。

第三范式：关系模型属于第二范式，任何字段不能由其他字段派生出来，它要求字段没有冗余，即要求去除传递依赖。

并不是规范越高越好，例如，满足第三范式的关系数据中没有冗余。但是，没有冗余的数据库未必是最好的数据库，有时为了提高运行效率，就必须降低范式标准，适当保留冗余数据。

1.2.2 关系运算

关系数据库系统的特点之一是它建立在数据理论的基础之上。在对数据库进行查询时，人们总是希望尽快找到所需要的数据，这就需要对关系进行一定的运算。有很多数据理论可以表示关系模型的数据操作，其中最为著名的是关系代数与关系演算。已经证明两者在功能上是等价的。关系的基本运算分为两类：一类是基于传统的集合运算的关系运算，另一类是专门的关系运算。

1. 关系模型的基本操作

关系由若干个不同的元组所组成，n 元关系是一个 n 元有序组的集合。设有一个 n 元关系 R，它有 n 个域，分别是 D_1，D_2，…，D_n，此时它们的笛卡儿积是：

$$D_1 \times D_2 \times \cdots \times D_n$$

该集合的每个元素都具有如下形式的 n 元有序组：

$$(d_1, d_2, \cdots, d_n), d_i \in D_i (i = 1, 2, \cdots, n)$$

该集合与 n 元关系 R 有如下联系：

$$R \subseteq D_1 \times D_2 \times \cdots \times D_n$$

即 n 元关系 R 是 n 元有序组的集合，是它的域的笛卡儿积的子集。

关系模型有插入、删除、修改和查询四种操作，它们又可以进一步分解成 6 种基本操作：

① 关系的属性指定。指定一个关系内的基本属性，用它确定关系这个二维表中的列，主要用于检索和定位。

② 关系的元组选择。用一个逻辑表达式给出关系中满足此表达式的元组，用它确定关系这个二维表的行，主要用于检索和定位。

③ 两个关系的合并。将两个关系合并成一个关系。用此操作可以不断合并从而可以将若干个关系合并成一个关系，以建立多个关系间的检索与定位。

用上述三个操作可以进行多个关系的定位。

④ 关系的查询。在一个关系或多个关系间查询，查询的结果也为关系。

⑤ 关系元组的插入。在关系中添加一些元组，用它完成插入与修改。

⑥ 关系元组的删除。在关系中删除一些元组，用它完成删除与修改。

2. 关系模型的基本运算

由于操作是对关系的运算，而关系是有序组的集合，因此，可以将操作看成是集合的运算。

(1) 插入。

设关系 R 需要插入若干元组，若要插入的元组组成的关系为 R'，则插入可用集合并运算表示为：

$$R \cup R'$$

(2) 删除。

设关系 R 需要删除一些元组，若要删除的元组组成的关系为 R'，则删除可用集合差运算表示为：

$$R-R'$$

（3）修改。

修改关系 R 内的元组内容可用下面的方法完成：

① 设需要修改的元组组成关系 R'，则先做删除得：$R-R'$；

② 设修改后的元组组成关系 R''，此时将其插入即得到结果：$(R-R')\cup R''$。

（4）查询。

查询是从一个或多个关系中检索出需要的数据信息，查询的结果也以关系的形式表现。用于查询的三个操作无法用传统的集合运算表示，需要引入新的运算。

① 选择运算

从一个关系 R 中选出满足给定条件的元组的操作称为选择。选择是从行的角度进行的运算，选出满足给定条件的那些元组构成原关系 R 的一个子集 R'，关系 R' 的字段和原关系 R 的相同，但行数通常减少。设给定的逻辑条件为 F，则 R 满足 F 的选择运算可表示成：

$$\sigma_F(R)$$

逻辑条件 F 是一个逻辑表达式，它具有 $\alpha\theta\beta$ 的形式，其中 α 和 β 是域（变量）或常量，θ 是比较运算符，可以是 $>$，$<$，$\leqslant$，$\geqslant$，$=$，$\neq$。$\alpha\theta\beta$ 叫做基本逻辑条件，由若干个基本逻辑条件经逻辑运算 $\wedge$（并）、$\vee$（或）、$\sim$（非）可构成复合逻辑条件。

② 投影运算

从一个关系 R 中选出若干指定字段的值的操作称为投影。投影是从列的角度进行的运算，所得到的关系 R' 字段个数通常比原关系 R 的字段少，或字段的排列顺序不同，而行数和原关系 R 的相同。R' 是这样一个关系：它是 R 中投影运算所指出的那些域的列所组成的关系。设 R 有 n 个域：A_1，A_2，…，A_n，则在 R 上对域 A_{i1}，A_{i2}，…，A_{im}（$A_{ij}\in\{A_1$，A_2，…，$A_n\}$，$j=1$，2，…，m）的投影可表示为下面的一元运算：

$$\prod_{A_{i1},A_{i2},\cdots,A_{im}}(R)$$

有了以上两个运算后，我们对一个关系内的任意行、列的数据都可以找到。

③ 笛卡儿积运算

对于两个关系的合并操作可以用笛卡儿积表示。设有 n 元关系 R 及 m 元关系 S，它们分别有 p、q 个元组，则关系 R 与 S 的笛卡儿积记为 $R\times S$，该关系是一个 $n+m$ 元关系，元组个数是 p 与 q 的乘积，由 R 与 S 的有序组组合而成。

通常由笛卡儿积得到的关系中有些元组无意义，需要通过选择运算剔除无意义的元组，也可以再进行投影运算去掉一些字段。

关系代数中除了上述几个最基本的运算外，为操纵方便还增添了一些扩充运算，这些扩充运算均可由基本运算导出。常用的扩充运算有交、除、连接及自然连接等。

关系 R 与关系 S 的交运算结果是由那些既在 R 中又在 S 中的元组组成的关系，表示为 $R\cap S$。参加交运算的两个关系要求有相同的属性名。交运算可由基本运算导出：$R\cap S=R-(R-S)$。

关系的除运算是笛卡儿积的逆运算，当 $T=R\times S$ 时，$T\div R=S$ 或 $T/R=S$。由于除是采用逆运算，因此除运算的执行是需要满足一定的条件的。设有关系 T、R，T 能被 R 除的充分必要条件是：T 中的域包含 R 中的所有域；T 中有一些域不在 R 中出现。

关系的连接运算又可称为 θ 连接运算，这是一种二元运算，通过它可以将两个关系合并成一个大的关系。设有关系 R 和关系 S 以及比较式 $i\theta j$，其中 i 为 R 中的域，j 为 S 中的域，θ 的含义和选择运算中 θ 的含义相同，则可以将 R、S 在域 i、j 上的连接记为：

$$R \underset{i\theta j}{\bowtie} S$$

它的含义可表示为：

$$R \underset{i\theta j}{\bowtie} S = \sigma_{i\theta j}(R\times S)$$

即 R 与 S 的 θ 连接是由 R 与 S 的笛卡儿积中满足条件限制 $i\theta j$ 的元组构成的关系，一般其元组的数目远少于 $R\times S$ 的数目。应当注意的是，在 θ 连接中，i 与 j 需具有相同的域，否则无法做比较。

当 θ 连接运算满足下面两个条件时就叫做自然连接：

Ⅰ. 两关系间有公共域；

Ⅱ. 通过公共域的相等值进行连接（即 θ 为 "＝"）。

关系 R 与关系 S 的自然连接可记为：

$$R \bowtie S$$

关系的扩充运算在此只做简单介绍，有兴趣的读者可以查阅相关资料了解详细内容。

1.3 数据库设计基础

数据库设计是数据库应用的核心。在数据库应用系统中的一个核心问题就是设计一个能满足用户要求、性能良好的数据库。数据库设计的基本任务是根据用户对象的信息需求、处理需求和数据库的支持环境（包括硬件、操作系统和 DBMS）设计出数据模式。所谓信息需求主要是指用户对象的数据及其结构，它反映了数据库的静态要求；所谓处理需求则表示了用户对象的行为和动作，它反映了数据库的动态需求。

数据库设计有两种方法：一种是面向数据，以信息需求为主，兼顾处理需求；另一种是面向过程，以处理需求为主，兼顾信息需求。这两种方法目前都在使用，在早期由于应用系统中处理多于数据，因此以面向过程的方法较多，而近期由于大型系统中数据结构复杂、数据量庞大，而相应处理流程趋于简单，因此用面向数据的方法较多。由于数据在系统中稳定性高。数据已成为系统的核心，因此面向数据的处理方法已成为主流方法。

数据库设计目前一般采用生命期方法，即将整个数据库应用系统的开发分解成目标独立的若干阶段：需求分析阶段、概念设计阶段、逻辑设计阶段、物理设计阶段、数据库实施阶段、数据库运行与维护阶段，如图 1—3 所示。

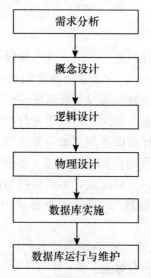

图 1—3　数据库系统生命周期

需求分析阶段的目的主要是根据现实世界要处理的对象及用户的要求等确定数据库应用系统的功能，常用结构化方法和面向对象的方法。结构化分析（简称 SA）方法用自顶向下、逐层分解的方式分析系统，用数据流图表达数据和处理过程的关系。面向对象的方法主张从客观世界固有的事物出发来构造系统，提倡用人类在现实生活中常用的思维方法来认识、理解和描述客观事物，强调最终建立的系统能够映射问题域，即系统中的对象以及对象之间的关系能够如实地反映问题域中固有事物及其联系。

数据库概念设计的目的是分析数据内在的语义关系。即对用户需求进行综合、归纳与抽象，形成一个独立于具体 DBMS 的概念模型，也就是建立客观世界模型，方便、直接地表达应用中的各种语义知识。概念设计的方法有两种：一是集中式模式设计法（适用于小型或并不复杂的单位或部门）；二是视图集成设计法。

逻辑设计阶段的主要任务是将概念设计阶段的信息模型转换为适合某一具体 DBMS 所能够支持的数据模型。

数据库的物理设计主要目标是对数据内部物理结构作调整并选择合理的存取路径，以提高数据库访问速度，有效利用存储空间。在现代关系数据库中已大量屏蔽了内部物理结构，留给用户参与物理设计的余地并不多，一般 RDBMS（关系型数据库管理系统）中留给用户参与物理设计的内容大致有索引设计、集成簇设计和分区设计。

数据库实施阶段主要任务是基于某个 DBMS 建立相应的数据库，编制与调试数据库应用程序，组织数据入库，调试运行数据库应用程序等。

数据库运行与维护阶段实质是数据库系统的应用时期，具体的数据库系统设计应该在前几个阶段已经完成。数据库应用系统在运行期间可能会发现设计时考虑欠缺的细节或错误、支持平台的升级或改变等，因此，数据库应用系统在运行阶段必须进行维护等工作。

需要说明的是，数据库系统设计的各个阶段在时间上并不是严格按照图 1—3 所示的顺序，在后边的阶段还经常对前边阶段的设计进行补充、修改和完善，以达到最佳设计，但前面的阶段应尽可能在开始设计时考虑周全、设计完善，否则修改工作量太大会影响整个设计效率。

1.3.1 需求分析

需求收集和分析是数据库设计的第一阶段，这一阶段收集到的基础数据和一组数据流图（Data Flow Diagram，DFD）是下一步设计概念结构的基础。概念结构是整个组织中所有用户关心的信息结构，对整个数据库设计具有深刻影响。而要设计好概念结构，就必须在需求分析阶段用系统的观点来考虑问题，收集和分析数据及其对数据的处理。

需求分析阶段的任务是通过详细调查现实世界要处理的对象（组织、部门、企业等），充分了解原系统的工作概况，明确用户的各种需求，然后在此基础上确定新系统的功能。新系统必须充分考虑今后可能的扩充和改变，不能仅按当前应用需求来设计数据库。

调查的重点是"数据"和"处理"，通过调查要从中获得每个用户对数据库的如下要求：

① 信息要求。指用户需要从数据库中获得信息的内容与性质。由信息要求可以导出数据要求，即在数据库中需存储哪些数据。

② 处理要求。指用户要完成什么处理功能，对处理的响应时间有何要求，处理的方式是批处理还是联机处理等。

③ 安全性和完整性的要求。为了很好地完成调查的任务，设计人员必须不断地与用户交流，与用户达成共识，以便逐步确定用户的实际需求，然后分析和表达这些需求。需求分析是整个设计活动的基础，也是最困难、最花时间的一步。需求分析人员既要懂得数据库技术，又要对应用环境的业务比较熟悉。

分析和表达用户的需求，经常采用的方法有结构化分析方法和面向对象的方法。结构化分析（Structured Analysis，SA）方法以自顶向下、逐层分解的方式分析系统。用数据流图表达数据和处理过程的关系，用数据字典对系统中数据进行详尽描述。对数据库设计来讲，数据字典是进行详细的数据收集和数据分析所获得的主要结果，是各类数据属性的清单。

数据字典是各类数据描述的集合，它通常包括 5 个部分，即数据项，是数据的最小单位；数据结构，是若干数据项有意义的结合；数据流，可以是数据项，也可以是数据结构，表示某一处理过程的输入或输出；数据存储，处理过程中存取的数据，常常是手工凭证、手工文档或计算机文件；处理过程。

数据字典是在需求分析阶段建立，在数据库设计过程中不断修改、充实、完善的。

在实际开展需求分析工作时有两点需要特别注意：

第一，在需求分析阶段一个重要而困难的任务是收集将来应用所涉及的数据。若设计人员仅仅按当前应用来设计数据库，新数据的加入不仅会影响数据库的概念结构，而且将影响逻辑结构和物理结构，因此设计人员应充分考虑到可能的扩充和改变，使设计易于更新变动。

第二，必须强调用户的参与，这是数据库应用系统设计的特点。数据库应用系统和广泛的用户有密切的联系，其设计和建立又可能对更多人的工作环境产生重要影响。因而，设计人员应该和用户充分合作来进行设计，并对设计工作的最后结果承担共同的责任。

数据库系统设计的需求分析阶段决定了一个数据库应用系统能够完成的功能，一旦需求分析阶段发生较大失误或考虑不周，当后边设计阶段或系统设计好之后再发现问题，修改工作的任务将会大大增加，甚至前期的设计工作完全失败而从最初开始重新设计，直接导致整个系统设计费用增高、设计周期加长等，影响系统的开发效率，而且发现问题越晚情况越严重。因此，需求分析阶段在整个系统设计期间非常重要。

1.3.2 概念设计

1. 数据库概念设计概述

数据库概念设计的目的是分析数据间内在的语义关联，在此基础上建立一个数据的抽象模型。数据库概念设计的方法有两种：

（1）集中式模式设计

这是一种统一的模式设计方法，它根据需求由一个统一机构或人员设计一个综合的全局模式。这种方法设计简单方便，强调统一与一致，适用于小型或并不复杂的单位或部门，而对大型的或语义关联复杂的单位或部门则并不合适。

（2）视图集成设计

这种方法将一个单位分解成若干个部分，先对每个部分作局部模式设计，建立各个部分的视图，然后以各个视图为基础进行集成。在集成过程中可能会由于视图设计的分散性不一致而出现一些冲突，因此需要对视图作修正，最终形成全局模式。视图设计法是一种由分散到集中的方法，它的设计过程复杂，但它能较好地反映需求，适合于大型或复杂的单位，避免设计的粗糙与不周到，目前此种方法使用较多。

2. 数据库概念设计过程

使用 E−R 模型与视图集成法进行设计时，首先选择局部应用，再进行局部视图设计，最后对局部视图进行集成得到概念模式。

选择局部应用时根据系统具体情况，在多层的数据流图中选择一个适当层次的数据流图，让这组图中每一部分对应一个局部应用，以这一层次的数据流图为出发点，设计分 E−R 图。

视图设计一般有 3 种设计次序：

（1）自顶向下。先从抽象级别高且普遍性强的对象开始逐步细化、具体化与特殊化。如学生视图可以先从一般学生开始，再分成大学生、研究生等，进一步再细化为专科、本科等。

（2）自底向上。先从具体的对象开始，逐步抽象、普遍化与一般化，最后形成一个完整的视图设计。如可以从大学本科生开始，抽象出学生有学号等。

（3）由内向外。先从最基本、最明显的对象着手逐步扩充至非基本、不明显的对象。如学生视图可从最基本的学生开始逐步扩充至学生所读的课程、上课的教室与任课教师等对象。

这 3 种设计次序在设计时可根据实际情况灵活掌握，可以单独使用也可以混合使用。有某些共同属性和行为的对象可以抽象为一个实体，对象的组成成分可以抽象为实体的属性。

视图集成的实质是将所有的局部视图统一与合并成一个完整的数据模式。视图经过合并生成的是初步的 E−R 图，其中可能存在冗余的数据和冗余的实体间联系。冗余数据和冗余联系容易破坏数据库的完整性，给数据库维护增加困难。因此对于视图集成后所形成的数据库概念结构还必须进行进一步验证，确保它能够满足下列条件：

①整体概念结构内部必须具有一致性，即不能存在互相矛盾的表达；

②整体概念结构能准确反映原来的每个视图结构，包括属性、实体及实体间联系；

③整体概念结构满足需求分析阶段所确定的所有要求；

④整体概念结构最终还应该提交给用户，征求用户和有关人员的意见，进行评审、修改和优化，最后确定数据库的概念结构，作为进一步设计数据库的依据。

1.3.3　逻辑设计

数据库的逻辑设计主要工作是将 E-R 图转换成指定 RDBMS（关系型数据库管理系统）中的关系模式。首先，从 E-R 图到关系模式的转换是比较直接的，实体与联系都可以表示成关系，E-R 图中的属性也可以转换成关系中的属性。实体集也可以转换成关系。E-R 模型与关系间的转换如表 1-4 所示。

表 1-4　　　　　　　　　　　　　　E-R 模型与关系间的联系

E-R 模型	关系
属性	属性
实体	元组
实体集	关系
联系	关系

在将 E-R 模型向关系转换的过程中，应该注意关系应该满足的最基本的条件，即前边介绍的关系规范化。而且在对逻辑模式进行调整以满足 RDBMS 性能、存储空间等要求的同时，应该对模式做适应 RDBMS 限制条件的修改，包括：调整性能以减少连接运算；调整关系的大小，使每个关系数量保持在合理水平，从而可以提高存储效率；尽量采用快照，因在应用中经常仅需某固定时刻的值，此时可以用快照将某个时刻值固定，并定期更换，此种方式可以显著提高查询速度。

逻辑设计的另外一个重要内容是关系视图的设计。关系视图是在关系模式基础上设计的直接面向操作用户的视图，它可以根据用户需求随时创建，一般 RDBMS 均提供关系视图的功能。

1.3.4　物理设计

将一个给定逻辑结构实施到具体的环境中时，逻辑数据模型要选取一个具体的工作环境，该工作环境提供了数据存储结构与存取方法，这个过程就是数据库的物理设计。物理设计是在逻辑设计基础上，结合具体 RDBMS 对实体、属性、关系进行命名、分配存储空间等过程，设计成的物理模型也就是数据库结构。

物理结构依赖于给定的 RDBMS 和硬件系统，因此设计人员必须充分了解所用 RDBMS 的内部特征、存储结构、存取方法。数据库的物理设计通常分为两步：第一，确定数据库的物理结构；第二，评价实施空间效率和时间效率。

确定数据库的物理结构包含下面四方面的内容：

（1）确定数据的存储结构；

（2）设计数据的存取路径；

（3）确定数据的存放位置；

（4）确定系统配置。

数据库物理设计过程中需要对时间效率、空间效率、维护代价和各种用户要求进行权衡，选择一个优化方案作为数据库物理结构。

1.3.5 数据库实施

数据库实施阶段包括两项重要的工作，一项是数据的载入，向数据库中输入数据。另一项是应用程序的设计、编码和调试。

一般数据库系统中，数据量都很大，而且数据来源于各个不同的单位，数据的组织方式、结构和格式都与新设计的数据库系统有相当的差距，组织数据录入就要将各类数据从各个局部应用中抽取出来，输入计算机，再分类转换，最后综合成符合新设计的数据库结构的形式，输入数据库。因此这样的数据转换、组织入库的工作是相当费力费时的工作。特别是原系统是手工数据处理系统时，各类数据分散在各种不同的原始表格、凭证、单据之中，在向新的数据库系统中输入数据时，还要处理大量的纸质文件，工作量就更大。为提高数据输入工作的效率和质量，应该针对具体的应用环境设计一个数据录入子系统，由计算机来完成数据入库的任务。

由于要入库的数据在原来的系统中的格式结构与新系统中不完全一样，有的差别可能还比较大，不仅向计算机内输入数据时发生错误，转换过程中也有可能出错。因此在源数据入库之前要采用多种方法对它们进行检验，以防止不正确的数据入库，这部分的工作在整个数据输入子系统中是非常重要的。

在设计数据输入子系统时还要注意原有系统的特点，例如对原有系统是人工数据处理系统的情况，尽管新系统的数据结构可能与原系统有很大差别，但在设计数据输入子系统时，尽量让输入格式与原系统结构相近，这不仅使处理手工文件比较方便，更重要的是减少用户出错的可能性，保证数据输入的质量。现有的 DBMS 一般都提供不同 DBMS 之间数据转换的工具，若原来是数据库系统，就可以利用新系统的数据转换工具，先将原系统中的表转换成新系统中相同结构的临时表，再将这些表中的数据分类、转换、综合成符合新系统的数据模式，插入到相应的表中。

数据库应用程序的设计应该与数据库设计同时进行，因此在组织数据入库的同时还要调试应用程序。应用程序的设计、编码和调试的方法、步骤在本教材中不是主要内容，在此不做说明，有兴趣的读者可以查阅相关的资料。

1.3.6 数据库运行与维护

数据库的运行与维护阶段主要包括维护数据库的安全性与完整性；监测并改善数据库性能；必要时需要进行数据库的重新组织和构造。

1. 维护数据库的安全性与完整性

按照设计阶段提供的安全规范和故障恢复规范，DBA（数据库管理员）要经常检查系统的安全是否受到侵犯，根据用户的实际需要授予用户不同的操作权限。数据库在运行过程中，由于应用环境发生变化，对安全性的要求可能发生变化，DBA 要根据实际情况及时调整相应的授权和密码，以保证数据库的安全性。同样，数据库的完整性约束条件也可能会随应用环境的改变而改变，这时 DBA 也要对其进行调整，以满足用户的要求。

另外，为了确保系统在发生故障时能够及时地进行恢复，DBA 要针对不同的应用要求定制不同的转储计划，定期对数据库和日志文件进行备份，以使数据库在发生故障后恢复到某种一致性状态，保证数据库的完整性。

2. 监测并改善数据库性能

目前许多 DBMS 产品都提供了监测系统性能参数的工具，DBA 可以利用系统提供的这些工具，经常对数据库的存储空间状况及响应时间进行分析评价；结合用户的反应情况确定改进措施；及时改正运行中发现的错误；按用户的要求对数据库的现有功能进行适当的扩充。但要注意在增加新功能时应保证原有功能和性能不受损害。

3. 重新组织和构造数据库

数据库建立后，除了数据本身是动态变化以外，随着应用环境的变化，数据库本身也必须变化以适应应用要求。

数据库运行一段时间后，由于记录的不断增加、删除和修改，会改变数据库的物理存储结构，使数据库的物理特性受到破坏，从而降低数据库存储空间的利用率和数据的存取效率，使数据库的性能下降。因此，需要对数据库进行重新组织，即重新安排数据的存储位置，回收垃圾，减少指针链，改进数据库的响应时间和空间利用率，提高系统性能。这与操作系统对"磁盘碎片"的处理的概念相类似。

数据库应用环境的变化也可能导致数据库的逻辑结构发生变化，比如要增加新的实体，增加某些实体的属性，这样实体之间的联系发生了变化，从而使原有的数据库设计不能满足新的要求，必须对原来的数据库重新构造，适当调整数据库的模式和内模式，比如要增加新的数据项，增加或删除索引，修改完整性约束条件等。

只要数据库系统在运行，就需要不断地进行修改、调整和维护。一旦应用变化太大，数据库重新组织调整也无济于事，这就表明该数据库应用系统的生命周期结束，应该建立新的数据库系统，重新设计数据库。从头开始数据库设计工作，标志着一个新的数据库应用系统生命周期的开始。

本章小结

本章从信息处理开始提出了数据库系统，并简要对数据库系统的特点做了说明。在数据库中数据与数据之间有一定的联系，进而介绍了数据模型，特别是较详细地介绍了关系数据模型及关系运算。之后以生命期的方法介绍了数据库系统设计的阶段划分及各阶段的具体设计方法和工作任务。

习题

一、选择题

1. 在下列关系代数的操作中，不属于基本关系运算的是（　　）。

A. 自然连接　　　　　B. 投影　　　　　C. 笛卡儿积　　　　　D. 选择

2. 关系模式规范化最基本的要求是达到第 1 范式，即满足（　　）。

A. 每个非码属性都完全依赖于主码

B. 主码属性唯一标识关系中的元组

C. 关系中的元组不可重复

D. 每个属性都是不可再分解的

3. 设关系 R 和 S 的元组个数分别为 100 和 300，关系 T 是 R 和 S 的笛卡儿积，则 T 的元组的个数是（　　　）。

A. 400　　　　　　　B. 10 000　　　　　　C. 30 000　　　　　　D. 90 000

4. 在关系代数中，从两个关系的笛卡儿积中选取他们属性间满足一定条件的元组的操作称为（　　　）。

A. 自然连接　　　　　B. 投影　　　　　　　C. 连接　　　　　　　D. 选择

二、填空题

1. 数据库管理系统是位于用户和_____系统之间的一个数据管理软件。

2. 关系代数是一种关系操纵语言，它的操作对象和操作结果均为_____。

3. _____是用二维表表示实体集属性间关系以及实体集之间联系的模型。

4. 用_____表示实体之间联系的模型称为层次模型。

5. 若关系中某一属性组的值能唯一地标识一个元组，则称该属性组为_____。

三、关系运算题

设有关系 R 和关系 S 分别如表 1—5 和表 1—6 所示，利用关系 R 和关系 S 完成以下运算：

1. $R \cup S$、$R \cap S$、$R-S$、$R \times S$

2. $\sigma_{A=3}(R)$

3. $\prod_{A,C}(R)$

4. $R \underset{R.A=S.A}{\bowtie} S$

表 1—5	关系 R	
A	B	C
2	4	3
5	2	7
1	9	6
3	4	2

表 1—6	关系 S	
A	B	C
3	4	2
2	4	3
6	2	7
5	4	2

第 2 章

Access 数据库及数据库对象

Access 数据库软件是由微软公司发布的 Office 的成员之一，它是在国内外微型计算机用户中流行很广的一种关系数据库管理系统，也是一种使用方便、功能较强的桌面 PC 机数据库开发环境。由于它采用了 C/S 应用模式，既可作为小型的 DBMS 供 PC 单机使用，也可为主要由 PC 机组成的小型计算机网络服务。本章主要对 Access 数据库的发展情况及其结构做一简单介绍，并就 Access 数据库的各个对象进行简要说明。

2.1 Access 数据库简介

Access 是一种关系型数据库管理系统，是 Microsoft Office 的组成部分之一。Access 1.0 诞生于 20 世纪 90 年代初期，历经多次升级改版，其功能越来越强大，操作反而更加简单，尤其是 Access 与 Office 的高度集成，风格统一的操作界面使得许多初学者更容易掌握。目前 Access 2003 已经得到广泛使用。Access 应用广泛，能操作其他来源的数据资料，包括许多流行的 PC 数据库程序（如 DBASE、Paradox、FoxPro）和服务器、小型机及大型机上的许多 SQL 数据库。此外，Access 还提供 Windows 操作系统的高级应用程序开发系统。Access 与其他数据库开发系统比较有一个明显的区别就是用户不用编写一行代码，就可以在很短的时间里开发出一个功能强大且相当专业的数据库应用程序，并且这一过程是完全可视的，如果能给它加上一些简短的 VBA 代码，那么开发出的程序就与专业程序员潜心开发的程序一样。

Microsoft 公司在 1990 年 5 月推出 Windows 3.0 以来，该程序立刻受到了用户的欢迎和喜爱，1992 年 11 月 Microsoft 公司发行了 Windows 数据库关系系统 Access 1.0 版本。从此，Access 不断改进和再设计，自 1995 年起，Access 成为办公软件 Office 95 的一部分。多年来，Microsoft 先后推出过的 Access 版本有 2.0、7.0/95、8.0/97、9.0/2000、10.0/2002，直到今天的 Access 2003、2007 版。本教程以 Access 2003 版为教学背景。

中文版 Access 2003 具有和 Office 2003 中的 Word 2003、Excel 2003、PowerPoint 2003 等相同的操作界面和使用环境，具有直接连接 Internet 和 Intranet 的功能。它的操作更加简单，使用更加方便。

Access 最主要的优点是它不用携带向上兼容的软件。无论是对于有经验的数据库设计人员还是那些刚刚接触数据库管理系统的新手，都会发现 Access 所提供的各种工具既非常实用又非常方便，同时还能够获得高效的数据处理能力。Access 具有方便实用的强大功能，Access 用户不用考虑构成传统 PC 数据库的多个单独的文件；可以利用各种图例快速获得数据；可以利用报表设计工具，非常方便地生成漂亮的数据报表，而不需要采用编程；采用 OLE 技术能够方便地创建和编辑多媒体数据库，其中包括文本、声音、图像和视频等对象；支持 ODBC 标准的 SQL 数据库的数据；设计过程自动化，提高了数据库的工作效率；具有较好的集成开发功能；可以采用 VBA（Visual Basic Application）编写数据库应用程序；提供了包括断点设置、单步执行等调试功能；能够像 Word 那样自动进行语法检查和错误诊断；进一步完善了将 Internet/Intranet 集成到整个办公室的桌面操作环境。

Access 数据库系统既是一个前后台结合的数据库"软件"，也就是说 Access 拥有用户界面（VB 可以用来开发用户界面）；也拥有逻辑、流程处理，即 VBA 语言（VB 也可以用来做逻辑处理）；又可以存储数据，即在"表"中存储数据。而所有这些都存储在一个 MDB 格式的文件中（当然，也可以是 MDE 等格式）。

总之，Access 发展到现在已经向用户展示出它的易于使用和功能强大的特性。

Access 是一种桌面数据库管理系统，但它与传统的桌面数据库管理系统完全不一样。Access 是 Visual Basic 的内部数据库，即缺省数据库类型，用 Access 建立的数据库（.MDB）可以在 Visual Basic 中使用。另外用 Visual Basic 也可以直接建立 Access 数据库。Access 数据库文件的结构是以 Microsoft SQL Server 数据库文件结构为基础的结构，其特点主要包括：

（1）一个数据库的所有表和索引都存储在一个扩展名为 MDB 的文件中，Text（文本）、Memo（备注）和 OLE Object（OLE 对象）等数据类型字段的长度都是可变的，Access 调整数据字段的大小以容纳相应的数据类型。

（2）数据字段可以含有时间信息，Date 类型的字段对应于 SQL 的 Timestamp 数据类型。

（3）Access 支持空值，即 Null（与空字符串不同）。Null 是 Visual Basic 的保留字，用它来指明表的数据单元中没有数据进入。所有的客户/服务器数据库都支持 Null 值，但除了 Access 外，其他桌面数据库几乎都不支持 Null 值。

（4）在 Access 中，Memo 字段作为 Text 类型来处理，其长度可达 1.2GB。

（5）可以在 Access 中存储 Query Def（查询定义）对象，它与被编译为 SQL Server 存储过程的 SQL SELECT 语句类似。

（6）Access 提供了长二进制（Large Binary）对象（BLOB），其大小仅受数据库大小的限制，不受 .MDB 文件结构的限制；而数据库的大小仅受硬盘容量的限制。可以在 Access 表的 BLOB 字段中存储任何类型的数据（包括多媒体数据），并可用 Get Chunk 和 Append 方法对 BLOB 字段的数据进行读写操作。

（7）Access 数据库具有较强的安全性。

2.2　Access 2003 数据库的启动与退出

若 Access 已安装，则只要执行"开始"｜"程序"｜"Microsoft Office"｜"Microsoft Access 2003"命令即可启动 Access 2003。或者双击桌面的 Access 图标，也可以启动 Access 2003。Access 2003 启动后并不建立默认的数据库，只是右边打开了"开始工作"任务窗格。可以根据自己的要求进行下一步工作，比如单击任务窗格的"新建文件"打开"新建文件"任务窗格进行新建数据库等操作；或者单击下方的文件名打开相应的文件等。

退出 Access 的方法很简单，选择"文件"｜"退出"命令或者使用 Alt＋F4，也可以直接单击窗口右上角的"关闭"按钮。无论何时退出，Access 都将自动保存对数据的更改。

需要说明的是，退出 Access 时不用执行保存操作，系统会自动保存数据，但在数据库中建立或修改各个对象后关闭对象窗口时，系统会提示是否保存对相应对象的修改，这时应根据需要选择相应的操作。

2.3　Access 2003 数据库的创建及其对象

Access 数据库不像其他小型数据库那样将不同对象存放在不同的文件中，它所提供的各类对象，除了数据访问页之外（数据访问页以一个单独的文件存储，数据库中存储其快捷方式），都存放在同一个数据库文件（扩展名为 .mdb 文件）中，方便了对数据库对象的管理。

2.3.1　Access 数据库的创建

要建立一个 Access 数据库应用系统，首先要创建数据库，然后依次创建相应的数据表，并建立各表之间的联系。然后再逐步创建查询、窗体、报表和数据访问页等其他需要的数据库对象，最终形成完备的 Access 数据库应用系统。

创建数据库有两种主要方法，即新建空数据库和利用本机模板建立数据库。空数据库仅提供一个数据库容器，利用模板创建的数据库中含有一定的数据库对象，可以在此基础上修改编辑以快速得到新的数据库应用系统。

1. 新建空数据库

创建空数据库是在计算机存储设备上建立一个数据库文件，该文件只是一个容器，不包含任何对象。创建空数据库的操作步骤如下：

① 启动 Access 应用程序后，执行菜单"文件"的"新建"命令，出现如图 2—1 所示的窗口，右侧为"新建文件"任务窗格。

② 在"新建文件"任务窗格中，单击"空数据库"，出现如图 2—2 所示的"文件新

建数据库"对话框。在该对话框中选择数据库文件保存的位置，输入数据库文件名称，然后单击"创建"按钮，系统自动打开创建好的空数据库窗口。

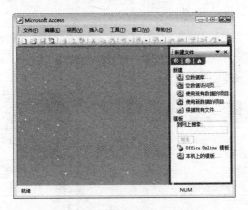

图 2—1　Access 应用程序界面

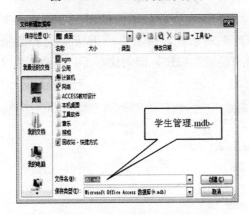

图 2—2　"文件新建数据库"对话框

新建的数据库窗口是 Access 系统的子窗口，上部分为命令按钮区；左部分为数据库对象选择区；右部分为对象的创建方法和对象实例区。

说明：

（1）Access 系统采用单个子窗体的方式管理数据库，当打开一个新的数据库或新建数据库时，当前数据库就会关闭。

（2）数据库建立操作完成后，在保存位置生成一个数据库文件。关闭 Access 系统，可以通过复制粘贴等方式把数据库文件保存到其他存储设备中。

（3）数据库窗口是 Access 系统的子窗口，关闭数据库窗口不会关闭系统窗口。

2．利用本机模板创建数据库

Access 系统提供了一些常用的数据库应用模板，可以应用这些模板快速创建数据库。模板不仅可以自动生成数据库，而且自动生成数据库中的一些对象。应用模板创建数据库的操作步骤如下：

① 启动 Access 应用程序后，执行菜单"文件"的"新建"命令，出现如图 2—1 所示的窗口，右侧为"新建文件"任务窗格。

② 在"新建文件"任务窗格中，单击"本机上的模板"，弹出如图 2—3 所示的"模

板"对话框。"模板"对话框上部有"常用"和"数据库"两个标签,其中"常用"标签下的选项"新建文件"任务窗格中已有,图 2—3 中选择了"数据库"标签下的"讲座管理"模板。

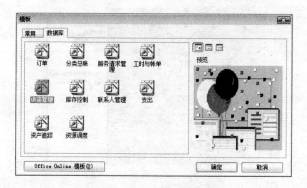

图 2—3　本机模板数据库

③ 在"模板"对话框根据所要创建数据库的情况,选择一个模板,单击"确定"按钮,打开"文件新建数据库"对话框,如图 2—4 所示,选择数据库保存的位置,输入数据库文件的名称,再单击"确定"按钮,即创建好了一个数据库文件,系统同时打开"数据库向导"第 1 个对话框。

图 2—4　"文件新建数据库"对话框

④ 单击"下一步"按钮,打开"数据库向导"第 2 个对话框。在其中为不同的表对象选择需要的字段,再单击"下一步"或者"完成"按钮。(单击"下一步"按钮可以打开后续的对话框进行必要的设置及选择,单击"完成"按钮将应用系统默认的设置与选择。)

⑤ 在"数据库向导"最后一个对话框中(该对话框上部显示"以上是向导构建数据库所需的全部信息",如图 2—5 所示),有一个"是的,启动该数据库"复选项,系统默认已选择,当去掉该选项,再单击"完成"按钮时,系统将数据库创建完毕。当选择该复选项,或者在前边步骤对话框中直接单击"完成"按钮时(即默认选择该复选项),系统将数据库创建完毕并自动打开要求输入公司等相关信息的对话框,根据需要选择或输入相关信息,并关闭相应的对话框,最终完成数据库的创建。应用模板创建好的数据库如图 2—6 所示。

系统提供的模板为学习建立数据库应用系统提供了借鉴,对后面创建表、查询、窗体、报表等对象具有很好的参考作用。

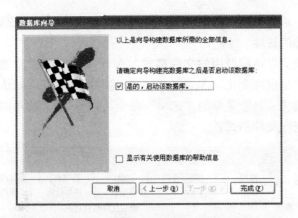

图 2—5　"数据库向导"对话框之一

图 2—6　讲座管理数据库

3.　数据库的基本操作

创建好数据库后，可以对数据库进行各种操作。数据库的基本操作包括数据库的打开和保存、数据库备份、数据库类型的转换等。

（1）数据库的打开和保存。

打开 Access 数据库文件一般有两种方法，直接双击数据库文件或者先打开 Access 系统，再通过"文件"菜单的"打开"命令打开数据库文件。

保存数据库文件不需要专门的操作，数据库内容会根据其中各种对象的操作自动保存。文件菜单中的"保存"和"另存为…"是针对数据库中的对象操作，不是数据库的保存。

（2）数据库备份。

通过数据库的备份操作可以将数据库文件在其他位置或以另外的文件名进行保存，以确保数据的安全。备份数据库的操作方法为：

① 打开要备份的数据库。

② 执行"文件"菜单的"备份数据库…"命令，打开"备份数据库另存为"对话框，

选择要备份的位置，填写备份后的文件名，单击"保存"按钮，完成数据库的备份。

（3）数据库类型的转换。

数据库类型指数据库系统使用的文件格式，Access 版本的提升增加了数据库的功能，对应数据库文件格式也出现变化，Access 2003 新建的数据库文件默认为 Access 2000 文件格式。用户可以通过"工具"菜单的"选项"命令，在图 2—7 所示的"高级"选项卡中，改变系统默认的数据库文件格式。

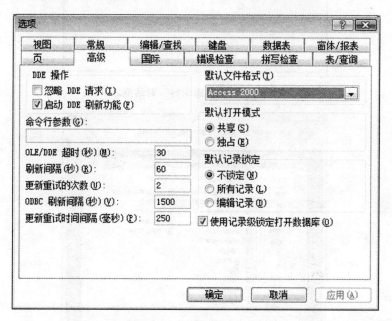

图 2—7 "高级"选项卡

Access 2003 可以转换的文件格式有 Access 97 格式和 Access 2002—2003 文件格式。文件类型转换的操作方法如下：

① 执行"工具"菜单的"数据库实用工具"中的"转换数据库"命令，如图 2—8 所示。

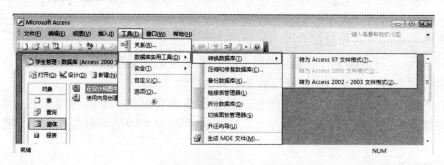

图 2—8 数据库类型转换

② 在最后的子菜单中选择要转换的文件类型，打开"将数据库转换为"对话框。

③ 在"将数据库转换为"对话框中，选择保存的位置，填写转换后的数据库文件名，单击"保存"命令，完成数据库文件格式的转换。

注意，高版本的文件类型转换为低版本的文件类型后，一些高版本的功能会消失。

2.3.2　Access 数据库对象

Access 数据库创建好后，数据库窗口右边为数据库对象选择标签，有 7 种不同类别的对象，即表、查询、窗体、报表、数据访问页、宏和模块，如图 2—9 所示。不同的对象在数据库中有着不同的作用。各种对象的创建在后续章节将详细介绍。

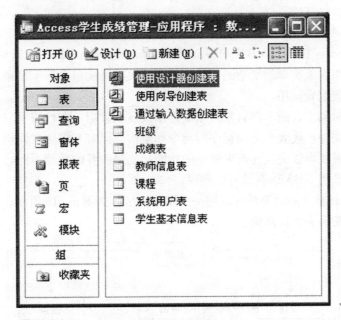

图 2—9　Access 数据库对象

(1) 表（Table）。

表是数据库中用来存储数据的对象。一个数据库一般由一个或多个表组成。关系数据库为表时，一般应遵循"关系规范化"理论，以避免在同一数据库中出现大量重复数据。表是整个数据库的核心与基础，其他类型的对象如查询、窗体、报表或页等的数据来源都直接或间接地由表提供。

(2) 查询（Query）。

查询是按照用户的需求在数据库中检索所需的数据，被检索的数据可以取自一个表，也可以取自多个表，还可以取自现有的其他查询。查询的结果也以表的形式显示，但它只是数据库表对象所包含数据的某种抽取与显示，本身并不含任何数据。

(3) 窗体（Form）。

窗体是 Access 数据库的人—机交互界面，主要用于为数据的输入和编辑提供便捷、美观的屏幕显示方式，其数据源可以是表或查询。窗体的类型大致可分为提示型窗体、控制型窗体和数据型窗体 3 类。

(4) 报表（Report）。

报表用于将选定的数据以特定的版式显示或打印，其内容可以来自表，也可来自查询，还可以创建计算字段或对记录进行分组并计算出各组数据的汇总等。

(5) 数据访问页（Web Page）。

数据访问页是 Access 与 Internet 技术结合的产物，是特殊的 Web 页。通过数据访问页，用户能够方便地向 Internet 或 Intranet 发布信息，而这些信息是基于 Access 数据库中的数据。

（6）宏（Macro）。

宏是某些操作的集合，其中每个操作实现特定的功能。用户可以将 Access 提供的基本宏指令按照需求组合起来，完成一些经常重复的或比较复杂的操作，它常常与窗体配合使用。

（7）模块（Module）。

模块是用 Access 提供的 VBA（Visual Basic for Applications）语言编写的程序单元，可用于完成无法用宏来实现的复杂的功能。每个模块都可能包含若干个函数或过程，模块常常与窗体或报表配合使用。

在以上 7 类对象中，前 5 类对象均用于存储或显示数据，在性质上属于数据文件，后两类可视为程序文件，代表了应用程序的指令和操作。但宏与模块之间仍有区别：一是复杂程度不一样，模块可以完成比宏更复杂的功能；二是两者的基础不同，宏是操作命令的集合，而模块则是用 VBA 语言编写的程序。

Access 中各对象之间的关系可以用一张图来表示，如图 2—10 所示。图中粗线箭头表示数据流，细线箭头表示控制流。

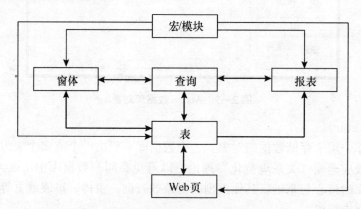

图 2—10　Access 各对象关系

Access 中可以使用一个文件管理所有的信息。在 Access 数据库文件中，可以使用表来存储数据，只需在一个表中存储一次数据，却可以从多个地点查看此数据。当更新数据时，会在出现该数据的任何地方自动更新该数据；可以使用查询来查找和检索所需数据；可以使用窗体来查看、添加和更新表中的数据；可以使用报表来分析或打印特定布局中的数据。所有这些内容（表、查询、窗体和报表）都是数据库对象。

需要说明的是，某些 Access 数据库包含指向存储在其他数据库中的表的链接。例如，一个 Access 数据库可能只包含表，而另一个 Access 数据库包含指向这些表的链接以及基于链接表的查询、窗体和报表。大多数情况下，无论表是链接的表还是实际存储在同一数据库中的表，都无关紧要。

要存储数据，可以为每种信息创建一个表。信息类型可能包括客户信息、产品和订单详细信息。要在查询、窗体或报表中收集多个表中的信息，需要定义表之间的关系。诸如客户 ID 之类的唯一 ID（关键字）用于在表中将一个记录与另一个记录区分开来。

通过将一个表的唯一 ID 字段添加到另一个表中并定义这两个字段之间的关系，Access 可以匹配这两个表中的相关记录，以便在窗体、报表或查询中收集相关记录。但在 Web 数据库中，不可使用"关系"对象选项卡来创建关系，可以使用查阅字段在 Web 数据库中创建关系。

通过查询，可以查找和检索满足指定条件的数据，包括多个表中的数据。也可以使用查询同时更新或删除多个记录，以及对数据执行预定义或自定义的计算。但不可以使用查询来更新或删除 Web 数据库中的记录。

使用窗体一次一行地轻松查看、输入和更改数据，也可以使用窗体执行其他操作，例如向另一个应用程序发送数据。窗体通常包含链接到表中基础字段的控件。当打开窗体时，Access 会从其中的一个或多个表中检索数据，然后用创建窗体时所选择的布局显示数据。可以使用功能区上的一个"窗体"命令（窗体向导）来创建窗体，或者在"设计"视图中自己创建窗体。可以使用"布局"视图（而不是"设计"视图）来创建 Web 数据库中的窗体和报表。表同时显示了许多记录，但可能必须水平滚动屏幕才能看到一个记录中的所有数据。另外，当查看表时，无法同时更新多个表中的数据。而窗体一次只侧重于一条记录，它可以显示多个表中的字段，也可以显示图片和其他对象。窗体可以包含一个按钮，通过单击此按钮，可以打印报表、打开其他对象或以其他方式自动执行任务。

使用报表可以创建邮件标签、显示图表中的总计、显示计算的总计等，对数据进行快速分析，或用某种设计好的固定格式或其他格式呈现数据。例如，可能会向同事发送一份对数据进行分组并计算总计的报表，或者用为打印邮件标签而进行了格式设置的地址数据创建一份报表等。

本章小结

本章主要介绍了 Access 数据库的发展、数据结构、启动与退出及其包含的数据对象，特别是数据对象部分，详细介绍了各对象的关系及其特点，说明了如何使用内置工具来深入了解特定的 Access 数据库。

习题

思考题

1. Access 数据库有哪几种不同类别的对象？分别简要介绍之。
2. 简要说明 Access 数据库各种不同类型对象之间的关系。
3. "数据库文档管理器"有什么作用？简述应用"数据库文档管理器"的基本步骤。
4. "对象相关性"任务窗格有什么作用？

第 3 章

数据表的创建和操作

数据库是一个数据对象的容器，数据表是容器中存储数据的对象，是整个数据库的基础。本章主要介绍数据表的创建、数据记录的编辑、记录排序筛选、数据表的操作等内容。

3.1 数据表的建立

数据表简称表，用于数据库数据的存储。数据表是由结构和记录两个部分组成。数据表的结构包含字段名、数据类型、数据大小、主键、有效性规则等。可以使用表向导、表设计器和输入数据的方法创建表的结构。在创建表前，需先掌握 Access 数据类型和数据表的结构知识。

3.1.1 Access 数据类型

Access 数据类型指表结构中字段存储数据的类型，不同的字段可以存储不同类型的数据。例如，人的姓名是文本数据，人员工资是货币数据，学生成绩是数值数据，出生日期是日期时间数据。在 Access 中提供的数据类型有 10 个选项。

(1) 文本：文本可以存储汉字字符、英文字符、数字字符或者它们的组合。英文字符和汉字字符都是 1 个存储大小，最多可以接受 255 个字符，系统默认的文本数据类型的大小为 50。文本数据不能参与数据的大小计算，常用于表示名称、地址、电话号码、邮政编码等。

(2) 备注：备注数据类型用于存储较大的文本内容，如个人简历、注释、情况介绍等其他说明性的信息，最多可以存储 64 000 个字符。

(3) 数字：数字类型是可以进行大小计算的数值数据。如学生的成绩、图书的数量、距离的长度、物体的体积等，数字类型的大小如表 3—1 所示，根据字段的数据范围，在"字段大小"属性下具体选择。学生学号、电话号码和邮政编码不适合作为数字类型，它们不具有数据大小的含义。

表 3—1 　　　　　　　　　　　　　　　　数字类型大小

字段大小	数字范围	小数位数	存储的大小（字节）
字节	$0\sim255$		1
整数	$-32\ 768\sim32\ 767$		2
长整数	$-2\ 147\ 483\ 648\sim2\ 147\ 483\ 647$		4
单精度	$-3.4\times10^{38}\sim3.4\times10^{38}$	7	4
双精度	$-1.797\times10^{308}\sim1.797\times10^{308}$	15	8
小数	$-1.797\times10^{308}\sim1.797\times10^{308}$	28	12

（4）日期/时间：用于存储日期和时间数据。日期/时间的具体格式如表 3—2 所示，日期允许的范围为 $100/1/1\sim9999/12/31$，存储的大小固定为 8 个字节，日期/时间类型可以进行数值计算。常用于存储出生日期、工作时间等。

（5）货币：用于存储与货币有关的数据。货币类型是一种特殊的数字，货币和小数位选择按照 Windows 控制面板中的环境设置。数据存储大小为 8 个字节，具有货币符号（如人民币￥，欧元€）和千分符，可以进行数字运算，常用于存储单价、金额、工资等。

（6）逻辑（是/否）：用于存储逻辑型数据。逻辑类型的值只有两个："是"或"否"（Yes/No），"真"或"假"（True/False），"开"或"关"（On/Off），存储大小固定为 1 个字节，常用于存储婚否、贷款否、党员否等。

表 3—2 　　　　　　　　　　　　　　　　日期/时间格式

日期/时间格式	示例
常规日期	1994/6/19 17:34:23
长日期	1994 年 6 月 19 日
中日期	94-06-19
短日期	1994/6/19
长时间	17:34:23
中时间	5:34:23 下午
短时间	17:34

（7）OLE 对象：OLE 的意思为对象的链接和嵌入，用于把其他应用程序中创建的对象（如图片、声音、Word 文档、Excel 电子表格等）通过链接或者嵌入的方式放入 Access 数据库中。OLE 数据类型的大小最多 1GB，受可用的磁盘空间限制。

（8）超链接：用于存储可以链接的地址。可以是网络服务器上的目标文件，符合局域网 UNC（Universal Naming Convention）规范；可以是网页地址，符合统一资源定位符 URL（Uniform Resource Locator）规范。超链接最多存储 64 000 个字符，常用于电子邮件地址、网页地址等。

（9）查阅向导：查阅向导不属于真正的数据类型。选择查阅向导可以创建一个查阅字段，该字段的数据输入通过下拉式选项提供。字段一般使用组合框，数据来源可以是其他表或者自定义列表。查阅向导的存储大小为 4 个字节，常用于固定的数据内容，如性别、国家名称、省市名称、月份等。

（10）自动编号：内容为数字的流水号，由系统自动产生。初始值默认为 1，存储大小为 4 个字节，是一个长整型的大小。在输入一条记录时，系统自动为自动编号的字段递增 1，删除记录时，自动编号不变。

3.1.2 数据表结构

Access 数据库的表对象是由若干个相互关联的数据表组成。数据表结构是关系数据库实体描述的具体化，关系自身和关系之间都要通过表的结构设计体现出来。表结构的主要内容有字段名称、字段数据类型、字段大小、主键、字段索引、字段有效性规则等。

（1）字段名：字段名对应关系中的属性。字段名由 1～64 个字符组成，可以包含字母、数字、空格和特殊字符，但不包括句号"."、感叹号"!"、单引号"'"和方括号"[]"，不能以空格开头。为了在后面对象中应用方便，特别建议字段名中间不要有空格或其他无意义的符号。

（2）字段数据类型和大小：字段数据类型按照前面叙述合理选择，比如电话号码，应设定为文本，工资应设定为货币。字段的大小除了文本、数字和自动编号需要人工选择外，其他均为系统设置。在确定字段大小时要考虑数据的最大可能范围，用于课程学习的字段大小可以灵活，比如学生的姓名，字段大小为 4 表示最多可以输入 4 个汉字或字符。

（3）主键（主关键字、主索引）：主键可以由一个字段或几个字段组成。主键的数据不能为空，不可以重复。虽然主键的设置不是必须的，但主键的设置是非常重要的。

主键的作用是：记录排序，Access 自动按主键排序显示记录，否则按自然输入顺序显示；提高查询的速度，按照主键查询是 Access 基本的查询，由于记录按照主键排序，故可以提高查询的速度；主键用于保证实体的完整性，当添加新的记录时，系统自动按照主键的数据检查和其他记录是否相同，若相同则不接受输入的记录。

（4）索引：索引用于数据的检索，可以提高查询速度。索引分为有重复索引和无重复索引。表之间的关联字段应建立索引。

（5）有效性规则：用于检查字段输入数据的正确性。为了防止不合理的数据输入，用有效性规则进行检查判断，通过有效性文本提示，以便修改。

3.1.3 使用设计器创建表

表设计器也称为表的设计视图。使用表设计器创建表，可以灵活设置字段名、方便选择数据类型、合理选择字段大小、准确设置字段属性等。学习创建数据表，必须掌握表设计器的使用。

在第 1 章中，已经介绍了学生管理数据库的基本关系，通过前面的数据类型和表结构的介绍，可以写出学生管理数据库中 4 个基本表的结构，如表 3—3 所示的学生表结构、表 3—4 所示的课程表结构、表 3—5 所示的成绩表结构和表 3—6 所示的教师表结构。

表 3—3 学生表结构

字段名称	数据类型和大小	主键、索引	有效性规则	其他
学号	文本（6）	主键　无重复索引		
姓名	文本（4）			
性别	文本（1）		"男" or"女"	
出生日期	日期/时间		＞#1986/1/1#	格式：短格式
系部	文本（8）			查阅向导
贷款否	是/否			
E-mail	超链接			
特长	备注			
照片	OLE 对象			

表 3—4 课程表结构

字段名称	数据类型和大小	主键、索引	有效性规则	其他
课程号	文本（3）	主键 重复索引		
课程名	文本（15）			
学分	数字 字节			
开课学期	数字 字节			
学时	数字 整数			
课程说明	备注			
教师代码	文本（4）	有重复索引		

表 3—5 成绩表结构

字段名称	数据类型和大小	主键、索引	有效性规则	其他
学号	文本（6）	主键 有重复索引		
课程号	文本（3）	主键 有重复索引		
平时成绩	数字 单精度			
考试成绩	数字 单精度			

表 3—6 教师表结构

字段名称	数据类型和大小	主键、索引	有效性规则	其他
教师代码	文本（4）	主键 无重复索引		
姓名	文本（4）			
性别	文本（1）		"男" or"女"	查询向导
学历	文本（6）			
职称	文本（5）			查询向导
系部	文本（8）	查询向导		
照片	OLE 对象			

1. 创建表的基本过程

使用表设计器创建表的基本过程如下：

①进入表设计器。打开要建立表的数据库，选择表对象（加亮显示），单击"新建"命令按钮 新建(N)，出现如图 3—1 所示的"新建表"对话框，选择"设计视图"，单击"确定"按钮（或者双击"使用设计器创建表"），弹出如图 3—2 所示的表设计器。

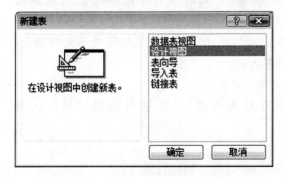

图 3—1 "新建表"对话框

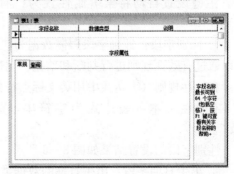

图 3—2 表设计视图

在表设计器中，上部分为字段名、数据类型及说明信息，下部分用于设置字段的属性，提示信息在右侧显示。

②定义字段名称、数据类型和字段大小。按照预先表的结构，顺序键入每个字段名并选择数据类型，在字段属性中选择字段大小。

③确定主键、索引。表一般要设置主键，根据需要设置索引。表在保存前，系统会检查有无主键，若无主键，则自动添加一列自动编号，并设置为主键。

④设置有效性规则和有效性文本。按照字段数据要求，设计有效性规则的表达式，填写有效性文本提示信息。

⑤保存表并为表命名。新建的表系统默认表名为"表1"，表设计完成后，需要为表重新命名（见图3—3）。

⑥关闭表设计器。

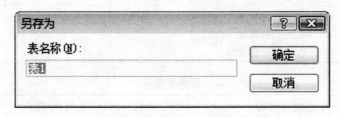

图3—3　"另存为"对话框

2. 学生表的设计

【例3—1】　按照表3—3的学生表结构，设计学生表。

操作步骤和方法如下：

① 打开学生管理数据库，选择表对象，双击"使用设计器创建表"，弹出表设计器。

② 学号字段：在字段名称列，输入"学号"，在数据类型下拉列表框中选择"文本"，这时常规卡中文本数据类型的有关属性显示，如图3—4所示。字段大小属性设置为6，其他属性默认（不设置）。

学号字段是主键，设置方法是：单击学号选定按钮，再单击工具栏上的主键按钮。或者右键单击学号的选定按钮，在弹出的快捷菜单（见图3—5）中，单击主键。主键设置自动将索引属性置为：有（无重复），同时学号字段的标志出现钥匙图形。

③ 性别字段：性别字段限制数据为"男"、"女"两个字符，其他的字符不允许接受，可以通过有效性规则进行判断和禁止。属性设置为：

有效性规则（表达式中用英文标点符号）:"男" or"女"；

有效性文本（表达式为字符串，标点符号无要求）：性别只能是"男"或者"女"。

性别字段的设置结果如图3—6所示。

④ 出生日期字段：出生日期的数据类型为日期/时间，属性设置为：

格式：短日期；

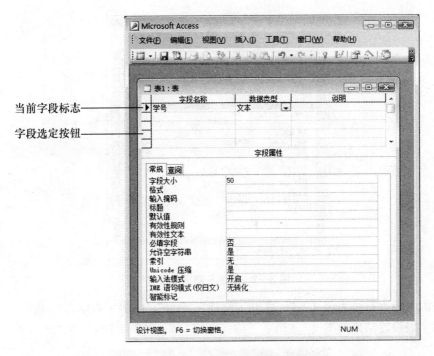

图 3—4　学号字段设置

图 3—5　字段快捷菜单

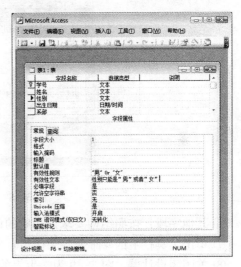

图 3—6　性别字段设置

有效性规则：＞＃1986/1/1＃；

有效性文本：学生限制在 1986 年 1 月 1 日以后出生的。

最后的设置结果如图 3—7 所示。

⑤ 系部字段：系部字段为文本数据类型，同时可以采用查阅向导。选择系部字段，单击查阅卡，在查阅卡中设置有关属性为：

显示控件：组合框；

行来源类型：值列表；

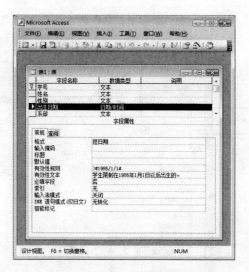

图 3—7 出生日期字段设置

行来源（标点符号为英文）："计算机";"法律";"金融";"化学";"数学"。
系部字段设置结果如图 3—8 所示。

图 3—8 系部字段设置

⑥ 其他字段：按照结构要求做相应的设置。

⑦ 单击工具栏上的 🔚 命令，保存并命名为"学生表"。

⑧ 关闭表设计器。图 3—9 为学生表的设计结果。

3. 教师表的设计

【例 3—2】 按照表 3—6 教师表结构，设计教师表。

设计过程参照学生表的步骤和方法，教师表的设计结果如图 3—10 所示。

4. 课程表的设计

【例 3—3】 按照表 3—4 课程表结构，设计课程表。

设计过程参照学生表的步骤和方法，注意课程表中的教师代码与教师表中的教师代码的数据类型、字段大小一致。课程表的设计结果如图 3—11 所示。

5. 成绩表的设计

【例 3—4】 按照表 3—5 成绩表结构，设计成绩表。

图 3—9　学生表设计结果

图 3—10　教师表设计结果

图 3—11　课程表设计结果

成绩表的设计步骤和方法基本上与学生表的相同，不同的是：

（1）设置主键：成绩表中，学号与课程号是组合主键。设置时，按住 Ctrl 键，分别单击学号和课程号的字段选定按钮，使两个字段同时选中，再单击工具栏上的主键按钮设置为主键。

（2）学号字段：需要与学生表进行关联数据检索，必须设置索引。索引属性选择：有（有重复）。

（3）课程号字段：需要与课程表中的课程号字段进行关联数据检索，必须设置索引。索引属性选择：有（有重复）。

（4）平时成绩和考试成绩字段：数据类型：数字；字段大小：单精度，考虑成绩数据最多 1 位小数的情况，数字类型格式设定为固定，小数位数为 1。

在成绩表设计中，注意关联字段的数据类型、字段大小要和主表一致。即成绩表中的学号与学生表中的学号一致，成绩表中的课程号与课程表中的课程号一致。成绩表的设计结果如图 3—12 所示。

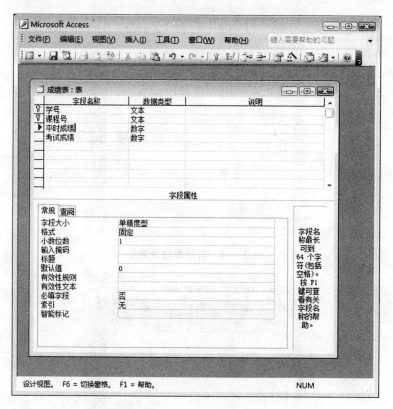

图 3—12　成绩表设计结果

3.1.4　其他方式创建数据表

其他方式创建表包括利用表向导和输入数据等方法，主要用于缺乏数据库知识、对数据表结构要求简单的情况。

1. 用向导创建表

向导提供了个人和商务上常用数据库表和字段，供用户选择。可以更改字段名，数据类型和字段属性只能回到设计器中进行设置。

【例3—5】 利用表向导在学生管理数据库中，创建一个同学录表。

分析：向导不需要提前对表结构预先专业设计，关注的是有哪些字段，能否在向导提供的字段中选择。同学录表在学生数据库中只是一个孤立的表。

操作步骤如下：

① 打开学生管理数据库，选择表，双击"使用向导创建表"。

② 弹出如图3—13所示的表向导第一步。从合适的示例表中，选择需要的字段。在"示例字段"列表中，把需要的字段通过 ▷ 按钮添加到"新表中的字段"，≫ 按钮为全部字段添加，◁ 按钮为字段移出，≪ 按钮为全部字段移出。对于字段名不符合要求的，可以通过"重命名字段"按钮更名。同学录设计形成的字段如图3—14所示。

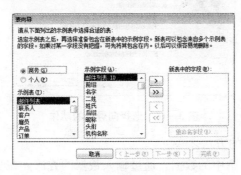

图3—13 学号字段设置

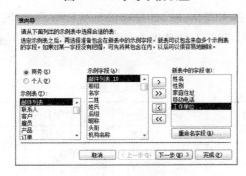

图3—14 字段选择结果

③ 单击"下一步"按钮，出现与数据库其他表关系的对话框，不做选择。

④ 单击"下一步"按钮，出现如图3—15所示的表命名和主键设置对话框，主键让系统设置，表命名为"同学录"。

⑤ 单击"下一步"按钮，出现图3—16向导完成后的动作，这里专业人员可以选择"修改表的设计"，而非专业人员可以选择其他项。

⑥ 单击"完成"，数据表建立，同时进入选择的视图。

2. 通过输入数据方式创建表

如果当前有手写简单数据表，需要在数据库中存储数据并建立相应的表，采用输入数

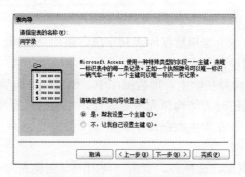

图 3—15 指定表名和主键

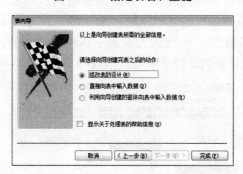

图 3—16 选择向导后的动作

据的方法创建表也是可行的方法之一。

【例 3—6】 用表 3—7 中的数据，通过输入数据的方法，在学生管理数据库中建立联系人信息表。

分析：对于给出的数据书写格式（如日期的格式、规范的货币数字、逻辑值等），系统能够自动辨别数据类型。联系人信息表也是学生管理数据库中的一个孤表。

操作步骤如下：

表 3—7 联系人信息

姓名	性别	联系电话	出生日期	工作单位
张三	男	029-12345678	1998 年 11 月 5 日	西安科技园
李四	女	010-34567891	1989 年 3 月 2 日	北京颐和园
王五	男	0913-4567890	1987 年 4 月 8 日	渭南师院

① 打开学生管理数据库，选择表对象。

② 双击"通过输入数据创建表"，弹出表数据视图。

③ 在记录行中输入数据，输入数据应为系统能够识别的格式，如逻辑数据为 True/False，结果如图 3—17 所示。

④ 给字段命名。顺序双击字段 1、字段 2 等有数据输入的列标题，重新命名字段名，结果如图 3—18 所示。

⑤ 保存表。单击工具栏的"保存"按钮，出现主键提示，选择让系统自动建立一个自动编号字段并设置为主键。在对话框中命名表为"联系人信息表"。

⑥ 关闭表。

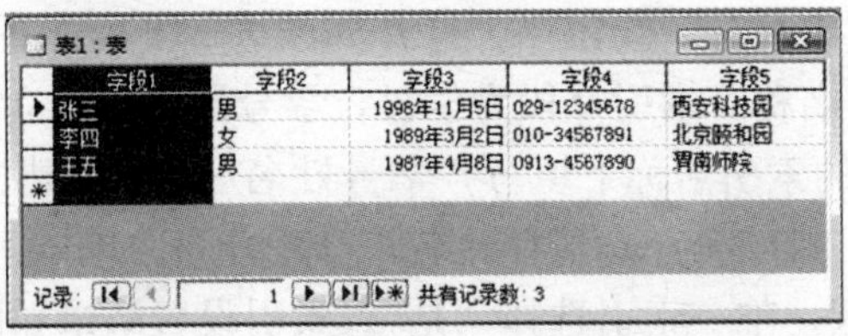

表1：表

字段1	字段2	字段3	字段4	字段5
张三	男	1998年11月5日	029-12345678	西安科技园
李四	女	1989年3月2日	010-34567891	北京颐和园
王五	男	1987年4月8日	0913-4567890	渭南师院

记录：1 共有记录数：3

图 3—17 输入数据

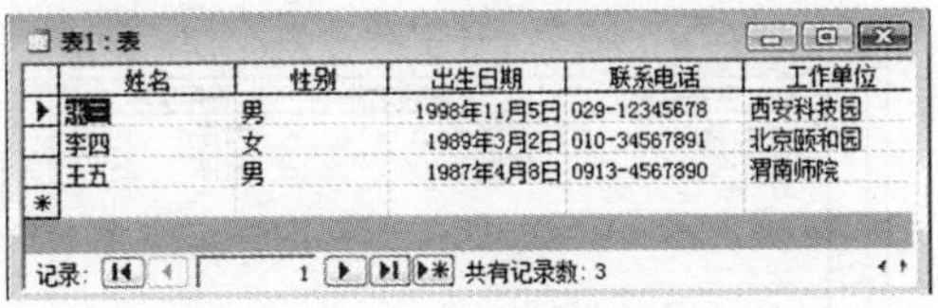

表1：表

姓名	性别	出生日期	联系电话	工作单位
张三	男	1998年11月5日	029-12345678	西安科技园
李四	女	1989年3月2日	010-34567891	北京颐和园
王五	男	1987年4月8日	0913-4567890	渭南师院

记录：1 共有记录数：3

图 3—18 字段命名

3.1.5 数据表索引

索引（Index）是数据库的重要内容，是在数据库中快速查询数据而实行的一种技术方法。日常使用的字典是按照 26 个字母顺序进行的索引，这给快速查找字词提供了方便，同理，数据库需要对经常查询的字段建立索引，以便加快查询的速度。

索引也有副作用。当数据库中的数据较大时，添加、更新数据，会增加数据库数据的更新时间，建立的索引数越多，更新数据占用的时间越多，因此，只对重要的字段建立索引，OLE 类型的字段不能建立索引。

1. 索引的类型

（1）主索引：主索引字段中，数据项没有重复值。表中数据记录按照主索引排序。在 Access 中，主索引也称为主键。通常，表必须设置主键。

（2）唯一索引：唯一索引字段中，数据项没有重复值。一个表中唯一索引可以有多个，但主索引只能有一个。当字段设置为主索引后，也必然设置为唯一索引。唯一索引可以防止数据输入重复值，如身份证号码，如果不能设置为主键，则应该设置为唯一索引。

（3）普通索引：普通索引的字段中，数据项允许有重复值。如姓名、职称等根据需要可以设置为普通索引。

2. 建立索引

索引可以是一个字段或多个字段的组合（最多 10 个字段）。单字段索引可以在表设计器的字段属性上直接设置，多字段索引设置一般在索引对话框中进行。

索引具有索引名称、索引字段和索引排序方式。单字段索引名称一般与字段名相同，默认为升序；多字段索引需要定义索引名称和排序，排序按照字段名顺序进行。

【例 3—7】 在学生表中设置学号和姓名共同组成唯一索引。

分析：学生表中建立学号和姓名的唯一索引不是必须的，这里仅作为一个多字段索引的实例。

操作步骤如下：

① 打开学生管理数据库，选择学生表，单击“设计”命令按钮设计(D)，进入学生表的设计视图。

② 单击工具栏上的"索引"按钮，打开如图 3—19 所示的"索引"对话框。其中的 PrimaryKey 是主索引名称，索引字段为学号，学号同时也建立了唯一索引。

③ 在图 3—19 空白的索引名称下填写"学号姓名"（为要建立的组合索引名称）。在字段名称栏，选择学号，排序升序；选择姓名，排序升序。单击索引名称"学号姓名"单元，在下边的索引属性区，唯一索引选择"是"。索引设置结果如图 3—20 所示。

④ 单击工具栏上的"保存"按钮，保存索引设置，关闭"索引"对话框。

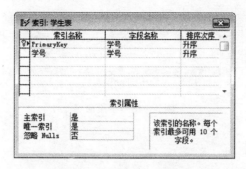

图 3—19　"索引"对话框

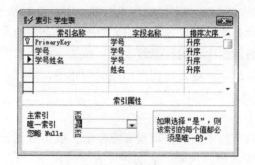

图 3—20　索引设置结果

3. 删除索引

单字段索引的删除方法是：选中索引字段，索引属性选择"无"。

多字段索引删除的方法是：在索引对话框中，选中每个索引字段，按键盘的删除键删除。删除主索引前，先删除表之间的关联，然后删除主索引。

3.1.6　建立表之间的关系

实际数据库中，表之间的关系有两种：一对一和一对多。客观世界中的多对多现象，可以分解为两个一对多关系。在数据库表的设计中，通过表的结构及索引设置为关系建立奠定了基础。

关联是指两个表的关联字段数据项具有一致性，关联字段的字段名通常相同，数据类型和数据大小一致。如学生表不存在的学号，在成绩表中也是不存在的，课程表中没有的课程号，在成绩表中是不能出现的。关联通过确认参照完整性设立，关联有更新关联和删除关联两个设置项。

联接指在多表检索数据时，结果记录集的生成方法。联接的类型有三种，自然联接、左联接和右联接。Access 中只有自然联接是有效的，也是默认的联接。

建立表之间的关系包含了确认关系、确认关联和确认联接三个方面的内容。

1. 创建关系

【例 3—8】　建立学生管理数据库表之间的关系。

分析：在学生管理数据库中，学生表与成绩表，教师表与课程表，课程表与成绩表之间具有公共字段，需要分别建立关系。

操作步骤如下：

① 打开学生管理数据库，执行菜单"工具" | "关系"命令，或者单击工具栏上的"关系"按钮，出现如图 3—21 所示的"关系"窗口。其中"显示表"窗口可以通过单击工具栏上的显示表按钮打开或关闭。

② 把学生表、课程表、成绩表和教师表添加到关系中，调整表之间的位置和大小，使主表和子表邻近。

③ 建立学生表和成绩表之间的关系。选择学生表中的学号字段，按住鼠标左键拖动到成绩表学号字段上，松开鼠标左键，弹出如图 3—22 所示的"编辑关系"对话框。

图 3—21　"关系"窗口

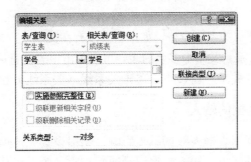

图 3—22　"编辑关系"对话框

参照完整性设置：选中"实施参照完整性"后，选中"级联更新相关字段"，表示对学生表中的学号更改后，系统会自动对成绩表中的学号进行更改；选中"级联删除相关记录"，表示对学生表中的某学生记录删除后，系统自动删除成绩表中该学生的相关记录。

联接类型设置：单击联结类型命令按钮，弹出如图 3—23 所示的"联接属性"选择。选项 1 对应自然联接，选项 2 对应左联接，选项 3 对应右联接。选择 1，单击"确定"按钮。

④ 关闭"编辑关系"对话框，学生表与成绩表的关系设置完成。

⑤ 建立教师表与课程表之间的关系。仿照步骤③和④，但教师表与课程表之间参照完整性不适宜设置"级联删除相关记录"。

⑥ 建立课程表与成绩表之间的关系。仿照步骤③和④。

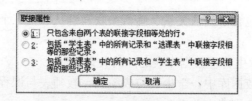

图 3—23 "联接属性"对话框

⑦ 保存关系，单击工具栏上的"保存"按钮 ，图 3—24 为学生管理数据表之间的关系。

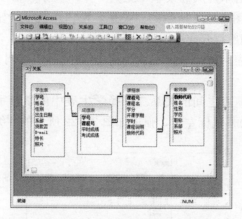

图 3—24 学生管理数据库表关系

⑧ 关闭"关系"窗口。

2. 编辑关系

（1）修改关系：打开"关系"窗口，双击要编辑的关系线，出现"编辑关系"对话框，重新设定关系选项。

（2）添加关系：打开"关系"窗口，如果新表没有在关系中，单击"显示表"按钮，添加需要的表，然后创建关系。关系中多余的表，可以单击该表，直接按键盘删除键删除。

（3）删除关系：在"关系"窗口中，单击关系线（关系线变粗），然后按键盘删除键。

3.1.7 数据表中数据的输入

没有建立关系的数据库表输入数据不受影响，结构设置完成后就可以直接输入数据记录，对于具有关系的数据库表，输入数据记录通常在建立关系以后进行，这样有利于发现数据输入中的关联错误。

本书学生管理数据库中使用的数据以数据表视图的形式提供，图 3—25 为学生表数据，图 3—26 为课程表数据，图 3—27 为教师表数据，图 3—28 为成绩表数据，这些数据用于操作模拟，读者也可以自己输入数据。

1. 数据输入方法

数据库的关系建立后，输入表中的记录应先输入主表中的数据，再输入子表中的数据。对学生管理数据库，按顺序输入学生表、教师表、课程表、成绩表的数据。输入数据在表的数据视图下进行，通过选择要输入数据的表，单击 打开(O) 命令进入。

不同的数据类型，输入的方法说明如下：

（1）文本数据：文本数据类型可以直接键入字符，学号、电话号码、邮政编码类的文

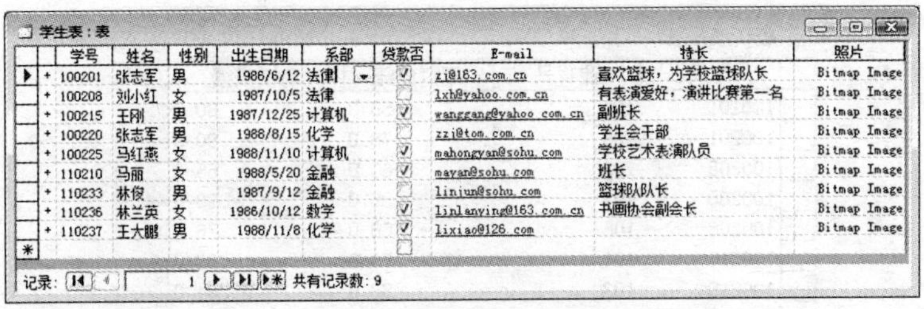

学生表：表

学号	姓名	性别	出生日期	系部	贷款否	E-mail	特长	照片
100201	张志军	男	1986/6/12	法律	√	zj@163.com.cn	喜欢篮球，为学校篮球队长	Bitmap Image
100208	刘小红	女	1987/10/5	法律		lxh@yahoo.com.cn	有表演爱好，演讲比赛第一名	Bitmap Image
100215	王刚	男	1987/12/25	计算机	√	wanggang@yahoo.com.cn	副班长	Bitmap Image
100220	张志军	男	1988/8/15	化学		zzj@tom.com.cn	学生会干部	Bitmap Image
100225	马红燕	女	1988/11/10	计算机	√	mahongyan@sohu.com	学校艺术表演队员	Bitmap Image
110210	马丽	女	1988/5/20	金融	√	mayan@sohu.com	班长	Bitmap Image
110233	林俊	男	1987/9/12	金融		linjun@sohu.com	篮球队队长	Bitmap Image
110236	林兰英	女	1986/10/12	数学	√	linlanying@163.com.cn	书画协会副会长	Bitmap Image
110237	王大鹏	男	1988/11/8	化学	√	lixiao@126.com		Bitmap Image

记录：1 共有记录数：9

图 3—25 学生表数据

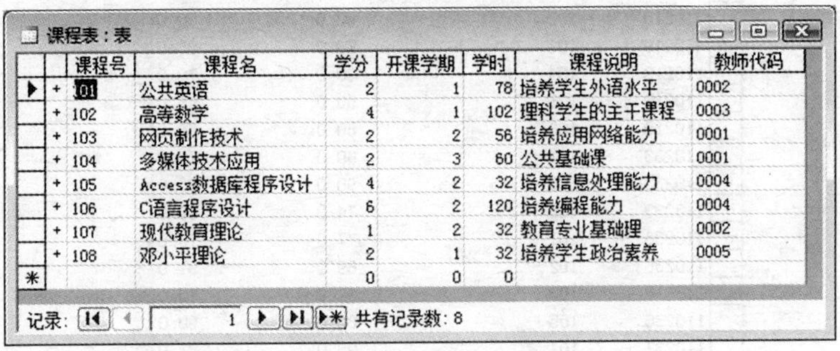

课程表：表

课程号	课程名	学分	开课学期	学时	课程说明	教师代码
101	公共英语	2	1	78	培养学生外语水平	0002
102	高等数学	4	1	102	理科学生的主干课程	0003
103	网页制作技术	2	2	56	培养应用网络能力	0001
104	多媒体技术应用	2	3	60	公共基础课	0001
105	Access数据库程序设计	4	2	32	培养信息处理能力	0004
106	C语言程序设计	6	2	120	培养编程能力	0004
107	现代教育理论	1	2	32	教育专业基础理	0002
108	邓小平理论	2	1	32	培养学生政治素养	0005
		0	0	0		

记录：1 共有记录数：8

图 3—26 课程表数据

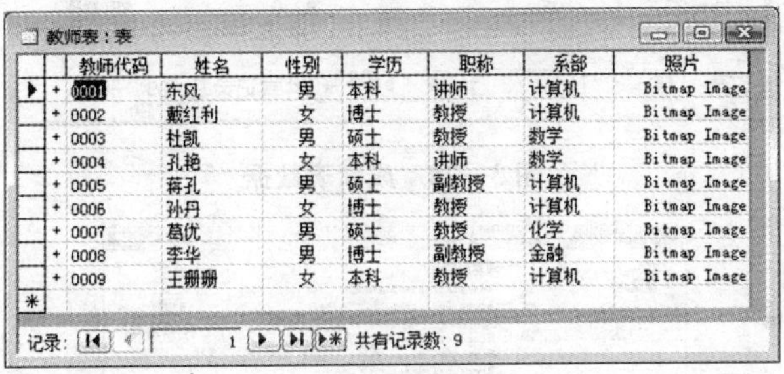

教师表：表

教师代码	姓名	性别	学历	职称	系部	照片
0001	东风	男	本科	讲师	计算机	Bitmap Image
0002	戴红利	女	博士	教授	计算机	Bitmap Image
0003	杜凯	男	硕士	教授	数学	Bitmap Image
0004	孔艳	女	本科	讲师	数学	Bitmap Image
0005	蒋孔	男	硕士	副教授	计算机	Bitmap Image
0006	孙丹	女	博士	教授	计算机	Bitmap Image
0007	葛优	男	硕士	教授	化学	Bitmap Image
0008	李华	男	博士	副教授	金融	Bitmap Image
0009	王姗姗	女	本科	教授	计算机	Bitmap Image

记录：1 共有记录数：9

图 3—27 教师表数据

本，要用英文数字格式，首字符不可以失误性地键入空格。主键字段，必须输入。

(2) 日期/时间数据：输入法为英文状态。对于只有年、月、日内容的，可以采用斜杠或横杠分割，如 1998/10/09 或 1998－10－09；对有年、月、日和时、分、秒内容的，日期和时间之间用空格分隔，时、分、秒用英文冒号分割，如 1998/10/09 08:30:00。

(3) 逻辑型数据：逻辑数据在输入时系统采用复选框表示，选中为“真”，不选为“假”。

(4) 超链接：超链接文本格式只要表达规范，系统自动改变为链接格式，如 zhangyi1986@163.com 的电子信箱。

(5) 备注类型：备注是长的文本，可以通过 Shift＋F2 键打开显示比例窗口进行输入。

(6) OLE 类型：OLE 数据的输入因对象的不同，操作方法也不同。

【例 3—9】 在学生表中输入学生照片的 OLE 类型数据。操作步骤如下：

①打开学生表，进入数据表视图。

②单击照片数据单元格，执行菜单“插入”|“对象”命令，出现如图 3—29 所示的对话框。

学号	课程号	平时成绩	考试成绩
100201	104	56.0	60.0
100201	106	78.0	90.0
100208	102	60.0	65.0
100208	104	85.0	90.0
100208	106	68.0	76.0
100215	101	76.0	80.0
100215	103	88.0	84.0
100215	104	90.0	91.0
100220	106	90.0	90.0
100225	101	80.0	90.0
110210	102	82.0	80.0
110210	103	78.0	86.0
110210	104	80.0	79.0
110210	105	50.0	45.0
110210	106	60.0	56.0
110233	101	60.0	70.0
110233	102	90.0	95.0
110233	105	74.0	80.0
110236	101	77.0	75.0
110236	102	89.0	91.0
110236	103	67.0	70.0
110236	105	80.0	90.0
110237	101	98.0	87.0
110237	102	65.0	54.0
110237	103	87.0	88.0
110237	105	82.0	85.0
		0.0	0.0

记录：14 ◄   1 ► ►1 ►※ 共有记录数：29

图 3—28   成绩表数据

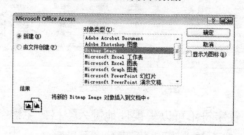

图 3—29   OLE 对象选择

③选择"新建"，在对象类型中，选"画笔图片"（Bitmap Image），单击"确定"，出现如图 3—30 所示的画笔图片应用程序窗口（系统默认的图片像素（宽×高）为 141×142）。

④粘贴图片。执行菜单"编辑"|"粘贴来源"命令，打开学生照片所在的文件夹，如图 3—31 所示，选择该学生的照片，单击"打开"按钮。

⑤图片大小调整。粘贴的图片与画笔默认的图片大小不一致时，可对刚贴入的图片拉动虚线进行大小调整。如图 3—32 所示。

⑥执行菜单"文件"|"退出并回到学生表：表（×）"，回到数据表视图，可以继续输入下一个数据。

（7）查阅数据：单击数据单元格，在下拉列表中选择。图 3—33 为系部字段的查阅输入。

（8）数字型数据：采用英文输入法状态，直接键入。

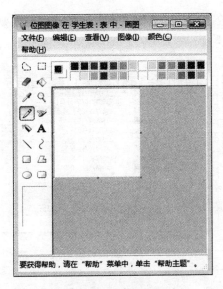

图 3—30 画图窗口

图 3—31 粘贴来源

图 3—32 照片贴入

（9）货币型数据：与数字型数据类似，键入货币数据不需要输入货币符号、千分位符号，更不要输入中文的逗号。

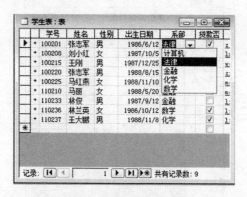

图 3—33　查阅数据输入

2．数据保存

Access 中数据输入的保存是自动实现的。在记录数据输入中，记录的选择按钮为铅笔图标，记录输入完毕，光标移动到其他记录后，记录自动保存。当输入的数据项不符合要求，光标移出时会提示修改。数据记录输入完成后，也可以单击工具栏上的"保存"按钮，然后关闭数据表视图。

3．表中数据的输入

建立数据库表之间的关系后，学生管理数据库各个表中数据输入方法是：首先按照图 3—25 输入学生表中的数据，再按照图 3—27 输入教师表中的数据，然后按照图 3—26 输入课程表中的数据，最后按照图 3—28 输入成绩表中的数据（成绩表是两个表的子表，可以在学生表中按学生输入数据，也可以在课程表中按课程输入数据。图 3—34 为在学生表中输入成绩表数据）。

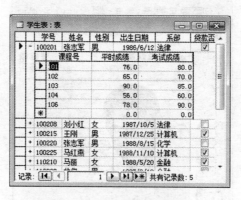

图 3—34　子表中数据输入

3.2　表结构编辑与深化设计

数据表结构设计是一个复杂的过程，需要设计者根据知识、经验对管理对象进行科学的抽象和实体划分，对每个关系表以及表中的字段、数据类型、属性等有符合实际的考虑。

表结构编辑主要有重命名字段、改变字段的排列顺序、添加和删除字段。深化设计主要有改变数据类型和大小、字段属性的设计以及表的属性设置。

3.2.1　字段编辑

1．重命名字段

在关联表中，关联的字段名不可以更改，要更改则必须先删除表之间的关联。其他字段名更改不受影响。

重命名字段的操作方法是：在设计视图下，单击字段名直接更改。或者在数据表视图下，右键单击字段名，在快捷菜单中选择重命名列。

2．字段顺序变更

字段顺序对表没有实质影响，不恰当的字段顺序会影响数据的阅读习惯，一般将主索引和重要字段排在前列，其他字段排在后列。

变更字段顺序的操作方法是：在表设计视图下，单击要移动字段的选定器，按住鼠标左键，移动到需要的位置上（移动到的位置出现黑线），松开鼠标。图 3—35 是将课程表中的"学时"字段移动到"开课学期"字段的前面。

3．添加删除字段

当表结构中需要添加新字段时，可以在合理的位置添加字段。添加字段的方法是：在表设计视图下，单击新字段添加行的任意地方，执行菜单"插入"|"行"。在空行处定义新的字段名、数据类型和属性。

需要删除某个字段时，操作方法是：选中要删除的字段，执行菜单"编辑"|"删除行"，或用键盘上的删除键删除。

3.2.2　字段属性

Access 在确定数据类型后，才可以设置对应数据类型的字段属性，因此数据类型和字段属性设置密切相关。

1．数据类型和字段大小

改变数据类型需要注意的是，关联字段的数据类型必须一致，不能单独改变；无数据记录的字段数据类型可以更改；有数据记录的字段数据类型在更改后，可能会丢失数据。

数据类型改变后，字段大小会因此改变。需要人工重新设置字段大小的数据类型有文本、数字和自动编号。字段大小由大转化为小，文本数据会丢失长度后的字符，数字则可能发生错误。

2．输入掩码

为了限制输入数据对字符、标点、空格、数字等的特殊要求，屏蔽非法字符，可以设定字段的输入掩码属性。输入掩码可用于文本、日期/时间、数字和货币类型的数据。

（1）使用掩码向导：系统提供了输入掩码向导，通过单击输入掩码属性右边的按钮，弹出如图 3—46 所示向导。向导设置了一些常用数据的输入掩码格式。

【例 3—10】　在学生表中添加个人密码字段，数据类型为文本，字段大小 6，采用密码掩码。

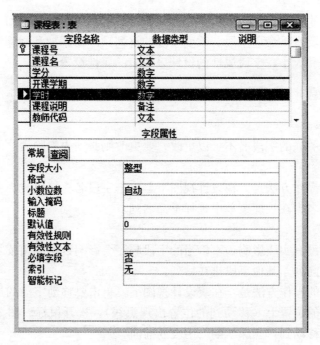

图 3—35 字段移动

分析：个人密码不希望别人看见，可以设置密码方式，使输入的编码显示为"＊"号。

操作步骤如下：

① 选中学生表，单击"设计"命令按钮 设计(D)，进入学生表设计视图。

② 添加"个人密码"字段，文本数据类型，字段大小为 6。

③ 将光标移动到输入掩码属性，单击"向导"按钮。

④ 在出现的图 3—36 中，选择输入掩码中的密码，单击"下一步"按钮。

⑤ 在弹出的对话框中，单击"完成"，密码掩码设置完成。

⑥ 单击工具栏上的按钮，保存对学生表的修改，掩码设置完成。

密码掩码的验证则在学生表数据视图下，输入个人密码字段的数据，显示为"＊＊＊＊＊＊"，如图 3—37 所示。

图 3—36 "输入掩码向导"对话框

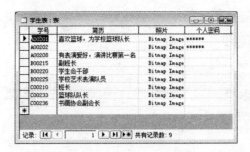

图 3—37 密码输入显示

（2）自定义输入掩码：表 3—8 为系统提供的输入掩码定义字符，通过掩码字符也可以自由设定掩码。

表 3—8 输入掩码定义字符及含义

字符	说明
0	数字（0～9，必须输入，不允许加号［＋］与减号［－］）。
9	数字或空格（非必须输入，不允许加号和减号）。
＃	数字或空格（非必须输入；在"编辑"模式下空格显示为空白，但是在保存数据时空白将删除；允许加号和减号）。
L	字母（A～Z，必须输入）。
？	字母（A～Z，可选输入）。
A	字母或数字（必须输入）。
a	字母或数字（可选输入）。
＆	任一字符或空格（必须输入）。
C	任一字符或空格（可选输入）。
． ，：；－／	小数点占位符及千位、日期与时间的分隔符。（实际的字符将根据 Windows "控制面板"中"区域设置属性"对话框中的设置而定。）
＜	将所有字符转换为小写。
＞	将所有字符转换为大写。
！	使输入掩码从右到左显示，而不是从左到右显示。键入掩码中的字符始终都是从左到右填入。可以在输入掩码中的任何地方包括感叹号。
＼	使接下来的字符以字面字符显示（例如，＼A 只显示为 A）。

【例 3—11】 为学生表添加一个电话号码字段，文本数据类型，字段大小为 13，并设置输入掩码。

分析：为了规范电话号码的书写表达，可以通过输入掩码设置格式，如对区号添加括弧，限制号码输入是数字或空格。

操作步骤如下：

① 选中学生表，单击"设计"命令按钮 设计(D)，进入学生表设计视图。

② 添加"电话号码"字段，文本数据类型，字段大小为 6。

③ 设置输入掩码属性，输入" ＼（999＼）999999"，如图 3—38 所示。

④ 保存对学生表的修改，单击工具栏上的按钮，自定义掩码设置完成。

电话号码字段设置掩码后，在数据表视图下输入数据时，显示的格式为：（_____）_____，效果如图 3—39 所示。

图 3—38 自定义输入掩码

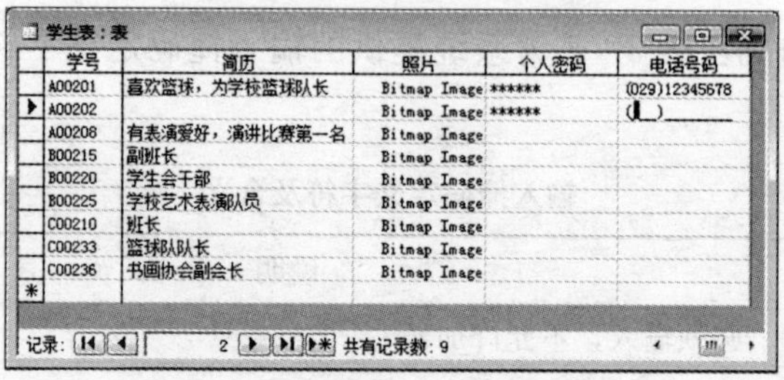

图 3—39 输入掩码显示效果

3. 标题

"标题"属性将作为数据表视图、窗体、报表等界面中的列名称。如果没有为字段指定标题，Access 默认用字段名作为列名称。

4. 数字和货币类型的格式

格式反映了数据的显示方法，如数字的负数、小数位数；货币的符号、千分位等。数字和货币数据类型系统预定义的格式相同（自定义格式可参考其他资料）。表 3—9 给出预定义的格式说明。

【例 3—12】 给教师表添加一个工资字段，数据类型为货币。

分析：添加的工资字段应设置为货币数据类型，而工资字段的格式属性可以采用预定义中的货币格式。

操作步骤如下：

① 选中学生表，单击"设计"命令按钮 设计(D)，进入学生表设计视图。

② 添加"工资"字段，货币数据类型。

③ 设置格式属性，格式为货币，如图 3—40 所示。

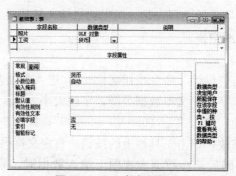

图 3—40 工资字段格式

④ 单击工具栏上的"保存"按钮，保存对教师表的设计更改。

工资字段设置完成后，在教师表数据表视图中，对工资字段输入 45，显示为￥45.00，输入 100.556，显示为￥100.56，输入 2345.6，显示为￥2,345.60，如图 3—41 所示。

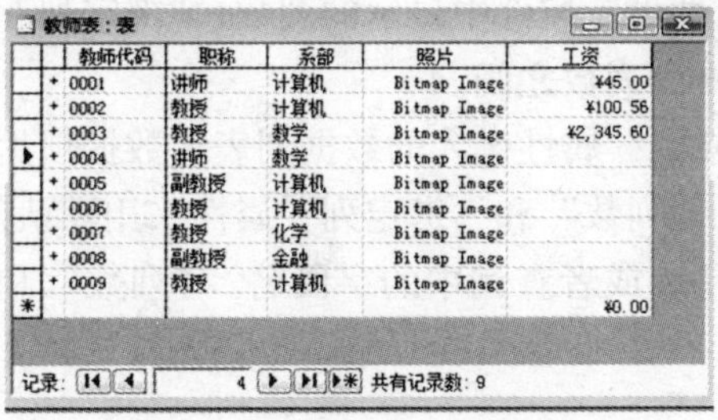

图 3—41　工资字段输入效果

表 3—9　　　　　　　　　　　　数字、货币类型预定义格式

格式	说明
常规数字	（默认值）以输入的方式显示数字。
货币	使用千位分隔符；对于负数、小数以及货币符号、小数点位置按照 Windows "控制面板"中的设置。
欧元	使用欧元符号（€），不考虑 Windows 的 "区域设置"中指定的货币符号。
固定	至少显示一位数字，对于负数、小数以及货币符号、小数点位置按照 Windows "控制面板"中的设置。
标准	使用千位分隔符；对于负数、小数以及货币符号、小数点位置按照 Windows "控制面板"中的设置。
百分比	乘以 100 再加上百分号（%）；对于负数、小数以及货币符号、小数点位置按照 Windows "控制面板"中的设置。
科学记数	使用标准的科学记数法。

5. 必填字段

必填字段属性有"是"和"否"两个值，取值为"是"，表示本字段必须输入数据，取值为"否"，表示本字段可以不输入数据。

6. 允许空字符串

空字符串的含义为零长度的字符串，VBA 语言中表示为:""，即双引号内无空格无字符。允许空字符串属性有"是"和"否"两个取值，默认为"否"。该属性应用于文本、备注和超链接数据类型的字段。

说明：零长度字符串不同于空，空的表示为 NULL，而零长度字符串的表示为:""。当希望字段不输入数据又不是空值时，必填字段属性选"是"，并且允许空字符串属性选"是"。

7. 查阅属性

查阅属性对于文本、数字和逻辑数据类型可以使用。查阅向导利用组合框或者下拉列表框控件，在数据表视图和窗体视图下，提供输入数据的选项。关于控件的相关属性可参阅第 6 章中的有关内容。

建立查阅向导通常使用组合框控件，不仅可以选择数据，而且可以输入数据，要限制输入数据限于列表，须将查阅卡中的"限于列表"属性设置为"是"。

组合框的"行来源类型"有：

（1）表/查询。可以是表或者查询中某个字段中的数据。"行来源"属性中选择已经建立的表或查询；"列数"属性设置控件中显示的列数；"绑定列"属性设置指定哪一列是控件中使用的数据，数字在 0 到列数之间。

（2）值列表。在"行来源"属性键入的数据列表，数据项用英文分号分割，字符串选项要用英文双引号括起来。"列数"和"绑定列"属性采用默认值 1。

（3）字段列表。可以是表或者查询中的字段名。"列数"和"绑定列"属性采用默认值 1。

8. 默认值

默认值是系统自动添加的数据，填写默认值属性要用数据类型对应的常量。如，"性别"字段设置默认值为"男"，"男" 用英文双引号括起来。

9. Unicode 压缩

Microsoft Access 2000 或更高版本使用 Unicode 字符编码方案表示"文本"、"备注"或"超链接"字段中的数据。Unicode 将每个字符表示为两个字节，因此与 Access 97 相比"文本"、"备注"或"超链接"字段需要更多的存储空间，这是因为 Access 97 或更早版本中每个字符只以一个字节表示。

要消除 Unicode 字符表示法的影响并保证能够得到最佳性能，"文本"、"备注"或"超链接"字段的"Unicode 压缩"属性默认值应为"是"。字段的"Unicode 压缩"属性设为"是"后，任何首字节为 0 的字符在存储时都进行压缩，而在检索时解压缩。

10. 输入法模式

输入法模式用于日文汉字的转换模式，选项含义如表 3—10 所示。通常取系统默认。

表 3—10　　　　　　　　　　　输入法模式主要选择及说明

设置	说明
随意	不设置"日文汉字转换模式"（默认值）。
开启	打开"日文汉字转换模式"。
关闭	关闭"日文汉字转换模式"。
禁止	禁用"日文汉字转换模式"。

11. 智能标记

当选择智能标记属性后，在数据的显示中有一个标记，单击可触发对应的应用程序，有发送邮件、会议安排等。

3.2.3　表属性设置

表属性不同于字段属性，表属性用于设置表的默认视图、记录的有效性规则、记录的筛选和排序依据等。

【例 3—13】　设置学生表记录的有效性规则、数据筛选和排序依据。

分析：表的有效性属性是对记录中多个字段数据项相互制约的规则。本例对学号字段输入长度和出生日期进行限制；筛选对系部字段，限制为"计算机"；排序按出生日期。

操作步骤和设置如下：

① 选择学生表，单击"设计"命令按钮 设计(D)，进入学生表的设计视图。

② 单击工具栏中的"属性"按钮，弹出"表属性"对话框如图 3—42。

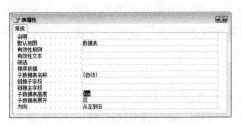

图 3—42　学生表"表属性"对话框

③ 设置表的默认视图。表的视图可以是数据表、数据透视表和数据透视图，采用默认的数据表视图。

④ 设置记录的有效性规则和有效性文本。通过对多个字段的条件是否满足来判断该记录的有效性。这里在"有效性规则"属性中输入"Len（[学号]）＝6 And [出生日期]＞#1986/1/1#"，在对应的有效性文本属性中输入"输入的学号长度必须 6 位，出生日期为 1986 年 1 月 1 日后的"。

⑤ 设置记录筛选。记录筛选为字符串表达式。在"筛选"属性输入"系部＝'计算机'"，则在数据表视图下应用筛选，只有系部字段为"计算机"的记录显示。

⑥ 设置记录排序。记录的排序方式为字符串表达式，在"排序依据"属性中输入"出生日期 DESC"，则在数据表视图下应用排序，记录按照出生日期字段的降序排列显示。

⑦ 设置完成后，单击工具栏上的按钮，保存。

学生表的表属性设置如图 3—43 所示，当输入记录不符合表的有效性规则时，系统会自动提示。

图 3—43　学生表表属性设置

3.2.4　表视图

表有四种视图，数据表视图、设计视图、数据透视表视图和数据透视图视图。前面设计表结构或对表结构的修改用设计视图，输入记录或编辑数据用数据表视图。

对表中数据若需要进行透视（表格的或图表的），可以设计数据透视表视图或者数据透视图视图。透视与 Excel 中透视方法类似，是按行字段和列字段进行的统计计算。

设计表的数据透视，只需要给出数据表透视或者数据图透视之一，系统就会自动生成另一个。

1. 数据透视表视图

数据透视表视图，通过设置行字段、列字段和筛选字段实现数据表的三维透视，汇总字段为三维下的统计项。进行数据透视的前提是数据表具有可以进行透视的字段分类。

【**例 3—14**】 为学生表建立一个按系部和性别统计学生人数的数据透视表。

分析：学生表可以把系部字段作为行标题，性别字段作为列标题，学号字段作为汇总（计数）字段，没有需要筛选的字段。

操作步骤如下：

① 打开学生管理数据库，选择表对象。

② 选中学生表，单击"打开"命令按钮 打开(O)，进入数据表视图。

③ 单击工具栏上的按钮 右边的箭头，在列表中选择数据透视表视图，弹出数据透视表设计界面，单击工具栏上的显示字段列表按钮 ，弹出数据透视表字段列表。图 3—44 为数据透视表视图的设计环境。

图 3—44 数据透视表设计环境

④ 在字段列表中，把"系部"拖到行字段，"性别"拖到列字段，"学号"拖到汇总字段位置，效果如图 3—45 所示。

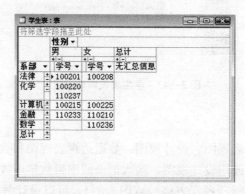

图 3—45 透视表字段选择

⑤ 在图 3—45 中，右键单击学号，选择快捷菜单"自动计算"|"计数"，并单击性别字段下的"－"折叠，呈现出按照系部名称统计的男女人数，结果如图 3—46 所示。

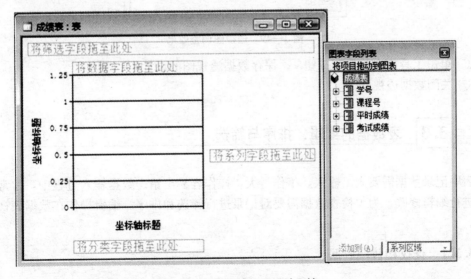

图 3—46 透视表效果

⑥ 单击工具栏上的保存按钮 ，保存学生表数据透视表的设计。

⑦ 关闭数据透视表。

2．数据透视图视图

数据透视图视图以图的方式形象地反映数据的大小与关系，图表类型有 12 种，提供了各种数据的图表展示需要。

【例 3—15】 设计成绩表的数据透视图视图，展示学生的课程成绩。

分析：成绩表中的数据反映的学生课程成绩不够直观，可以以数据透视图的方式形象地展示。

操作步骤如下：

① 打开学生管理数据库，选择成绩表，单击"打开"命令按钮 ，进入数据表视图。

② 单击工具栏上的按钮 右边的箭头，在列表中选择数据透视图视图，弹出数据透视图设计界面，单击工具栏上的显示字段列表按钮 ，出现表字段列表。图 3—47 为数据透视图视图的设计环境。

图 3—47 数据透视图设计环境

③ 在图表字段列表中，把"学号"拖到分类字段，"课程号"拖到系列字段，"考试成绩"拖到数据字段。如图 3—48 所示。

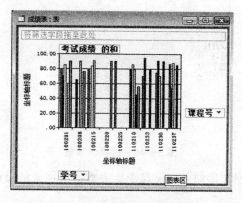

图 3—48 透视图字段选择

④ 右键单击绘图区，选择图表类型，在图表类型卡中选择三维柱形图，在三维视图卡中，投影方式选正影。

⑤ 在分类字段上，保留课程号 101，102，103，透视图的调整效果如图 3—49 所示。

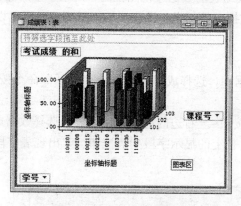

图 3—49 透视图调整效果

⑥ 单击工具栏上的保存按钮 📄。保存数据透视图的设计。

⑦ 关闭数据透视图。

3.3 表数据的编辑、排序与筛选

表中记录数据需要人工输入，工作量大，操作容易出错。数据输入过程中，常常要对数据进行编辑修改，为了检查数据需要对记录进行筛选和排序。编辑操作在数据表视图下进行。

3.3.1 查找和替换数据

查找与替换是数据编辑的基本操作，表中数据的查找与替换通常是按字段进行的。替换后的数据只能再次替换恢复。

【例 3—16】　在学生表中，查找姓"张"的数据记录，并替换为姓"周"。

分析：这里的查找与替换是对"姓名"字段进行的，而且是部分匹配。

操作步骤如下：

① 打开学生管理数据库，单击表对象，选中学生表。

② 单击"打开"命令按钮 **🗁打开(O)**，进入"学生表"的数据表视图。

③ 单击"姓名"字段列任意处，执行菜单"编辑"|"查找"命令，出现如图 3—50 (a) 所示的"查找和替换"对话框。

④ 在查找卡中，查找范围选"姓名"字段，匹配选择"字段开头"，查找内容填写"张"。

⑤ 单击"查找下一个"命令按钮，可以找到下一个姓张的学生。

⑥ 单击替换卡，执行替换操作，在图 3—50 (b) 中，将姓"张"替换为姓"周"，单击"替换"或"全部替换"命令，实现数据的替换。

⑦ 保存对数据的更改，单击工具栏上的按钮。

⑧ 关闭"查找和替换"对话框。

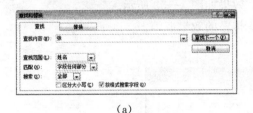 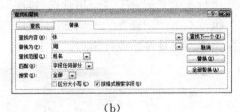

(a)　　　　　　　　　　　　　　(b)

图 3—50　"查找和替换"对话框

3.3.2　添加和删除记录

添加记录，执行菜单"插入"|"新记录"，在表的末尾处插入一个空记录，输入记录数据。或者直接在记录的末尾处键入新的记录。

删除记录，需对当前记录或选定的记录，执行菜单"编辑"|"删除记录"，或使用键盘上的删除键，可以将选中的记录删除。多条连续记录可以通过 Shift 键选中，再删除。

3.3.3　记录排序

记录排序有利于快速检索数据。没有设置主键的表，记录是按输入的顺序排序，有主键的表，记录是按主键值排序。人工检索中通常需要自定义排序。

排序在数据表视图下进行操作，排序可以是单字段排序，也可以是对多个字段排序。

1. 单字段排序

单字段排序是最常见的排序。操作方法是，在数据表视图下，选中要排序的字段列，单击工具栏上的按钮 **🔼**执行升序排列；单击工具栏上的按钮 **🗁打开(O)**执行降序排列。菜单操作的方法是，执行菜单"记录"|"排序"下的升序或降序排列命令。

2. 相邻多字段排序

多字段排序的原理是，首先按第一个字段排序，在第一个字段数据项相同的时候，按第二个字段排序，依此类推。相邻字段排在左边的为第一字段，向右其次。

相邻多字段排序的操作方法是，按住 Shift 键，选中相邻多列字段标题，单击工具栏上的"升序"或"降序"按钮。

3. 高级排序

对于不相邻的多字段排序，可以应用高级排序功能。

【例 3—17】 对学生表排序，排序的要求是，首先按照系部字段升序排序，再按性别字段降序排序。

分析：系部字段与性别字段不相邻，且排序方法不同，只能采用高级排序。

操作步骤如下：

① 打开学生管理数据库，单击表对象，选中学生表。

② 单击"打开"命令按钮，进入数据表视图。

③ 执行菜单"记录"|"筛选"|"高级筛选/排序"命令，出现筛选和排序的设计器窗口。

④ 在字段栏和排序栏，按要求分别选择"系部"排序为升序，"性别"排序为降序，如图 3—51 所示。

⑤ 执行菜单"记录"|"应用筛选/排序"，效果如图 3—52 所示。

⑥ 执行菜单"记录"|"取消筛选/排序"，排序的效果取消。

⑦ 关闭筛选排序的设计窗口。

图 3—51 高级排序设置

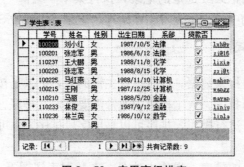

图 3—52 应用高级排序

3.3.4 记录筛选

筛选是从表中找出满足条件的记录，而将不满足条件的记录隐藏起来。筛选功能使数据记录显示更加清晰，方便检索和查看。

1. 按选定内容筛选

按选定内容筛选，是在数据表视图下，将光标置于要筛选的字段数据项中，使与该数据项相同的记录可以显示。

【例 3—18】 在学生表中，要求只显示计算机系的学生记录。

分析：实现要求可以有不同的操作过程，但最简单的方法就是在数据表的系部字段中，找到"计算机"数据项，然后按内容筛选。

操作步骤如下：

① 打开学生管理数据库，单击表对象，选中学生表。

② 单击"打开"命令按钮 打开(O)，进入数据表视图。

③ 单击"系部"字段中"计算机"数据单元。

④ 单击工具栏上的"按选定内容筛选"按钮，或者执行菜单"记录"|"筛选"|"按选定内容筛选"命令，出现筛选结果，如图 3—53 所示。

⑤ 取消筛选，执行菜单"记录"|"取消筛选/排序"命令，或单击"取消筛选"按钮。

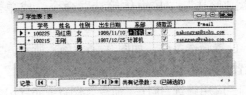

图 3—53 按选定内容筛选结果

2. 按选定内容排除筛选

按选定内容排除筛选，与"按选定内容筛选"的效果相反，筛选结果不包含当前光标所在数据项的内容。图 3—54 为在学生表中将光标置于系部字段的"计算机"数据项中，执行菜单"记录"|"筛选"|"内容排除筛选"的结果。

图 3—54 内容排除筛选结果

3. 按窗体筛选

窗体筛选用于多个字段，且在逻辑上可以设置"与"和"或"条件关系。

【例 3—19】 在学生表中，显示有贷款的男生记录。

分析：题目对记录的筛选条件是"与"的逻辑关系。

操作步骤如下：

① 打开学生管理数据库，单击表对象，选中学生表。

② 单击"打开"命令按钮 打开(O)，进入数据表视图。

③ 执行菜单"记录"|"筛选"|"按窗体筛选"命令，或单击工具栏上的"按窗体筛选"按钮。

④ 在弹出的窗体中，设置筛选条件，如图 3—55（a）所示。

⑤ 执行菜单"筛选"|"应用筛选/排序"命令。图 3—55（b）为筛选结果。

⑥ 取消筛选，执行菜单"记录"|"取消筛选/排序"命令，或单击工具栏上的"取消筛选"按钮。

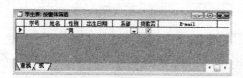
（a）筛选条件

（b）筛选结果

图 3—55　有贷款的男生记录筛选

【例 3—20】　在学生表中，显示金融或者法律系的学生记录。

分析：题目对记录的筛选条件为"或"逻辑关系。

操作步骤如下：

① 打开学生管理数据库，单击表对象，选中学生表。

② 单击"打开"命令按钮 打开(O)，进入数据表视图。

③ 执行菜单"记录"|"筛选"|"按窗体筛选"命令，或单击工具栏上的"按窗体筛选"按钮 。

④ 在弹出的窗体中，设置筛选条件，如图 3—56（a）所示。"或"关系需要在条件窗体左下角的"或"卡中设置。

⑤ 执行菜单"筛选"|"应用筛选/排序"命令。图 3—56（b）为筛选结果。

⑥ 取消筛选，执行菜单"记录"|"取消筛选/排序"命令，或单击工具栏上的"取消筛选"按钮 。

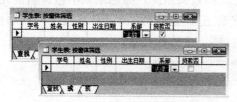
（a）筛选条件

（b）筛选结果

图 3—56　金融或法律学生筛选结果

4. 高级筛选

高级筛选具有多字段、字段条件、字段排序方式，可以满足各种筛选要求。

【例 3—21】　在学生表中，筛选 1986—1987 年出生的女生，并按照出生日期升序排列。

分析：筛选字段为"出生日期"和"性别"，出生日期限制表达为：$>>\#1986/1/1\#$ and $<\#1987/12/31\#$；性别限制表达为："女"。

操作步骤如下：

① 打开学生管理数据库，单击表对象，选中学生表。

② 单击"打开"命令按钮 打开(O)，进入数据表视图。

③ 执行菜单"记录"|"筛选"|"高级筛选/排序"命令，在弹出的"高级筛选"设计窗口中，选择字段和条件以及排序方式，设置效果如图 3—57（a）所示。

④ 执行"筛选"|"应用筛选/排序"命令，图 3—57（b）为筛选结果。

⑤ 取消筛选，执行菜单"记录"|"取消筛选/排序"命令，或单击工具栏上的"取消筛选"按钮 。

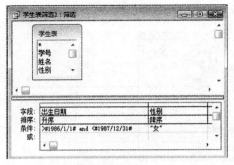

（a）高级筛选设置　　　　　　　　（b）高级筛选结果

图 3—57　高级筛选

3.4　数据表操作

数据表操作主要包括表格式设置、表复制、表打印、表数据的导入和导出等，是 Access 数据库建造过程中的常规操作。

3.4.1　表格式

表格式是数据表视图呈现效果的设置，格式设置的内容有字体、数据表（单元格效果、背景颜色等）、隐藏列、冻结列等。

【例 3—22】　设置学生表的格式。

首先，打开学生表，进入数据表视图，单击菜单"格式"，出现如图 3—58 中的子菜单，通过选择子菜单可以对有关内容进行设置。

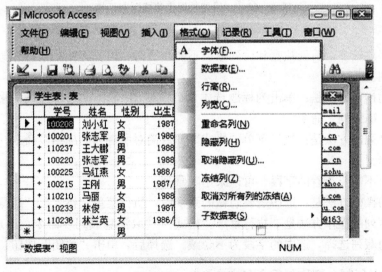

图 3—58　表格式菜单

1. 字体

在图 3—58 中，单击"字体"子菜单，出现如图 3—59 所示的字体设置对话框，可以设置数据表中数据显示的字体、字号、字形和颜色等。

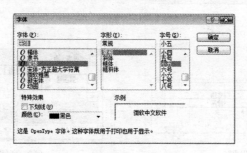

图 3—59　数据表"字体"对话框

2.数据表

在图 3—58 中，单击"数据表"子菜单，出现如图 3—60 所示的数据表对话框，可以设置单元格效果、网格线显示方式、背景色、网格线颜色、边框和线条样式等。

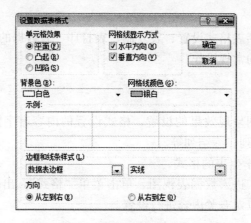

图 3—60　"设置数据表格式"对话框

3.冻结列

当表中字段较多，前列数据和后列数据不能参照时，需要冻结列。冻结列可以是单列或连续的多列。

冻结列的操作方法是：单击列标题选中单列或使用 Shift 键选中连续的多列，执行菜单"格式"|"冻结列"命令。

解除冻结列的方法是：执行菜单"格式"|"取消对所有列的冻结"命令。

4.隐藏列

表中暂时不需要查看的字段，可以采用隐藏列。

隐藏列的操作方法是：选中需要隐藏的列字段，执行菜单"格式"|"隐藏列"命令。

解除隐藏列的操作方法是：执行菜单"格式"|"取消隐藏列"命令，出现如图 3—61 所示的取消隐藏列选择，选中的字段为不隐藏。选择后，单击"关闭"按钮。

3.4.2　表复制、删除和重命名

1.复制表

复制表的操作方法是：选中要复制的表，执行菜单"编辑"|"复制"命令，再执行

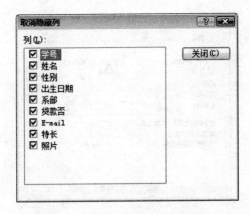

图 3—61 "取消隐藏列"对话框

"编辑"|"粘贴"，出现如图 3—62 所示的对话框。可以选择"只粘贴结构"、"结构和数据"、"将数据追加到已有的表"三种粘贴。

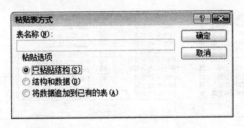

图 3—62 "粘贴表方式"对话框

复制表可以在同一个数据库中，也可以在不同的数据库中。

2. 删除表

选中要删除的表，按键盘上的删除键，或单击右键快捷方式中的"删除"。

3. 重命名表

选中表，单击"编辑"|"重命名"，或单击右键快捷方式中的"重命名"。更改表名后，系统会在其他对象引用中自动改变。

3.4.3 打印表

系统提供了直接打印表中数据的功能，可以将表中的数据按数据表视图的方式输出打印。

【例 3—23】 打印学生表中的数据。

操作方法和步骤如下：

① 打开学生管理数据库，单击表对象，选中学生表。

② 单击"打开"命令按钮 打开(O)，进入数据表视图。

③ 执行菜单"文件"|"页面设置"命令，出现如图 3—63 所示的"页面设置"对话框。设置纸张大小、页边距、是否打印标题选项等。

④ 执行"文件"|"打印预览"命令，预览打印效果如图 3—64 所示。

⑤ 执行"文件"|"打印"命令，选择打印范围、份数，确定打印。

图 3—63　页面设置

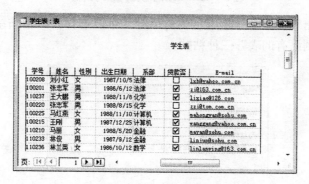

图 3—64　打印预览

3.4.4　数据导出和导入

Access 表中的数据可以导出，作为其他应用程序的数据（如，Excel、dBASE、Text、HTML 等），也可以把其他应用程序的数据导入到 Access 数据库中使用。

在导入导出数据活动中，OLE 数据类型因其自身的特殊性不能导入导出，超链接数据导出会添加超链接字符串。

1. 数据导出

【例 3—24】　将学生表导出为 Excel 文件。

操作步骤和方法如下：

① 打开学生管理数据库，在表对象中，选中学生表，执行菜单"文件"|"导出"命令。

② 在弹出如图 3—65 所示的导出对话框中，选择文件保存类型为"Microsoft Excel 97-2003"、保存位置桌面"新文件夹"，填写文件名"学生表"，单击"导出"命令。

③ 查看导出的文件。打开桌面新文件夹，打开"学生表.xls"，导出的效果如图 3—66 所示。

2. 导入数据

导入功能可以将其他 Access 数据库中的对象导入本数据库中，也可以把其他应用程序的数据文件如 xls 文件（Excel 工作表）、txt 文件（带分隔符的文本文件）、dbf 文件（dBASE 中的表文件）等导入为本数据库中的表。

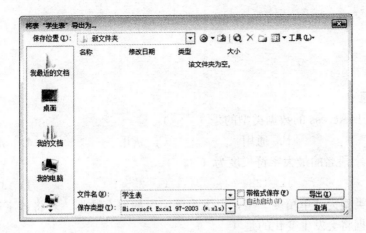

图 3—65 导出对话框

图 3—66 导出的 Excel 文件

【例 3—25】 将上面导出的"学生表 . xls"文件数据导入到学生管理数据库中。

操作步骤如下：

① 打开学生管理数据库。

② 执行菜单"文件"|"获得外部数据"|"导入"命令，出现"导入"对话框。

③ 选择导入的文件位置、文件类型和文件名后，执行"导入"命令。

④ 按照向导进行每一步操作。

⑤ 查看导入的数据表。

本章小结

Access 数据库通过集中式的文件管理，营造了简单方便的小型数据库管理系统。掌握 Access 的数据类型、字段属性，建立科学合理的数据表及表之间的关系是建立应用数据库系统的基础。

数据表原始数据的输入是一个长期烦琐的工作，掌握数据表数据的编辑、排序、筛选和表复制等操作技能，可以更好地管理数据库。

本章的要求是，能够比较科学合理地设计数据表结构及表之间的关系，会正确输入表中的数据，掌握数据表和数据库的基本操作。

习题

一、选择题

1. 下面属于 Access 的数据类型的是（　　）。

A. 字符　　　　　　　B. 通用　　　　　　C. 货币　　　　　　D. 日期

2. Access 字段名的最大字符长度为（　　）。

A. 64　　　　　　　　B. 128　　　　　　　C. 255　　　　　　　D. 32

3. 某字段类型为"单精度"型，以下为该字段的原有数据，若将该字段修改为"整型"，修改后数据将会发生变化的是（　　）。

A. 0　　　　　　　　B. 100 1　　　　　　C. −5　　　　　　　D. 3.141 59

4. 下面关于记录操作中叙述正确的是（　　）。

A. 主键字段可以不输入数据。

B. 一条记录输入完毕，系统会自动保存记录。

C. 自动编号字段可以修改数据。

D. 删除的记录可以通过编辑菜单恢复。

5. 下面关于索引正确的是（　　）。

A. 索引可以对各种数据类型建立。

B. 索引可以提高输入数据的速度。

C. 索引可以减少查询的时间。

D. 多字段索引必须具有相同的排序方式。

6. 要改变数据表视图的效果，需要执行的菜单是（　　）。

A. 文件　　　　　　　B. 工具　　　　　　C. 格式　　　　　　D. 编辑

7. 在 Access 表的"数据表视图"中，不能（　　）。

A. 修改字段的名称　　　　　　　　　B. 删除一个字段

C. 删除一条记录　　　　　　　　　　D. 修改字段的类型

8. 某数据库的表中要添加 Internet 站点的网址，则应该采用的字段类型是（　　）。

A. OLE 对象数据类型　　　　　　　　B. 超级链接数据类型

C. 查阅向导数据类型　　　　　　　　D. 自动编号数据类型

9. Access 对记录的筛选方式中，哪一个不是规定的筛选方式（　　）。

A. 按选定内容筛选　　　　　　　　　B. 按窗体筛选

C. 按条件筛选　　　　　　　　　　　D. 高级筛选

10. 下列有关数据库的描述，正确的是（　　）。

A. 数据库是一个 mdb 文件　　　　　　B. 数据库是一个关系

C. 数据库是一个结构化的数据集合　　　D. 数据库是一组文件

11. 将所有字符转换为大写的输入掩码是（　　）。

A. >　　　　　　　　B. <　　　　　　　C. 0　　　　　　　　D. A

12. 某文本型字段的值只能为字母且不允许超过 6 个，该字段的输入掩码属性定义为（　　）。

A. AAAAAA　　　　B. LLLLLL　　　　C. CCCCCC　　　　D. 999999

13. 某数据库的表中要添加一个 Word 文档，则应该采用的字段类型是（　　）。

A. OLE 对象数据类型　　　　　　　B. 超级链接数据类型

C. 查阅向导数据类型　　　　　　　D. 自动编号数据类型

14. Access 数据库的设计一般由 5 个步骤组成，以下步骤的排序正确的是（　　）。

a. 确定数据库中的表　　　　　　　b. 确定表中的字段

c. 确定主关键字　　　　　　　　　d. 分析建立数据库的实体构成和关系

e. 确定表之间的关系

A. dabec　　　　　B. dabce　　　　　C. cdabe　　　　　D. cdaeb

二、填空题

1. Access 数据库默认的数据库文件类型是_____。

2. 数据表设置主键的作用是_____。

3. 数据表建立索引的目的是_____。

4. 数据表之间通过_____保证数据的一致性。

5. 数据表通过设置_____保证实体的完整性。

6. 数据表通过设置_____保证域完整性。

7. 数据表有 4 种视图，分别是_____、_____、数据透视表视图和_____。

三、简答题

1. Access 具有哪些数据类型？各有什么作用？

2. 数据表索引类型有哪些？在数据库中的作用是什么？

3. 在 Access 中创建表有哪几种方法？各有什么特点？

4. 自动编号数据有什么特点？

5. 如何输入 OLE 类型的数据？

6. 在 Access 中是如何实现数据表之间的关联的？

7. 如何给数据表设置有效性规则？

四、操作题

1. 在桌面上建立"图书管理.mdb"的数据库。

2. 在图书管理数据库中，建立如下结构的 3 个表。

表 3—11　　　　　　　　　　　　　　　读者表

字段名称	数据类型及大小	主键或索引	其他约束
借书证号	文本 8	主键	
姓名	文本 4		
性别	文本 1		"男"或"女"
身份证号	文本 18	唯一索引	
部门	文本 8		
照片	OLE 对象		

表 3—12　　　　　　　　　　　　　　　　　图书表

字段名称	数据类型及大小	主键或索引	其他约束
图书编号	文本 8	主键	
书名	文本 16	普通索引	
出版社	文本 12		
作者	文本 4		
价格	货币		
内容简介	备注		

表 3—13　　　　　　　　　　　　　　　　　借阅表

字段名称	数据类型及大小	主键或索引	其他约束
借书证号	文本 8	主键，普通索引	
图书编号	文本 8	主键，普通索引	
借书日期	日期/时间		
还书日期	日期/时间		

3. 建立 3 个表之间的关系。

4. 输入 3 个表数据如下表：

表 3—14　　　　　　　　　　　　　　　　　读者表记录

借书证号	姓名	性别	身份证号	部门	照片
1101001	刘新奇	男	61050219870905032M	政治经济系	
1102001	吕凤仙	女	31022019780105021F	政治经济系	
1001002	刘茂	男	43010519890607030M	金融系	
1002001	王平章	男	29010619901102018M	数学系	
0901002	王燕飞	女	29010619910121024F	法律系	

表 3—15　　　　　　　　　　　　　　　　　图书表记录

图书编号	书名	出版社	作者	价格	内容简介
M0101001	中国近代历史	北京出版社	王军	25.50	
M0302005	文学概论	北京出版社	张文举	41.60	
M0604022	高等数学	人大出版社	华显峰	32.20	
J1002001	文学评论	上海出版社	姚文章	17.00	
J1106008	科学研究	科学出版社	祖先贤	21.00	

表 3—16　　　　　　　　　　　　　　　　　借阅表记录

借书证号	图书编号	借书日期	还书日期
1101001	M0101001	2004 年 3 月 5 日	2004 年 4 月 6 日
1101001	J1002001	2005 年 9 月 5 日	
1102001	M0101001	2004 年 4 月 9 日	
1102001	M0302005	2006 年 5 月 7 日	2006 年 9 月 5 日
1001002	M0604022	2006 年 5 月 7 日	
1002001	M0302005	2007 年 7 月 7 日	2007 年 10 月 10 日
1101001	J1106008	2007 年 4 月 1 日	

5. 分别给读者表、图书表、借阅表添加 3 条记录。

6. 给读者表增加电子邮箱字段：E-Mail，并输入数据。

7. 删除图书表中最后 1 条记录。

8. 备份"图书管理.mdb"数据库到你的便携式存储器中。

9. 查看数据：

a. 筛选图书表中，北京出版社的图书。

b. 筛选读者表中，除政治经济系之外的学生记录。

c. 筛选图书表中，北京出版社，王军的图书信息。

d. 筛选借阅表中，2004 年以后借出的书，并按照借出时间降序排列。

第 4 章

查　询

查询是对数据库数据的检索、计算、排序、统计过程，查询也是这个过程的算法表示。当执行查询时，从数据库中根据查询算法获取实时数据。

Access 中的查询分为选择查询、交叉表查询、操作查询和 SQL 语言查询，实现查询设计的途径有向导、查询设计器和 SQL 语言。

本章主要讲述使用向导和查询设计器实现选择查询、交叉表查询和操作查询，SQL 语言在第 5 章讲述。

4.1　查询概述

在 Access 数据库管理系统中，查询对象不仅包含通常的查询，也包含了数据的操作和定义等。查询提供了设计视图、数据表视图、SQL 视图、数据透视表视图和数据透视图视图。查询的数据源是表或者已经建立的其他查询。查询的结果也可以作为窗体、报表的数据源。

4.1.1　查询的功能

在 Access 中，查询的功能可以分为：

（1）对数据的查询功能。对数据进行检索、统计和计算，检索是在一个或多个表中查找所需要的数据列和记录；计算是根据已有的数据列计算新数据列；统计是分组求平均值、求和、计数、求最大值、求最小值。

（2）对数据的操作功能。对表中记录的添加、删除和更新。

（3）对数据的定义功能。通过查询实现对表的结构、索引和关系的定义等。

4.1.2　查询的类型

Access 查询可以分为四种类型。

选择查询：选择查询的数据源是表或查询，从中选择、计算需要的字段和满足条件的记录。选择查询按参数可以再分为无参数查询、固定参数查询和可变参数查询。

交叉查询：交叉查询的数据源是单个表或单个查询，把数据源中的字段按行标题和列标题分组进行的统计。

操作查询：是对数据表数据的改变操作，有添加记录、删除记录和更新记录。

SQL 查询：是查询的 SQL 语言表示。SQL 语言是数据库的通用语言，各种查询可以用 SQL 语言来表示，使用 SQL 语言可以实现复杂的查询。

4.1.3 常量、变量、运算符和函数

查询设计中需要用到运算符、常量、函数和表达式等知识，先叙述如下。

1. 常量和变量

常量是在查询中不会发生改变的数据。常量可分为用户自定义常量和系统常量。表 4—1 为常量的表示方法，True（Yes）、False（No）为系统定义的逻辑常量。

表 4—1   常量的表示

常量类型	表示方法	示例
文本	用英文单引号/双引号括起来的字符	"ad"、"中文"
数字	直接输入既可	45、—12、45.321
日期时间	用符号"＃"括起来	＃1996-07-01＃
逻辑	Yes 或 No；True 或 False	

变量是在查询中可以变化的数据，分为字段变量和用户自定义变量。字段变量就是表中的字段名；用户自定义变量用于查询的可变参数设置中，变量名用方括号"[]"括起来。

2. 运算符

运算符是数据库进行各种计算的符号表示，表 4—2 是 Access 中的运算符。

表 4—2   运算符及含义

运算符类型	符号及含义	示例
算术运算符	＋（加）、－（减）、＊（乘）、/（除）\（整除）、＾（乘方）、Mod（求余）	5 \ 2 的结果为 2 5 Mod 3 的结果为 2
关系运算符	＝、＞、＜、＞＝、＜＝、＜＞（不等于）	Between 60 and 90 表示数据为 ＞＝60 and ＜＝90
	Between…and…（数据范围）	In（"a"，"b"，"c"）
	In（数据列表）	表示数据为"a"or"b"or"c"
	Like 比较的字符串	Like"计算机＊"
空值判断	Is Null；Is Not Null	
字符连接运算符	&（连接两个字符串）	"ac"&"汉字"的结果为"ac汉字"
逻辑运算符	AND、OR、NOT（与、或、非）	

表中，NULL 代表没有数据，不具有任何数据类型含义，不可以进行关系运算。Like 运算符，用于文本数据类型比较，通常与通配符一起使用。In 运算符，对应的是数据列表，可以是文本、数字、日期类型。

3. 通配符

表 4—3 为 Access 中使用的通配符，用于字符比较的关系运算。如，比较姓名中的姓为"张"，可以写为：Like"张＊"；比较姓名中第二字为"燕"，并限定三字姓名，可以写为：Like"？燕?"；比较文本字符串最后一个字符为 0～9，可以写为：Like"＊♯"。

表 4—3	通配符及含义
模式中的字符	表达式中的匹配项
?	任何单个字符
*	零个或多个字符
♯	任何单个数字（0～9）字符

4. 函数

函数用于完成特定的运算功能，Access 使用嵌入的 VBA 函数。查询设计中常用的几个函数有：

Date（）返回当前系统的日期；

Year（日期）返回给定日期的年份；

Now（）返回系统当前日期时间。

5. 域聚合函数

域聚合函数用于对指定记录集（域）中的数据进行统计计算，通常在查询表达式、宏、计算控件中使用。表 4—4 为常用的域聚合函数。

表 4—4　　　　　　　　　　常用的域聚合函数

函数	功能	示例
DSum（expr，domain［，criteria]）	域求和	DSum（"［考试成绩]"，"成绩表"，"［学号］='A00201'"）
DAvg（expr，domain［，criteria]）	域平均	DAvg（"［考试成绩]"，"成绩表"，"［课程号］='101'"）
DCount（expr，domain［，criteria]）	域记录数	DCount（"［学号]"，"学生表"，"［性别］='男'"）
DMax（expr，domain［，criteria]）	域最大值	DMax（"［考试成绩]"，"成绩表"，"［课程号］='101'"）
DMin（expr，domain［，criteria]）	域最小值	DMin（"［考试成绩]"，"成绩表"，"［课程号］='101'"）
DLookup（expr，domain［，criteria]）	域指定值	DLockup（"［学号]"，"学生表"，"［姓名］='王刚'"）

其中：

（1）expr：字符串表达式，求解参数。可以是表或查询中的字段，或者是含有字段的计算表达式。

（2）domain：字符串表达式，给定的域参数。可以是表名或无参数的查询名。

（3）criteria：可选的字符串表达式，用于约束数据的范围。如果 criteria 被忽略，函数将对整个域计算 expr。

6. 表达式

表达式是用常量、变量和函数通过运算符连接起来的式子，表达式在查询的统计、计算、条件设置中使用。表达式具有数据类型，查询的条件表达式一般为逻辑型，但在查询设计器的条件栏中，表达式数据类型必须和字段数据类型一致。

4.2　选择查询

选择查询是从数据源中选择需要的字段和满足条件的记录，查询的数据源可以是表或者已经建立的查询，查询的结果是记录集，对结果记录集可进行计算、统计和排序。

选择查询的分类，按查询参数可以分为无参数、固定参数和可变参数查询；按查询表的数量可以分为单表查询和多表查询；按查询的设计途径可以分为向导查询和设计器查询；按查询的关系运算可以分为选择、投影和联接查询。

4.2.1　使用查询向导

针对查询的目标不同，系统提供了简单查询、重复项查询和不匹配项查询的查询向导。查询向导可以容易地实现无参数查询。

1. 简单查询向导

简单查询向导提供了从表或者查询中选择需要的字段，但不能设置查询参数和排序方式。

【例 4—1】　查询学生的学号、姓名、性别和所在系部信息。

分析：查询的数据源为学生表。

操作步骤如下：

① 打开学生管理数据库，选择查询对象，单击"新建"命令按钮 新建(N)。

② 在弹出如图 4—1 所示对话框中，选择"简单查询向导"，单击"确定"按钮。

③ 在弹出如图 4—2 所示的"表/查询"列表中，选择"学生表"，把题目要求的学号、姓名、性别和系部字段通过按钮调整到选定的字段列表中，单击"下一步"按钮。

④ 在弹出的图 4—3 中，输入查询的标题为"学生基本信息查询"，选择"打开查询查看信息"，单击"完成"按钮，图 4—4 为查询结果。

⑤ 关闭查询结果窗口。

2. 查找重复项查询向导

重复项是指在表的某个字段中有重复的数据项，如姓名相同，系部一样等。查找重

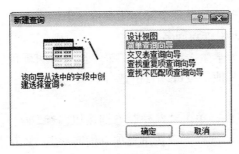

图 4—1　"新建查询"对话框

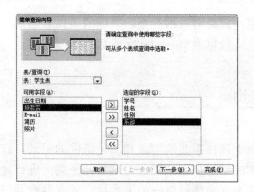

图 4—2 "简单查询向导"对话框

图 4—3 指定查询标题

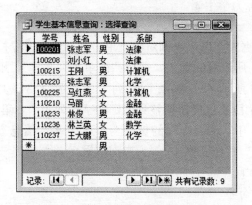

图 4—4 查询结果

复项会将该字段有重复数据项的记录全部作为查询结果。

【例 4—2】 在学生表中查找同名的学生。

分析：查询的数据源为学生表，查询对结果字段没有明确说明，除了姓名字段和用于区别的学号字段必选外，其他字段可以自由选择。

操作步骤如下：

① 打开学生管理数据库，单击"新建"查询按钮 新建(N)。

② 在出现的对话框中，选择"查找重复项查询向导"，单击"确定"按钮。

③ 在出现的如图 4—5 所示的"查找重复项查询向导"中，选择"学生表"为查询重复项的表，单击"下一步"按钮。

④ 在出现的图4—6中，把"姓名"字段作为具有"重复值字段"，单击"下一步"按钮。

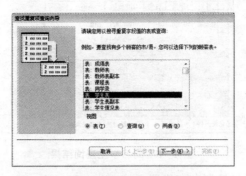

图4—5 "查找重复项查询向导"对话框

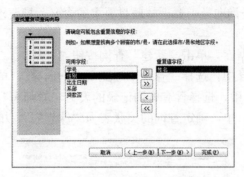

图4—6 确定重复值字段

⑤ 在出现的图4—7中，把"可用字段"列表中的所有字段放入"另外的查询字段"列表中。单击"下一步"按钮。

⑥ 在弹出的"确定查询名称"对话框中，命名标题为"同名学生查询"，单击"完成"按钮。

⑦ 查看结果，查询结果如图4—8所示。

⑧ 关闭查询结果窗口。

图4—7 确定可用字段

3. 查找不匹配项查询向导

查找不匹配项是指相互关联的两个表中，主表中有的记录在子表中找不到对应的记录。例如，在成绩表中，有的学生没有任何课程成绩记录；在课程表中，有的教师没有安排课程。

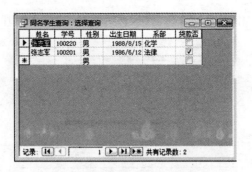

图 4—8   同名学生查询结果

【例 4—3】   查找哪些教师没有代课安排。

分析：使用不匹配查询向导需要理解题目要求的含义，把要求简化为不匹配问题。

操作步骤如下：

① 打开学生管理数据库，单击"新建"查询按钮 新建(N)。

② 在弹出的查询向导中，选择"查找不匹配项查询向导"，单击"确定"按钮。

③ 在出现的图 4—9 中，选择含有查询记录的表为"教师表"，单击"下一步"按钮。

④ 在出现的图 4—10 中，确定查询的关联表为"课程表"，单击"下一步"按钮。

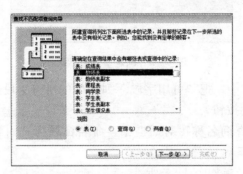

图 4—9   "查找不匹配项查询向导"对话框

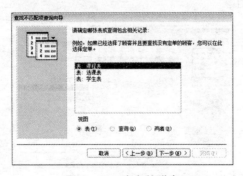

图 4—10   确定关联表

⑤ 在出现的图 4—11 中，确定在两个表中都有的信息为"教师代码"，单击"下一步"按钮。

⑥ 在弹出的图中，选择匹配外字段，这里全选，单击"下一步"按钮。

⑦ 在弹出的图中，确定查询的标题，这里是"没有代课教师查询"，单击"完成"按钮。

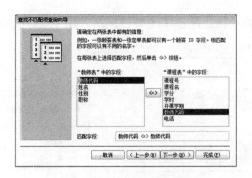

图 4—11 确定匹配字段

⑧ 查看查询结果，如图 4—12 所示。

⑨ 关闭查询窗口。

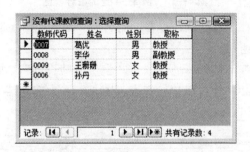

图 4—12 无代课教师查询结果

4.2.2 使用查询设计器

查询设计器也称为查询设计视图，在查询设计器视图中，所有的查询都可以在查询设计器中实现。在设计器中，可以容易地设置查询条件参数，对查询进行计算、统计和排序等。

建立查询可以直接使用查询设计器，也可以在使用向导后，在查询设计器中对查询修改完善。

【例 4—4】 查询学生课程成绩情况。

分析：该查询的数据源用到学生表、课程表和成绩表。多表查询当两个表中具有相同的字段名时，必须指明那个表中的字段名。本例选择的字段有：学生表、学号、姓名、课程名、开课学期、平时成绩和考试成绩。通过查询设计器来设计本查询。

操作步骤如下：

① 打开学生管理数据库，单击查询对象。

② 双击"在设计视图中建立查询"（或者，单击"新建"命令按钮，在"新建"对话框中选择"设计视图"，并单击"确定"按钮）。

③ 在弹出的查询设计视图中，通过"显示表"对话框（单击工具栏上的"显示表"按钮，可以打开或关闭"显示表"对话框），将学生表、课程表和成绩表添加到查询设计器中。

④ 在查询设计器下部的表栏和字段栏，选择需要的字段和所在的表，在排序栏选择

是否按该字段排序，在显示栏选择该字段是否显示。图 4—13 为设计情况。

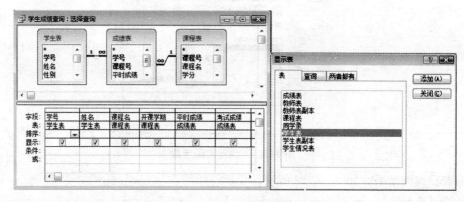

图 4—13   例 4—4 查询设计视图

⑤ 单击工具栏"保存"按钮■，将查询命名为"学生成绩查询"，单击"确定"按钮。

⑥ 关闭查询设计器窗口。

⑦ 执行查询，显示查询结果。通过双击"学生成绩查询"，或选中"学生成绩查询"，单击"打开"按钮■打开(O)，均可以执行查询，图 4—14 为查询结果。

⑧ 关闭查询结果窗口。

学号	姓名	课程名	开课学期	平时成绩	考试成绩
100201	张志军	公共英语	1	76.0	80.0
100201	张志军	高等数学	1	65.0	70.0
100201	张志军	网页制作技术	2	90.0	85.0
100201	张志军	多媒体技术应用	3	56.0	60.0
110236	林兰英	Access数据库程序设计	2	80.0	90.0
100201	张志军	C语言程序设计	2	78.0	90.0
110236	林兰英	公共英语	1	77.0	75.0
100208	刘小红	高等数学	1	60.0	65.0
110236	林兰英	网页制作技术	2	67.0	70.0
100208	刘小红	多媒体技术应用	3	85.0	90.0
110233	林俊	Access数据库程序设计	2	74.0	80.0
100208	刘小红	C语言程序设计	2	68.0	76.0
110237	王大鹏	公共英语	1	98.0	87.0
110210	马丽	高等数学	1	82.0	80.0
110210	马丽	网页制作技术	2	78.0	86.0
110210	马丽	多媒体技术应用	3	80.0	79.0
110210	马丽	Access数据库程序设计	2	50.0	45.0
110210	马丽	C语言程序设计	2	60.0	56.0
100215	王刚	公共英语	1	76.0	80.0
110237	王大鹏	高等数学	1	65.0	54.0
100215	王刚	网页制作技术	2	88.0	84.0
100215	王刚	多媒体技术应用	3	90.0	91.0
110233	林俊	公共英语	1	60.0	70.0
110236	林兰英	高等数学	1	89.0	91.0
110237	王大鹏	网页制作技术	2	87.0	88.0
110237	王大鹏	Access数据库程序设计	2	82.0	85.0
100220	张志军	C语言程序设计	2	90.0	90.0
100225	马红燕	公共英语	1	80.0	90.0
110233	林俊	高等数学	1	90.0	95.0

记录: ◄ ◄ 1 ► ►I ►* 共有记录数: 29

图 4—14   例 4—4 查询结果

4.2.3   查询中的计算和统计

计算是指根据现有的字段计算出的新字段。按照关系范式，为了减少数据冗余，表中的字段一般为原始字段，其他可以由原始字段计算产生的数据通过查询计算来实现。

统计是对一组记录根据分组字段进行的聚合计算（计数、求和、求平均等）。

【例 4—5】 查询学生的年龄。

分析：年龄需要根据学生表中的出生日期计算获得，数据源为学生表，计算年龄的表达式为：Year（date（））－Year（［出生日期］）。在设计中，新字段由两部分组成，用英文冒号分割，冒号左边是新的字段名，右边是新字段的表达式。表达式中标点符号为英文，字段名用括弧"［］"括起来，在显示栏对新字段选择"显示"。

操作步骤如下：

① 打开学生管理数据库，单击查询对象。

② 双击"在设计视图中建立查询"，进入查询设计器。

③ 在查询设计视图中，通过"显示表"对话框，把学生表添加到查询设计器中。

④ 按照图 4—15 设计查询，保存查询并命名为"学生年龄查询"。

⑤ 执行查询，图 4—16 为查询结果。

⑥ 关闭查询窗口。

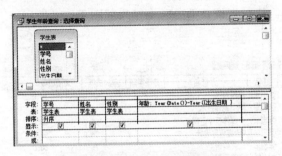

图 4—15 学生年龄查询设计

图 4—16 例 4—5 查询结果

【例 4—6】 计算学生的成绩总评。

分析：查询的数据源可以是表也可以是查询，本例的数据源可直接使用已经建立的"学生成绩查询"，然后，添加一个总评计算字段。总评字段的形成表达式为：总评：［平时成绩］*0.2＋［考试成绩］*0.8。

操作步骤如下（这里先使用向导，再修改查询设计）：

① 使用简单查询向导，数据源为"学生成绩查询"，添加全部可用字段为选定字段。

② 在"下一步"的对话框中，命名查询为"学生成绩总评查询"，选择修改查询设计，单击"完成"后，进入查询设计视图。

③ 填写总评字段，且在显示栏选择"显示"。设计效果如图 4—17 所示。

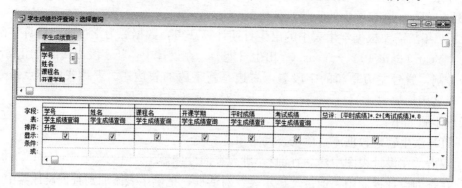

图 4—17   成绩总评设计效果

④ 单击工具栏上的"保存"按钮，保存查询设计。单击查询设计视图窗口的"关闭"按钮，关闭查询设计器。

⑤ 查看查询结果。执行查询，部分查询结果如图 4—18 所示。

⑥ 关闭查询窗口。

学号	姓名	课程名	开课学期	平时成绩	考试成绩	总评
100201	张志军	高等数学	1	65.0	70.0	69
100201	张志军	网页制作技术	2	90.0	85.0	86
100201	张志军	多媒体技术应用	3	56.0	60.0	59.2
100201	张志军	C语言程序设计	2	78.0	90.0	87.6
100201	张志军	公共英语	1	76.0	80.0	79.2
100208	刘小红	高等数学	1	60.0	65.0	64
100208	刘小红	多媒体技术应用	3	85.0	90.0	89
100208	刘小红	C语言程序设计	2	68.0	76.0	74.4
100215	王刚	多媒体技术应用	3	90.0	91.0	90.8
100215	王刚	网页制作技术	2	88.0	84.0	84.8
100215	王刚	公共英语	1	76.0	80.0	79.2
100220	张志军	C语言程序设计	2	90.0	90.0	90
100225	马红燕	公共英语	1	80.0	90.0	88

图 4—18   例 4—6 部分查询结果

【例 4—7】   查询各门课程的平均考试成绩。

分析：本例为统计查询，统计字段是"考试成绩"，统计方法是求平均。统计通常需要对记录分组，分组字段是"课程名"。因此，查询的数据源选择为"课程表"和"学生表"。设计分类统计查询时，需要的字段只有分类的字段和统计字段。

操作步骤如下：

① 打开学生管理数据库，选择查询对象。

② 双击"在设计视图中创建查询"，把"课程表"和"成绩表"添加到查询设计器中。

③ 执行菜单"视图"|"总计"命令，使查询设计视图中出现"总计"栏。

④ 选择"课程表"中字段"课程名"，在总计栏设置为"分组"，选择"成绩表"中"考试成绩"，在总计栏设置为"平均值"。

⑤ 对考试成绩列，修改列标题"考试成绩"表达为"平均分：考试成绩"，如图 4—19 所示。

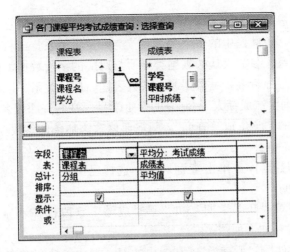

图 4—19 课程平均成绩设计视图

⑥ 对"平均分"设置数字格式。右键单击"平均分"列标题,在弹出的图 4—20 中设置格式为"固定",1 位小数。

图 4—20 字段属性

⑦ 保存查询,命名为"各门课程平均考试成绩查询",关闭查询设计器。

⑧ 执行查询,结果如图 4—21 所示,关闭查询窗口。

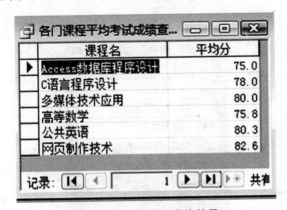

图 4—21 例 4—7 查询结果

4.2.4 查询中的参数

查询要求的条件是通过设置查询参数来实现的。参数是固定参数或是可变参数,参数数目是一个或多个，参数之间有"与"、"或"关系。

在查询设计器中，条件栏中的多个参数为"与"逻辑关系，或栏中的参数与条件栏参数形成"或"逻辑关系。参数表达的数据类型要与对应的字段数据类型一致。

对参数查询的思考分析主要是数据源、参数表达、逻辑关系。

【例 4—8】　查询考试成绩大于 80 分的学生学号、姓名、课程名和考试成绩。

分析：利用已有的"学生成绩查询"，只需要修改添加条件参数。

操作步骤如下：

① 打开学生管理数据库，单击查询对象，选择已有的"学生成绩查询"，单击"设计"命令按钮 设计(D)。

② 在设计器中，对"开课学期"和"平时成绩"字段选择不显示，在"考试成绩"字段的条件栏填写">80"，如图 4—22 所示。

③ 执行菜单"文件"|"另存为"，在弹出的对话框中，填写查询名称"考试成绩大于 80 查询"，单击"确定"按钮。

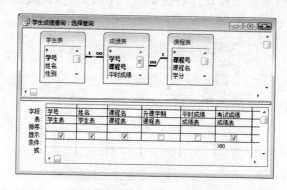

图 4—22　单个固定参数查询

④ 查看查询结果。通过工具栏中如图 4—23 所示的"视图转换"按钮，切换为"数据表视图"。图 4—24 为部分查询结果。

图 4—23　视图切换

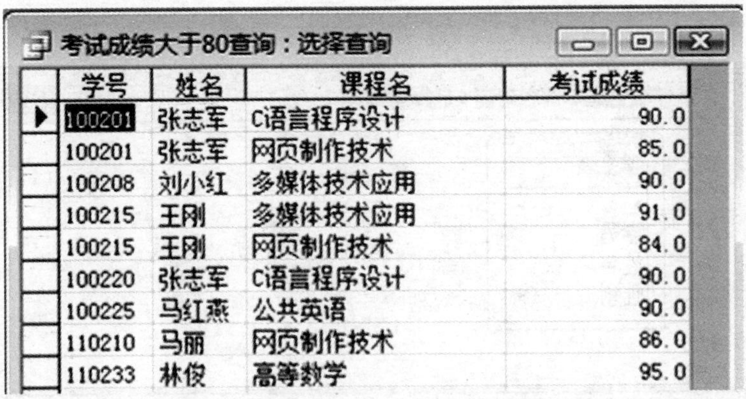

学号	姓名	课程名	考试成绩
▶ 100201	张志军	C语言程序设计	90.0
100201	张志军	网页制作技术	85.0
100208	刘小红	多媒体技术应用	90.0
100215	王刚	多媒体技术应用	91.0
100215	王刚	网页制作技术	84.0
100220	张志军	C语言程序设计	90.0
100225	马红燕	公共英语	90.0
110210	马丽	网页制作技术	86.0
110233	林俊	高等数学	95.0

图 4—24　例 4—8 部分查询结果

⑤ 关闭查询窗口。

【例 4—9】　　查询所有女生的公共英语课程考试成绩。

分析：查询的数据源用学生表、课程表和成绩表，选择学生表。查询字段为学号、姓名、性别、课程名和考试成绩。查询条件为女生和公共英语课程，在逻辑上是"与"关系。

在查询设计视图中按图 4—25 进行设计，最后命名为"女生公共英语考试成绩查询"，查询的执行结果如图 4—26 所示。

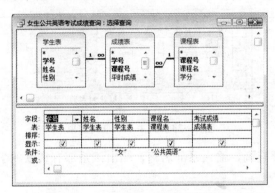

图 4—25　多个固定参数"与"设置

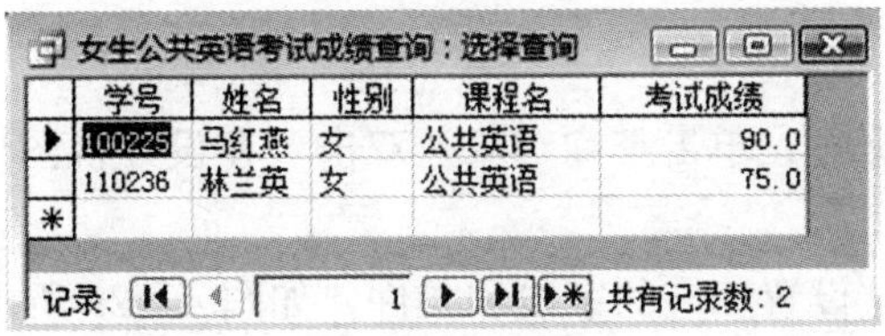

学号	姓名	性别	课程名	考试成绩
▶ 100225	马红燕	女	公共英语	90.0
110236	林兰英	女	公共英语	75.0

记录：Ⅰ◀　◀　　　　1　▶ ▶Ⅰ ▶* 共有记录数：2

图 4—26　例 4—9 查询结果

【例 4—10】　　查询所有姓张的学生的学号、姓名、性别和系部信息。

分析：查询数据源为学生表，查询条件是对姓名部分内容进行匹配，使用 Like "张 *"参数表达式。

图 4—27 为查询设计视图，查询命名为"张姓学生基本信息查询"。查询的执行结果

如图 4—28 所示。

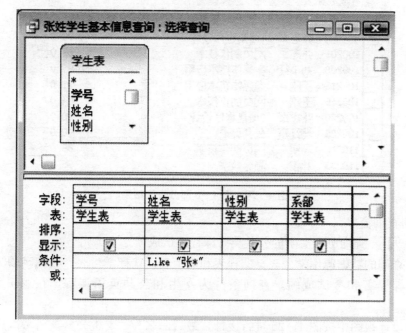

图 4—27　部分匹配参数设置

图 4—28　例 4—10 查询结果

【例 4—11】　设计查询，输入系部名称，输出该系部有贷款的学生的学号、姓名、贷款否和系部信息。

分析：查询数据源为学生表；系部参数属于可变参数；贷款否为固定参数，取值为 True；两个参数为"与"关系。

操作步骤如下：

① 打开学生管理数据库，单击查询对象，双击"在设计视图中创建查询"，进入查询设计器。

② 在查询设计器中，设置相应的字段和条件，如图 4—29 所示。

③ 保存查询，命名为"输入系部显示贷款学生信息查询"。

④ 执行查询，出现如图 4—30 所示的输入参数值对话框，输入"法律"，单击"确定"按钮，出现如图 4—31 所示的查询结果。

⑤ 关闭查询窗口。

【例 4—12】　输入学生学号左部分字符，显示除了公共英语课程之外，总评优良（成绩在 80～90 之间）的学生信息。

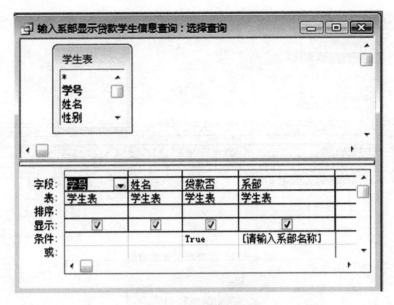

图 4—29 可变参数设置

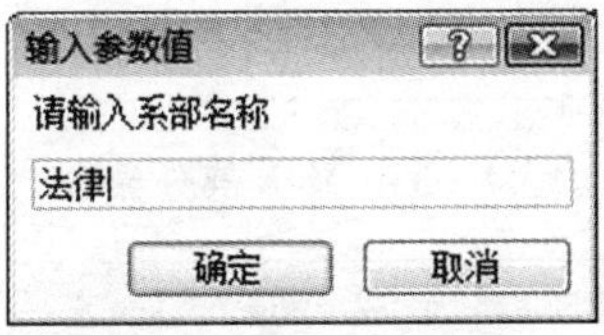

图 4—30 输入可变参数

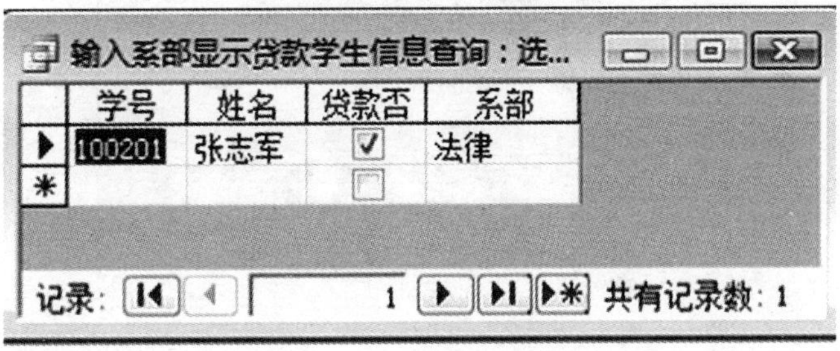

图 4—31 例 4—11 查询结果

分析：根据题意，学生信息选择学号、姓名、课程名和总评，数据源选择已有查询"学生成绩总评查询"。关于查询参数，学号字段采用部分匹配方式，表达式为：Like［请输入学号开始几位编码］&"＊"；总评字段为固定参数，表达式为：Between 80 and 90；课程名字段为固定参数，表达式为：＜＞"公共英语"。参数之间为"与"关系。

操作步骤如下：

① 通过查询设计器，建立如图 4—32 所示的查询设计。

② 保存查询并命名为"输入学号显示非英语课程总评成绩优良查询"。

③ 执行查询，在图 4—33 中输入学号左两位编码"11"，图 4—34 为查询执行的结果。

④ 关闭查询窗口。

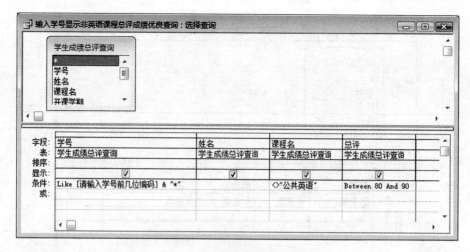

图 4—32　部分可变参数设置

图 4—33　输入部分参数

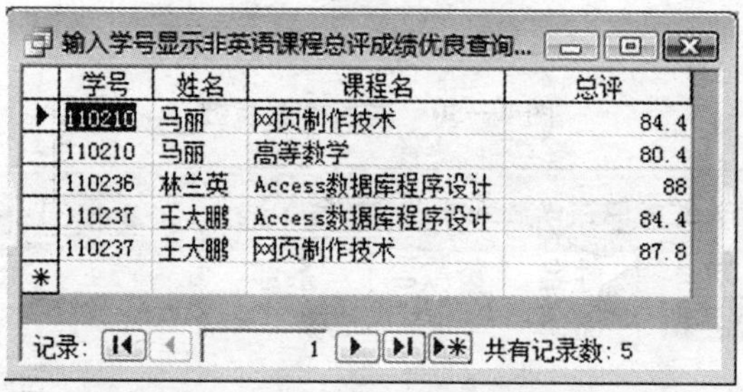

图 4—34　例 4—12 查询结果

4.3　交叉表查询

　　交叉表查询的数据源是单表或单查询，通过把数据源中的字段分成行标题、列标题，在交叉位置是被统计字段，实现对数据的统计查询需要。只有具备一定条件（具有行列分组字段）的表（查询）才能创建交叉表查询。

　　交叉表查询中的统计不同于之前所讲的查询中的统计，交叉表查询是二维分组，查询统计是一维分组。创建交叉表查询的途径有向导和设计器，使用向导是比较稳妥的方法。

4.3.1　使用交叉表查询向导

　　利用交叉表查询向导可以方便实现查询分组、统计以及小计项的设置。

【例 4—13】 查询各系部男女学生人数和总人数。

分析：数据源选择学生表，按查询的要求，可以设置查询的行标题为各系部的名称，列标题为性别，交叉位置为人数（人数是学号的计数），总人数用小计。

操作步骤如下：

① 打开学生管理数据库，选择查询对象，单击"新建"按钮 新建(N)，在弹出的对话框中，选择"交叉表查询向导"，单击"确定"按钮。

② 在出现的如图 4—35 所示的"交叉表查询向导"对话框中，选择视图（即数据源）为"表"，在列表中选择"学生表"，单击"下一步"按钮。

③ 在出现的图 4—36 中，选择按钮"系部"字段作为行标题，单击"下一步"按钮。

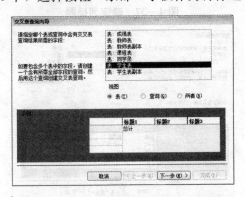

图 4—35 "交叉表查询向导"对话框

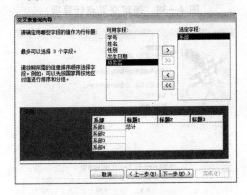

图 4—36 选择行标题

④ 在出现的图 4—37 中，选择"性别"字段作为列标题，单击"下一步"按钮。

⑤ 在出现的图 4—38 中，选择"学号"字段进行交叉统计，在函数中选"计数"，并对各行选小计。单击"下一步"按钮。

⑥ 在出现的图 4—39 中，指定查询的名称，命名为"各系部男女学生人数统计查询"，选择"查看查询"，单击"完成"按钮。图 4—40 为查询的结果，图中"总计 学号"标题，可以通过查询设计器，改名为"总人数"。

⑦ 关闭查询窗口。

4.3.2 使用交叉表查询设计器

交叉表查询设计器，是在选择查询设计器中添加了"交叉表"栏。通过交叉表查询设

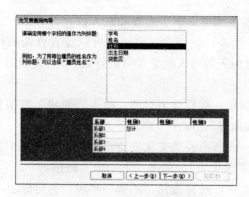

图 4—37 确定列标题

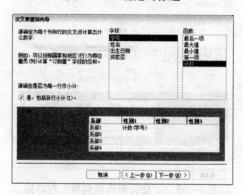

图 4—38 确定交叉点计算项

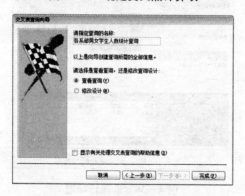

图 4—39 指定查询名称

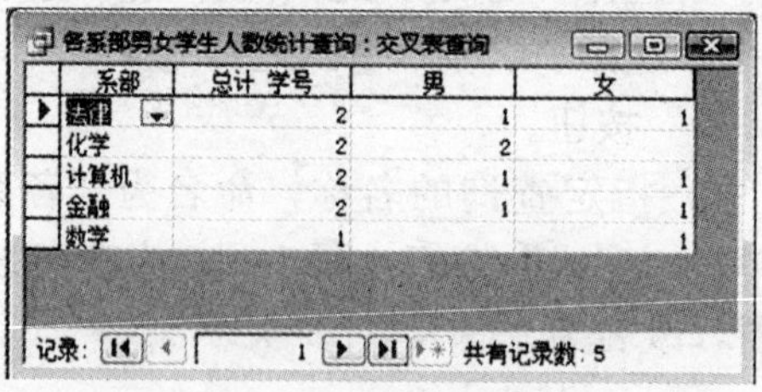

图 4—40 例 4—13 查询结果

计器可以修改交叉表查询，也可以直接建立交叉表查询。

【例 4—14】 查询学生每个学期所学课程的总评平均分。

分析：查询的数据源选择"学生成绩总评查询"，根据题意，查询需要的结果是：行标题选"学号"和"姓名"两个字段，列标题选"开课学期"字段，交叉点选"总评"字段，统计函数为求平均。

操作步骤如下：

① 打开学生管理数据库，双击"在设计视图中创建查询"，进入选择查询设计器。在"显示表"对话框中，把"学生成绩总评查询"添加到查询中。

② 执行菜单"查询"|"交叉表查询"命令，把选择查询设计器转变为交叉表查询设计器。

③ 设置"学号"字段，总计栏为分组，交叉表栏为行标题。

④ 设置"姓名"字段，总计栏为分组，交叉表栏为行标题。

⑤ 设置"开课学期"字段，总计栏为分组，交叉表栏为列标题。

⑥ 设置"总评"字段，总计栏为平均值，交叉表栏为值，设计效果如图 4—41 所示。

⑦ 保存查询，命名为"学生学期总评平均查询"，关闭查询设计器。

⑧ 执行查询，查询结果如图 4—42 所示。

图 4—41　交叉表查询设计器

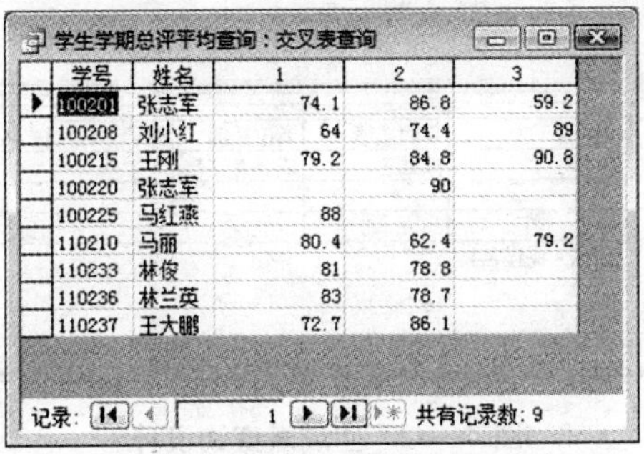

学号	姓名	1	2	3
100201	张志军	74.1	86.8	59.2
100208	刘小红	64	74.4	89
100215	王刚	79.2	84.8	90.8
100220	张志军		90	
100225	马红燕	88		
110210	马丽	80.4	62.4	79.2
110233	林俊	81	78.8	
110236	林兰英	83	78.7	
110237	王大鹏	72.7	86.1	

图 4—42　例 4—14 查询结果

4.4　操作查询

操作查询是对原数据表记录进行改变的查询。操作的内容有删除记录、更新记录数据、追加新记录和生成新表。

操作查询的创建都是在设计视图下完成的，四种操作内容对应四种查询设计视图。进入操作查询设计视图的方法是：首先进入对应的选择查询设计视图，然后，执行查询菜单中的具体操作查询子菜单，使选择查询设计器转换为特定的操作查询设计器。

操作查询的执行不能不同于选择查询或交叉表查询，它每执行一次，数据库的数据就改变一次，执行需谨慎。

4.4.1　生成表查询

通常执行查询给出查询的结果显示，关闭窗口后数据不再保存，若要将查询结果保存起来，可以设计为生成表查询。

【例 4—15】　输入课程名，查询该课程学生的成绩信息，并将查询结果保留到学生管理数据库中。

分析：根据题意，选择反映课程成绩信息的字段有：学生表中的学号、姓名、课程名、平时成绩、考试成绩和总评，将查询生成"课程成绩表"；数据源用学生表、课程表和成绩表，总评字段需要计算；查询的课程名为可变参数。

操作步骤如下：

① 打开学生管理数据库，选择查询对象，双击"在设计视图中创建查询"，进入选择查询设计器环境。

② 通过"显示表"对话框，把学生表、课程表、成绩表添加到查询设计器中。

③ 在查询设计器的设置栏上，设置需要的字段和条件，如图 4—43 所示。

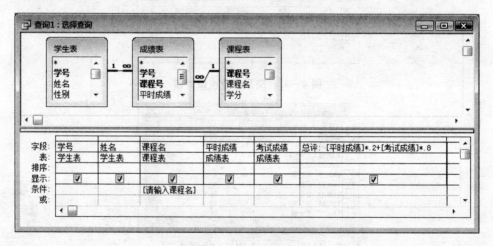

图 4—43　生成表查询设计

④ 转换查询设计视图为生成表查询设计视图，执行菜单"查询"|"生成表查询"，弹出"生成表"对话框，如图 4—44 所示。

图 4—44　生成表命名

⑤ 填写生成表的名称"课程成绩表",选"当前数据库"为生成表的保存数据库,单击"确定"。

⑥ 单击工具上的"保存"按钮 ⏷,保存查询,命名为"按课程名生成表查询",关闭查询设计视图。

⑦ 执行查询,选择"按课程名生成表查询",单击"打开"命令按钮 ☖打开(O),出现提示信息"您正在准备执行生成表查询,该查询将修改您表中的数据",单击"是"。

⑧ 在出现的如图4—45所示的输入参数对话框中输入"高等数学",单击"确定"按钮。

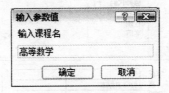

图4—45 输入课程名

⑨ 出现生成表数据提示"您正在向新表粘贴＊＊行"记录,单击"是"。这时在表对象内产生"课程成绩表"。

⑩ 打开"课程成绩表",显示数据如图4—46所示。

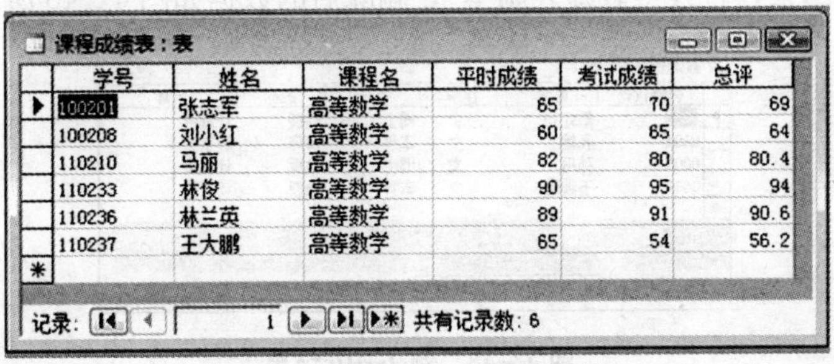

学号	姓名	课程名	平时成绩	考试成绩	总评
100201	张志军	高等数学	65	70	69
100208	刘小红	高等数学	60	65	64
110210	马丽	高等数学	82	80	80.4
110233	林俊	高等数学	90	95	94
110236	林兰英	高等数学	89	91	90.6
110237	王大鹏	高等数学	65	54	56.2

记录: |◀ ◀ 1 ▶ ▶| ▶※ 共有记录数: 6

图4—46 例4—15生成表结果

4.4.2 删除查询

删除查询用于在表中删除满足一定条件的记录,删除的记录不能恢复。

【例4—16】 为教师表作一个副本,命名为"教师表副本",然后删除"教师表副本"中男教师的记录。

分析:删除查询的数据源为"教师表副本",条件为"男教师"。

操作步骤如下:

① 打开学生管理数据库,选择表对象。

② 复制教师表,带结构和数据粘贴,命名为"教师表副本"。

③ 双击"在设计视图中创建查询",把"教师表副本"添加到查询设计器中,在设计器字段栏选"性别"字段,条件栏输入:"男"。

④ 转换设计视图,执行菜单"查询"|"删除查询",图4—47为删除查询的设计视图。

⑤ 保存查询设计，单击工具栏上的"保存"按钮，命名查询为"删除男教师查询"，关闭查询设计器。

⑥ 执行查询，选择"删除男教师查询"，单击"打开"按钮，出现提示"您正在准备执行删除查询，该查询将改变您表中的数据"，单击"是"按钮，出现提示"您正准备从指定表删除＊＊行"，单击"是"按钮。

图 4—47　删除查询设计器

⑦ 查看执行结果，打开"教师表副本"，删除后的数据如图 4—48 所示。

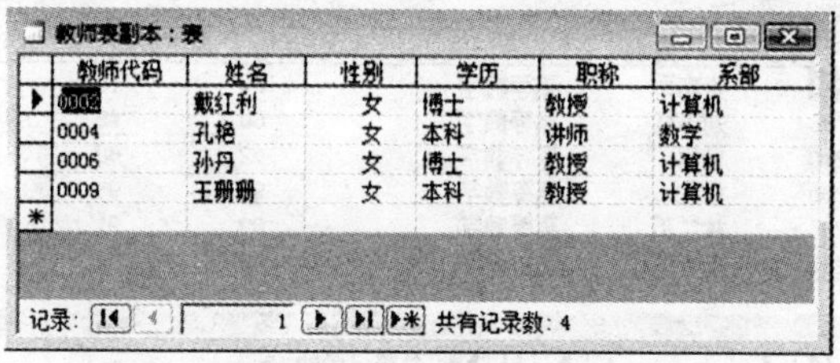

教师代码	姓名	性别	学历	职称	系部
0002	戴红利	女	博士	教授	计算机
0004	孔艳	女	本科	讲师	数学
0006	孙丹	女	博士	教授	计算机
0009	王珊珊	女	本科	教授	计算机

记录：|◀ ◀ 　1　▶ ▶|▶＊ 共有记录数：4

图 4—48　例 4—16 结果

4.4.3　更新查询

更新查询用于对表中满足条件的记录进行更新，条件字段和被更新字段可以是同一个字段，也可以是不同的字段。被更新字段不能违反用户自定义的字段有效性规则，也不能违反表有效性规则。

【例 4—17】　在学生管理数据库中，为学生表制作一个副本，命名为"学生表副本"，将"学生表副本"中所有贷款学生改为无贷款。

分析：更新的数据源为"学生表副本"，更新的条件字段和被更新字段都是"贷款否"。

操作步骤如下：

① 打开学生管理数据库，选择表对象。

② 复制学生表，带结构和数据粘贴并命名为"学生表副本"。

③ 单击"新建"命令按钮，选择"设计视图"，单击"确定"按钮。

④ 在查询设计视图中，把"学生表副本"添加到设计器中，在字段栏选"贷款否"，

条件栏输入：True。

⑤ 转换查询设计器，执行菜单“查询”|“更新查询”命令，图 4—49 为更新查询设计器。

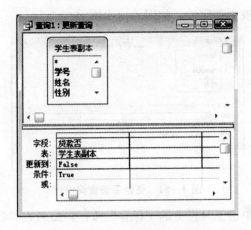

图 4—49 更新查询设计视图

⑥ 在更新到栏填写：False。

⑦ 保存查询，单击工具栏上的“保存”按钮，命名为“更新贷款学生查询”，关闭查询设计器。

⑧ 执行查询，选择并单击“更新贷款学生查询”，出现提示“您正在准备执行更新查询，该查询将修改您表中的数据”，单击“是”按钮，出现提示“您正准备更新 ** 行”，单击“是”。

⑨ 查看更新结果，打开“学生表副本”，结果如图 4—50 所示。

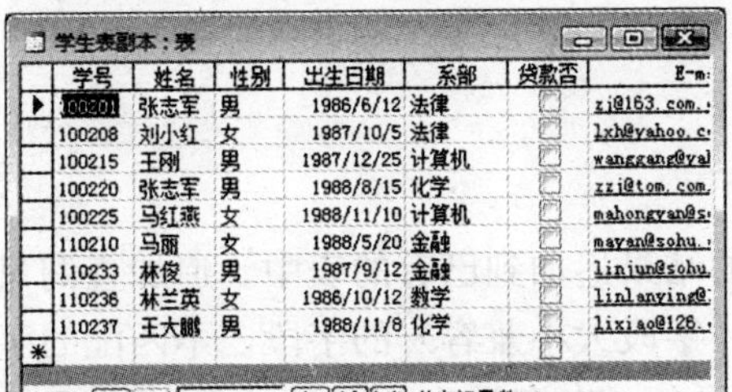
学生表副本：表

学号	姓名	性别	出生日期	系部	贷款否	E-m:
100201	张志军	男	1986/6/12	法律	☐	zj@163.com.
100208	刘小红	女	1987/10/5	法律	☐	lxh@yahoo.c
100215	王刚	男	1987/12/25	计算机	☐	wanggang@ya
100220	张志军	男	1988/8/15	化学	☐	zzj@tom.com.
100225	马红燕	女	1988/11/10	计算机	☐	mahongyan@s
110210	马丽	女	1988/5/20	金融	☐	mayan@sohu.
110233	林俊	男	1987/9/12	金融	☐	linjun@sohu.
110236	林兰英	女	1986/10/12	数学	☐	linlanying@
110237	王大鹏	男	1988/11/8	化学	☐	lixiao@126.

记录：1 共有记录数：9

图 4—50 例 4—17 更新结果

【例 4—18】 在学生管理数据库中，为教师表增加一个工资字段（货币类型），输入所有教师的工资为 1 000 元，利用更新查询，将教授和副教授的工资增加 200 元。

分析：根据题意，首先为教师表添加一个工资字段且给每人输入工资 1 000 元；更新条件为“职称”字段，表达式为 In（“教授”，“副教授”）；被更新字段为“工资”，更新表达式为：[工资]+200。

操作步骤如下：

① 打开学生管理数据库，选择表对象。

② 选教师表，单击“设计”按钮 设计(D)，添加“工资”字段，货币数据类型，转到数据表视图下，每人输入 1 000 元。

③选择查询对象，双击"在设计视图中建立查询"，把教师表添加到查询设计器中。

④转换查询设计视图，执行菜单"查询"|"更新查询"。

⑤设置更新条件和被更新字段，如图4—51所示。

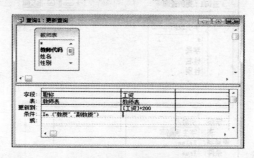

图4—51　更新工资查询设计

⑥保存更新查询，单击工具栏上的"保存"按钮，命名为"教师增加工资查询"。

⑦执行查询，选择"教师增加工资查询"，单击"打开"按钮 打开(O)，出现提示"您正准备执行更新查询，该查询将修改您表中的数据"，单击"是"按钮，出现提示"您正准备更新＊＊行"，单击"是"按钮。

⑧查看结果，选择表对象，打开教师表，显示结果如图4—52所示。

图4—52　例4—18结果

4.4.4　追加查询

追加查询可以把查询的结果追加到已有的表中。追加查询只能追加匹配（字段名含义相同、字段数据类型相同、字段大小兼容）的字段，不匹配的字段将被忽略。

【例4—19】　输入课程名，查询学生的成绩信息，并把查询结果追加到"课程成绩表"中。

分析：利用例4—15生成的"课程成绩表"。被追加的"课程成绩表"，拥有的字段有学号、姓名、课程名、平时成绩、考试成绩和总评。本例追加查询的数据源选择学生表、课程表和成绩表，追加的字段为学号、姓名、课程名、平时成绩和考试成绩。

操作步骤如下：

①打开学生管理数据库，选择查询对象，双击"在设计视图中创建查询"。

②通过显示表，把学生表、课程表和成绩表添加到查询设计器中，并进行设置，如图4—53所示。

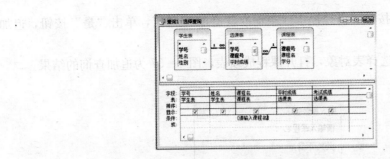

图 4—53 追加的字段和条件

③ 转换查询设计视图，执行菜单"查询"|"追加查询"，出现如图 4—54 所示的对话框，填写要追加到的表名为"课程成绩表"，单击"确定"按钮。

图 4—54 "追加"对话框

④ 在出现的如图 4—55 所示的追加查询设计视图中，在"追加到"栏，选择被追加对应字段。本例由于字段名相同，对应字段自动生成。

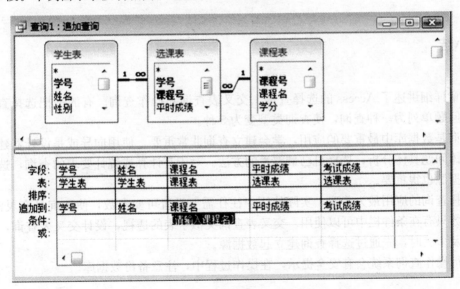

图 4—55 追加查询设计视图

⑤ 保存查询，单击工具栏的"保存"按钮 █，在出现的"另存为"对话框中，命名查询为"课程成绩追加查询"。单击"确定"按钮，关闭查询。

⑥ 执行查询。选择"课程成绩追加查询"，单击"打开"按钮 █打开(O)，出现查询提示"您正准备执行追加查询，该查询将修改您表中的数据"，单击"是"按钮。

⑦ 在出现的如图 4—56 所示的"输入参数值"对话框中，填写要追加的课程名"公

共英语”，单击“确定”按钮。出现提示“您正准备追加 ** 行”，单击“是”按钮，追加执行完成。

⑧ 查看追加结果。选择表对象，打开课程成绩表，图 4—57 为追加查询的结果。

⑨ 关闭查询窗口。

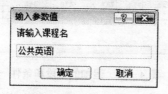

图 4—56　输入参数

学号	姓名	课程名	平时成绩	考试成绩	总评
100201	张志军	高等数学	65	70	69
100208	刘小红	高等数学	60	65	64
110210	马丽	高等数学	82	80	80.4
110233	林俊	高等数学	90	95	94
110236	林兰英	高等数学	89	91	90.6
110237	王大鹏	高等数学	65	54	56.2
100201	张志军	公共英语	76	80	
100215	王刚	公共英语	76	80	
100225	马红燕	公共英语	80	90	
110233	林俊	公共英语	60	70	
110236	林兰英	公共英语	77	75	
110237	王大鹏	公共英语	98	87	

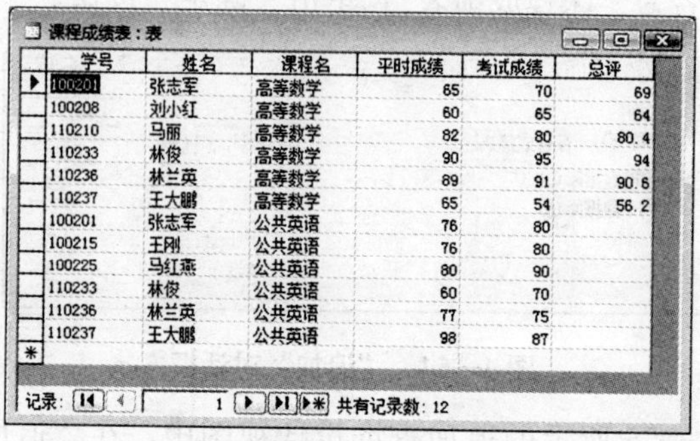

图 4—57　例 4—19 的追加结果

本章小结

本章详细讲述了 Access 的选择查询、交叉表查询和操作查询。有的书把选择查询中的参数问题单列为一种查询，使查询类型变为 5 种。

查询是数据库中最重要的应用，学会建立查询非常重要。使用向导或是设计器建立查询，具体问题具体分析，选择自己最熟悉的方法。对于有计算或统计要求的查询，选择合适的数据源也很重要。

选择查询的应用最为普遍，实际使用中往往需要设置可变参数，使查询具有灵活性，可变参数只有在条件栏中可以使用。交叉表查询类似于表的透视，设计交叉表查询，当数据源涉及多表时，先通过选择查询建立起数据源。

执行操作查询系统会有安全提示，在操作过程中，注意备份数据库。

习题

一、选择题

1. Access 查询可用的数据源是（　）。

A. 表　　　　B. 查询　　　　C. 记录　　　　D. 表与查询

2. 创建查询的途径可以是（   　　）。

A. 向导　　　　　　　　B. 查询设计器　　　C. SQL 设计器　　　D. 以上皆可

3. 下面对查询功能的叙述中不正确的是（   　　）。

A. 选择查询可以只选择表中的部分字段。

B. 查询功能包括添加记录、修改记录、删除记录和导入、导出记录。

C. 查询不仅可以找到满足条件的记录，而且还可以进行统计计算。

D. 查询设计器不可以修改表的结构。

4. 选择查询可以（   　　）。

A. 选择记录　　　　　　B. 选择字段　　　　C. 选择参数　　　　D. 以上皆可

5. 交叉查询的数据源可以是（   　　）。

A. 一个表或者一个查询　　　　　　　B. 多个表或者多个查询

C. 只能是表　　　　　　　　　　　　D. 只能是查询

6. 若数据表中有姓名字段，查找姓王的记录，则条件栏中表达式为（   　　）。

A. "王"　　　　　　　　B. ＝"王"　　　　　C. Like "王"　　　　D. Like"王＊"

7. 如果所有的字段都设置了排序，那么查询的结果将先按（   　）字段进行排序。

A. 最左边　　　　　　　B. 最右边　　　　　C. 最中间　　　　　D. 不确定

8. 关于删除查询，下面叙述正确的是（   　　）。

A. 每次操作只能删除满足条件的记录。

B. 删除过的记录只能用"撤消"命令恢复。

C. 每次操作删除的是符合条件的记录中指定字段中的数据。

D. 每次操作只能删除一个记录。

9. 下列不属于查询视图的是（   　　）。

A. 设计视图　　　　　　B. 模板视图　　　　C. 数据表视图　　　D. SQL 视图

10. 可以更改原始记录字段数据的查询是（   　　）。

A. 参数查询　　　　　　B. 操作查询　　　　C. 统计查询　　　　D. 选择查询

11. 查询年龄在 18～21 岁之间的学生，出生日期字段条件栏能够选择的是（   　　）。

A. year（date（））＞18 , year（date（））＜21

B. year（出生日期）＞18 and year（出生日期）＜21

C. year（date（））－year（出生日期）＞18 and year（date（））－year（出生日期）
　　＜21

D. 不能选择

12. 关系运算符"In"的含义是（   　　）。

A. 用于指定一个字段值的范围　　　　B. 用于指定一个字段值的列表

C. 用于指定一个字段有值　　　　　　D. 用于指定一个字段不同类型的值

13. （   　　）可以把几个表中的记录合并到一个表中。

A. 追加查询　　　　　　B. 更新查询　　　　C. 选择查询　　　　D. 生成表查询

二、填空题

1. 要在学生表中查询 1988 年以后出生的学生，在出生日期字段的条件栏的条件
为_____。

2. 使用查询设计器，若要在"姓名"字段中查找含有"熊"字的人名，则应在条件栏输入_____。

3. 要查找姓张和姓王的记录，在"姓名"字段的条件栏的条件为_____。

4. 将表 A 的记录添加到表 B 中，且保留表 B 中原有的记录，可以使用的查询是_____。

5. 创建查询的方法有两种，分别为使用向导创建和_____。

6. 每个查询都具有的视图是设计视图、数据表视图和_____。

三、简答题

1. 查询分为几类？各具有什么特点？

2. 叙述操作查询有哪些操作，如何建立操作查询。

3. 如何通过查询设计器建立分组统计查询？

4. 查询和筛选有何区别？

四、操作题

在图书管理数据库中完成以下的查询任务：

1. 利用查询向导，查找所有读者的借书信息：借书证号、姓名、书名、借书日期、还书日期。

2. 利用查询向导，查找哪些人没有借过书。

3. 利用查询向导，查找哪些书没有被借过。

4. 利用查询向导，查找相同作者的图书信息。

5. 利用查询设计器，查找"文学概论"图书的借阅信息。

6. 利用查询设计器，查询 2005 年之前借出的图书未归还的有关信息。

7. 利用查询设计器，查询每本书被借阅的次数。

8. 利用查询设计器，查询政治经济系学生借阅的读书信息，并统计相同书名借阅的次数。

9. 按输入的书名，查询该书在当前有没有被借阅。

10. 按输入的读者姓名，查询该读者的借阅信息。

11. 按输入的出版社名，查询该出版社图书的总价。

12. 查询借阅时间超过 50 天的读者信息和书籍信息。

13. 创建一个"部门借书记录表"，生成金融系的借书记录。

14. 把政治经济系的借书记录添加到"部门借书记录表"中。

15. 复制借阅表，命名为"借阅复制表"，将当前没有归还的图书的借阅日期改为当前日期。

16. 删除"借阅复制表"中已经归还的图书记录。

第 5 章

SQL 结构化查询语言

SQL 语言是关系数据库的标准语言，包括了数据定义、数据查询、数据操纵和数据控制 4 个方面的内容。本章主要介绍数据查询，对数据定义和数据操纵作一般性介绍。

5.1 SQL 语言简介

结构化查询语言（Structured Query Language，SQL）最早是 IBM 的圣约瑟研究实验室为其关系数据库管理系统 SYSTEM R 开发的一种查询语言，自从 IBM 公司 1981 年推出以来，SQL 语言得到了广泛的应用。1992 年，ISO 和 IEC 发布了 SQL 国际标准，称为 SQL-92，ANSI 随之发布的相应标准是 ANSI SQL-92。

SQL 语言的核心是数据查询，在标准化过程中不断成为通用的数据库语言。市面上的各种关系数据库管理系统都在一定程度上支持 SQL 语言以扩大自己的市场份额，Access 以 Microsoft 公司的强大优势和对 SQL 的支持，在桌面办公数据库方面获得了广泛的应用。

5.1.1 SQL 语言特点

SQL 语言的特点有：

（1）高度集成化：SQL 语言在数据定义、数据操纵、数据查询和数据控制方面都有规范的格式，可以独立完成数据库管理的各项工作。

（2）非过程化语言：它不要求用户指定对数据的存放方法，也不需要用户了解具体的数据存放方式，完全不同底层结构的数据库系统可以使用相同的 SQL 语言作为数据输入与管理的接口。使用 SQL 语言，只需告诉要做什么，系统就可以自动完成。

（3）集合操作：SQL 语言的操作对象和操作结果都是记录集合，这种集合特性允许一条 SQL 语句的输出作为另一条 SQL 语句的输入，所以 SQL 语句可以嵌套。

（4）简单易学：SQL 语言语句不多，语言接近英语自然语言。多数情况下，在其他语言中需要一大段程序实现的功能只需要一个 SQL 语句就可以达到目的。

（5）用法灵活：SQL 语言可以在数据库管理中直接应用，可以嵌入到其他高级程序设计语言中，完成对数据库的操作。

5.1.2　SQL 语句组成

SQL 语言包含 4 个部分：

数据定义语句（DDL）：create（创建）、drop（撤掉）、alter（更改）。

数据操作语句（DML）：insert（插入）、update（更新）、delete（删除）。

数据查询语句（DQL）：select（选择）。

数据控制语句（DCL）：grant（授予）、revoke（吊销）、commit（提交）、rollback（回滚）。

在对 SQL 标准的兼容性上，各公司的数据库管理系统，都有自己的考虑和取舍，但基本的语句和功能是一致的。本章主要讲 Access 2003 中所支持的 SQL 语句。

5.1.3　SQL 语句在 Access 中的使用方法

在 Access 数据库管理系统中，SQL 语言是在查询对象下，通过查询菜单中的 SQL 特定查询命令进入编辑的。使用 SQL 语句的具体步骤如下：

① 打开数据库窗口，在查询对象下，双击"在设计视图中创建查询"，进入查询设计器。

② 关闭显示表窗口，执行菜单"查询"|"SQL 特定查询"|"数据定义"命令，如图 5—1 所示。

③ 在打开的查询设计编辑窗口中，输入 SQL 语句（语句以分号结束，一个查询只能有一个语句）。

④ 单击工具栏上的"执行"按钮 ！，如图 5—2 所示，可以直接执行查询。

⑤ 保存查询，单击工具栏上的"保存"按钮 ，在弹出的对话框中命名查询。

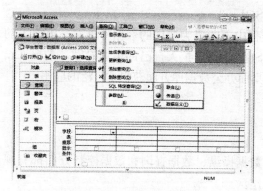

图 5—1　进入 SQL 语句设计

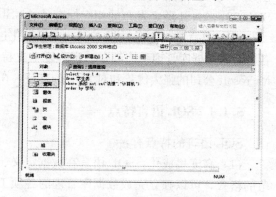

图 5—2　SQL 语句的编辑与执行

5.2　SQL 数据查询语句

SQL 中的查询语句只有一个，以 select 作为语句的开始，后边由不同的功能子句构成，子句可以根据查询的要求进行取舍。

5.2.1　Select 语句语法

完整的 SQL 查询语句比较复杂，这里给出常用的语法格式如下：

select [all | distinct | top<n>]

　　< * | 表名. * | [表名.] 字段 1 [as 列标题 1] [, [表名.] 字段 2 [as 列标题 2] [, …]] >

　　[into <新表名>]

　　from <表列或者表之间的联接关系>

　　[where <查询条件>]

　　[group by <分组项>] [having <分组筛选条件>]

　　[order by <排序项> [asc | desc] [, …]]

其中：

（1）语句中的符号"[]"表示可选项，"|"表示在多项选一，"<>"表示必须选择的项。

（2）all | distinct | top<n> 限定查询的记录范围，默认 all，distinct 是无重复，top 是前 n 个。

（3）* 代表全部字段，多个表时要有表名前缀。

（4）as 可用于计算字段的列标题，也可以为原字段另起列标题。

（5）from 为要查询的数据源，数据源可以是表也可以是查询，多个表时须有联接方式。

（6）where 设置查询的条件。

（7）group by 设置分组依据，having 对分组进行筛选。

（8）order by 设置排序依据。

（9）into 设置查询去向表，若无，则显示查询数据表。

select 查询语句可以划分为几个组成部分：限制短语、查询项、查询去向、数据源、查询条件、查询分组和查询排序。

5.2.2　SQL 常用聚合函数

在 SQL 查询中，查询项为分组统计的需要使用聚合函数，常用的聚合函数如表 5—1 所示：

表 5—1　　　　　　　　　　　　　　　　SQL 聚合函数

函数	功能
avg（expr）	数值平均值
sum（expr）	数值求和
count（expr）	统计记录数
first（expr）、last（expr）	记录集中第一个、最后一个记录指定字段的数值
min（expr）、max（expr）	记录集中指定列最小、最大值

函数中，expr 表达式通常为字段名，可以是字段名、常量和函数组成的表达式。函数

统计不包括 NULL 字段的记录。

5.2.3　查询中的查询项

查询项也称为列标题，一般是数据源中的字段名，也可以是计算统计表达式。每个查询项可以通过 as 起别名，成为查询结果的列标题。

【例5—1】　查询教师表的全部信息。

分析：教师表的全部信息包含所有字段和所有记录两个含义，所有字段的数据项可以用"＊"代替，所有记录则不需设置条件。实现语法如下：

```
select * from 教师表
```

保存查询，命名为"SQL 教师全部信息查询"。执行查询，结果略。

【例5—2】　从"学生成绩查询"中，查询学号、姓名、课程名、考试成绩。

分析：该查询的数据源为查询，查询项逐个列出，查询项之间用英文逗号分隔，实现的语法如下：

```
select 学号，姓名，课程名，考试成绩 from 学生成绩查询
```

保存查询，命名为"SQL 学生考试成绩查询"。执行查询，结果略。

【例5—3】　查询学生的总评成绩，查询项有学号、课程号、平时成绩、考试成绩和总评。

分析：查询要求除了成绩表中的所有字段，添加了总评计算项，总评的计算表达式通过 as 给出列标题，实现语法如下：

```
select *，平时成绩＊0.2＋考试成绩＊0.8 as 总评 from 成绩表
```

保存查询，命名为"SQL 总评计算查询"。执行查询，图5—3为查询的结果。

【例5—4】　查询教师的代课信息，查询项有课程号、课程名、教师代码、教师姓名和职称。

分析：查询项来源于两个表，当两个表中有相同的字段名时，必须通过前缀指明哪个表，表名与字段名之间用英文句点标示，实现的语法如下（当没有其他条件时，语法中两个表之间的联接表达，可以在 where 子句中用关联字段相等的方法）：

```
select  课程号，课程名，教师表. 教师代码，姓名，职称
from  课程表，教师表
where  课程表. 教师代码＝教师表. 教师代码
```

保存查询，命名为"SQL 教师代课信息查询"。执行查询，图5—4为查询的结果。

5.2.4　查询中的条件

查询条件是在 where 子句中表示的，条件表达式的结果为逻辑值。

【例5—5】　查询学生表中有贷款学生的学号、姓名、系部。

分析："贷款否"字段本身为逻辑值，条件表达式可以直接用字段名（如果是没有贷款的学生，则在"贷款否"前，加上 NOT）。实现的语法如下：

SQL总评计算查询：选择查询

总评	学号	课程号	平时成绩	考试成绩
79.2	100201	101	76.0	80.0
69	100201	102	65.0	70.0
86	100201	103	90.0	85.0
59.2	100201	104	56.0	60.0
87.6	100201	106	78.0	90.0
64	100208	102	60.0	65.0
89	100208	104	85.0	90.0
74.4	100208	106	68.0	76.0
79.2	100215	101	76.0	80.0
84.8	100215	103	88.0	84.0

图 5—3　例 5—3 的部分查询结果

SQL教师代课信息查询：选择查询

课程号	课程名	教师代码	姓名	职称
103	网页制作技术	0001	东风	讲师
104	多媒体技术应用	0001	东风	讲师
101	公共英语	0002	戴红利	教授
107	现代教育理论	0002	戴红利	教授
102	高等数学	0003	杜凯	教授
105	Access数据库程序设计	0004	孔艳	讲师
106	C语言程序设计	0004	孔艳	讲师
108	邓小平理论	0005	蒋孔	副教授

记录：1 共有记录数：8

图 5—4　例 5—4 的查询结果

select 学号，姓名，系部，贷款否 from 学生表 where 贷款否

保存查询，命名为“SQL 贷款学生查询”。执行查询，图 5—5 为查询结果。

SQL贷款学生查询：选择查询

学号	姓名	系部	贷款否
100201	张志军	法律	☑
110210	马丽	金融	☑
100215	王刚	计算机	☑
100225	马红燕	计算机	☑
110236	林兰英	数学	☑
110237	王大鹏	化学	☑

记录：1 共有记

图 5—5　例 5—5 查询结果

【例 5—6】　从“学生成绩查询”中查询考试成绩不及格的学生信息。

分析：条件表达式是一个简单的关系运算，实现的语法如下：

select * from 学生成绩查询 where 考试成绩＜60

保存查询，命名为“SQL 考试成绩不及格学生查询”。执行查询，图 5—6 为查询结果。

SQL考试成绩不及格学生查询：选择查询

学号	姓名	课程名	开课学期	平时成绩	考试成绩
110210	马丽	Access数据库程序设计	2	50.0	45.0
110210	马丽	C语言程序设计	2	60.0	56.0
110237	王大鹏	高等数学	1	65.0	54.0

记录：1 共有记录数：3

图 5—6　例 5—6 查询结果

【例 5—7】　查询课程表中，含有“技术”二字的课程名。

分析：查询条件需要进行部分匹配，可以使用 like 关系运算符和通配符。实现的语法如下：

select　课程名　from　课程表　where　课程名 like"*技术*"

保存查询，命名为"SQL技术课程查询"。执行查询，图5—7为查询结果。

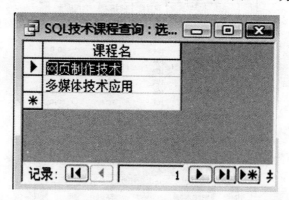

图5—7 例5—7查询结果

5.2.5 查询中的多表联接

多个表之间的联接是在 from 子句中实现的，联接方式有左联接、右联接和内联接。Access 默认为内联接，而且是有效的联接。

【例5—8】 查询"公共英语"课程学生的学号、课程名、平时成绩和考试成绩。

分析：查询需要课程表和成绩表两个表中的字段，两个表之间为内联接，查询条件为"公共英语"课程。实现的语法如下：

select 学号，课程名，平时成绩，考试成绩
from 课程表 inner join 成绩表 on 课程表. 课程号＝成绩表. 课程号
where 课程名＝"公共英语"

保存查询，命名为"SQL双表内联接查询"。执行查询，图5—8为查询结果。

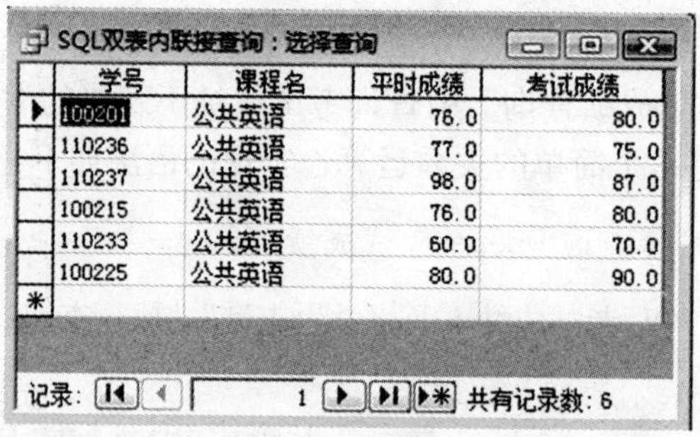

学号	课程名	平时成绩	考试成绩
100201	公共英语	76.0	80.0
110236	公共英语	77.0	75.0
110237	公共英语	98.0	87.0
100215	公共英语	76.0	80.0
110233	公共英语	60.0	70.0
100225	公共英语	80.0	90.0

图5—8 例5—8查询结果

【例5—9】 查询"网页制作技术"这门课程的成绩信息，提供学号、姓名、课程名、平时成绩、考试成绩和总评。

分析：查询需要学生表、课程表和成绩表中的字段，需建立3个表之间的内联接关系。实现的语法如下：

select 学生表. 学号，姓名，课程名，平时成绩，考试成绩，
    平时成绩＊0.2＋考试成绩＊0.8 as 总评

```
from 学生表 inner join (课程表 inner join 成绩表 on 课程表. 课程号 = 成绩表. 课程号)
    on 学生表. 学号 = 成绩表. 学号
where 课程名= "网页制作技术"
```

保存查询，命名为“SQL 多表联接查询”。执行查询，图 5—9 为查询结果。

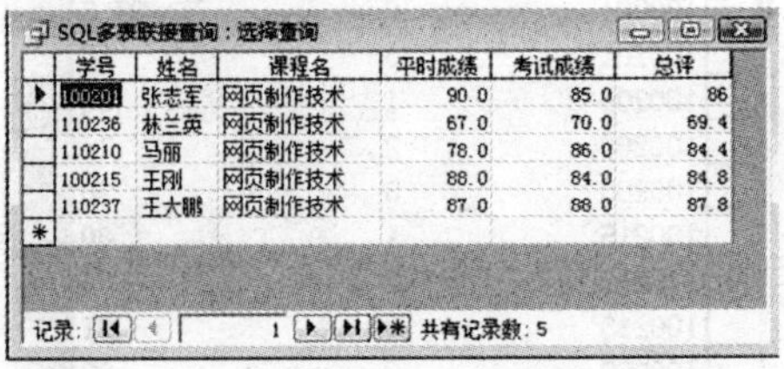
SQL多表联接查询：选择查询

学号	姓名	课程名	平时成绩	考试成绩	总评
100201	张志军	网页制作技术	90.0	85.0	86
110236	林兰英	网页制作技术	67.0	70.0	69.4
110210	马丽	网页制作技术	78.0	86.0	84.4
100215	王刚	网页制作技术	88.0	84.0	84.8
110237	王大鹏	网页制作技术	87.0	88.0	87.8

记录：1 共有记录数：5

图 5—9　例 5—9 查询结果

5.2.6　查询中的统计和排序

1. 查询统计

查询统计时通常使用 group by 子句进行分组，使用 SQL 聚合函数进行统计，对查询统计进行筛选使用 having 子句。having 必须与 group by 配合，不能单独使用。

分组统计查询语法，查询项只需要分组依据的字段和统计的字段。

【例 5—10】　查询各学期学生各门课平均考试成绩。

分析：根据题意，查询分组有开课学期和课程名称，统计为对“考试成绩”求平均，没有筛选要求。实现的语法如下：

```
select 学号，开课学期，avg (考试成绩) as 学期考试成绩平均
from 课程表 inner join 成绩表 on 课程表. 课程号=成绩表. 课程号
group by 学号，开课学期
```

保存查询，命名为“SQL 分组统计查询”，执行查询，图 5—10 为查询结果。

【例 5—11】　对上例 5—10 的查询结果，筛选平均分大于 80 的记录。

分析：在上例查询的基础上，添加分组筛选即可，实现的语法如下：

```
select  学号，开课学期，avg (考试成绩) as 学期考试成绩平均
from  课程表  inner join  成绩表  on 课程表. 课程号=成绩表. 课程号
group by  学号，开课学期  having avg (考试成绩) >80
```

保存查询，命名为“SQL 分组筛选查询”。执行查询，图 5—11 为查询结果。

【例 5—12】　统计每个学生选修的课程门数。

分析：根据题意，查询数据源为成绩表，分组字段为学号，选修课程门数也就是该学号对应的记录数，记录数统计方法是 count () 聚合函数，实现的语法如下：

```
select 学号，count (*) as 选修门数 from 成绩表 group by 学号
```

保存查询，命名为“SQL 分组计数查询”。执行查询，图 5—12 为执行结果。

2. 查询排序

查询排序使用 order by 子句实现。排序通常与限定词 top<n>连用，默认升序，

SQL分组统计查询：选择查询

学号	开课学期	学期考试成绩平均
100201	1	75
100201	2	87.5
100201	3	60
100208	1	65
100208	2	76
100208	3	90
100215	1	80
100215	2	84
100215	3	91
100220	2	90
100225	1	90
110210	1	80
110210	2	62.3333333333333
110210	3	79
110233	1	82.5
110233	2	80
110236	1	83
110236	2	80
110237	1	70.5
110237	2	86.5

记录：1 共有记

图 5—10 例 5—10 查询结果

SQL分组筛选查询：...

学号	开课学期	学期考试成绩平均
100201	2	87.5
100208	3	90
100215	2	84
100215	3	91
100220	2	90
100225	1	90
110233	1	82.5
110236	1	83
110237	2	86.5

记录：1

图 5—11 例 5—11 查询结果

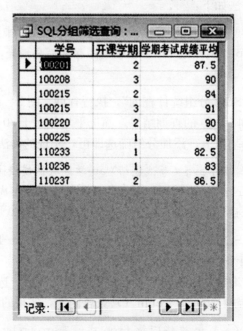

图 5—12　例 5—12 查询结果

使用 desc 表示降序，asc 表示升序。

【例 5—13】　查询"Access 数据库程序设计"课程总评成绩及格以上的记录，按总评升序显示。

分析：根据题意，选择已经建立的查询"学生成绩总评查询"作为数据源；查询要求的课程名和总评及格为逻辑"与"关系；显示按总评升序排列。实现的语法如下：

select * from 学生成绩总评查询

where 课程名="Access 数据库程序设计" and 总评＞60

order by 总评

保存查询，命名为"SQL 排序间接查询"。执行查询，图 5—13 为查询结果。

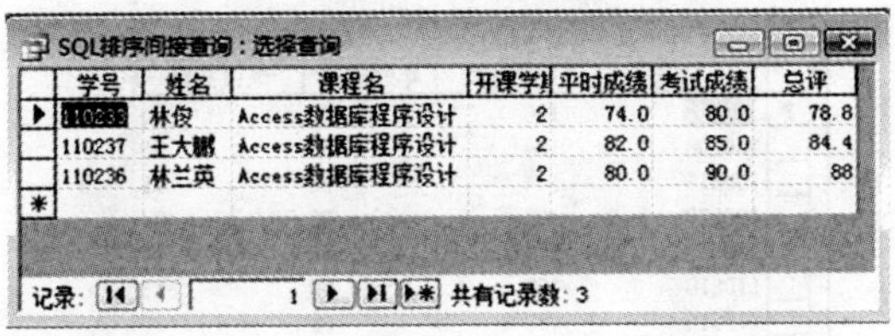

图 5—13　例 5—13 查询结果

【例 5—14】　输入学生的学号，查询该学生所有选修课程的考试成绩，并按照考试成绩由大到小选取前 3 门课程的记录。

分析：查询的数据源为成绩表；查询要求的输入学号为可变参数；对查询结果的 3 条记录限制用 top；查询结果按考试成绩降序排列。实现的语法如下：

select top 3 * from 成绩表

where 学号＝[请输入学号]

order by 考试成绩 desc

保存查询，命名为"SQL 输入参数排序查询"。执行查询，当输入学号为"100208"时的查询结果如图 5—14 所示。

5.2.7　联合查询和嵌套查询

1. 联合查询

在 SQL 查询中，可以把两个 select 语句通过联合（union）运算进行合并，称为联合

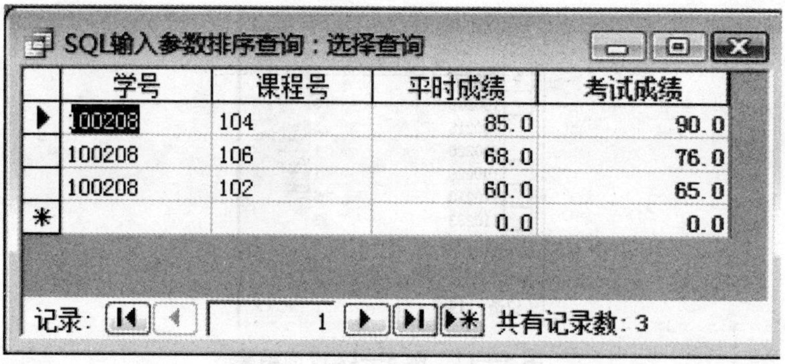

SQL输入参数排序查询：选择查询

学号	课程号	平时成绩	考试成绩
100208	104	85.0	90.0
100208	106	68.0	76.0
100208	102	60.0	65.0
		0.0	0.0

记录：1 共有记录数：3

图 5—14　例 5—14 查询结果

查询。联合查询的查询项名称必须相同，数据类型一致，可以是不同的数据源。

【例 5—15】　查询成绩表中考试成绩>=90 分和<60 分的记录。

分析：该查询可以通过条件的逻辑运算实现，也可以通过联合查询实现，联合查询的语法如下：

```
select * from 成绩表 where 考试成绩>=90
union
select * from 成绩表 where 考试成绩<60
```

保存查询，命名为“SQL 联合查询”。执行查询，图 5—15 为查询结果。

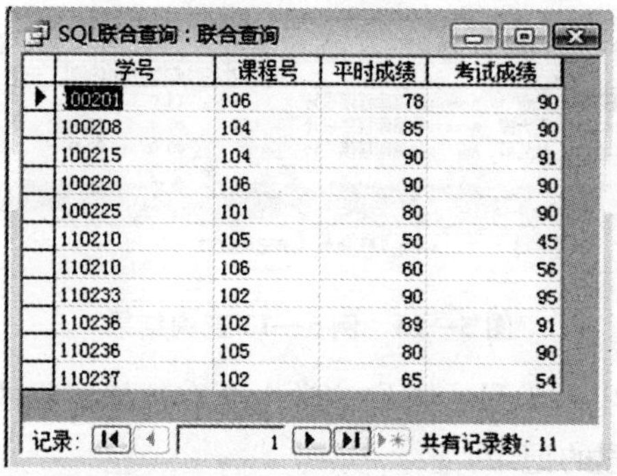

SQL联合查询：联合查询

学号	课程号	平时成绩	考试成绩
100201	106	78	90
100208	104	85	90
100215	104	90	91
100220	106	90	90
100225	101	80	90
110210	105	50	45
110210	106	60	56
110233	102	90	95
110236	102	89	91
110236	105	80	90
110237	102	65	54

记录：1 共有记录数：11

图 5—15　例 5—15 查询结果

2. 嵌套查询

嵌套查询是在一个 select 查询的 where 子句中嵌入了另一个 select 查询。嵌套查询通常用于查询条件字段不在查询的数据源中。

【例 5—16】　查询法律系学生在成绩表中的记录。

分析：查询要求的信息仅限于成绩表中，系部信息在学生表中，它们之间通过学号关联，通过对学号的进一步嵌套选择来实现查询的目标，实现的语法如下：

```
select * from 成绩表
where 学号 in (select 学号 from 学生表 where 系部 ="法律")
```

保存查询，命名为“SQL 嵌套查询”。执行查询，图 5—16 为查询的结果。

SQL嵌套查询：选择查询

学号	课程号	平时成绩	考试成绩
100201	101	76.0	80.0
100201	102	65.0	70.0
100201	103	90.0	85.0
100201	104	56.0	60.0
100201	106	78.0	90.0
100208	102	60.0	65.0
100208	104	85.0	90.0
100208	106	68.0	76.0
*		0.0	0.0

记录：1 共有记录数：8

图 5—16　例 5—16 查询结果

5.2.8　查询去向

在 SQL 语法中，可以设置查询的去向，执行查询默认去向是以数据表的形式显示结果，查询随着关闭查询显示窗口而结束。若需要将查询结果保留存档，或继续在其他应用中使用，可以通过 into 子句使查询去向为数据表。

【例 5—17】　将第一学期学生的学号、姓名、性别、开课学期、课程名、平时成绩、考试成绩和总评查询结果保存到“第一学期成绩表”中。

分析：根据题目要求，查询去向为表，设计查询时，在查询项后设置 into 子句。实现的语法如下：

```
select 学生表.学号，姓名，性别，开课学期，课程名，平时成绩，考试成绩，
    平时成绩*0.2+考试成绩*0.8 as 总评 into 第一学期成绩表
from 学生表 inner join（课程表 inner join 成绩表
    on 课程表.课程号=成绩表.课程号）on 学生表.学号=成绩表.学号
where 开课学期=1
```

保存查询，命名为“SQL 生成表查询”。执行查询，生成表的结果如图 5—17 所示。

第一学期成绩表：表

学号	姓名	性别	开课学期	课程名	平时成绩	考试成绩	总评
100201	张志军	男	1	公共英语	76	80	79.2
100201	张志军	男	1	高等数学	65	70	69
100208	刘小红	女	1	高等数学	60	65	64
110210	马丽	女	1	高等数学	82	80	80.4
100215	王刚	男	1	公共英语	76	80	79.2
100225	马红燕	女	1	公共英语	80	90	88
110233	林俊	男	1	公共英语	60	70	68
110233	林俊	男	1	高等数学	90	95	94
110236	林兰英	女	1	公共英语	77	75	75.4
110236	林兰英	女	1	高等数学	89	91	90.6
110237	王大鹏	男	1	公共英语	98	87	89.2
110237	王大鹏	男	1	高等数学	65	54	56.2
*							

记录：1 共有记录数：12

图 5—17　例 5—17 执行结果

5.3 SQL 数据定义

SQL 语言的重要功能之一就是实现数据的定义。数据定义语句主要有定义数据表、定义索引和修改表结构等语句。数据定义在 Access 中并不常用，这里简单讲述。

数据定义语句的编辑执行也是在查询对象中进行的，操作方法与查询语句相同。

5.3.1 定义数据表

SQL 定义表的基本语法格式是：

create table ＜表名＞
（ ＜字段1＞ ＜数据类型1＞ [(n)] [not null] [primary key | unique]）
[，＜字段2＞ ＜数据类型2＞ [(n)] [not null] [primary key | unique]
[，…]]

其中：

（1）数据类型的表示方法是：文本（text）、字节（byte）、长整型（integer）、单精度（single）、双精度（float）、货币（currency）、备注（memo）、日期时间（date）、逻辑（logical）、OLE 对象（oleobject）等。

（2）primary key 定义字段为主键，unique 定义字段为唯一索引。

【例 5—18】　在图书管理数据库中，定义图书信息的表"Books"。实现的语法如下：

create table Books（ 图书编号 text（8）primary key，书名 text（16）not null，作者 text（4），出版社 text（12），出版日期 date，价格 currency，内容简介 memo ）

图 5—18 为 SQL Books 定义查询，保存命名为"SQL 定义 Books"，执行查询，在表对象中生成 Books 表。

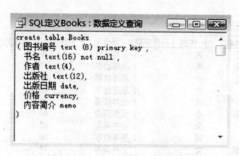

图 5—18　定义 Books

【例 5—19】　在图书管理数据库中，定义读者信息的表"Readers"，实现的语法如下：

create table Readers（借书证号 text（8）primary key，姓名 text（4）not null，性别 text（1），工作部门 text（10），身份证号 text（18），出生日期 date，照片 oleobject）

图 5—19 为 SQL Readers 定义查询，保存命名为"SQL 定义 Readers"，执行查询，

在表对象中生成 Readers 表。

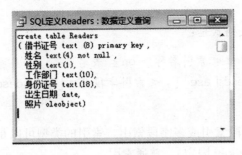

图 5—19　定义 Readers

【例 5—20】　在图书管理数据库中，定义借阅信息的表"Borrows"，实现的语法如下：

create table Borrows

（图书编号 text （8） references Books （图书编号），

借书证号 text （8） references Readers （借书证号），

借阅日期 date，归还日期 date，

primary key（图书编号，借书证号））

图书管理的三个表在关系上，Books 和 Readers 为父表，Borrows 为子表，应先建立父表，后建立子表，子表中用 references 指定与主表之间的参照关系。

图 5—20 为 SQL Borrows 定义查询，保存命名为"SQL 定义 Borrows"，执行查询，在表对象中生成 Borrows 表。

三个表定义完成后，在图书管理数据库中，选择表对象，执行菜单"工具｜关系"，把 Books、Readers 和 Borrows 添加到关系中，呈现出如图 5—21 所示的关系。

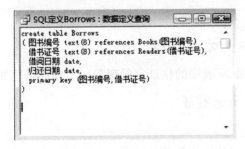

图 5—20　定义 Borrows

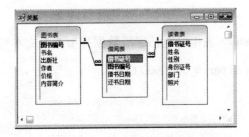

图 5—21　创建表后的关系

5.3.2　定义表索引

SQL 定义索引的语法格式是：

create [unique] index ＜索引名称＞ on ＜表名＞
（＜索引字段 1＞ [desc | asc] [，＜索引字段 2＞ [asc | desc] [，…]]）[with primary key]

建立索引可以是单字段索引或多字段索引，索引的类型可以是：唯一索引（unique 限定），主键（with primary key 限定）、普通索引。

【例 5—21】　给 Books 表的"书名"建立一个降序排列的普通索引，索引的名称为"书名"。实现的语法如下：

create index 书名 on Books（书名 desc）

5.3.3　修改表

1. 添加字段

SQL 添加字段的语法是：

alter table ＜表名＞ add ＜字段名＞＜数据类型＞（n）

【例 5—22】　给图书管理数据库的 Readers 表添加住址字段和电话字段。实现的语法如下：

alter table Readers add 住址 text（20）
alter table Readers add 电话 integer

2. 删除字段

SQL 删除字段的语法是：

alter table ＜表名＞ drop ＜字段名＞

【例 5—23】　把 Readers 表中的住址字段删除。实现的语法如下：

alter table Readers drop 住址

3. 修改字段数据类型

SQL 修改字段数据类型的语法是：

alter table ＜表名＞ alter ＜字段名＞ ＜数据类型＞（n）

【例 5—24】　把 Readers 表中的电话字段数据类型改为文本型，11 个字符大小。

alter table Readers alter 电话 text（11）

4. 删除索引

删除索引的语法是：

drop index ＜索引名＞ on ＜表名＞

5．删除表

删除表的语法是：

drop table ＜表名＞

5.4 SQL 数据操纵

数据操纵是对数据表记录的操作。数据操纵的语句有 insert（插入记录），update（更新字段数据），delete（删除记录）。

数据操纵在 Access 的查询对象中使用，操作方法与查询方法相同。

5.4.1 插入记录

插入记录的语法为：

insert into ＜表名＞［（字段名列表）］values（表达式列表）

在插入语句中，字段名列表用英文逗号分隔，表示式列表要和字段名列表的顺序、数据类型一致。当对表中所有字段插入数据时，可省略字段名列表。

【例 5—25】 给 Readers 表插入两条记录。实现的语法如下：

insert into Readers
values (" x0501001","张三","男","法律","610502192305110122"，♯1998/02/5♯，null, null)
insert into Readers（借书证号，姓名，出生日期）
values ("x0501002","李四"，♯1997/10/5♯)

5.4.2 删除记录

删除记录的语法为：

delete from ＜表名＞［where ＜删除条件＞］

其中，如果没有 where 条件，则删除表中全部记录。

【例 5—26】 删除 Readers 表中姓名为李四的记录。

delete from Readers where 姓名＝"李四"

5.4.3 更新记录

更新记录的语法为：

update ＜表名＞ set ＜字段 1＞＝＜表达式 1＞［，＜字段 2＞＝＜表达式 2＞，…］
［where ＜更新条件＞］

在更新语法中，如果没有 where 条件，则更新全部的记录。

【例 5—27】 把 Readers 表中，"张"姓的记录全部改为"王"姓。

update Readers set 姓名＝"王" & mid（姓名，2）where left（姓名，1）＝"张"

本章小结

SQL 语言是数据库的标准语言，掌握 SQL 语法是学习数据库的重要一环。在 Access 数据库管理中，重点掌握查询语句的使用。在学习本章的过程中，能利用前一章查询的 SQL 视图进行思考，会提高学习的效果。

select 语句可以完成选择查询、参数查询、统计计算查询、生成表查询，可以对查询结果排序，通过联合查询可以把多个表中的相同数据合并。

习题

一、选择题

1. SQL 语言是（　　）。

A. 高级语言　　　　　B. 结构化查询语言　C. 专业语言　　　　　D. 程序设计语言

2. 在 select 语句中，表示排序的子句是（　　）。

A. top　　　　　　B. order　　　　　C. group　　　　　D. order by

3. 下面不属于 SQL 数据操纵语句的命令是（　　）。

A. insert　　　　　B. update　　　　　C. alter　　　　　D. delete

4. 要查找张明和汪斌两个学生的信息，条件子句的表达式是（　　）。

A. where 姓名＝张明 and 汪斌　　　　　B. where 姓名 like"张明" or"汪斌"

C. where 姓名 in（"张明"," 汪斌"）　　　D. where 姓名 is（"张明"，"汪斌"）

5. 按姓名查询学生信息，则 where 子句的条件表达式是（　　）。

A. 姓名 ＝"要查找的姓名"　　　　　B. 姓名 like［查询人姓名］& " * "

C. 姓名 like "查询人姓名"　　　　　D. 姓名 is 查询人的姓名

6. 下面关于空值比较不正确的是（　　）。

A. ＝null　　　　　B. is null　　　　　C. not is null　　　　　D. is not null

7. 要查找出生在 1976 年的男学生，以下 SQL 语句正确的是（　　）。

A. select 姓名，性别，出生日期 from 学生表

　　where 性别＝"男" and 出生日期 between ♯1/1/1976♯ and ♯12/31/1976♯

B. select 姓名，性别，出生日期 from 学生表

　　where 性别＝"男" or 出生日期 between ♯1/1/1976♯ or ♯12/31/1976♯

C. select 姓名，性别，出生日期 from 学生表

　　where 性别＝"男" and 出生日期 between ♯1/1/1976♯ or ♯12/31/1976♯

D. select 姓名，性别，出生日期 from 学生表

where 性别＝"男" or 出生日期 between #1/1/1976# and #12/31/1976#

8. 要从学生表姓名中提取姓氏信息，重复的姓氏不输出，正确的 SQL 查询语句是（   ）。

A. select top1 Left（[姓名]，1）as 姓氏 from 学生表

B. select left（[姓名]，1）as 姓氏 from 学生表

C. select distinct Left（[姓名]，1）as 姓氏 from 学生表

D. select like [姓名，1] as 姓氏 from 学生表

二、填空题

1. SQL 的中文翻译是_____。

2. SQL 用于查询语句的关键词是_____、_____和_____。

3. SQL 用于更新记录的命令是_____。

4. SQL 用于删除记录的命令是_____。

5. SQL 查询语句中查找不重复记录的限制词是_____。

三、简答题

1. 为什么需要掌握 SQL 语言。

2. SQL 语言包括哪几个部分？各有什么特点？

3. 修改数据表的结构要注意什么问题？

4. select 语句的子句如何在查询设计器中找到对应？

四、操作题

1. 在图书管理数据库中，编写 SQL 语句完成如下的功能：

（1）查找读者的姓名、性别、身份证号。

（2）查找没有归还书的读者姓名、部门、书名和借书日期。

（3）查找已经归还的书每次借出的天数（包含书名，借出日期和借出天数）。

（4）统计每本书的平均借阅天数。

（5）计算所有图书的总价。

（6）查看借阅过高等数学的学生的身份证号、姓名、性别、借阅日期。

（7）输入书名，查看该书有没有借出。

（8）输入身份证号，查看该读者没有归还的图书的书名、借阅日期。

（9）查询没有被借过的图书的书名、出版社、作者。

2. 数据库定义语句操作，新建一个图书管理数据库并命名为"图书管理 2. mdb"。

（1）用 create table 语句建立读者表、图书表、借阅表。

（2）用 insert 语句向每个表插入 2 条记录。

第 *6* 章

窗 体

窗体是 Access 数据库应用中一个非常重要的对象，是用户与 Access 应用程序之间的主要接口。每个窗体实现不同的应用功能，利用窗体可以将数据库中的对象组织起来，形成一个完整的、风格统一的数据库应用系统。本章将介绍窗体的基本操作，包括窗体的概念和作用、窗体的组成、窗体的创建及编辑等。

6.1 窗体概述

窗体主要用于在数据库中输入和显示数据，窗体本身并不存储数据，但是通过窗体中的控件与数据库表或查询中的字段链接，可使数据库中数据的输入、修改和查看变得直观、容易；还可以通过窗体中的控件打开报表或其他窗体、执行宏、进行 VBA 编程等，完成更复杂的数据库应用工作。

6.1.1 窗体的作用

窗体有多种形式，不同的窗体能够完成不同的功能。

1. 窗体中的信息种类

一类是设计者在设计窗体时附加的一些提示信息，例如，一些说明性的文字或一些图形元素，这些信息对数据表中的每一条记录都是相同的，不随记录而变化，如图 6—1 所示的窗体中，文本框、组合框左端的标签对象显示的"教师基本信息"、"教师代码:"、"姓名:"、"性别:"和"学历:"等都是说明性文字，不随记录的变化而变化。

另一类是处理表或查询的记录，往往与所处理记录的数据密切相关，当被操作的记录变化时，这些信息也随之变化，如图 6—1 所示，文本框中显示的"0001"、"东风"，组合框中显示的"男"等都是"教师表"中字段的具体值，当操作到不同的记录时，这些控件的值也随之发生变化。

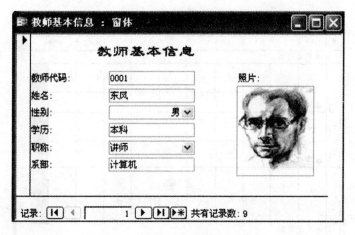

图 6—1 "教师基本信息"窗体

2. 窗体的作用

● 创建友好的用户界面，使用户方便地对数据记录进行维护。

● 创建切换面板窗体用来打开其他的窗体和报表。

● 创建自定义的对话框接收用户的输入，并根据输入的数据选择适当的操作。

● 使用窗体显示各种提示信息，例如消息、错误和警告等。

6.1.2 窗体的基本组成和分类

1. 窗体的基本组成

一个完整的窗体由窗体页眉、页面页眉、主体、页面页脚和窗体页脚 5 部分组成，如图 6—2 所示，每个部分称为一个"节"。大部分的窗体只有主体节，其他的节可以根据实际需要通过"视图"菜单或右击窗体设计视图选择快捷菜单中的有关命令来进行添加。

窗体各部分的功能说明如下：

①窗体页眉：位于窗体的最上方，一般用于显示窗体的标题、使用说明和其他信息，如：窗体标题、日期、标志图案等。在打印窗体时，只在第一页的开头打印一次。

②页面页眉：一般用来设置窗体在打印时页顶部要打印的信息，每页开头打印一次。

③主体：是窗体的主要设计区域，通常用来显示或操作数据。

④页面页脚：一般用来设置窗体在打印时的页脚信息，如汇总、日期或页码等。

⑤窗体页脚：位于窗体底部或打印页的尾部，一般用于显示对所有记录都要显示的内容，在打印窗体时，出现在主体节的最后一项数据之后。

2. 窗体的分类

根据显示数据的方式，Access 提供了 7 种不同类型的窗体：纵栏式窗体、表格式窗体、数据表窗体、主/子窗体、图表窗体、数据透视表窗体和数据透视图窗体。

①纵栏式窗体：是最常用的窗体，又称为"单个窗体"，每次只能显示一条记录，一个字段占一行，每行左边显示字段名，右边显示字段的值，如图 6—3 所示。

②表格式窗体：在窗体中一次显示多条记录的信息，又称为"连续窗体"，字段名显示于窗体顶端，各字段的值显示在字段名下方的表格里，一条记录占一行，如图 6—4 所示。

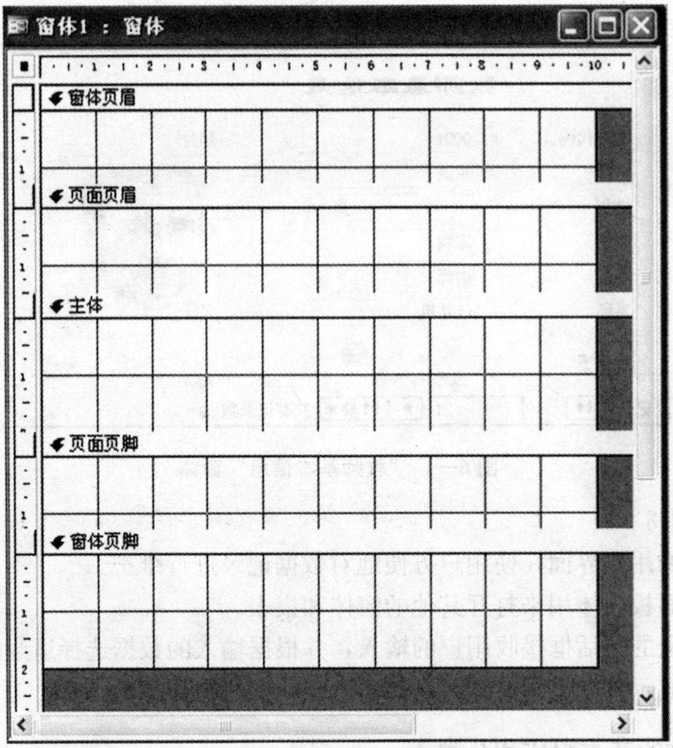

图 6—2　窗体 "设计视图"

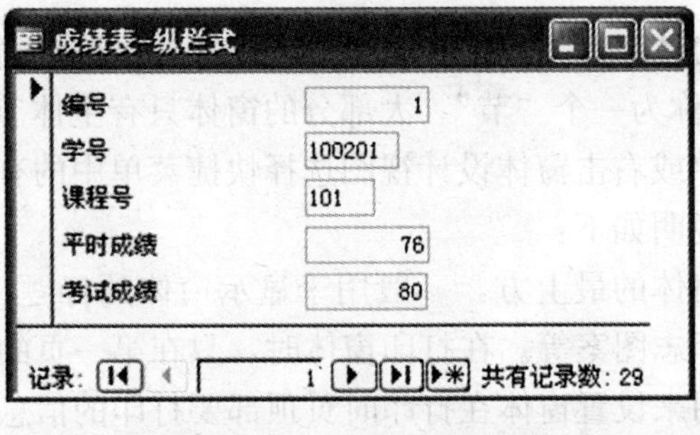

图 6—3　纵栏式窗体

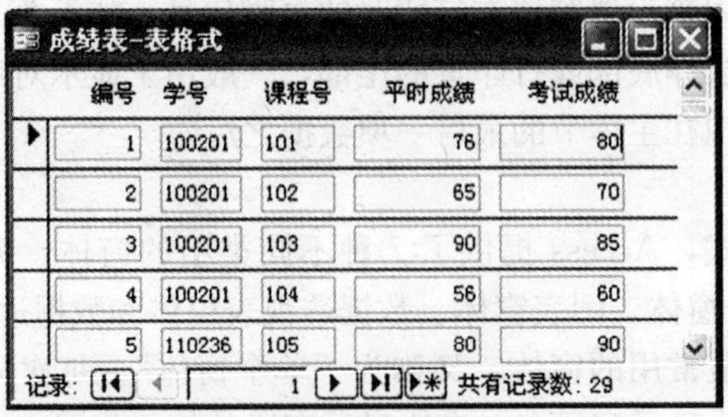

图 6—4　表格式窗体

　　（3）数据表窗体：以二维表格的形式显示数据，和查询显示数据的界面相同，如图 6—5 所示。数据表窗体的主要作用是作为一个窗体的子窗体。

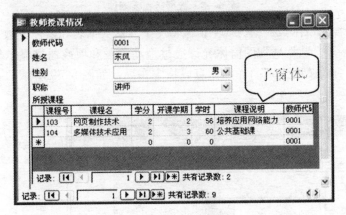

图6—5 数据表窗体

（4）主/子窗体：窗体中的窗体称为子窗体，包含子窗体的窗体称为主窗体。这种窗体通常用于显示具有"一对多"关系的表或查询中的数据。主窗体显示"一对多"的"一"端数据，子窗体显示与其关联的"多"端数据。如图6—6所示。

图6—6 主/子窗体

（5）图表窗体：以图表方式显示数据，如图6—7所示。图表窗体的数据源可以是数据表或者是查询，可以单独使用图表窗体，也可以在子窗体中使用图表窗体来增加窗体的功能。

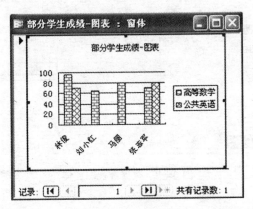

图6—7 图表窗体

（6）数据透视表窗体：数据透视表窗体是以指定的数据产生一个类似Excel的分析表而建立的一种窗体，如图6—8所示。从外表看类似交叉表查询中的数据显示模式，但数据透视表窗体允许用户对表格内的数据进行操作，也可改变透视表的布局，以满足不同的数据分析方式和要求。

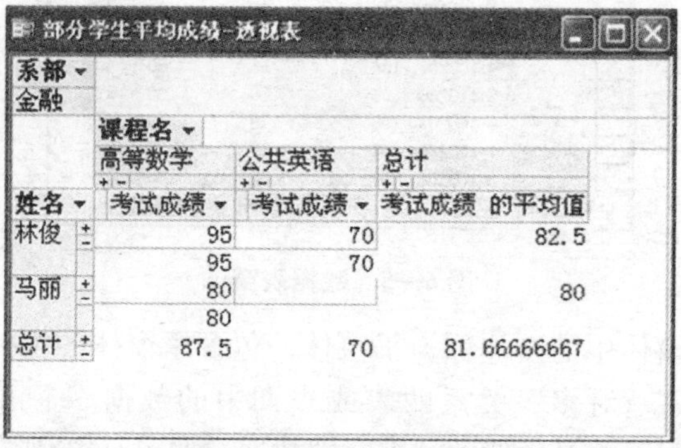

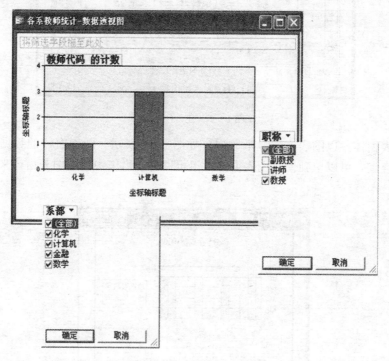

图 6—8　数据透视表窗体

（7）数据透视图窗体：数据透视图窗体是用于显示数据表和窗体中数据的图形分析窗体，如图 6—9 所示。数据透视图窗体允许通过拖动字段和项或通过显示和隐藏字段的下拉列表中的项，查看不同级别的详细信息或指定布局，如图 6—9 所示的查看各系职称为"教授"的统计数字。

图 6—9　数据透视图窗体

6.1.3　窗体的视图

窗体的视图是用于设计窗体和操作窗体的界面。在 Access 中，当打开某个窗体对象后，单击主菜单"视图"菜单项或工具栏上的"视图"按钮，可以从一种视图切换到另一种视图。

表 6—1　　　　　　　　　　　　Access 窗体的 5 种视图

视图名称	作用
设计视图	是用户的工作台，在该视图中创建窗体，指定窗体数据源，添加、修改窗体控件等
窗体视图	在完成窗体设计之后，通过此视图运行窗体，查看设计效果
数据表视图	数据表视图以行和列的二维表格式显示数据，也可对数据进行编辑
数据透视表视图	用于汇总并分析数据表或数据
数据透视图视图	用图形方式汇总并分析数据表或数据

6.2 快速创建窗体

　　窗体的类型有很多，可以根据不同的应用需求选择不同的窗体类型显示数据库中的数据，同样也可选择不同的创建窗体的方式。创建窗体有设计视图和使用向导两种方法。在设计视图方法中，需要创建窗体的每一个控件，并建立控件和数据源之间的联系。利用向导可以简单、快捷地创建窗体，用户通过回答向导的提问，逐步完成窗体的创建工作。

　　Access 提供快速创建窗体的方法分为自动创建和利用向导创建两类，用户可根据应用中不同要求选取不同的创建方法。

6.2.1　自动创建窗体

　　在自动创建窗体过程中，Access 会按照数据源字段类型的不同选择相应的窗体控件来显示数据。

　　Access 提供了两种方法自动创建窗体：

　　第一种是在"表"或"查询"对象下使用"自动窗体"功能；

　　第二种是在"窗体"对象下使用"自动创建窗体"功能。

　　1. 使用"自动窗体"功能

　　使用"自动窗体"功能是创建具有数据维护功能窗体最快捷的方法，它可以快速创建基于选定表或查询中所有字段及记录的窗体，其窗体布局结构简单、整齐。区别于其他窗体创建方法的是：使用"自动窗体"创建窗体时，需要先选定表对象或查询对象，而不是在窗体对象下启动向导或进入窗体"设计"视图。

　　【例 6—1】　　以表对象"学生表"为数据源，使用"自动窗体"功能，创建"学生表—自动窗体"窗体。

　　操作步骤如下：

　　①选择数据库窗口的"表"对象，选中"学生表"，如图 6—10（a）所示。

　　②打开菜单"插入"，选择"自动窗体"命令，或单击工具栏中"新对象"按钮 右侧的向下箭头，从打开的下拉列表中选择"自动窗体"选项，系统自动生成如图 6—10（b）所示的窗体。

（a）选择对象及命令

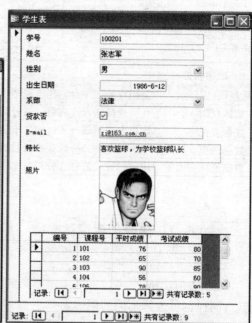
（b）生成的窗体

图 6—10　在"表"对象下使用"自动窗体"功能设计窗体

③打开菜单"文件"选择"保存"命令，或单击工具栏"保存"按钮 █，弹出"另存为"对话框，在"窗体名称"文本框中输入"学生表—自动窗体"，单击"确定"按钮，创建窗体过程完毕。

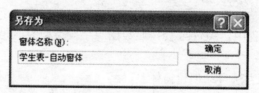

图 6—11　保存窗体

2. 使用"自动创建窗体"功能

利用"自动创建窗体"向导，可以创建 3 种形式的具有数据编辑功能的窗体，包括纵栏式窗体、表格式窗体和数据表窗体，分别如图 6—3、图 6—4、图 6—5 所示。虽然，3 种窗体显示记录的形式不同，但创建步骤是一样的。

【例 6—2】　以"学生表"表为数据源，使用"自动创建窗体"向导，创建一个名为"学生表—纵栏式"的纵栏式窗体。操作步骤如下：

①在数据库窗口的"表"对象下，单击工具栏上的"新对象"按钮 █·右侧的向下箭头，从打开的列表中选择"窗体"选项，或在数据库窗口的"窗体"对象下，单击工具栏上的按钮 █新建(N)，打开"新建窗体"对话框，如图 6—12 所示。

②在"新建窗体"对话框中，单击"自动创建窗体：纵栏式"选项，从"请选择该对象数据的来源表或查询"下拉列表中选择"学生表"作为数据源。

③单击"确定"按钮，屏幕显示出新建窗体的窗体视图，如图 6—13 所示。

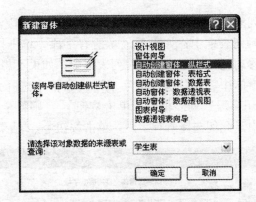

图 6—12 "新建窗体"对话框

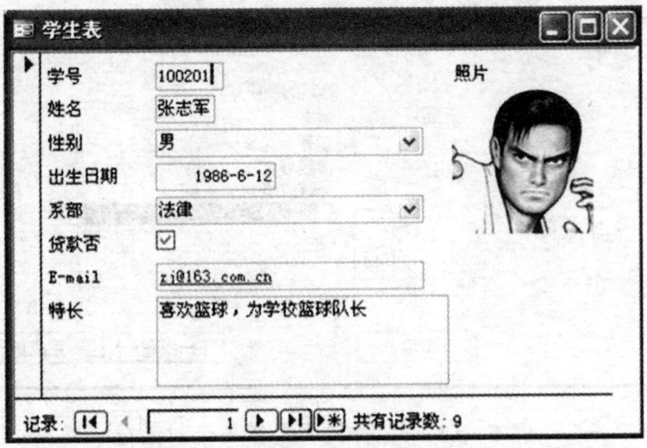

图 6—13 纵栏式窗体

④打开菜单"文件",执行"保存"命令,或单击工具栏"保存"按钮,在"另存为"对话框的"窗体名称"文本框中输入"学生表—纵栏式",单击"确定"按钮,至此使用"自动创建窗体"向导创建窗体完毕。

6.2.2 使用向导创建窗体

使用"自动窗体"或"自动创建窗体"功能创建窗体虽然简单、方便、快捷,但是内容和形式都受到限制,没给用户提供更多的选择,如:字段的选择、窗体的布局等,不能满足更为复杂的要求。使用"窗体向导"可以更灵活、全面地控制数据来源和窗体格式。

1. 使用"窗体向导"创建单一数据源的窗体

【例 6—3】 使用"窗体向导"创建窗体,窗体名称为"学生成绩—纵栏表",数据源为"成绩表",显示该表中所有字段。

操作步骤如下:

①在数据库窗口中,选择"窗体"对象。

②单击"新建"按钮,弹出"新建窗体"对话框。

③在"新建窗体"对话框中,单击"窗体向导"选项,然后从"请选择该对象数据的来源表或查询"下拉列表中选择"成绩表"作为数据源,再单击"确定"按钮,关闭该对话框,屏幕显示"窗体向导"第 1 个对话框,在可用字段中列出了所有可用字段。

④在"可用字段"列表框中，选择需要在窗体中显示的字段，单击按钮 ＞ ，将所选字段移到"选定的字段"列表框中；如果要显示所有字段，单击按钮 ＞＞ ，则将所有字段从"可用字段"列表框移动到"选定的字段"列表框中；如果不想让"选定的字段"列表框中的某个字段出现在窗体中，在"选定的字段"列表框中选择该字段，然后单击按钮 ＜ ，将其重新移回"可用字段"列表框中；单击按钮 ＜＜ ，则将全部"选定的字段"移回到"可用字段"列表框中。此例选择所有字段，单击按钮 ＞＞ ，结果如图 6—14 所示。

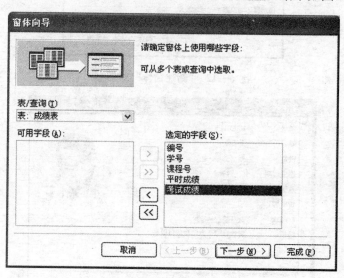

图 6—14 "窗体向导"第 1 个对话框

⑤单击"下一步"按钮，屏幕显示"窗体向导"第 2 个对话框，提示选择窗体布局，如图 6—15 所示。选择"纵栏表"选项按钮，此时可看到对话框左侧的窗体布局示意图。

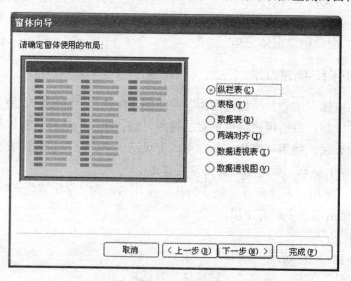

图 6—15 "窗体向导"第 2 个对话框

⑥单击"下一步"按钮，屏幕显示"窗体向导"第 3 个对话框，提示选择数据在窗体中的显示样式，如图 6—16 所示。在对话框右侧的列表框中列出了若干样式名称，此例选

择"工业"样式。

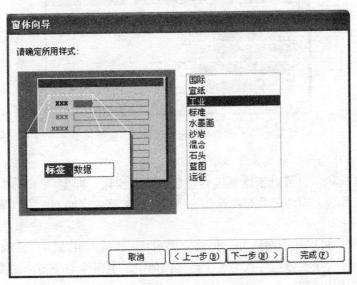

图 6—16 "窗体向导"第 3 个对话框

⑦单击"下一步"按钮,屏幕显示"窗体向导"第 4 个对话框,提示输入窗体标题,如图 6—17 所示。在"请为窗体指定标题"文本框中输入"学生成绩—纵栏表"。如果想在完成窗体的创建后运行窗体,选择"打开窗体查看或输入信息";如果要调整用向导创建的窗体布局,则选择"修改窗体设计"。此例选择"打开窗体查看或输入信息"。

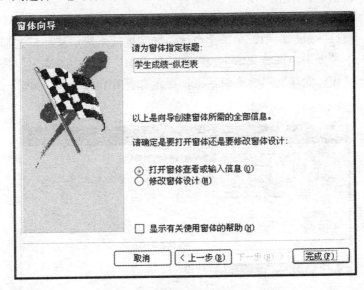

图 6—17 "窗体向导"第 4 个对话框

⑧单击"完成"按钮,创建的窗体显示在屏幕上,如图 6—18 所示。

⑨打开菜单"文件",执行"保存"命令,或单击工具栏"保存"按钮,在"另存为"对话框的"窗体名称"文本框中输入"学生成绩—纵栏表",单击"确定"按钮,至此使用"窗体向导"创建窗体完毕。

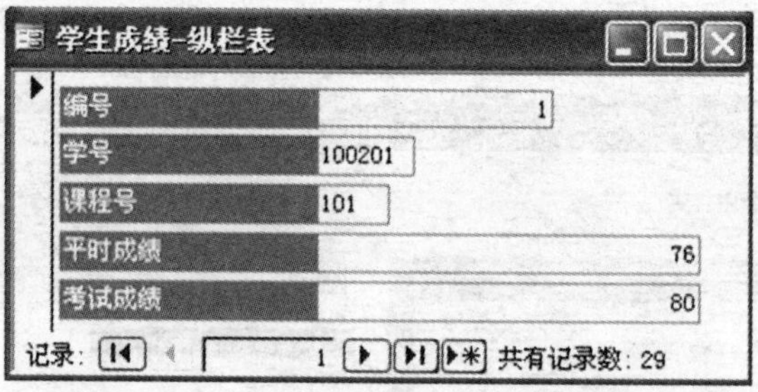

图 6—18　"学生成绩—纵栏表"窗体视图

2. 使用"窗体向导"创建基于多个数据源的窗体

使用"窗体向导"也可以创建基于多个数据源的窗体，即主/子窗体。在创建这种窗体之前，要确保作为主窗体的数据源与作为子窗体的数据源之间必须存在着"—对多"的关系。

在 Access 中，可以使用两种方法创建此类窗体，一是同时创建主窗体与子窗体，二是将已建的窗体作为子窗体添加到另一个已建窗体中。主窗体与子窗体的关系，从构成上可分为嵌入式和链接式两种。

（1）同时创建主窗体与子窗体

【例 6—4】　使用"窗体向导"创建嵌入式的"主/子窗体"，主窗体名为"学生成绩主窗体"，子窗体名为"学生成绩子窗体"，数据源为"学生表"、"课程表"和"成绩表"。

操作步骤如下：

①在数据库窗口中，单击"窗体"对象。

②单击"新建"按钮，弹出"新建窗体"对话框。

③在"新建窗体"对话框中，单击"窗体向导"选项，然后从"请选择该对象数据的来源表或查询"下拉列表中选择"学生表"作为数据源，再单击"确定"按钮，关闭该对话框，屏幕显示"窗体向导"第 1 个对话框，提示选择在窗体上要显示的字段，如图 6—19 所示。

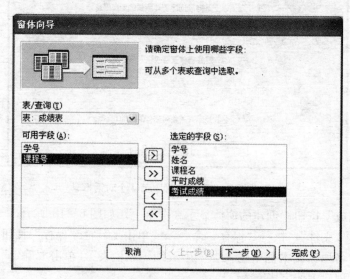

图 6—19　"窗体向导"第 1 个对话框

④在"可用字段"列表框中，将"学号"和"姓名"两字段添加到"选定的字段"列表框中，操作方法如前所述。

⑤单击"表/查询"下拉列表框右侧的按钮∨，选择"课程表"，然后将字段"课程名"添加到"选定的字段"列表框中。

⑥单击"表/查询"下拉列表框右侧的按钮∨，选择"成绩表"，将字段"平时成绩"和"考试成绩"添加到"选定的字段"列表框中，如图 6—19 所示。

⑦单击"下一步"按钮，屏幕显示"窗体向导"第 2 个对话框，提示确定查看数据的方式，如图 6—20 所示。

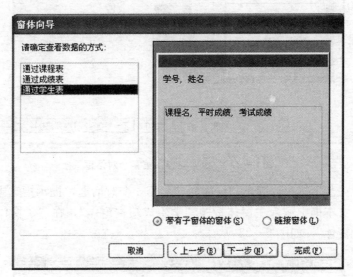

图 6—20　"窗体向导"第 2 个对话框

⑧单击"下一步"按钮，屏幕显示"窗体向导"第 3 个对话框，提示选择子窗体的布局，此题选择"数据表"单选按钮，如图 6—21 所示。

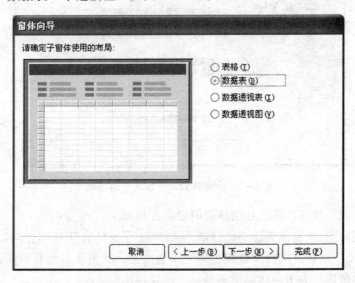

图 6—21　"窗体向导"第 3 个对话框

⑨单击"下一步"按钮，弹出"窗体向导"第 4 个对话框，提示在主窗体中设置数据的显示样式，此题选择"标准"样式，如图 6—22 所示。

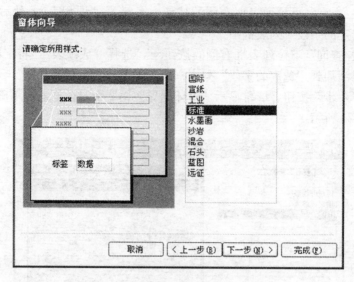

图 6—22 "窗体向导"第 4 个对话框

⑩单击"下一步"按钮，弹出"窗体向导"第 5 个对话框，提示指定主、子窗体的标题。在"窗体"文本框中输入主窗体标题"学生成绩主窗体"，在"子窗体"文本框中输入"学生成绩子窗体"，如图 6—23 所示。

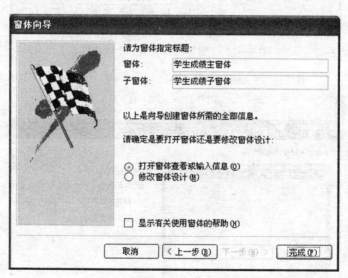

图 6—23 "窗体向导"第 5 个对话框

⑪单击"完成"按钮，所创建窗体同时显示在屏幕上，如图 6—24 所示。

创建链接式的主/子窗体方法与创建嵌入式的主/子窗体方法基本相同，只是须注意在"窗体向导"第 2 个对话框选择"链接窗体"单选按钮，其他步骤稍有不同。

（2）将已建窗体作为子窗体添加到另一个已建窗体中

【例 6—5】　创建一个窗体能够反映每门课程被选修的情况，即主窗体显示课程信息，

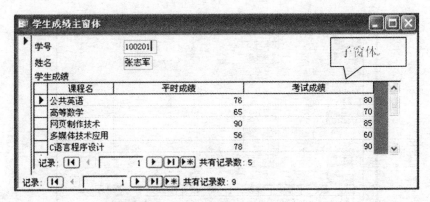

图 6—24　嵌入式主/子窗体

子窗体显示该门课程有多少学生选修。

操作步骤如下：

①在数据库窗口中，选择"窗体"对象。

②选择窗体"课程表"，打开其设计视图。

③选择作为子窗体的窗体"成绩表—数据表"，直接拖动到窗体"课程表"主体节的底部，释放鼠标，结果如图 6—25 所示，然后再调整子窗体的大小及位置。

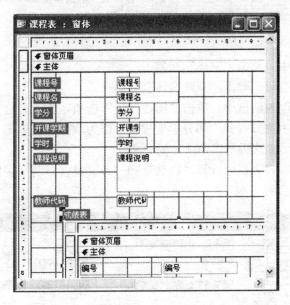

图 6—25　带有子窗体"课程表"的设计视图

④切换到窗体视图，结果如图 6—26 所示。

⑤保存文件，在"另存为"对话框中输入"每门课程选修情况"。

6.2.3　使用"图表向导"创建窗体

使用图表窗体能够更直观地显示表或查询中的数据，例如柱形图、饼图等。

【例6—6】　使用"图表向导"创建"图表窗体"，窗体名为"部分学生平均成绩图"，数据源为查询"部分学生成绩"，图表类型为"柱形图"，图表包含"姓名"和"考试成

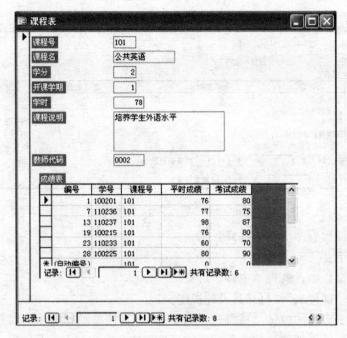

图 6—26 带有子窗体"课程表"的窗体视图

绩"两个字段。

操作步骤如下：

①在数据库窗口中，单击"窗体"对象。

②单击"新建"按钮，弹出"新建窗体"对话框。

③在"新建窗体"对话框中，单击"图表向导"选项，从"请选择该对象数据的来源表或查询"下拉列表中选择查询"部分学生成绩"作为数据源，单击"确定"按钮，关闭该对话框，屏幕显示"图表向导"第 1 个对话框。

④在"可用字段"列表框中选择"姓名"和"考试成绩"两个字段作为图表数据，如图 6—27 所示。

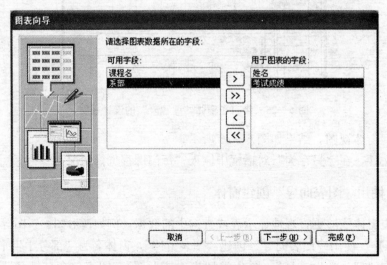

图 6—27 "图表向导"第 1 个对话框

⑤单击"下一步"按钮,屏幕显示"图表向导"第 2 个对话框,如图 6—28 所示。在该对话框中选择合适的图表类型,此题选择"柱形图"图表。

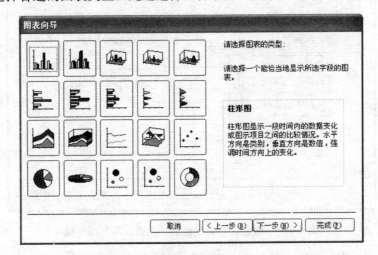

图 6—28 "图表向导"第 2 个对话框

⑥单击"下一步"按钮,屏幕显示"图表向导"第 3 个对话框,在该对话框中按照向导提示调整图表布局及汇总方式,如图 6—29 所示,本题要求计算每个学生的平均成绩,此时双击"求和考试成绩"框,打开"汇总"对话框,如图 6—30 所示,选择汇总方式"平均值",然后单击"确定"按钮,返回"图表向导"第 3 个对话框,如图 6—31 所示。

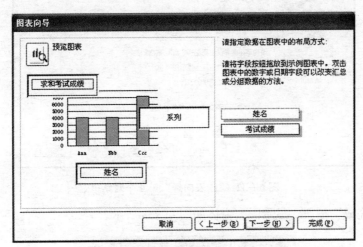

图 6—29 "图表向导"第 3 个对话框

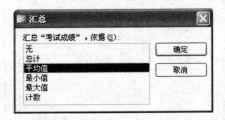

图 6—30 "汇总"对话框

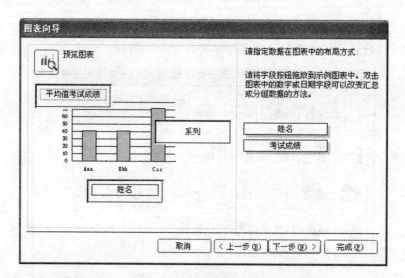

图 6—31 选择汇总方式后的"图表向导"对话框

⑦单击"下一步"按钮，屏幕显示"图表向导"第 4 个对话框，在"请指定图表的标题"文本框中输入图表的标题"部分学生平均成绩图"，如图 6—32 所示。

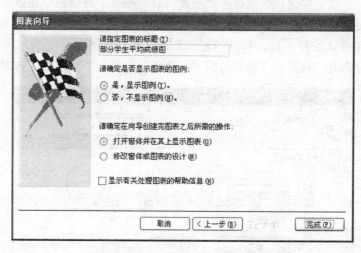

图 6—32 "图表向导"第 4 个对话框

⑧单击"完成"按钮，显示图表窗体如图 6—33 所示。

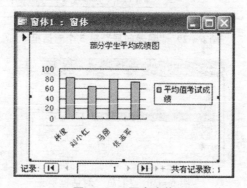

图 6—33 图表窗体

⑨保存窗体，在"另存为"对话框中指定窗体名为"部分学生平均成绩图"。

6.2.4 使用"数据透视表向导"创建窗体

数据透视表是一种能用所选格式和计算方法汇总数据的交互式表。它可以按两个以上分类字段对其他字段进行汇总分析，例如计算求和、平均值等。

【例 6—7】 使用数据透视表向导创建数据透视表窗体，按系部显示每位学生的平均成绩。窗体名称为"部分学生成绩数据透视表"，数据源为查询"部分学生成绩"。

操作步骤如下：

①在数据库窗口中，选择"窗体"对象。

②单击"新建"按钮，弹出"新建窗体"对话框。

③在"新建窗体"对话框中，单击"数据透视表向导"选项，然后从"请选择该对象数据的来源表或查询"下拉列表中，选择查询"部分学生成绩"。

④单击"确定"按钮，关闭该对话框，屏幕显示"数据透视表向导"第 1 个对话框，如图 6—34 所示。

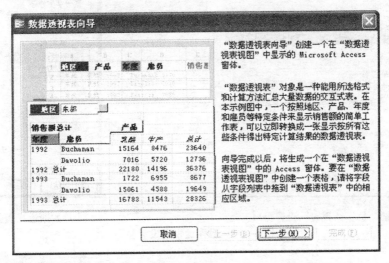

图 6—34 "数据透视表向导"第 1 个对话框

⑤单击"下一步"按钮，屏幕显示"数据透视表向导"第 2 个对话框，提示选择在窗体中要显示的字段，此题选择所有字段，结果如图 6—35 所示。

⑥单击"完成"按钮，打开"数据透视表"设置窗口。将"系部"拖至"将筛选字段拖至此处"位置，把"姓名"拖至"将行字段拖至此处"位置，把"课程名"拖至"将列字段拖至此处"位置，把"考试成绩"拖至"将汇总或明细字段拖至此处"位置，结果如图 6—36 所示。

⑦单击"课程名"右端"总计"下方的"＋"号（"＋"显示明细数据，"－"隐藏明细数据），弹出如图 6—37 所示的每个学生的各科考试成绩。

⑧右击"课程名"右端"总计"下方的"考试成绩"，在弹出的如图 6—38（a）所示的弹出式菜单中，选择"自动计算"，再选择"平均值"，结果如图 6—38（b）所示。

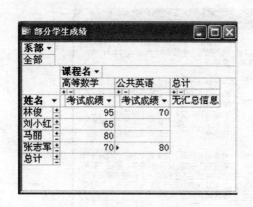

图 6—35 "数据透视表向导"第 2 个对话框

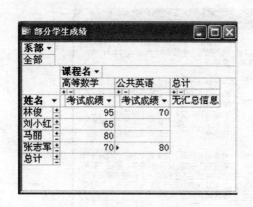

（a）"数据透视表"设置窗口 （b）数据透视表数据源

图 6—36 数据透视表设置窗口

（a）"数据透视表"设置窗口 （b）数据透视表数据源

图 6—37 弹出每个学生的各科考试成绩

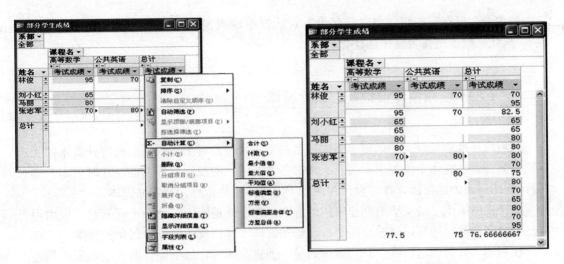

(a) 选择汇总方式　　　　　　　　　　　　(b) 结果视图

图 6—38　设置数据透视表汇总方式

⑨单击"课程名"右端"总计"下方的"－"号，结果如图 6—39 所示。

图 6—39　数据透视表设置结果

此时，还可单击"系部"右端的按钮 ✓，在下拉列表中选择系部的名称，此处只选择"金融"，如图 6—40（a）所示，然后单击"确定"按钮，结果如图 6—40（b）所示。

(a) 选择系部

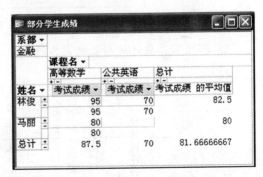

(b) 金融系学生的平均成绩

图 6—40　查看一个系部学生的平均成绩

⑩单击"保存"按钮，在"另存为"对话框中输入窗体名"部分学生成绩数据透视表"，至此，数据透视表窗体创建完毕。

6.3 使用窗体设计视图设计窗体

利用向导虽然可以方便地创建不同类型的窗体，但是对于用户的一些特殊要求却无法实现，例如，在窗体中增加说明信息、增加各种按钮、实现检索等功能。这时就需要通过"设计视图"来创建窗体，在"设计视图"下设计的窗体也称为自定义窗体。

设计视图提供了最灵活的创建窗体的方法。在设计视图中，每一个元素都可以由用户自己创建和修改，还可以修改应用"自动创建窗体"和"窗体向导"创建的窗体。

在利用"自动创建窗体"和"窗体向导"创建窗体时，每个控件的类型和属性都是由系统决定的，而在"设计视图"中，需要用户定义每个控件的属性和事件过程。

6.3.1 窗体的设计环境

1. 窗体的设计视图

在数据库窗口中选择"窗体"对象，双击"在设计视图下创建窗体"对象，或单击工具栏"新建"按钮，在打开的"新建窗体"对话框中选择"设计视图"选项，都可以打开窗体"设计视图"窗口，此时窗体"设计视图"只有主体节部分，如图6—41所示，其他4个节需要选择"视图"菜单下的"窗体页眉/页脚"命令和"页面页眉/页脚"命令进行添加，或右击设计窗体，在弹出的快捷菜单中选择"窗体页眉/页脚"命令和"页面页眉/页脚"命令进行添加。

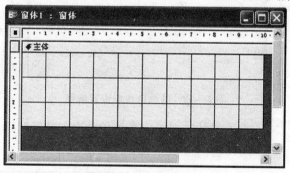

图6—41 窗体"设计视图"

2. 利用窗体设计视图创建窗体的一般过程

过程如图6—42所示。

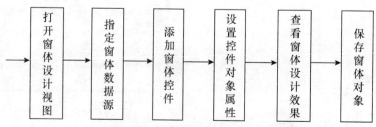

图6—42 利用窗体设计视图创建窗体的一般过程

3. "窗体设计"工具栏

"窗体设计"工具栏随着进入"窗体设计"视图而出现，它集成了窗体设计中一些常用的工具，"窗体设计"的工具栏见图6—43，工具栏常用按钮的基本功能如表6—2所示。

图6—43 "窗体设计"工具栏

表6—2   **"窗体设计"工具栏常用按钮的功能**

按钮图标	名称	功能
	视图	单击按钮可切换到窗体视图，单击右侧向下箭头可以选择进入其他视图
	字段列表	显示相关数据源中的所有字段
	工具箱	打开/关闭工具箱，系统默认打开
	自动套用格式	显示窗体字段套用格式对话框，选择格式应用到当前窗体
	代码	进入VBA窗口，显示当前窗体的代码
	属性	打开/关闭窗体、快捷属性对话框
	生成器	打开生成器对话框

4. 控件工具箱

Access提供了一个可视化的窗体设计工具：窗体设计工具箱，也称控件箱。窗体设计工具箱的功能强大，创建窗体所使用的控件都包含在工具箱中，这些控件都是由Access预先定义好的、以图形化方式显示出来、能与用户进行交互的对象。

一般情况下，打开窗体"设计视图"后，工具箱将被自动打开，如果在屏幕未显示工具箱，可以单击工具栏上的"工具箱"按钮，或者单击"视图"菜单，选择"工具栏"下的"工具箱"命令，打开如图6—44所示的工具箱。如果要关闭工具箱，需要再次单击工具栏上的"工具箱"按钮，或者单击"视图"菜单，选择"工具栏"下的"工具箱"命令。工具箱中的按钮功能如表6—3所示。

图6—44 窗体设计工具箱

表6—3   **工具箱中的按钮名称及功能**

图标	控件名称	功能
	选择对象	默认工具，用于选取窗体、控件或节
	控件向导	用于打开或关闭"控件向导"。当该按钮被按下时，"控件向导"将在创建新的选项组、组合框、列表框或命令按钮时，帮助输入控件属性
	标签	用于显示说明文本的控件，如窗体或报表上的标题或指示文字
	文本框	用于显示、输入或编辑窗体或报表的基本记录源数据，显示计算结果或接收用户输入数据的控件

续前表

图标	控件名称	功能
	选项组	选项组与复选框、选项按钮或切换按钮搭配使用，可以显示一组可选值
	切换按钮	用于创建保持开/关、真/假、是/否值的切换按钮控件。单击"切换"按钮时，其值变为−1（表示开、真、是）并且按钮称按下状态。再次按下该按钮，其值为 0（表示关、假、否）
	选项按钮	用于创建保持开/关、真/假、是/否值的选项按钮控件（也称单选按钮）。选中时圆形内有一个小黑点，代表"是"，未选中时时代表"否"
	复选框	复选框是可以代表"是/否"的小方框，选中方框时代表"是"，未选中时代表"否"
	组合框	该控件组合了列表框和文本框的特性，即可以在文本框中键入文字或在列表框中选择输入项，然后将之添加到基础字段中
	列表框	列表框中包含了可选择的数据列表项，和组合框不同的是，用户只能从列表中选择数据作为输入，而不能输入列表项以外的其他值
	命令按钮	用于完成各种操作，这些操作是通过设置该控件的事件属性实现的。例如查找记录、打印记录等
	图像	用于在窗体中显示静态图片，美化窗体。由于静态图片并非 OLE 对象，所以一旦将图片添加到窗体或报表中，便不能在 Access 内进行图片编辑
	非绑定对象框	用于在窗体中显示非结合 OLE 对象，例如 Excel 电子表格。当在记录间移动时，该对象将保持不变
	绑定对象框	用于在窗体或报表上显示结合 OLE 对象，这些对象与数据源的字段有关，在窗体中显示不同记录时，将显示不同的内容
	分页符	在创建多页窗体或报表时，用于指定分页的位置
	选项卡控件	可以在窗体上创建多个可以切换或活动的页面，可以在选项卡控件上复制或添加其他控件
	子窗体/子报表	用于在当前窗体中嵌入另一个来自多个表的数据窗体
	直线	用于在窗体中隔离对象
	矩形	用于将相关的数据组织在一起，突出某些数据的显示
	其他控件	用于显示系统上已安装的 ActiveX 控件，可以从其列表中选择所需控件，并将其添加到当前窗体上

5. 字段列表

通常窗体都是基于某一个表或查询建立起来的，因此窗体内控件显示的是表或查询中的字段值。在创建窗体过程中当需要某一字段时，单击工具栏中的"字段列表"按钮，即可显示"字段列表"窗口。例如，要在窗体内创建一个控件来显示字段列表中的某一文本型字段的数据时，只需将该字段拖到窗体内，窗体便自动创建一个文本框控件与字段关联。这里应注意，只有当窗体绑定了数据源后，"字段列表"才有效。

6.3.2　常用控件设计

控件是窗体上用于显示数据、执行操作、装饰窗体的对象。在窗体中创建的每一个对象都是控件。

控件的类型可以分为：结合型控件、非结合型控件和计算型控件。

● 结合型控件：主要用于显示、输入、更新数据库中的字段。向窗体中添加结合型控件的方法很简单，只需在"字段列表"中单击某个字段后，拖动该字段到窗体的合适位置即可。

● 非结合型控件：没有数据来源，可以用来显示信息、线条、矩形或图像。向窗体中添加非结合型控件时，可在工具箱中单击选择相应的控件，然后在窗体合适位置单击即可。

● 计算型控件：用表达式作为数据源。表达式可以利用窗体或报表所引用的表或查询字段中的数据，也可以是窗体或报表上的其他控件中的数据。

以下介绍几种常用控件的设计方法。

1. 标签控件

标签主要用来在窗体或报表上显示说明性文本。例如，图 6—45 中标题"教师基本信息"、"教师代码："等都是标签控件。标签不显示字段或表达式的数值，它没有数据来源。当从一条记录移到另一条记录时，标签的值不会改变。可以将标签附加到其他控件上，也可以创建独立的标签，使用标签控件创建的标签就是单独的标签。

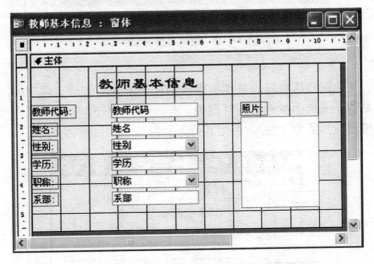

图 6—45　"教师基本信息"窗体设计视图

向窗体中添加标签有两种方法，一种方法是使用工具箱中的标签控件直接创建，用这种方法创建的标签称为独立标签，如显示"教师基本信息"的标签，这种标签在"数据表视图"中是不显示的。另一种方法是在"字段列表"中通过拖动字段名来建立，如在字段列表中单击并拖动"教师代码"到窗体的主体节中，这时在窗体中建立了两个控件，一个是标签，用来显示字段名称，如"教师代码："，另一个根据字段类型不同可以是文本框和绑定对象框，用来显示字段的值，此处为文本框，用这种方法创建的字段标签称为附加到其他控件上的标签。

2. 文本框控件

文本框主要用来输入或编辑数据，它是一种交互式控件。文本框分为 3 种类型：绑定型、非绑定型与计算型。

绑定型文本框能够从表、查询或 SQL 语言中获得所需要的内容，如图 6—46 所示，姓名、课程名、平时成绩和考试成绩 4 个字段与 4 个文本框相链接。

非绑定型文本框并没有链接某一字段，一般用来显示提示信息或接受用户输入数据等。

计算型文本框中，可以显示表达式的结果。当表达式发生变化时，数值就会被重新计算，如图 6—46 所示窗体第 5 个文本框的值来自计算结果。

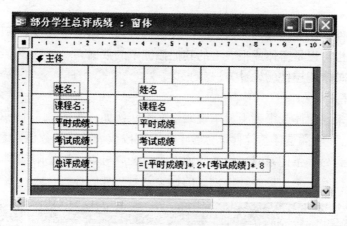

图 6—46 文本框应用示例

3. 切换按钮、复选框、选项按钮控件

切换按钮、复选框和选项按钮是作为单独的控件来显示表或查询中的"是"或"否"的值。当选中复选框或选项按钮时，其值为"是"，如果不选则为"否"。对于切换按钮，如果按下切换按钮，其值为"是"，否则其值为"否"，如图 6—47 所示。

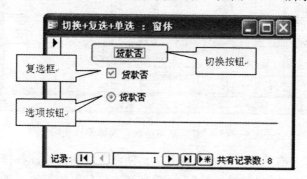

图 6—47 切换按钮、复选框、选项按钮控件

4. 选项组控件

选项组（Frame）是一个容器类控件，里面可以包含其他对象，如选项按钮、复选框、切换按钮、命令按钮等，如图 6—48 所示。选项组使用户选择某一组确定的值变得十分容易。因为，只要单击选项组中所需的值，就可以为字段选定数据值。在选项组中每次只能选择一个选项，选择另一个，自动取消原有选择。

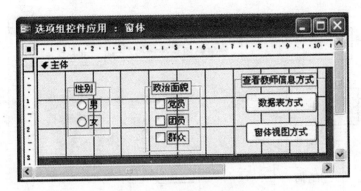

图6—48 组合框应用

选项组控件本身不能用来操作数据，主要有下列两个作用。

（1）与若干具有相同性质的选项按钮、复选框或切换按钮绑定在一起，构成一组选项。在这种情况下，包含在选项组中的其他控件只能在选项组的方框内移动。移动选项组时，这些控件也随之移动。

使用选项组控件向导创建选项组时可以包含选项按钮、复选框或切换按钮等。也可以不使用向导创建包含其他对象的选项组控件，方法是：

①在窗体上添加一个选项组控件。

②在工具箱中选择要放置在选项组中的其他控件，如选项按钮、切换按钮、复选框等，然后将其拖放至选项组控件上（选项组控件会自动变黑，呈选中状态）单击，被选中的控件就放进了选项组中。

（2）划分窗体区域，使窗体整齐美观。在这种情况下，放置在选项组中的其他控件与选项组之间没有绑定关系，它们可在窗体上任意移动位置。

将其他控件放入选项组的方法是：先在窗体上分别添加选项组控件和其他各种控件，然后将其他控件移入选项组即可。

如果在选项组外面创建了复选框、选项按钮或切换按钮，并要将该控件添加到选项组中时，必须先将该控件剪切下来，然后选中选项组控件，再粘贴到选项组中。如果只是将一个现有控件拖到选项组框架中，该控件不会成为选项组的一部分。

5. 列表框与组合框控件

如果在窗体上输入的数据总是取自某一个表或查询中的字段数据，或者取自某固定内容的数据，可以使用组合框或列表框控件来完成。这样既可以保证输入数据的正确，也可以提高数据的输入速度。例如，在图6—49中输入教师基本信息时，"职称"字段的值包括"助教"、"讲师"、"副教授"和"教授"，若将这些值放在组合框或列表框中，用户只需通过点击鼠标就可完成数据输入，这样不仅可以避免输入错误，同时也减少了输入汉字的数量。

窗体中的列表框可以包含一列或几列数据，用户只能从列表中选择值，而不能输入新值，例如，图6—49中"学历"字段值的输入使用的就是列表框方式。

组合框的列表是由多行数据组成，但平时只显示一行，需要选择其他的数据时，可以单击右侧的向下箭头，如图6—49所示。使用组合框，既可以选择数据，也可以输入数据，这也是组合框和列表框的区别。

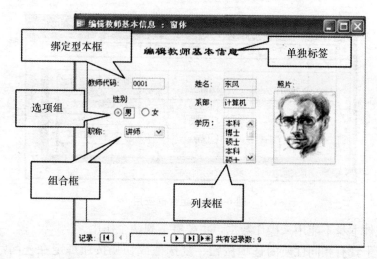

图 6—49　常用控件

6. 命令按钮控件

在窗体中可以使用命令按钮来执行某项操作或某些操作。使用 Access 提供的"命令按钮向导"可以创建 30 多种不同类型的命令按钮。

【例 6—8】　给"编辑教师基本信息"窗体创建一组命令按钮，实现对数据记录的向前和向后浏览、保存和退出窗体。

操作步骤如下：

①打开窗体"编辑教师基本信息"设计视图，在属性窗口中设置属性"记录选择器"、"导航按钮"、"分隔线"均为"否"。

②创建第 1 个命令按钮，实现记录的向前浏览。在工具箱中打开"控件向导"，然后单击"命令按钮"，在窗体左下端处点击或拖放鼠标，系统会自动启动"命令按钮向导"，如图 6—50 所示。首先为命令按钮指定不同类别的动作，如：记录导航、记录操作、窗体操作等，然后选择该类的具体操作等。

③选择类别为"记录导航"，操作选择"转至前一项记录"。

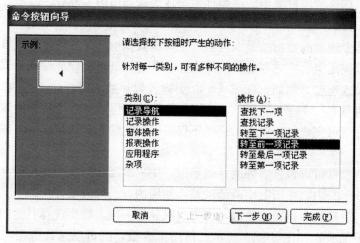

图 6—50　选择命令按钮的类别和操作

④单击"下一步"按钮，指定在命令按钮上显示文本为"上一条记录"，如图 6—51 所示。

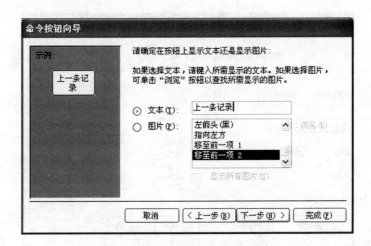

图 6—51　指定命令按钮的标题

⑤单击"下一步"按钮，指定命令按钮名称为"PreRec"，如图 6—52 所示。

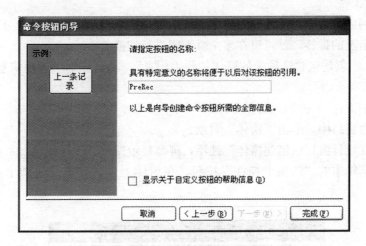

图 6—52　指定命令按钮名称

⑥单击"完成"按钮，结束命令按钮向导，在窗体出现一个标题为"上一条记录"的命令按钮。

⑦重复步骤②～⑥，在窗体上添加第 2 个命令按钮，实现记录的向后浏览。在③中选择类别为"记录导航"，操作选择"转至下一项记录"；在④中指定在命令按钮上显示文本为"下一条记录"；在⑤中为命令按钮指定名称为"NextRec"。

⑧重复步骤②～⑥，在窗体上添加第 3 个命令按钮，用于保存记录。在③中选择类别为"记录操作"，操作选择"保存记录"；在④中指定在命令按钮上显示文本为"保存记录"；在⑤中为命令按钮指定名称为"SaveRec"。

⑨重复步骤②～⑥，在窗体上添加第 4 个命令按钮，用于关闭窗体。在③中选择类别为"窗体操作"，操作选择"关闭窗体"；在④中指定在命令按钮上显示文本为"退出"；

在⑤中为命令按钮指定名称为"CloseWin"。

设计结果如图 6—53 所示。

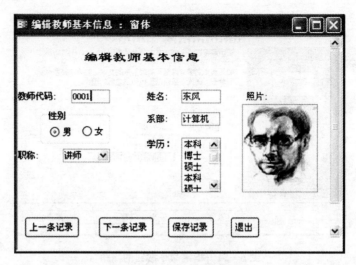

图 6—53　编辑教师窗体

7. 选项卡控件

当窗体中的内容较多而无法在一页全部显示时，可以使用选项卡进行分页，操作时只需要单击选项卡上的标签，就可以在多个页面间进行切换。

【例 6—9】　创建包含选项卡的窗体"师生信息"，一页显示"教师信息"、另一页显示"学生信息"。

操作步骤如下：

①在数据库窗口中，单击"窗体"对象。

②双击"在设计窗口中创建窗体"选项，屏幕显示窗体"设计视图"。

③单击工具箱中的"选项卡控件"按钮，在窗体上单击要放置选项卡的位置，如图 6—54 所示。

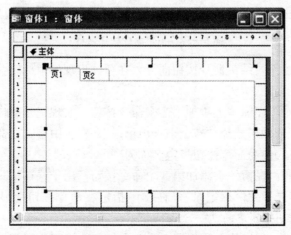

图 6—54　带选项卡的窗体

④用鼠标右键单击选项卡的"页1",在弹出的控件菜单中执行"属性"命令,打开属性对话框。在"格式"选项卡的"标题"属性中输入"教师信息",然后关闭属性对话框,结果如图 6—55 所示。

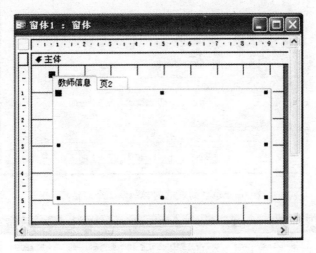

图 6—55　设置页对象属性

⑤单击工具箱中的"列表框"按钮,在选项卡"教师信息"上单击要放置"列表框"的位置,屏幕上显示"列表框向导"第 1 个对话框,如图 6—56 所示,选择"使用列表框查阅表或查询中的值"。

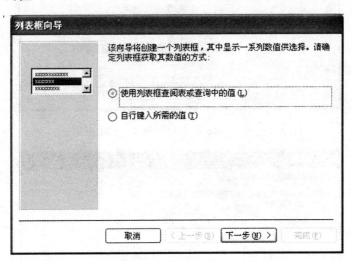

图 6—56　"列表框向导"第 1 个对话框

⑥单击"下一步"按钮,屏幕显示"列表框向导"第 2 个对话框。在数据源列表框中选择"教师表",在"视图"选项组中选择"表",如图 6—57 所示。

⑦单击"下一步"按钮,屏幕显示"列表框向导"第 3 个对话框,单击按钮,将"可用字段"列表中的所有字段添加到"选定字段"列表框中,如图 6—58 所示。

⑧单击"下一步"按钮,屏幕显示"列表框向导"第 4 个对话框。在该对话框中指定排序字段,此处选择"教师代码",如图 6—59 所示。

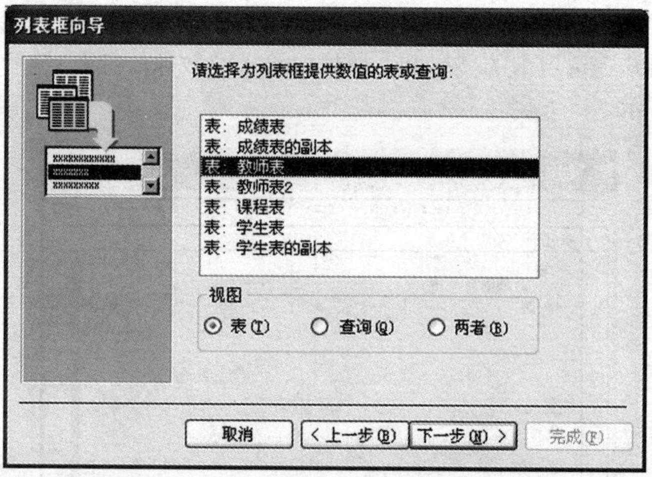

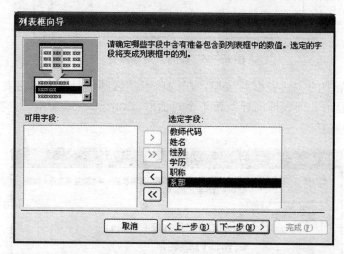

图 6—57 "列表框向导"第 2 个对话框

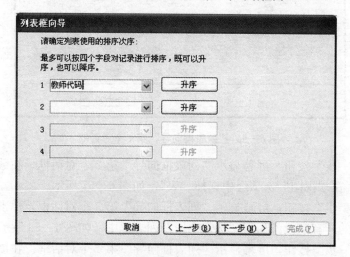

图 6—58 "列表框向导"第 3 个对话框图

图 6—59 "列表框向导"第 4 个对话框

⑨单击"下一步"按钮，屏幕显示"列表框向导"第 5 个对话框。在该对话框中调整列的宽度，尽量让所有字段都显示在对话框中，如图 6—60 所示。

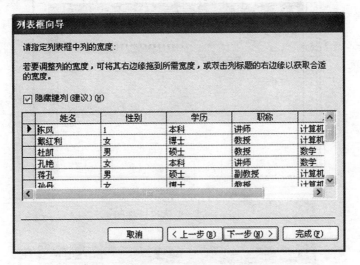

图 6—60 "列表框向导"第 5 个对话框

⑩单击"下一步"按钮，屏幕显示"列表框向导"第 6 个对话框。在"请为列表框指定标签"文本框中输入"教师基本信息"，如图 6—61 所示。

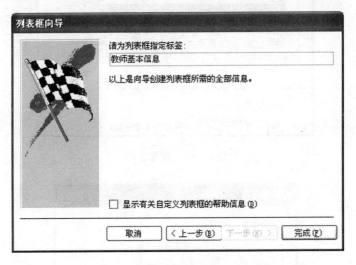

图 6—61 "列表框向导"第 6 个对话框

⑪单击"完成"按钮，调整标签和列表框的大小和位置，如图 6—62 所示。然后设置列表框的属性，在"格式"选项卡中设置"列标题"属性为"是"，结果如图 6—63 所示。

⑫重复步骤④～⑪，设置选项卡"页 2"的显示内容，然后保存窗体为"师生信息"。设计结果如图 6—64 所示。

8．图像控件、未绑定对象框控件、绑定对象框控件

（1）图像控件：用图像框控件显示图形，可以使窗体更加美观，一般用于显示未绑定的链接图像或嵌入图像，如徽标等。图像控件包括图片、图片类型、缩放模式、超链接地址、可见性、位置及大小等属性，设置时用户可以根据需求进行调整。

图 6—62　窗体设计视图

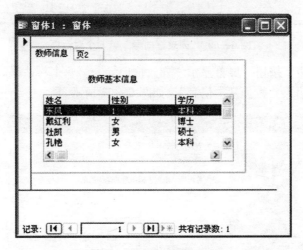

图 6—63　窗体视图

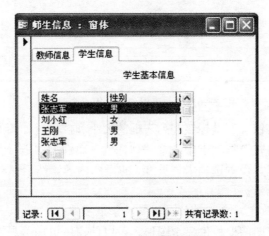

图 6—64　选项卡应用窗体

（2）未绑定对象框控件：显示未绑定的链接图像或嵌入图像，以及其他类型的文件（如 Microsoft Excel 工作表或 Microsoft Word 文档）。

（3）绑定对象框控件：显示数据表中 OLE 对象类型的字段内容。

6.3.3　窗体和控件的属性

在 Access 中，属性决定表、查询、字段、窗体及报表的特性。窗体及窗体中的每一个控件都具有各自的属性，这些属性决定了窗体及控件的外观、它所包含的数据以及对鼠标或键盘事件的响应。下面对窗体和控件的属性进行简要介绍。

1. 属性对话框

在窗体"设计视图"中（如图 6—65（a）所示），窗体和控件的属性可以在属性对话框中设定。单击工具栏上的"属性"按钮 或单击鼠标右键并从打开的快捷菜单中选择"属性"命令，可以打开属性对话框，如图 6—65（b）所示。

（a）窗体"设计视图"

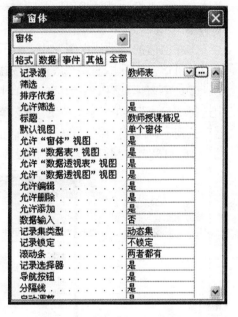

（b）窗体属性对话框

图 6—65　窗体的属性对话框

属性对话框上方的下拉列表是当前窗体上所有对象的列表，可从中选择要设置属性的对象，也可以直接在窗体上选中对象，列表框将显示被选中对象的控件名称。

属性对话框包含 5 个选项卡，分别是格式、数据、事件、其他和全部。其中，"格式"选项卡包含了窗体或控件的外观属性；"数据"选项卡包含了与数据源、数据操作相关的属性；"事件"选项卡包含了窗体或当前控件能够响应的事件；"其他"选项卡包含了"模式"、"工具栏"等其他属性；"全部"选项卡综合显示前四种选项卡的内容。选项卡左侧是属性名称，右侧是属性值。

在属性对话框中，设置某一属性时，先单击要设置的属性，然后在属性值框中输入一个设置值或表达式。如果属性值框中显示有向下箭头，也可以单击该箭头，并从列表中选择一个数值。如果属性值框右侧显示"生成器"按钮 ⬚，单击该按钮，显示一个生成器或显示一个可用以选择生成器的对话框，通过该生成器可以设置其属性值。

窗体、控件属性很多，下面简单介绍几种常用的属性。

2. 常用的格式属性

"格式"属性主要用于设置控件和窗体的外观或显示格式。

（1）常用的控件"格式"属性

● "标题"属性：作为控件中显示的文字信息。

● "特殊效果"属性：用于设定控件的显示效果。属性值有："平面"、"凸起"、"凹陷"（默认）、"蚀刻"、"阴影"和"凿痕"6种。

● "字体名称"、"字体大小"和"字体粗细"等属性用于设置文本的字体显示效果。

● "背景色"和"前景色"属性分别表示控件的底色和控件中文字的颜色。

【例 6—10】　针对如图 6—65（a）所示窗体，设置窗体页眉节中标签的格式属性值为：标签的"字体名称"为"隶书"，"字号"为"16"，"前景色"为"蓝色"；设置窗体主体节中文本框"教师代码"的附加标签的"背景色"为"红色"，"前景色"为"白色"。

操作步骤如下：

①在窗体的"设计视图"中，打开"教师授课情况"窗体。如果此时没有打开属性对话框，可单击工具栏上的"属性"按钮 ⬚。

②选中窗体页眉节中的标签，单击属性对话框的"格式"选项卡，在"字体名称"框中选择"隶书"，在"字号"框中选择"16"，单击"前景色"栏，并单击右侧的"生成器"按钮 ⬚，从打开的"颜色"对话框中选择"蓝色"或在属性"前景色"文本框中直接输入 16711680，"属性"对话框的设置结果如图 6—66 所示。

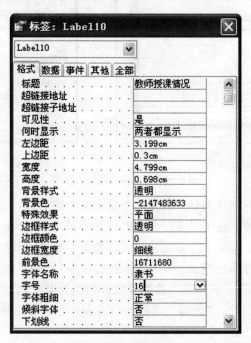

图 6—66　标题设置结果

③选中"教师代码"标签，在属性对话框的"格式"选项卡中设置标签的"前景色"为16777215、"背景色"为8388863。

设置结果如图6—67所示，其"窗体视图"如图6—68所示。

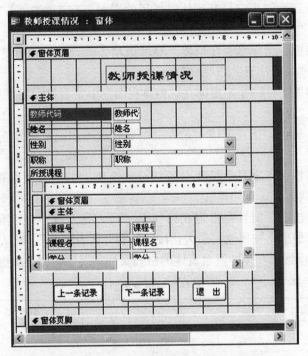

图6—67 "教师授课情况"窗体设计视图

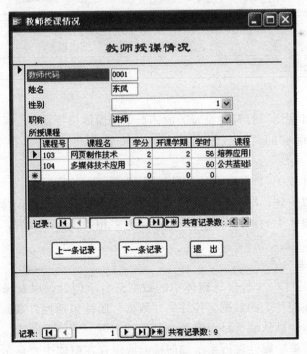

图6—68 "教师授课情况"窗体视图

（2）常用的窗体"格式"属性

●"标题"属性：指定在"窗体视图"中的标题栏上显示的文本。默认为"窗体名：窗体"。

●"默认视图"属性：指定打开窗体时所用的视图。有 5 个选项："单个窗体"（默认值）、"连续窗体"、"数据表"、"数据透视表"、"数据透视图"。

●"滚动条"属性：指定是否在窗体上显示滚动条。该属性值有"两者均无"、"只水平"、"只垂直"和"两者都有"（默认值）4 个选项。

●"记录选择器"属性：指定窗体在"窗体视图"中是否显示记录选择器。属性值有："是"（默认值）和"否"。

●"导航按钮"属性：指定窗体上是否显示导航按钮和记录编号框。属性值有："是"（默认值）和"否"。

●"分隔线"属性：指定是否使用分隔线分隔窗体上的节或连续窗体上显示的记录。属性值有："是"（默认值）和"否"。

●"最大最小化按钮"属性：指定在窗体上"最大化"或"最小化"按钮是否可见。属性值有："无"、"最小化按钮"、"最大化按钮"和"两者都有"（默认值）。

【例 6—11】 设置图 6—68 所建窗体的格式属性。属性名称及属性值如表 6—4 所示。

表6—4　　　　　　　　　　　　　　窗体属性设置内容

属性名称	属性值
滚动条	两者均无
记录选择器	否
导航按钮	否
分隔线	否
边框样式	细边框
最大最小化按钮	最小化按钮

操作步骤如下：

①在窗体"设计视图"打开要设置的窗体，单击窗体选择器。

②单击属性对话框的"格式"选项卡，并按照表 6—4 所示要求设置窗体的格式属性。

③切换到"窗体视图"。显示设计结果如图 6—69 所示。

从图 6—69 可以看到，导航按钮、记录选择器等均没有出现在窗体中。在本例中，只对主窗体"格式"属性中的一部分进行了设置，更多相关属性的设置，读者可以自己尝试完成。

3. 常用的数据属性

"数据"属性决定了一个控件或窗体中的数据来自于何处，以及操作数据的规则，而这些数据均为绑定在控件上的数据。控件的"数据"属性包括控件来源、输入掩码、有效性规则、有效性文本、默认值、是否有效、是否锁定等。

控件的"控件来源"属性告诉系统如何检索或保存在窗体中要显示的数据，如果控件来源中包含一个字段名，那么在控件中显示的就是数据表中该字段值，对窗体中的数据进

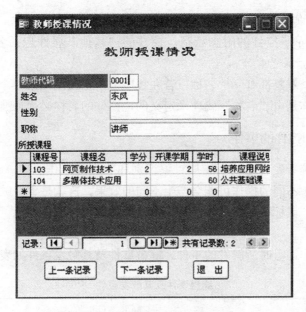

图 6—69 切换到"窗体视图"

行的任何修改都将被写入字段中；如果设置该属性值为空，除非编写了一个程序，否则在窗体控件中显示的数据将不会被写入数据库表的字段中。如果该属性含有一个计算表达式，那么这个控件会显示计算的结果。

（1）常用窗体的数据属性

●"记录源"属性：一般是本数据库中的一个数据对象名或查询对象名，它指明了该窗体的数据源。

●"排序依据"属性：指定如何对窗体中的记录进行排序。属性值是一个字符串表达式，表示要以其对记录进行排序的一个或多个字段（用逗号分隔）的名称。

●"允许编辑"、"允许删除"和"允许添加"属性：指定用户是否可在使用窗体时编辑、删除、添加记录。属性值有："是"（默认值）和"否"。

●"数据输入"属性：指定是否允许打开绑定窗体进行数据输入。该属性不决定是否可以添加记录，只决定是否显示已有的记录。属性值有："是"和"否"（默认值）。

（2）常用控件的数据属性

●"控件来源"属性：可以显示和编辑绑定到表、查询或 SQL 语句中的数据，还可以显示表达式的结果。

●"输入掩码"属性：用于设置控件的输入格式，仅对文本型和日期型数据有效。

●"默认值"属性：指定在新建记录时自动输入到控件或字段中的文本或表达式。

●"有效性规则"属性：指定对输入到记录、字段或控件中的数据的限制条件。

●"是否锁定"属性：指定是否可以在"窗体视图"中编辑控件数据。属性值有："是"和"否"（默认值）。

●"可用"属性：设定用鼠标是否能够单击该控件。若该属性值为"否"，这个控件虽然一直在"窗体视图"中显示，但不能用 Tab 键选中或使用鼠标单击它，同时在窗体中该控件显示为灰色。默认值为"是"。

4. 常用的其他属性

"其他"属性表示了控件的附加特征。控件的"其他"属性包括名称、状态栏文字、自动 Tab 键、控件提示文本等。

窗体中的每一个对象都有一个名称，若在程序中指定或使用某一个对象，便可以使用这个名称。这个名称是由"名称"属性来定义的，控件的名称必须是唯一的。

6.3.4 窗体和控件的事件

事件是指由系统事先设定的、能被对象识别和响应的动作。在 Access 中，当对某一个对象进行操作时，不同的操作可能会产生不同的效果，这就是事件触发。Access 中的事件主要有键盘事件、鼠标事件、对象事件、窗口事件和操作事件等。

1. 键盘事件

键盘事件是操作键盘时所触发的事件，键盘事件及其触发条件如表 6—5 所示。

表 6—5 键盘事件及其触发条件

事件	触发条件
键按下	在控件或窗体具有焦点时，在键盘上按任何键会触发事件
键释放	在控件或窗体具有焦点时，释放一个按下的键会触发事件
击键	在控件或窗体具有焦点时，按下并释放一个键或组合键会触发事件

2. 鼠标事件

鼠标事件即用鼠标所触发的事件。鼠标事件及其触发条件如表 6—6 所示。

表 6—6 鼠标事件及其触发条件

事件	触发条件
单击	当鼠标在该控件上单击时会触发事件
双击	对于窗体来说，在双击空白区域或窗体上的记录选定器时会触发事件
鼠标按下	当鼠标在该控件上按下左键时会触发事件
鼠标移动	当鼠标在窗体、窗体内容或控件上来回移动时会触发事件
鼠标释放	当鼠标指针位于窗体或控件上时，释放一个按下的鼠标键时会触发事件

3. 对象事件

常用的对象事件及其触发条件如表 6—7 所示。

表 6—7 常用的对象事件及其触发条件

事件	触发条件
获得焦点	当窗体或控件接收焦点时会触发事件
失去焦点	当窗体或控件失去焦点时会触发事件。当"获得焦点"事件或"失去焦点"事件发生后，窗体只能在窗体上的所有可见控件都失效，或窗体上没有控件时，才能重新获得焦点
更新前	在控件或记录用更改了的数据更新之前会触发事件。在控件或记录失去焦点，或单击"记录"菜单中的"保存记录"命令时会触发事件。在新记录或已存在记录上发生
更新后	在控件或记录用更改过的数据更新之后会触发事件。在控件或记录失去焦点时，或单击"记录"菜单中的"保存记录"命令时会触发事件。在新记录或已有的记录上发生
更改	在文本框或组合框的部分内容更新时会触发事件

4. 窗口事件

窗口事件是指操作窗口时所触发的事件。常用的窗口事件及其触发条件如表 6—8 所示。

表 6—8   常用的窗口事件及其触发条件

事件	触发条件
打开	在窗体打开，且第一条记录显示之前会触发事件
关闭	在关闭窗体，并从屏幕上移除窗体时会触发事件
加载	在打开窗体，并且显示了它的记录时会触发事件，在"打开"事件之后会触发事件

5. 操作事件

操作事件是指与操作数据有关的事件。常用的操作事件及其触发条件如表 6—9 所示。

表 6—9   常用的操作事件及其触发条件

事件	触发条件
删除	当删除一条记录时，但在确认之前触发事件
插入前	在新记录中键入第一个字符，但还未将记录添加到数据库之前时触发事件
插入后	在一条新记录添加到数据库之后触发事件
成为当前	当焦点移动到一条记录，使它成为当前记录，或当重新查询窗体的数据源时会触发事件
不在列表中	当输入一个不在组合框列表中的值时会触发事件
确认删除前	在删除一条或多条记录后，但在 Access 显示一个对话框提示确认或取消之前触发事件，此事件在"删除"事件之后发生
确认删除后	在确认删除记录并且记录实际上已经删除，或在取消删除之后触发事件

6.4 窗体的美化

窗体的基本功能设计完成之后，要对窗体上的控件及窗体本身的一些格式进行设定，使窗体界面看上去更加友好，布局更加合理，使用更加方便。窗体的格式化是窗体设计最后的点睛之笔。

6.4.1 使用"自动套用格式"

在使用向导创建窗体时，用户可以从系统提供的固定样式中选择窗体的格式，这些样式就是窗体的自动套用格式。

【例 6—12】 以"课程表"作为数据源，利用窗体向导创建一个纵栏式窗体，然后选择自动套用格式来格式化窗体。操作步骤如下：

①在窗体的"设计视图"中，打开要格式化的窗体。打开用窗体向导创建的"课程表"窗体，如图 6—70 所示。

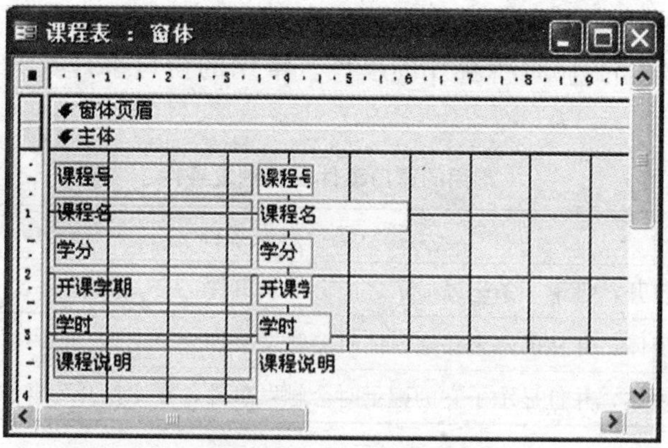

图 6—70 "课程表"窗体设计视图

②单击"格式"菜单下的"自动套用格式"命令，或单击工具栏上的"自动套用格式"按钮，打开如图 6—71 所示的"自动套用格式"对话框。

图 6—71 "自动套用格式"对话框（1）

③在"窗体自动套用格式"列表框中单击所需要的样式，同时可以在预览框内查看样式的效果。本例选择"工业"格式。

④单击"选项"按钮，将在对话框的下方增加 3 个选项："字体"、"颜色"、"边框"。可以全选或选择其中的选项。如图 6—72 所示。

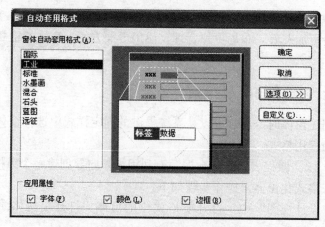

图 6—72 "自动套用格式"对话框（2）

⑤单击"自定义"按钮，屏幕显示"自定义自动套用格式"对话框，如图6—73所示。在该对话框的"自定义选项"组中选择一个选项，可以将当前窗体中的样式添加到自动套用格式中，或者替换已有的格式，如果不选择则单击"取消"按钮，此处选择"取消"。

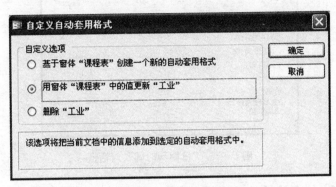

图6—73 "自定义自动套用格式"对话框

⑥单击"确定"按钮，窗体创建完毕。窗体套用格式之后的效果如图6—74所示。

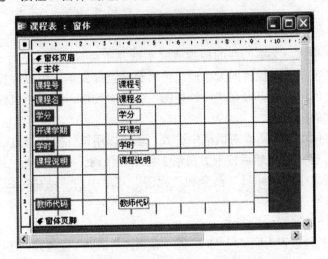

图6—74 套用自动格式"工业"格式后的效果

6.4.2 添加当前日期和时间

如果用户希望在窗体中添加当前日期和时间，可以按以下方法操作：

①在窗体"设计视图"中，打开要格式化的窗体。

②单击"插入"菜单中的"日期和时间"命令，打开"日期和时间"对话框，如图6—75所示。

③若只插入日期或时间，则在对话框中选择"包含日期"或"包含时间"复选框，也可以全选。

④选择某项后，再选择日期或时间格式，然后单击"确定"按钮。

⑤调整显示日期和时间文本框的位置。

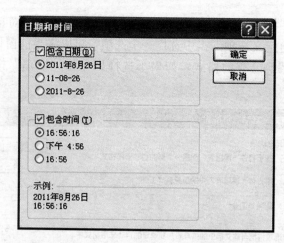

图 6—75　"日期和时间"对话框

6.4.3　对齐窗体中的控件

在窗体的最后布局阶段，需要调整控件的大小，排列或对齐控件，以使界面有序、美观。

1. 改变控件大小和控件定位

如果改变文本格式，文本所在的标签或文本框并不会自动调整大小来适应新的格式。这种情况下，需要手动改变控件的大小使之能够显示全部文本。可以在控件的属性对话框中修改宽度和高度属性，也可以在"设计视图"下选中控件，然后用鼠标拖拽控件边框上的控制点来改变控件尺寸。

控件的精确定位可以在属性对话框中设置，也可以用鼠标完成。方法是保持控件的选中状态，按住 Ctrl 键不放，然后按下方向箭头移动控件到正确的位置。控件定位时，还可以选择"视图"菜单中的"标尺"命令和"视图"菜单中的"网格"命令，打开"标尺"和"网格"作为参照。

2. 将多个控件设置为相同尺寸

当需要把多个控件设置为同一尺寸时，除了在属性对话框中设置外，还可以用鼠标完成。操作步骤如下：

①按住 Shift 键连续单击要设置的多个控件。

②单击"格式"菜单，选择"大小"子菜单下的"至最短"命令。

3. 将多个控件对齐

当需要设置多个控件对齐时，也可以用鼠标快捷地完成。操作步骤如下：

①选中需要对齐的控件。

②单击"格式"菜单，选择"对齐"子菜单下的"靠左"或"靠右"命令，这样保证了控件之间垂直方向对齐；如果选择"靠上"或"靠下"命令，则保证水平对齐。

在水平对齐或垂直对齐的基础上，进一步设定等间距。假设已经设定了多个控件垂直方向的对齐，单击"格式"菜单，选择"垂直间距"子菜单下的"相同"命令，便可实现等间距的设定。

【例 6—13】　打开如图 6—74 所示的窗体"设计视图"，把所有附加标签一律右对齐。

操作步骤如下：

①选择所有附加标签。按住 shift 键，然后单击每个标签。

②在"格式"菜单中选择"对齐"命令，弹出级联菜单，如图 6—76 所示，此时选择"靠右"对齐，对齐后的效果如图 6—77 所示。

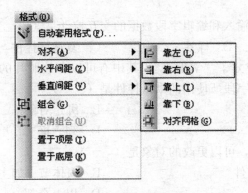

图 6—76 "对齐"级联菜单

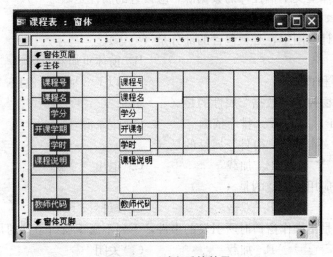

图 6—77 对齐后的效果

本章小结

窗体提供了以数据表或查询为基础的应用数据库中数据的环境，数据操作的结果最终都存储在数据表中。如何建立窗体与数据库数据之间的联系，是窗体应用的重点。关于数据源，对窗体而言称为"记录源"，对控件而言称为"控件来源"。本章主要介绍了各种类型窗体的结构、创建步骤、常用控件的功能及使用方法，对窗体和窗体控件的常用属性做了较详细的解释，通过实例讲述了利用窗体对数据库中的数据进行添加、删除、修改等的操作方法。

习题

一、选择题

1. 在窗体中，用来输入和编辑字段数据的交互控件是（   ）。

A. 文本框　　　　　　B. 标签　　　　　　C. 复选框控件　　　　　D. 列表框

2. 在 Access 中已建立了"学生表"。其中有可以存放照片的字段，在使用向导为该表创建窗体时，"照片"字段所使用的默认控件是（   ）。

A. 图像框　　　　　　　　　　　　B. 绑定对象框

C. 非绑定对象框　　　　　　　　　D. 列表框

3. 打开属性对话框，可以更改的对象是（   ）。

A. 窗体上单独的控件　　　　　　　B. 窗体节（如主体或窗体页眉）

C. 整个窗体　　　　　　　　　　　D. 以上全部

4. 要改变窗体上文本框控件的数据源，应设置的属性是（   ）。

A. 记录源　　　　　　B. 控件来源　　　　C. 筛选查阅　　　　　　D. 默认值

5. 在窗体设计视图中，必须包含的部分是（   ）。

A. 主体　　　　　　　　　　　　　B. 窗体页眉和页脚

C. 页面页眉和页脚　　　　　　　　D. 以上 3 项都要包括

6. 下面不是窗体的"数据"属性的是（   ）。

A. 允许添加　　　　　　B. 排序依据　　　　C. 记录源　　　　　　　D. 自动居中

7. 下面不是文本框的"事件"属性的是（   ）。

A. 更新前　　　　　　　B. 加载　　　　　　C. 退出　　　　　　　　D. 单击

8. 鼠标事件应用较广泛的是（   ）。

A. 单击　　　　　　　　B. 双击　　　　　　C. 鼠标按下　　　　　　D. 拖放鼠标

9. 窗口事件是指操作窗口时所引发的事件，下列不属于窗口事件的是（   ）。

A. 打开　　　　　　　　B. 加载　　　　　　C. 关闭　　　　　　　　D. 取消

10. 从外观上看与数据表和查询显示数据的界面相同的窗体是（   ）。

A. 数据表窗体　　　　　　　　　　B. 表格式窗体

C. 数据透视表窗体　　　　　　　　D. 纵栏式窗体

11. 将窗体与某一个数据表或查询绑定起来的窗体属性是（   ）。

A. 记录来源　　　　　　B. 打印版式　　　　C. 打开　　　　　　　　D. 帮助

12. 在窗体中可以使用（   ）来执行某项操作或某些操作。

A. 选项按钮　　　　　　B. 文本框控件　　　C. 复选框控件　　　　　D. 命令按钮

13. 能够将一些内容列举出来供用户选择的控件是（   ）。

A. 直线控件　　　　　　　　　　　B. 选项卡控件

C. 文本框控件　　　　　　　　　　D. 组合框控件

14. 在窗体中必须用（   ）来显示数据表中定义的 OLE 对象。

A. 图像框控件　　　　　　　　　　B. 未绑定对象框控件

C．绑定对象框控件　　　　　　　　　　　D．选项组控件

15．要用文本框来显示日期，应当设置文本框控件的来源是（　　　）。

A．date( )　　　　　　B．time( )　　　　　C．＝date(date( ))　　　D．＝date( )

16．若要求把文本框的输入作为密码使用，即每输入一个字符时文本框中出现一个"＊"，则应设置该文本框的属性是（　　　）。

A．"默认值"属性　　　　　　　　　　　　B．"标题属性"

C．"密码"属性　　　　　　　　　　　　　D．"输入掩码"属性

17．下列控件中，（　　　）用来显示窗体或其他控件的说明文字，而与字段没有关系。

A．命令按钮　　　　　B．标签　　　　　　C．文本框　　　　　　D．复选框

18．通过窗体，用户不能实现的功能是（　　　）。

A．存储数据　　　　　　　　　　　　　　B．输入数据

C．编辑数据　　　　　　　　　　　　　　D．显示和查询表中的数据

19．以下关于文本框控件的叙述，不正确的是（　　　）。

A．文本框控件既能显示数据也能输入数据

B．非绑定型文本框控件必须设置"控件来源"

C．计算型文本框控件以表达式作为数据来源

D．绑定型文本框控件的"控件来源"属性为表或查询中的字段

20．如果不允许文本框中的数值被修改，则可以设置文本框控件的（　　　）属性。

A．默认值　　　　　B．输入掩码　　　　　C．有效性规则　　　　D．是否锁定

二、填空题

1．窗体是数据库中用户和应用程序之间的_____，用户对数据库的任何操作都可以通过它来完成。

2．在 Access 中一个完整的窗体由窗体的_____、_____、_____、_____、_____ 5 部分组成。

3．窗体中的数据来源主要包括_____和_____。

4．文本框既可以_____，也可以_____和作为计算型控件使用。

5．在窗体中可以使用_____按钮来执行某项操作或某些操作。

6．组合框和列表框的主要区别是是否可以在框中_____。

7．事件是指由系统事先设定的、能被对象识别和响应的_____。

8．鼠标事件应用较广，特别是_____事件。

9．创建带有子窗体的窗体时，主窗体和子窗体的数据源之间必须具有_____关系。

10．窗体的属性对话框中包括数据、格式、_____、其他和全部 5 个选项卡。

三、思考题

1．使用"自动窗体"和使用"自动创建窗体"创建窗体的差别有哪些？

2．简述使用窗体设计器创建窗体的一般过程。

3．文本框控件有几种用法？

4．列表框和组合框的主要区别是什么？

5．创建主/子窗体有什么要求？共有几种创建方法？

四、操作题

在第 3 章和第 4 章所创建的"图书管理"数据库基础上，应用其数据和创建的查询设计以下几个窗体。

1. 使用"窗体向导"创建一个"纵栏表"式的"读者信息"窗体，其数据源为"读者表"，其窗体视图如图 6—78 所示。

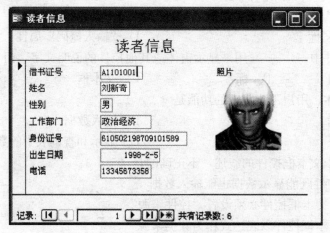

图 6—78　"读者信息"窗体

2. 用向导创建一个有关每位读者的借书信息窗体，窗体名称为"读者借书情况"。要求所借的图书信息用子窗体来显示。主窗体显示读者的部分信息，子窗体显示每本书的"书名"、"借阅日期"和"还书日期"信息。结果如图 6—79 所示。

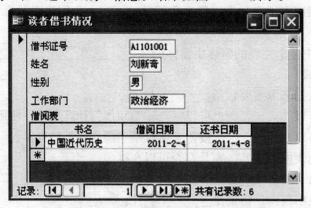

图 6—79　"读者借书情况"窗体

3. 用自定义方法创建一个"编辑图书信息"窗体，数据源为"图书表"，窗体标题为"编辑图书信息"，能够完成记录的浏览、插入、删除、保存和退出。要求不使用窗体的自动导航等功能。结果如图 6—80 所示。

4. 创建一个柱形图表窗体，用来显示每位读者借书的数量。要求显示读者的姓名和借书的册数。结果如图 6—81 所示。

5. 创建一个能完成督促还书的窗体，窗体的名称为"督促还书"。窗体中显示读者的有关信息和借阅信息。督促还书条件是借阅期限为 180 天。结果如图 6—82 所示。

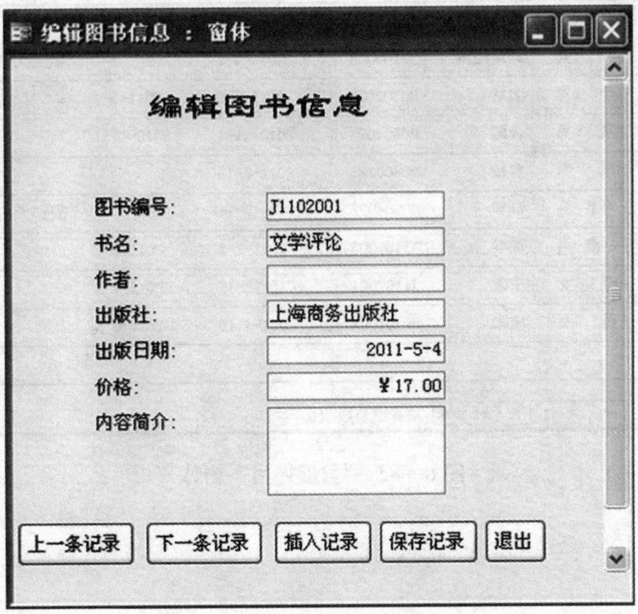

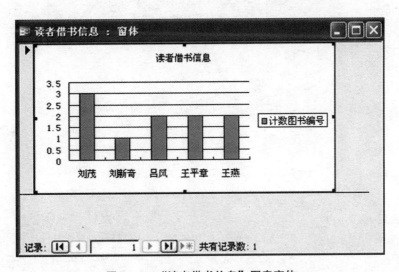

图6—80 "编辑图书信息"窗体

图6—81 "读者借书信息"图表窗体

借书证号	姓名	性别	工作部门	图书编号	借阅日期	还书日期	还书提示
A1101001	刘新奇	男	政治经济	M0101001	2011-2-4	2011-4-8	
A1102001	吕凤	女	政治经济	M0302005	2011-4-1	2011-5-18	
A1102001	吕凤	女	政治经济	J1106008	2011-1-5		请在3天内还书
B1001014	刘茂	男	金融	M0302005	2011-4-8	2011-5-4	
B1001014	刘茂	男	金融	M0604022	2010-11-1	2010-12-1	
B1001014	刘茂	男	金融	M0800123	2011-6-15		
B1021003	王平章	男	数学	M0604022	2010-10-11		请在3天内还书
B1021003	王平章	男	数学	J1106008	2011-7-6	2011-9-8	
C2080011	王燕	女	法律	J1102001	2010-12-12	2011-2-2	
C2080011	王燕	女	法律	M0101001	2011-4-18	2011-6-5	

记录：1　共有记录数：10

图 6—82　"督促还书"窗体

第 7 章

报　表

报表是 Access 提供的一种对象，通过报表把来自表和查询的数据进行统计、排序和汇总，并以不同的方式进行输出。本章主要介绍报表的一些基本应用操作，如：报表的创建，报表的设计，记录的排序与分组，报表的存储与打印等内容。

7.1　报表概述

应用报表对象可以将数据库中的数据进行统计、汇总等，并以格式化的形式显示和打印输出。报表的数据来源与窗体相同，可以是已有的数据表、查询或者是新建的 SQL 语句，但报表只能查看数据，不能通过报表修改或输入数据。

7.1.1　报表的作用

报表可以按照用户要求的格式和内容将数据库中的信息在屏幕上显示或打印输出。报表对象的作用主要有：

①打印输出格式化的数据；

②对数据进行统计、分类、汇总；

③可以包含子报表及图表数据；

④可以打印输出标签、发票、订单和信封等多种样式的报表；

⑤可以嵌入图像或图片来丰富数据显示。

7.1.2　报表视图

Access 为报表操作提供了 3 种视图："设计"视图、"打印预览"视图和"版面预览"视图。其中"设计"视图用于创建和编辑报表的结构；"打印预览"视图用于查看报表的页面数据输出形体；"版面预览"视图用于查看报表的版面设置。3 种视图的切换可以通过"报表设计"工具栏中的"视图"按钮 位置的 3 个选项来进行切换。

7.1.3　报表的组成和分类

1. 报表的组成

与窗体类似，报表也是由称为"节"的组件组成，完整的报表包括报表页眉、报表页脚、页面页眉、页面页脚、组页眉、组页脚、主体 7 个节，如图 7—1 所示。

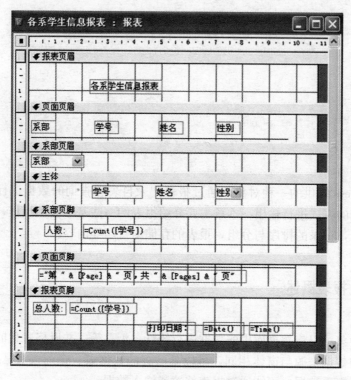

图 7—1　报表的"设计视图"

①报表页眉：在报表的开始处，用来显示报表的大标题、图形或说明性文字，每份报表只有一个报表页眉。在图 7—1 中，报表的大标题就是"各系学生信息报表"。

②页面页眉：显示报表中的字段名称或对记录的分组名称，报表的每一页有一个页面页眉，以保证当数据较多报表需要分页的时候，在报表的每页上面都有一个表头。

③组页眉：在报表中执行了"视图"菜单中的"排序与分组"命令，可以设置"组页眉/组页脚"，以实现报表的分组输出和分组统计。组页眉节内主要安排文本框或其他类型控件显示分组字段等数据信息。打印输出时，其数据仅在每组开始位置显示一次。可以根据需要建立具有多层次的组页眉及组页脚。

④主体：打印表或查询中的记录数据，是报表显示数据的主要区域。

⑤组页脚：组页脚节中主要显示分组统计数据，通过文本框实现。打印输出时，其数据显示在每组结束位置。在实际操作中，组页眉和组页脚可以根据需要单独设置使用。

⑥页面页脚：打印在每页的底部，用来显示本页的汇总说明，报表的每一页有一个页面页脚。按照图 7—1 的报表设计，将在报表的每一页下面输出页码。

⑦报表页脚：用来显示整份报表的汇总信息或说明信息，在所有数据都被输出后，只输出在报表的结束处。按照图 7—1 中的报表设计，将在报表的最后输出记录数。

以上各个区域具有不同的功用，可以根据需要进行灵活设计。

2. 报表的分类

根据主体节内字段数据的显示位置，报表又划分为 4 种类型：纵栏式报表、表格式报表、图表报表和标签报表。

(1) 纵栏式报表

纵栏式报表类似于前面讲过的纵栏式窗体，以垂直方式显示一条记录。在主体节中可以显示一条或多条记录，每行显示一个字段，行的左侧显示字段名，行的右侧显示字段值。在设计纵栏式报表时，字段标题信息与字段记录数据要安排在每页的主体节内的，如图 7—2 (a) 所示。

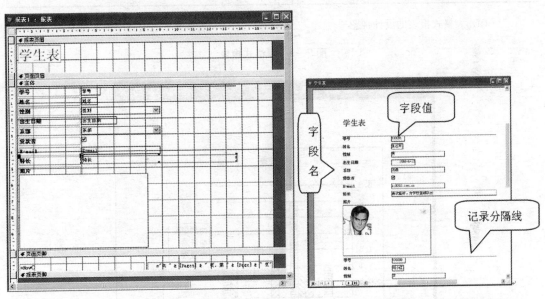

(a) 纵栏式报表的设计视图　　　　(b) 纵栏式报表的打印预览视图

图 7—2　纵栏式报表

(2) 表格式报表

表格式报表是以整齐的行、列形式显示记录数据，通常一行显示一条记录、一页显示多行记录。表格式报表与纵栏式报表不同，字段标题信息不能安排在每页的主体节，而是要安排在页面页眉节区，见图 7—3 (a)，其打印预览视图如图 7—3 (b) 所示。还可以在表格式报表中设置分组字段、显示分组统计数据。

(3) 图表报表

图表报表是指包含图表显示的报表类型。在报表中使用图表可以更直观地表示出数据之间的关系。图 7—4 是各系教师职称统计图表报表示例。

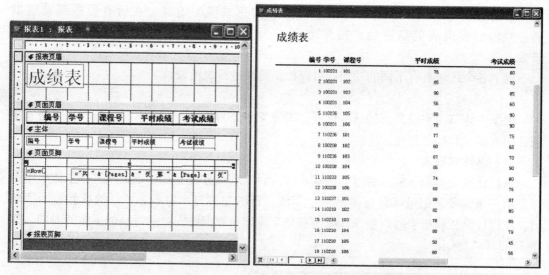

（a）表格式报表的设计视图　　　　（b）表格式报表的打印预览视图

图 7—3　表格式报表

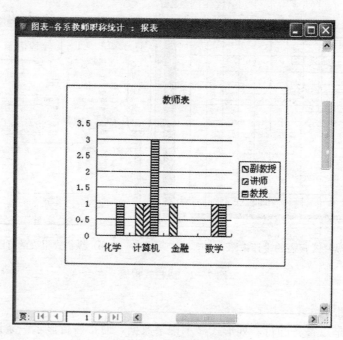

图 7—4　图表报表输出

（4）标签报表

标签是一种特殊类型的报表。在实际应用中，经常会用到标签，例如物品标签、客户标签等。图 7—5 是教师信息标签报表示例。

上述各种类型的报表设计过程中，根据需要可以在报表页中显示页码、报表输出日期甚至直线或方框等来分隔数据，与窗体设计一样也可以设置颜色和阴影等外观属性。

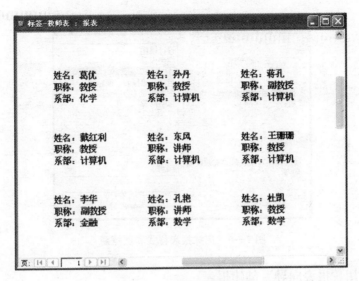

图 7—5 标签报表输出

7.2 快速创建报表

Access 中提供了 3 种创建报表的方式：使用"自动报表"功能、使用"报表向导"功能和使用"设计"视图手工创建。实际应用过程中，一般可以首先使用"自动报表"或向导功能快速创建出报表结构，然后再在"设计"视图环境中对其外观、功能加以"修缮"，这样可提高报表设计的效率。

7.2.1 使用"自动报表"创建报表

"自动报表"功能是一种快速创建报表的方法。设计时先选择表或查询作为报表的记录源，然后选择报表类型：纵栏式或表格式，最后会自动生成报表输出记录源所有字段的全部记录。

【例 7—1】 在"学生管理"数据库中，使用"自动创建报表"功能创建如图 7—2 所示的学生信息报表。操作步骤如下：

①在数据库窗体选择"对象"栏中的"报表"，再单击数据库窗体工具栏中的"新建"按钮，显示如图 7—6 所示的对话框。

②在对话框中可按照需要进行选择。此处选择"自动创建报表：纵栏式"。

③在"请选择该对象数据的来源表或查询"下拉框中选择"学生表"，单击"确定"按钮即可自动生成一个报表，如图 7—2 所示。

④选择"文件"菜单的"保存"命令，或单击"报表设计"工具栏中的"保存"按钮，在弹出的"另存为"对话框中输入报表名称为"纵栏式-学生表"，单击"确定"按钮保存报表。

这种方法创建的报表较简单，只有主体区，没有"报表页眉/页脚"和"页面页眉/页脚"节区。图 7—3 所示表格式报表的创建方法与纵栏式报表的创建方法略有差别。

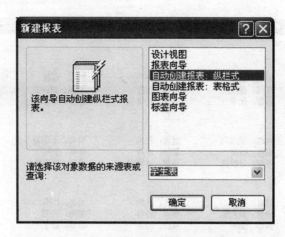

图 7—6　选择报表样式和数据源

7.2.2　使用"报表向导"创建报表

使用"报表向导"创建报表时，"报表向导"会提示用户指定相关的数据源、字段和报表版面格式等信息，根据向导提示可以完成大部分报表设计的基本操作，因此加快了创建报表的过程。

【例 7—2】　以"学生管理"数据库文件中已存在的查询"学生学习成绩"作为报表数据源，利用向导创建"学生学习成绩"报表，要求按"系部"分组显示。

操作步骤如下：

①单击数据库窗体中的"报表"标签，双击"使用向导创建报表"选项，打开"报表向导"第 1 个对话框；或者单击数据库窗口的"新建"按钮，在"新建报表"对话框中双击"报表向导"，打开"报表向导"第 1 个对话框。如图 7—7 所示。

②指定报表的数据源。数据源可以是表对象或者是查询对象。本例选择查询"学生学习成绩"作为数据源，如图 7—7（a）所示。

③在"可用字段"列表框中列出了数据源的所有字段，单击按钮 `>>`，选择所有字段，如图 7—7（b）所示。

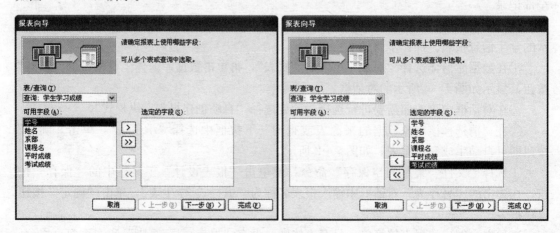

（a）选择数据源　　　　　　　　　　　　　　（b）选择字段

图 7—7　"报表向导"第 1 个对话框

④单击"下一步"按钮，出现"报表向导"第 2 个对话框，提示用户确定查看数据的方式，如图 7—8（a）所示。在"请确定查看数据的方式"列表框中单击"通过成绩表"，此时"报表向导"显示结果如图 7—8（b）所示。

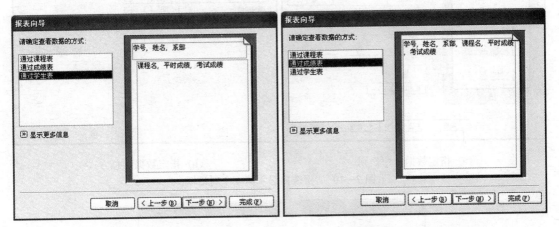

（a）默认的查看数据方式　　　　　　　　　（b）用户指定的查看数据方式

图 7—8　"报表向导"第 2 个对话框

⑤单击"下一步"按钮，弹出"报表向导"第 3 个对话框，如图 7—9（a）所示。在"请确定是否添加分组级别"列表框中选中"系部"，单击按钮⊡或双击"系部"，结果如图 7—9（b）所示。

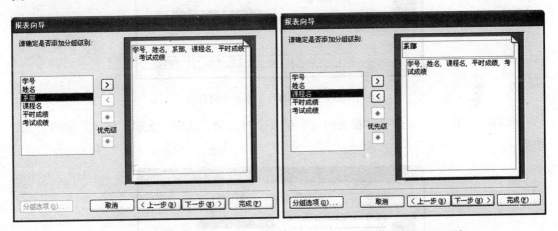

（a）提示选择分组级别字段　　　　　　　　　　（b）选择分组级别

图 7—9　"报表向导"第 3 个对话框

⑥单击"下一步"按钮，弹出"报表向导"第 4 个对话框，提示选择一个分组中数据的排序次序，选择按考试成绩"降序"排序，如图 7—10（a）所示；单击"汇总选项"，弹出"汇总选项"对话框，指定计算汇总值的方式，此时指定汇总选项是考试成绩的平均值，如图 7—10（b）所示，然后单击"确定"按钮返回报表向导对话框。

⑦单击"下一步"按钮，弹出"报表向导"第 5 个对话框，选择报表的布局和标题的文字样式，此时的选择如图 7—11 所示。

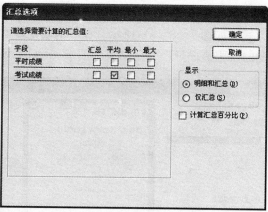

(a) 指定数据排序规则　　　　　　　　(b) 指定数据汇总方式

图 7—10 "报表向导"第 4 个对话框

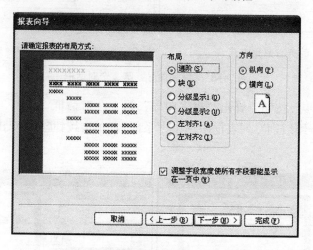

图 7—11 "报表向导"第 5 个对话框

⑧单击"下一步"，弹出"报表向导"第 6 个对话框，选择"大胆"样式，如图 7—12 所示。

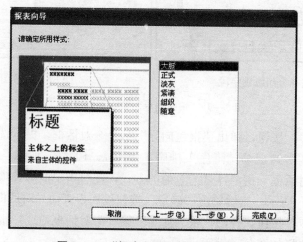

图 7—12 "报表向导"第 6 个对话框

⑨单击"下一步"，弹出"报表向导"第 7 个对话框，在"请为报表指定标题"文本框中输入"学生学习成绩"，如图 7—13 所示。单击"完成"按钮可以看到如图 7—14 所示的报表。

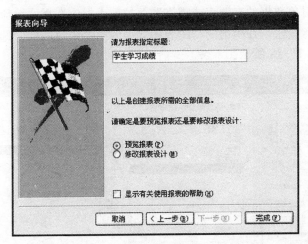

图 7—13　"报表向导"第 7 个对话框

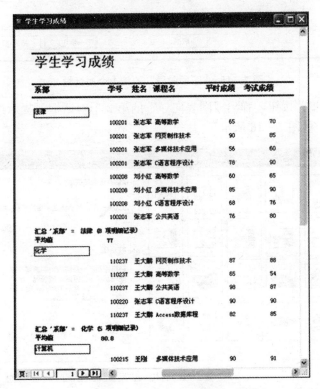

图 7—14　学生学习成绩报表

7.2.3　使用"图表向导"创建报表

Access 中可以应用"图表向导"将数据以图表形式形象直观地显示出来。

【例 7—3】　用图表的方式显示各系的教师人数。

操作步骤如下：

①打开"学生管理"数据库，单击"报表"对象。

②单击工具栏的"新建"按钮，在弹出的"新建报表"对话框中选择"图表向导"选项，在"请选择该对象数据的来源表或查询"下拉列表框中选择"教师表"。

③单击"确定"按钮，在弹出的"图表向导"的第 1 个对话框中选择"教师代码"和"系部"字段。如图 7—15 所示。

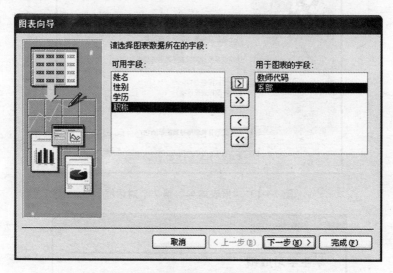

图 7—15　"图表向导"的第 1 个对话框

④单击"下一步"按钮，弹出"图表向导"的第 2 个对话框，提示选择图表类型，此题选择"柱形图"，如图 7—16 所示。

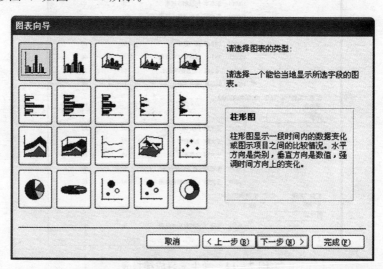

图 7—16　"图表向导"的第 2 个对话框

⑤单击"下一步"按钮，在"图表向导"的第 3 个对话框中选择图表布局方式，将数据拖动到如图 7—17 所示的位置，此时也可以单击"预览图表"按钮，看到与图 7—19 相似的图表。

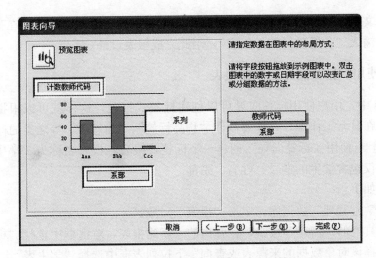

图 7—17 "图表向导"的第 3 个对话框

⑥单击"下一步"按钮,弹出"图表向导"的第 4 个对话框,提示指定图表标题,在"请指定图表的标题"文本框中输入"各系教师统计报表",如图 7—18 所示。

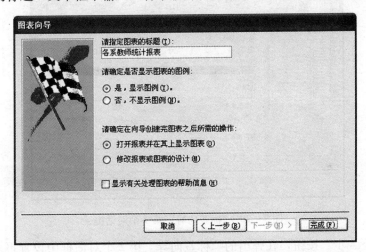

图 7—18 "图表向导"的第 4 个对话框

⑦单击"完成"按钮,生成的图表报表如图 7—19 所示。

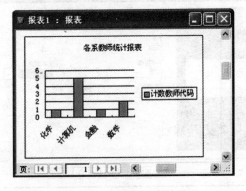

图 7—19 图表预览效果

⑧单击"文件"菜单的"保存"命令或单击工具栏的"保存"按钮,在弹出的"另存为"对话框中输入"各系教师统计报表",至此完成报表设计。

7.2.4 使用"标签向导"创建报表

在 Access 中,用户使用标签向导可以创建标签式报表,这样就可以根据需要打印各种标签。例如在日常工作中,可能要制作"物品标签"、"信息卡"等之类的标签。

【例 7—4】 使用"标签向导"创建一个标签式报表,报表名称为"学生信息标签",每个标签内容仅包含学生的学号、姓名、系部。

操作步骤如下:

①打开"学生管理"数据库,单击"报表"对象。

②单击工具栏的"新建"按钮,在弹出的"新建报表"对话框中选择"标签向导"选项,在"请选择该对象数据的来源表或查询"下拉列表框中选择"学生表"。

③单击"确定"按钮,在弹出的"标签向导"第 1 个对话框中可以选择标准型号的标签,也可以自定义标签大小,此处选择型号为"C2180"的标签样式,如图 7—20 所示。

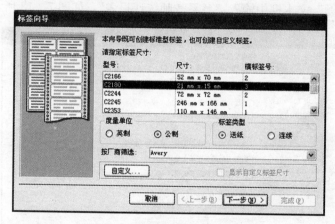

图 7—20 "标签向导"第 1 个对话框

④单击"下一步"按钮,在弹出的"标签向导"第 2 个对话框中设置报表中文本使用的字体、字号、字体粗细、文本颜色等,如图 7—21 所示。

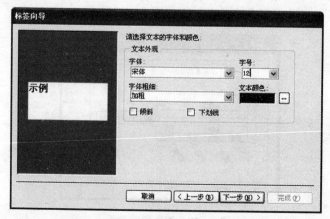

图 7—21 "标签向导"第 2 个对话框

⑤单击"下一步"按钮，在弹出的"标签向导"第 3 个对话框中设置标签报表中要显示的内容，此时，在对话框中的"原型标签"列表框中的第一行输入"学号："，然后双击对话框中"可用字段"列表框中的"学号"，按回车键；用相同方法把"姓名"和"系部"两字段添加到"原型标签"列表框中，如图 7—22 所示。

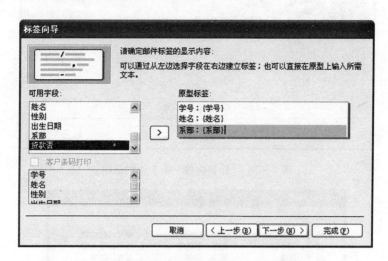

图 7—22 "标签向导"第 3 个对话框

⑥单击"下一步"按钮，在弹出的"标签向导"第 4 个对话框中选择排序字段，此处选择"系部"字段，如图 7—23 所示。

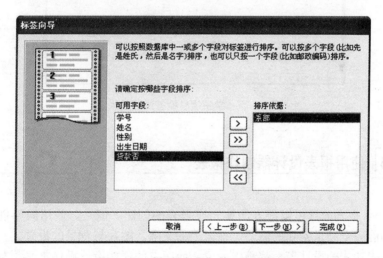

图 7—23 "标签向导"第 4 个对话框

⑦单击"下一步"按钮，在弹出的"标签向导"第 5 个对话框中指定报表的名称，此处指定"学生信息标签"，如图 7—24 所示。

⑧单击"完成"按钮，自动生成"打印预览"视图，如图 7—25 所示，并自动保存一个名为"学生信息标签"的报表。

⑨单击预览窗口的"关闭"按钮，至此标签报表设计完毕。

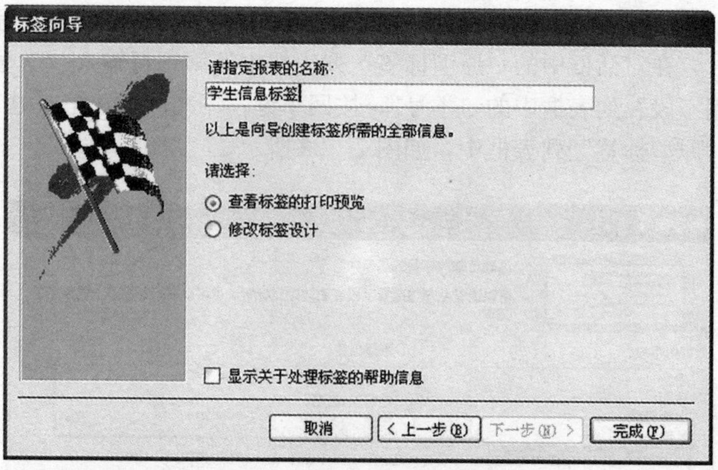

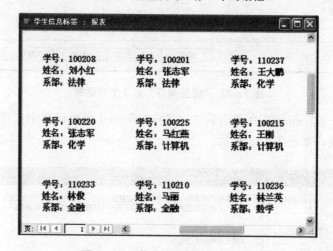

图 7—24　"标签向导"第 5 个对话框

图 7—25　学生信息标签预览效果

7.3　使用报表设计器制作报表

使用 Access 报表向导可以很方便地完成报表的创建。但是，使用向导创建的报表对象，一般都不能完全满足实际的需要。报表上的文字、图片与背景的设置、一些计算型文本框及其计算表达式的设计等，都难以完成，而所有的这些设计操作都必须利用报表设计器在报表的"设计"视图中进行。

在"设计"视图中创建一个新报表的基本操作过程是：创建空白报表并选择数据源；添加页面页脚；不着痕迹地使用控件显示数据、文本和各种统计信息；设置报表排序和分组属性；设置报表和控件外观格式、大小、位置和对齐方式等。

7.3.1　报表设计器

【例 7—5】　用报表设计器设计如图 7—26 所示的"各系学生信息"报表。

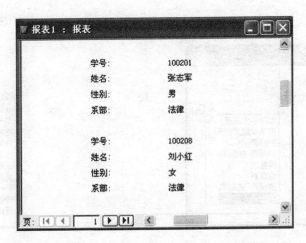

图 7—26 利用"设计视图"创建的报表

操作步骤如下：

①打开"学生管理"数据库，单击"报表"对象。

②双击"在设计视图中创建报表"（或单击工具栏的"新建"按钮，在弹出的"新建报表"对话框中双击"设计视图"或单击"设计视图"选项，再单击"确定"按钮），显示如图 7—27 所示的报表"设计视图"。

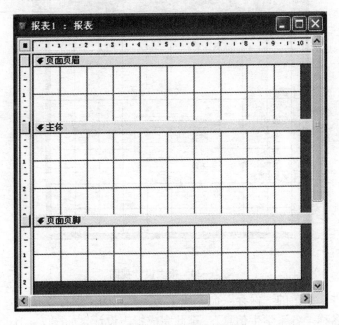

图 7—27 报表"设计视图"

③单击"报表设计"工具栏的"属性"按钮 ，打开属性对话框，如图 7—28 所示。在属性对话框中，单击"数据"选项卡，可以在"记录源"属性后面的下拉列表框中选择已有的表或查询作为报表的记录源，也可以单击下拉列表框后面的 按钮，在打开的"查询生成器"窗口中创建新的查询作为报表的记录源。此例单击"记录源"组合列表框右端的按钮，选择"学生表"作为报表的数据源，并在窗口显示报表数据源，如图 7—29

所示。

图7—28 属性对话框

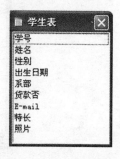

图7—29 报表数据源

④在报表数据源"学生表"字段列表框中选择要显示的字段，方法是：按下 Ctrl 键不放，单击"学号"、"姓名"、"性别"和"系部"四个字段，然后把这四个字段拖放到"主体"节中；或者在字段列表框中逐个选择要显示的字段，直接拖放到"主体"节中，如图7—30所示。

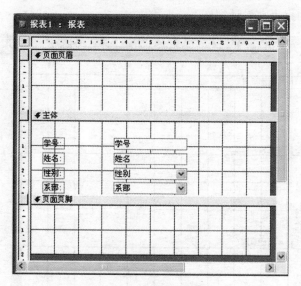

图7—30 报表设计视图

⑤单击"文件"菜单的"保存"命令或单击工具栏的"保存"按钮，在"另存为"对话框中输入报表名称"各系学生信息"，至此完成报表设计，如图7—31所示。

⑥单击"视图"菜单的"打印预览"命令或在报表设计窗口单击鼠标右键，选择快捷菜单中的"打印预览"命令，结果如图7—26所示。

7.3.2 报表节与数据分组

在报表中添加不同的节，在节中把要输出的数据信息进行新的布局，以达到用户更方便地阅读与应用的目的。

图 7—31 保存后报表设计视图

所谓分组，是指按某个字段值进行归类，将字段值相同的记录分在一组之中。而排序是指按某个字段值对记录进行排列。

报表中的内容是以节划分的。每一个节都有其特定的目的，而且按照一定的顺序输出在页面及报表上。在"设计"视图中，节代表各个不同的带区，每一节只能被指定一次。在打印报表中，某些节可以被指定很多次。可通过放置控件来确定在节中显示内容的位置。

1. 添加或删除报表页眉、页脚和页面页眉、页脚

页眉和页脚只能作为一对同时添加。如果不需要页眉或页脚，可以将不需要的节的"可见性"属性设为"否"，或者删除该节的所有控件，然后将其大小设置为零或将其"高度"属性设为"0"。

如果删除页眉和页脚，Access 将同时删除页眉、页脚中的控件。

2. 改变报表的页眉、页脚或其他节的大小

可以单独改变报表上各个节的大小。但是，报表只有唯一的宽度，改变一个节的宽度将改变整个报表的宽度。

可以将鼠标放在节的底边（改变高度）或右边（改变宽度）上，上下拖动鼠标改变节的高度，或左右拖动鼠标改变节的宽度。也可以将鼠标放在节的右下角上，然后沿对角线的方向拖动鼠标，同时改变高度和宽度。

3. 为报表中的节或控件创建自定义颜色

如果调色板中没有需要的颜色，用户可以利用节或控件的属性表中的"前景颜色"（对控件中的文本）、"背景颜色"或"边框颜色"等属性框并配合使用"颜色"对话框来进行相应属性的颜色设置。

【例 7—6】 在图 7—31 中，给报表添加"报表页眉/页脚"和"组页眉/页脚"。

操作步骤如下：

①执行"视图"菜单中的"报表页眉/页脚"命令，或在报表设计区单击鼠标右键弹出如图 7—32 所示的快捷菜单，从中选择"报表页眉/页脚"选项，完成报表页眉和页脚节区的添加，如图 7—33 所示。

图 7—32　报表页眉/页脚快捷菜单

图 7—33　添加报表页眉/页脚

②打开"视图"菜单，选择"排序与分组"命令，或在设计视图中单击鼠标右键，在弹出的快捷菜单中选择"排序与分组"命令，如图 7—34 所示，系统显示"排序与分组"对话框，提示设置排序与分组的字段，单击"字段/表达式"下方的单元格右端的按钮 ⌄，在其下拉列表框中选择"系部"字段，单击"排序次序"下方的单元格右端的按钮 ⌄，在其下拉列表框中选择"升序"，在"组属性"下方设置"组页眉"和"组页脚"属性值均为"是"，如图 7—35 所示。

图 7—34　排序与分组快捷菜单

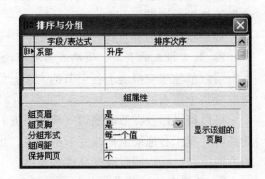

图 7—35　"排序与分组"对话框

③关闭"排序与分组"对话框，报表设计窗口如图 7—36 所示。

用上述方法创建报表的速度也是比较快的，但是还不能满足使用要求，虽然添加了报表的有关节，由于没有给节中放置所要显示的数据及其他信息，人们还不能看出更详细的应用规律，所以有必要对报表再进行加工，如：给"报表页眉"添加报表封面信息、给"报表页脚"添加汇总统计、给"页面页眉"添加每页的标题、给"页面页脚"添加页码、给"组页眉"添加分组标题、给"组页脚"添加统计信息、对输出信息进行分页等工作，使输出信息层次分明，方便用户应用数据。

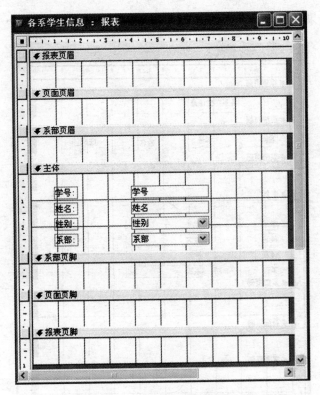

图 7—36　添加报表页眉和分组节

7.4　编辑报表

对于已经创建的报表需在报表的设计视图中对其进行编辑和修改，以达到更好的应用效果，主要操作项目有：在报表不同的节中添加各种控件，设置控件属性，设置报表格式，添加背景色或背景图、页码及时间日期等。

7.4.1　报表中的控件使用

报表中的控件和窗体中的控件作用相同，都是为了显示不同类型的信息。

1．标签控件

用标签控件来显示说明性的文字信息。

【例 7—7】　在图 7—36 所示的"各系学生信息"报表的"报表页眉"节和"页面页眉"节中添加 5 个标签，起到进一步描述报表的作用。

操作步骤如下：

①在"报表页眉"节中创建一个标签对象，并在标签框内输入"各系学生信息"。

②在"页面页眉"节中添加四个标签控件，并在标签框内输入"系部"、"学号"、"姓名"和"性别"。

③单击"文件"菜单的"保存"命令或单击工具栏的"保存"按钮，保存报表，完成

添加标签工作，结果如图 7—37 所示。

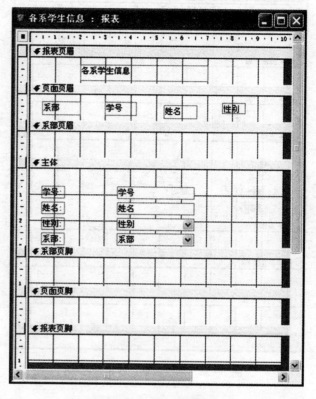

图 7—37　添加标签控件

2. 文本框控件

用文本框控件来输入、显示和编辑数据源中字段的值，更重要的一点是它还可以作为计算控件使用。

【例 7—8】　在图 7—37 所示的"各系学生信息"报表的"报表页眉"底部添加一个文本框，用于显示报表的打印日期；"组页眉"节中创建一个文本框，用于显示分组字段的数据；在"组页脚"节中创建一个文本框，作为计算控件使用，用于统计每组中的人数；在"页眉页脚"节中创建一个文本框，用于显示报表的页码；在"报表页脚"节中创建一个文本框，作为计算控件使用，用于统计该报表中显示的总人数。

操作步骤如下：

①在"报表页眉"节中创建一个文本框对象，操作方法：单击工具箱中的"文本框"按钮，然后在"组页脚"节中拖放鼠标；在文本框中直接输入"＝Date( ) & " " & Time()"，再修改该文本框的附加标签的值为"打印日期:"。如图 7—39 所示。

②在图 7—37 所示的图中，单击"主体"节中的文本框"系部"，直接拖放到"组页眉"节中，在"组页眉"中，删除组合框的附件标签"系部"，调整组合框"系部"位置，使其与页面页眉中的标签"系部"对齐。

③在"主体"节中，删除三个附加标签，然后拖放文本框"学号"对齐页面页眉中的标签"学号"、拖放文本框"姓名"对齐页面页眉中的标签"姓名"、拖放组合框"性别"对齐页面页眉中的标签"性别"，再调整"主体"节的高度。

④在"组页脚"节中创建一个文本框对象,操作方法:单击工具箱中的"文本框"按钮,然后在"组页脚"节中拖放鼠标;在文本框中直接输入"=Count([学号])"(Count()是系统内含的计数函数,此处按"学号"统计每个系部的学生人数),再修改该文本框的附加标签的值为"人数:"。

⑤在"页面页脚"节中创建一个文本框对象,用于显示报表的页码,操作方法:打开"插入"菜单,选择"页码"命令,在弹出的"页码"对话框中按照图7—38所示进行设置,然后调整该文本框的位置与大小,报表设计结果如图7—39所示。

图7—38　页码对话框

⑥在"报表页脚"节中创建一个文本框对象,操作方法:单击工具箱中的"文本框"按钮,然后在"报表页脚"节中拖放鼠标;在文本框中直接输入"=Count([学号])"(此处按"学号"统计的是整个报表的学生人数),再修改该文本框的附加标签的值为"总人数:",如图7—39所示。

图7—39　初步完成的报表

⑦单击"文件"菜单的"保存"命令或单击工具栏的"保存"按钮，保存报表。

3．分页符控件

在报表中，可以在某一节中使用分页符控件来标志需要另起一页的位置。例如，如果需要将报表标题页和前言信息分别打印在不同的页上，则可以在报表页眉（用来放置通常显示在报表开头的信息，如给报表制作一个封面、简单的标题、日期或报表简介等）中放置一个分页符，该分页符位于标题页上显示的所有控件之后、第二页的所有控件之前。Access 将在报表的左边框以短虚线标识分页符。

4．直线和矩形控件

在实际应用中，报表中总是要用线条将其适当分隔，通过 Access 相关控件，可以设计一个带有表格线的报表。

在报表上绘制线条的操作步骤如下：

①以"设计"视图打开报表。

②单击工具箱中的"直线"工具。

③单击报表的任意处可以创建默认大小的线条，或通过单击并拖动的方式创建自定义大小的线条。

ⅰ）如果要细微调整线条的长度或角度，可单击线条，然后同时按下 Shift 键和方向键中的任一个。

ⅱ）如果要细微调整线条的位置，则同时按下 Ctrl 键和方向键中的任一个。

ⅲ）利用"格式"工具栏中的"线条/边框宽度"按钮和"属性"按钮，可以分别更改线条样式（实线、虚线和点划线）和边框样式。

在报表上绘制矩形的方法和绘制直线类似，不再赘述。

【例 7—9】　给图 7—39 所示的"报表页眉"中添加分页符，在"页面页眉"下端添加直线控件，在"组页脚"节中添加矩形控件，然后把统计人数的文本框移到矩形控件中。

操作步骤如下：

①单击工具箱中的"分页符"按钮，在"报表页眉"左下角单击鼠标，此时控件样式为虚线。

②单击工具箱中的"直线"工具╲，在"页面页眉"底部的左端单击鼠标，然后向右拖放鼠标到"页面页眉"底部的右端，然后单击鼠标。

③选择"组页脚"节中的"文本框"对象，点击"报表设计"工具栏中的"剪切"按钮；单击"工具箱"中的"矩形"按钮▢，在"组页脚"节中单击并拖放鼠标创建矩形对象，然后点击"报表设计"工具栏中的"粘贴"按钮，再把文本框对象拖入矩形框中，结果如图 7—40 所示。

④单击"文件"菜单的"保存"命令或单击工具栏的"保存"按钮，保存报表，完成添加控件工作。

⑤单击"视图"菜单的"打印预览"命令或在报表设计窗口单击鼠标右键，选择快捷菜单中的"打印预览"命令，结果如图 7—41 所示（第 1 页是封面，当前看到的是报表的第 2 页）。

图7—40 报表设计视图

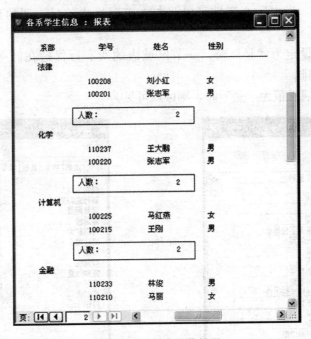

图7—41 报表预览视图

7.4.2 报表的格式设定

报表不论用哪种方法在设计阶段都是按应用系统的默认方式进行设定与显示的,从外观上看不是很完美,这就需要对报表进行美化处理。有关报表的格式大致有报表属性、节属性和控件属性等。

1. 报表属性

单击工具栏中的"属性"按钮或选择"视图"菜单中的"属性"命令，打开"报表"属性对话框。如图 7—42 所示。

常用的报表属性如下：

①记录源：将报表与某一数据表或查询绑定起来，即为报表指定数据源。

②打开：可以在其中添加宏的名称。"打印"或"打印预览"报表时，就会执行该宏。

③关闭：可以在其中添加宏的名称。"打印"或"打印预览"完毕后，自动执行该宏。

④网格线 X 坐标：指定每英寸水平所包含点的数量。

⑤网格线 Y 坐标：指定每英寸垂直所包含点的数量。

⑥页面页眉：控制页脚标题是否出现在所有的页上。

⑦页面页脚：控制页脚脚注是否出现在所有的页上。

⑧记录锁定：可以设定在生成报表所有页之前，禁止其他用户修改报表所需的数据。

⑨宽度：设置报表的宽度。

⑩图片：设置报表的背景图片。

2. 节属性

图 7—43 所示节的属性对话框中常用的属性如下：

①强制分页：当把此属性设置为"是"时，可以强制换页。

②新行或新列：设定这个属性可以强制在多列报表的每一列的顶部显示两次标题信息。

③保持同页：设定为"是"时，一节区域内的所有行保持在同一页中，设为"否"时，则跨页边界编排。

④可见性：此属性值为"是"时，则区域可见。

图 7—42 "报表"属性对话框

图 7—43 "节"属性对话框

⑤可以扩大：设置为"是"时，表示可以让节扩展，以容纳较长的文本。

⑥可以缩小：设置为"是"时，表示可以让节缩小，以容纳较短的文本。

⑦格式化：当打开格式化区域时，先执行该属性所设定的宏。

⑧打印：打印或打印预览这个节区域时，执行该属性所设定的宏。

3. 设置报表格式

在报表的"设计"视图中可以对已经创建的报表进行编辑和修改，主要操作项目有：设置报表格式，添加背景图案、页码及时间等。Access 提供了 6 种自动套用报表格式，包括"大胆"、"正式"、"浅灰"、"紧凑"、"组织"和"随意"。通过使用这些自动套用格式，可以一次性更改报表中所有文字的字体、字号及线条粗细等外观属性。设置报表格式的操作步骤如下：

①打开报表的"设计"视图，选择要更改格式的对象。

ⅰ）若设置整个报表格式，单击报表选定器；

ⅱ）若设置某个节区格式，单击相应的节区；

ⅲ）若设置报表中一个或多个控件格式，按下 Shift 键单击这些控件。

②单击工具栏上的"自动套用格式"按钮或选择"格式"菜单中的"自动套用格式"命令。

③在打开的"自动套用格式"对话框中选择一种格式。

【例 7—10】 对报表"各系学生信息"用"自动套用格式"进行格式化，对整个报表套用"大胆"格式。也可以对报表的不同节套用不同的格式，如："报表页眉/页脚"套用"大胆"格式，"页面页眉/页脚"套用"随意"格式，"组页眉/页脚"套用"组织"格式，"主体"套用"正式"格式。

操作步骤如下：

(1) 整个报表套用"自动套用格式"

①打开"学生管理"数据库，单击"报表"对象。

②在"各系学生信息"报表对象上单击鼠标右键，选择快捷菜单中的"设计视图"命令，打开其设计视图，单击"报表设计"工具栏的"自动套用格式"按钮，弹出"自动套用格式"对话框，在"自动套用格式"列表框中选择"大胆"格式，再单击"确定"按钮，显示的设计效果如图 7—44 所示，其"打印预览"视图效果如图 7—45 所示（报表页眉节内容单独一页显示，当前看到的是报表的第 2 页，页面页眉节从新页开始显示）。

(2) 报表的不同节套用"自动套用格式"

要对报表的不同节套用"自动套用格式"，其操作方法与整个报表套用"自动套用格式"基本相同，主要差别是首先要选择报表的不同节，选择报表节的方法是：单击报表每个节的"节选择器"（节选择器：一个对象在设计视图中打开时，位于节栏左边的小框），然后单击"报表设计"工具栏的"自动套用格式"按钮，在打开的"自动套用格式"对话框中选择所需格式，再单击"确定"按钮即可。

例如选中图 7—44 中的"组页眉"，打开"格式"菜单，选择"自动套用格式"命令，在"自动套用格式"对话框中选择"组织"格式，如图 7—46 所示，"打印预览"结果如图 7—47 所示（当前看到的是报表的第 2 页）。

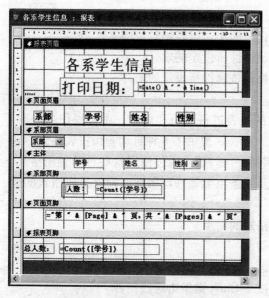

图 7—44　套用"自动套用格式"

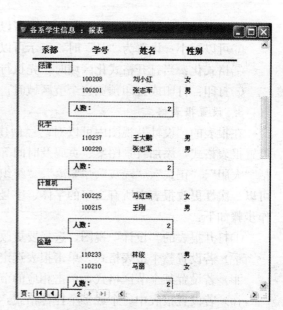

图 7—45　报表的打印预览视图

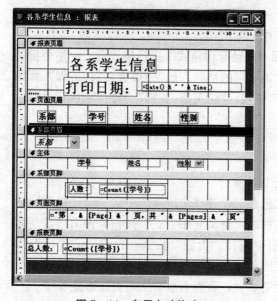

图 7—46　套用自动格式

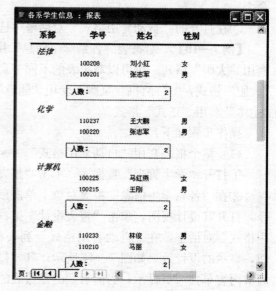

图 7—47　打印预览视图

单击"文件"菜单的"保存"命令或单击工具栏的"保存"按钮，保存报表，完成添加控件工作。

7.4.3　报表中控件的操作方法

用户可以在设计视图中对控件进行如下操作：

- 通过鼠标拖动创建新控件、移动控件。
- 通过按 Del 键删除控件。
- 激活控件对象，拖动控件的边界调整控件大小，单击并拖动控件左上角的控制点，可随意移动控件到任何位置。

● 利用属性对话框改变控件属性。

● 通过格式化改变控件外观，可以运用边框、粗体等效果。

● 对控件增加边框和阴影等效果。

【例7—11】 对图7—46所示的报表进行美化处理。

①美化"报表页眉"节。

操作的内容有：

选择第一个标签，"字体"改为"隶书"，"字号"为20，"前景色"为"黑色"，"背景色"为数字16744703、"特殊效果"为"凸起"、"边框样式"为"透明"。

选择文本框及其左边的标签，设置两者的"字体"为"宋体"，"字号"为12，"前景色"为"黑色"，并调整标签的大小和位置；再选择这两个对象，设置"上边距"为8cm（设置封面高度）。

拖动分页符到"报表页眉"节的底端，即该节的所有控件之后。

②美化"页面页眉"节。

操作的内容有：

选择直线对象，设置"边框样式"为实线，"边框宽度"为1磅。

③美化"组页眉"节。

操作的内容有：

选中四个标签，"字体"改为"楷体_GB2312"，字号为12。

另外还可对报表中其他控件进行调整。

上述操作结果如图7—48所示，其"打印预览"报表的第2页视图如图7—49所示（第1页为封面）。

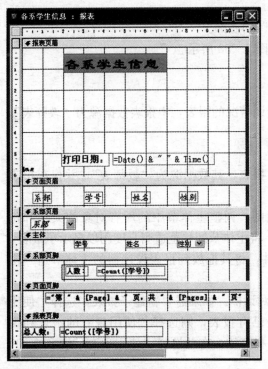

图7—48 完成的报表设计视图

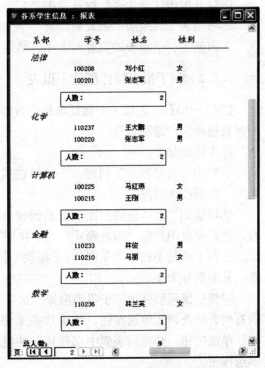

图7—49 报表的打印预览视图

④单击"文件"菜单的"保存"命令或单击工具栏的"保存"按钮，保存报表，完成报表设计工作。

7.5 创建子报表

类似于窗体，在制作报表过程中有时需要在显示或者打印某一个记录的同时，将与此记录相关的信息按照一定的格式一同打印出来，这就需要用到子报表功能。

报表中与子报表相对应的称为主报表。子报表是插在其他报表中的报表，存储时分开存放，使用时可以合并在一起显示。

在创建子报表之前，首先要确保主报表和子报表所基于的表之间已经建立了正确的联系，这样才能保证子报表中的记录与主报表中的记录之间有正确的对应关系。

Access 提供了两种创建子报表的方式。一是将现有的报表添加到其他报表中成为其子报表；二是在现有的报表上通过子报表控件创建子报表。

7.5.1 将已有报表添加到其他报表中

创建子报表的第一种方法是将现有的报表添加到其他报表中成为其子报表。通常采用直接把要作为子报表的报表拖动到主报表中的方法。

【例 7—12】 将"成绩表"报表添加到"学生表"报表中。

操作步骤如下：

①打开报表"学生表"设计视图。

②将报表"成绩表"拖放到报表"学生表"的底部。

③调整主、子报表的位置和大小。结果如图 7—50 所示。

7.5.2 用子报表控件创建子报表

【例 7—13】 创建一个能反映每位教师授课情况的报表，主报表数据源为"教师表"，子报数据源为"课程表"。

操作步骤如下：

①使用"自动报表"创建一个"纵栏式"报表，其数据源为"教师表"，并保存报表名为"教师授课情况"。

②切换到"教师授课情况"报表的设计视图，调整主体节中的所有对象的大小和位置，然后设置图片框"缩放模式"为"拉伸"，将主体节调整至适当高度用以显示子报表。

③在工具箱中选中"子窗体/子报表"控件，将其拖放到报表设计器的主体节适当位置，并调整好大小。

④释放鼠标后弹出"子报表向导"第 1 个对话框。如果需要新建子报表，选择"使用现有的表和查询"单选按钮，如果数据来源是已有报表，则选择"使用现有的报表和窗体"单选按钮，并在列表框中选择相应的报表和窗体，在此选择"使用现有的表和查询"单选按钮。

⑤单击"下一步"按钮，弹出"子报表向导"第 2 个对话框，提示选择报表数据源，

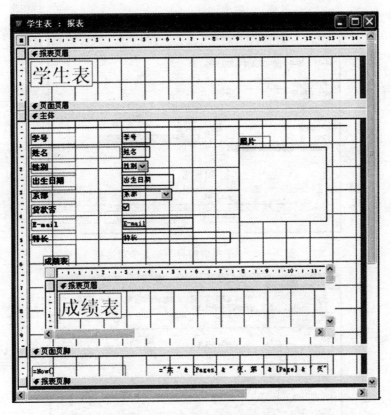

图 7—50 含有子报表的报表

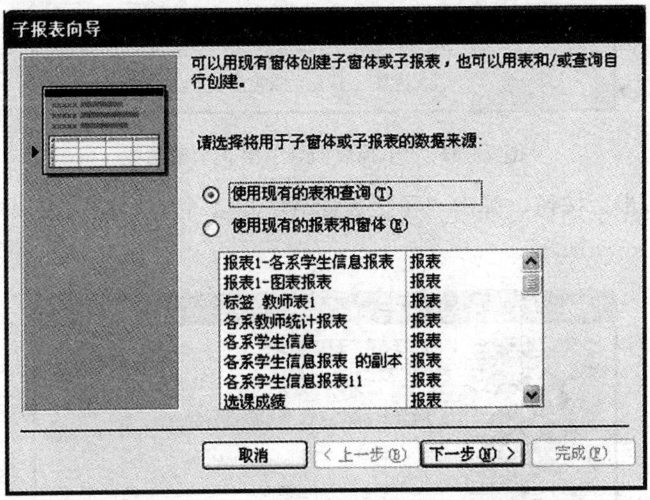

图 7—51 "子报表向导"第 1 个对话框

此处选择"课程表"表,并且选择该表的所需字段,如图 7—52 所示。

　　⑥单击"下一步"按钮,弹出"子报表向导"第 3 个对话框,提示确定主报表和子报表的链接关系,如图 7—53 所示。如果指定的数据源与主报表的数据源之间无关系的话,系统自动显示"自行定义"选项。此处选择"从列表中选择"。

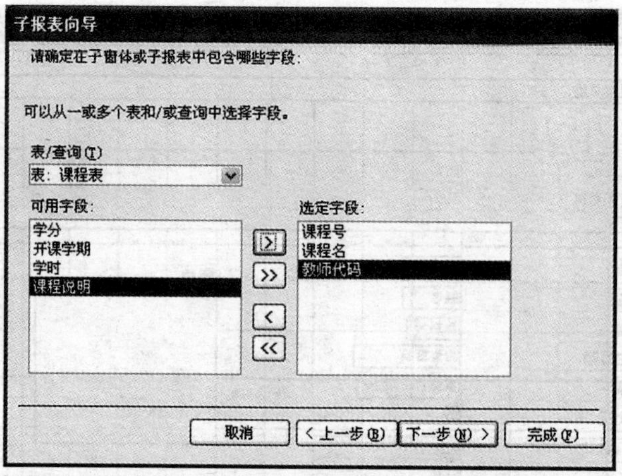

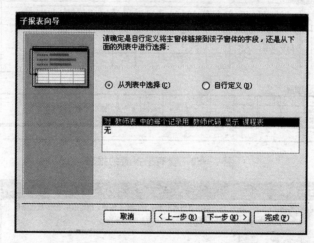

图 7—52　"子报表向导"第 2 个对话框

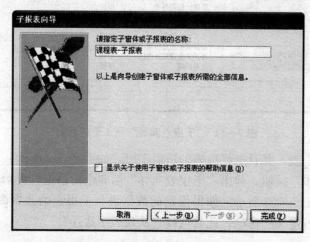

图 7—53　"子报表向导"第 3 个对话框

⑦单击"下一步"按钮，弹出"子报表向导"第 4 个对话框，在该对话框中输入子报表的名称，如图 7—54 所示。

图 7—54　"子报表向导"第 4 个对话框

⑧单击"完成"按钮，即可看到子报表的情况，如图 7—55 所示。然后保存报表。

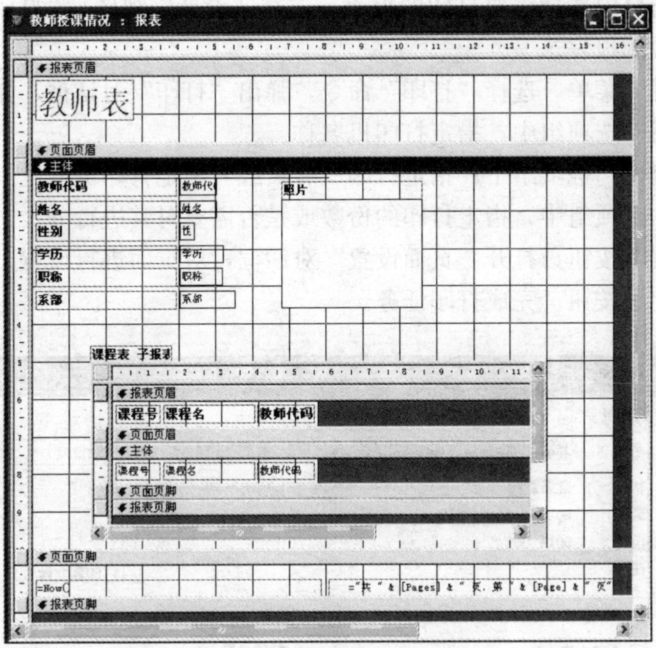

图 7—55　子报表设计视图

7.6 报表的预览与打印

制作好的报表经过预览，如果符合要求，就可以打印输出。

7.6.1 预览报表

1. 预览报表的页面布局

在报表的"设计"视图中，单击工具栏中的"视图"下拉按钮，然后选择"版面预览"选项。选择"版面预览"选项，是对基于参数查询的报表，用户不必输入任何参数，直接单击"确定"按钮即可，因为 Access 会忽略这些参数。如果要在页间切换，可以使用"打印预览"窗体底部的定位按钮。如果要在当前页中移动，可以使用滚动条。

2. 预览报表中的数据

在"设计"视图中预览报表的方法是在"设计"视图中单击工具栏中的"打印预览"按钮。如果要在数据库窗体中预览报表，操作步骤如下：

①在数据库窗口中，单击"报表"对象。

②选择需要预览的报表。

③单击"打印预览"按钮。

7.6.2 打印报表

第一次打印报表之前，还需要检查页面大小、页边距、页方向和其他页面设置的选项。当确定一切布局都符合要求后，打印报表的操作步骤如下：

①在数据库窗口中选择需要打印的报表，或在"设计"视图、"打印预览"或"布局预览"中打开相应的报表。

②打开"文件"菜单，选择"打印"命令，弹出"打印"对话框，如图 7—56 所示。

③在"打印机"选项组中，指定打印机名称。

④在"打印范围"选项组中，指定打印所有页或者确定打印页的范围。

⑤在"份数"选项组中，指定打印的份数或是否需要对其进行分页。

⑥单击"设置"按钮，打开"页面设置"对话框，对页面进行设置。

⑦单击"确定"按钮，完成打印任务。

图 7—56 "打印"对话框

本章小结

本章简要介绍了报表的基础知识，报表的功能以及各种类型报表的创建过程。初始设计报表时，可先学会"自动创建报表"和使用"报表向导"设计报表，同时要掌握在设计视图中如何调整报表。熟悉系统后，可使用报表设计器来设计更理想的报表，但是，这不仅要熟练掌握报表工具箱中的各个控件的使用方法，还要熟知报表的结构。

习题

一、选择题

1. 以下叙述中正确的是（　　）。

A. 报表只能输入数据　　　　　　　　B. 报表只能输出数据

C. 报表可以输入和输出数据　　　　　D. 报表不能输入和输出数据

2. 要实现报表的分组统计，正确的操作区域是（　　　）。

A. 报表页眉或报表页脚区域　　　　　B. 页面页眉或页面页脚区域

C. 主体区域　　　　　　　　　　　　D. 组页眉或组页脚区域

3. 关于设置报表数据源，下列叙述中正确的是（　　　）。

A. 可以是任意对象　　　　　　　　　B. 只能是表对象

C. 只能是查询对象　　　　　　　　　D. 只能是表对象或查询对象

4. 要设置只在报表最后一页主体内容之后摘出的信息，正确的设置是（　　　）。

A. 报表页眉　　　　　　　　　　　　B. 报表页脚

C. 页面页眉　　　　　　　　　　　　D. 页面页脚

5. 在报表设计中，以下可以作为绑定控件以显示字段数据的是（　　　）。

A. 文本框　　　　　　　　　　　　　B. 标签

C. 命令按钮　　　　　　　　　　　　D. 图像

6. 在报表中，要计算"考试成绩"字段的最高分，应将控件的"控件来源"属性设置为（　　　）。

A. ＝Max：（[数学]）　　　　　　　　B. Max(数学)

C. ＝Max[数学]　　　　　　　　　　D. ＝Max(数学)

7. 要显示格式为"页码/总页数"的页码，应当设置文本框的控件来源属性是（　　　）。

A. [Page]/[Pages]　　　　　　　　　B. ＝[Page]/[Pages]

C. [Page]&"/"&[Pages]　　　　　　　D. ＝[Page]&"/"&[Pages]

8. 在报表中将大量数据按不同的类型分别集中在一起，称为（　　　）。

A. 数据筛选　　　　　　　　　　　　B. 合计

C. 分组　　　　　　　　　　　　　　D. 排序

9. 每个报表可以最多包含（　　　）个节。

A. 5　　　　　　　　B. 6　　　　　　　　C. 7　　　　　　　　D. 8

10. 通过（　　　）格式，可以一次性更改报表中所有文本的字体、字号及线条粗细等外观属性。

A. 自动套用格式　　　　　　　　　　B. 自定义

C. 自创建　　　　　　　　　　　　　D. 图表

二、填空题

1. 在 Access 中，可以自动创建报表的有＿＿＿＿＿和＿＿＿＿＿。

2. 报表的视图有设计视图、＿＿＿＿＿和＿＿＿＿＿。

3. 完整的报表设计包括＿＿＿＿＿、页面页眉、组页眉、＿＿＿＿＿、组页脚、页面页脚和报表页脚 7 个节。

4. 根据主体节内字段数据的显示位置，报表可划分为 4 种类型：纵栏式报表、＿＿＿＿＿、图表报表和＿＿＿＿＿。

5. 在创建子报表之前，首先要确保主报表和子报表所基于的表之间已经建立了＿＿＿＿＿。

6. 在 Access 对象中，虽然都是由窗口组成的，但＿＿＿＿＿与窗体不同，＿＿＿＿＿不能用来输入数据。

三、思考题

1. 简述窗体与报表的主要差别有哪些。

2. 简述在报表中进行记录排序与分组设计的方法。

3. 现有数据表"学生表",表中有描述学生出生日期的字段,要求打印学生的年龄,应如何设计?

4. 创建主/子报表有几种创建方法?

四、操作题

1. 用报表向导创建一个"读者信息报表",显示每位读者的信息窗体,显示的结果如图 7—57 所示。

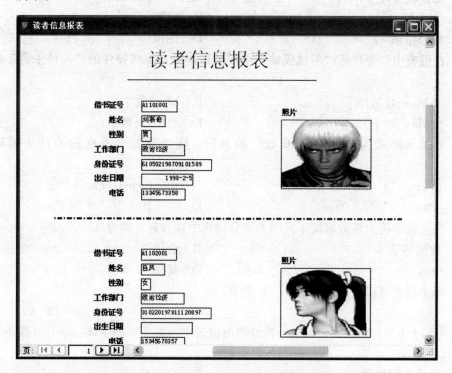

图 7—57 "读者信息报表"打印预览视图

2. 创建一个能反映所有图书被借阅情况的报表,报表的名称为"图书借阅情况"。报表数据源为"图书表"和"借阅表"。结果如图 7—58 所示。

3. 用报表设计器创建一个含有子报表的报表,报表的名称为"读者借书信息报表",以反映读者借书的情况。主报表数据源为"读者表",子报表数据源为"借阅表",如图 7—59 所示。

4. 创建一个"柱形图"图表报表,反映每个部门的借书情况,报表名称为"各部门借书统计"。数据源为查询"读者借书信息",结果如图 7—60 所示。

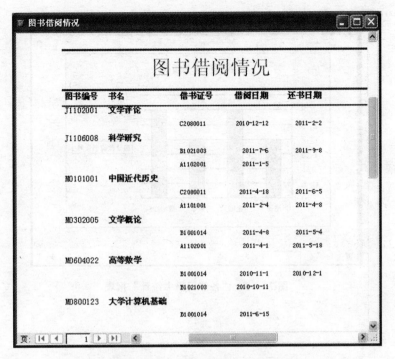

图 7—58 "图书借阅情况"报表

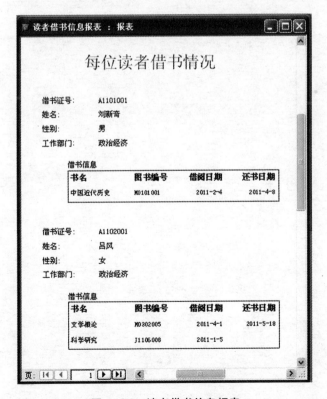

图 7—59 读者借书信息报表

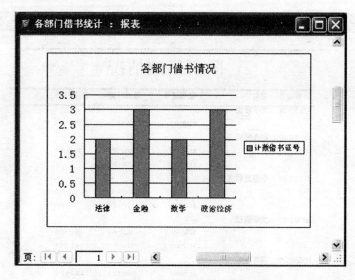

图7—60　"各部门借书统计"报表

第 8 章

数据访问页

随着计算机网络的飞速发展，网页已经成为越来越重要的信息发布手段，越来越多的用户希望能在网络上浏览信息、编辑数据，这自然也就需要将数据库应用系统运行于计算机网络上。Access 同其他 Microsoft 的产品一样，也具有非常强大的 Internet 应用能力，它新增加了将数据库中的数据通过 Web 页发布出去的方便手段，使得 Access 与 Internet 紧密地结合到一起。通过 Web 页，用户可以方便、快捷地将所有文件作为 Web 发布程序存储在指定的位置，也可以在网络上发布信息。

8.1 数据访问页概述

Access 是一个基于关系数据模型的数据库管理系统，常作为中小型数据库应用系统的数据库使用，或者作为大中型数据库应用系统的辅助数据库或组成部分。同时 Access 也支持将数据库中的数据通过 Web 页进行发布。在 Access 中除了可以将表、查询和报表直接导出为 HTML 文档，还可以制作数据访问页，在浏览器中浏览、编辑数据库中的记录。如图 8—1 所示。

数据访问页设计用于在运行于 Microsoft Internet Explorer 5.0 或更高版本的 Web 页上重现 Microsoft Access 窗体和报表。除了简单地重现窗体和报表，数据访问页还可以提供更多的特性和益处，特别用于通过 Web 浏览器进行数据浏览、数据录入、汇报以及分析。创建数据访问页时需要 Access 2000 或更高版本，但数据访问页的用户只需有 Internet Explorer 5.0 或更高版本，安装有 Microsoft Office Web 组件即可，而在使用实时数据的情况下，还需要有使用数据访问页所连接的数据源的足够的安全许可。

数据访问页是建立在多种技术和组件基础上的，其中最为重要的就是"Microsoft Office 数据源"控件（MSODSC），而该套组件中用于显示、编辑和分析数据的部分就被称作 Microsoft Office Web 组件。"数据源"控件集成了来自动态 HTML（DHTML）对象模

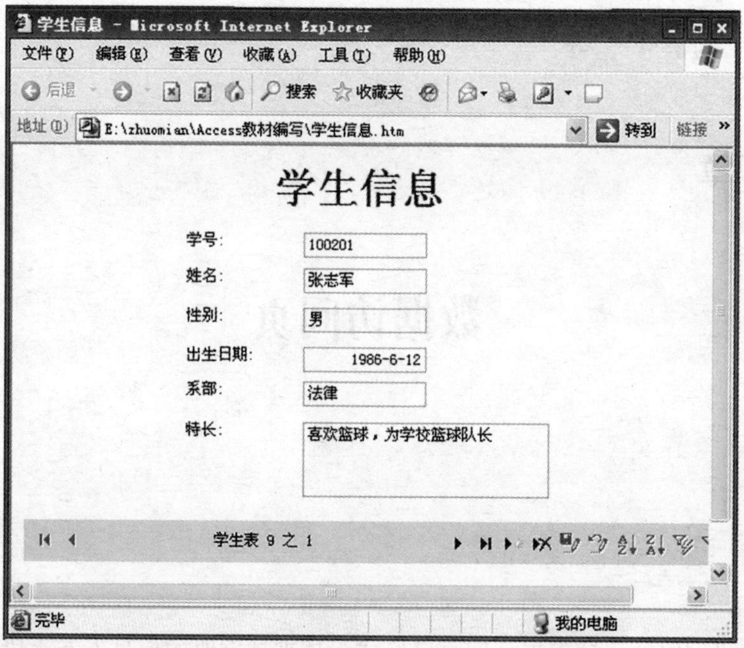

图 8—1 在 IE 浏览器中打开数据访问页对象

型以及 ActiveX 数据对象（ADO）的功能；前者由 Microsoft 的 HTML 分析和重现引擎（MSHTML）加以实施，而后者 ActiveX 数据对象（ADO）的功能是指实现到 Microsoft 数据访问组件（MDAC）的程序接口。

数据访问页对象的功能类似于窗体，为用户提供了一个在 IE 浏览器中访问 Access 数据库的操作界面。在 Access 中可以使用自动功能、向导、设计器或编辑现有网页等方法建立数据访问页，数据访问页对象的数据源为表或查询，数据访问页上可以显示字符形式的数据或图标形式的数据。与其他 Access 对象不同，数据访问页对象本身不是保存在 Access 数据库文件中的，而是以一个单独的 .htm 文件或 .html 文件形式存储的，在数据库中只保留了它的一个快捷方式。

数据访问页有交互式报表类型、数据入口类型和数据分析类型三种。交互式报表类型的数据访问页用来对数据库中的信息进行展开、折叠分组，前者显示详细信息，后者显示汇总信息。可以在数据访问页中对数据进行交互排序和筛选，但只能用来查看数据，不能编辑数据库中的数据。数据入口类型的数据访问页可用于浏览、添加和编辑数据库中的记录，类似于窗体，可对数据库中的数据进行输入、编辑、删除操作。数据分析类型的数据访问页包含一个数据透视表，可用不同的方法分析数据。

设计好数据访问页对象后，可以通过两种方式调用它，即在数据库中打开数据访问页，或者在 IE 浏览器中打开数据访问页。

8.2 快速创建数据访问页

Access 提供了多种方法创建数据访问页。数据访问页对象的数据源为表或查询，只要有了表或者查询就可以利用向导、设计器等方式创建数据访问页。

8.2.1　自动创建数据访问页

最简单的创建数据访问页的方法，就是利用 Access 系统提供的自动创建的方法。操作步骤如下：

①在数据库窗口中选择"页"对象，然后单击"新建"按钮，打开"新建数据访问页"对话框。选择"自动创建数据页：纵栏式"选项，数据来源表或查询通过单击下方右侧的下拉列表选择，如图 8—2 所示。再单击"确定"按钮（图中"确定"按钮被遮挡），就自动创建好了一个数据访问页，系统自动将该数据访问页转换到浏览视图。

②单击工具栏的"保存"按钮或"文件"菜单中的"保存"命令，打开"另存为数据访问页"对话框，在文件名区输入相应的文件名，然后单击"保存"按钮，完成自动创建数据访问页。

8.2.2　使用向导创建数据访问页

使用 Access 提供的向导可以很方便地创建数据访问页。操作步骤如下：

①在数据库窗口中选择"页"对象，然后单击"新建"按钮，打开"新建数据访问页"对话框。选择"数据页向导"选项，参见图 8—2，数据来源表或查询可以通过单击下方右侧的下拉列表选择，也可以不选择，再单击"确定"按钮，打开"数据页向导"对话框"确定使用哪些字段"部分。

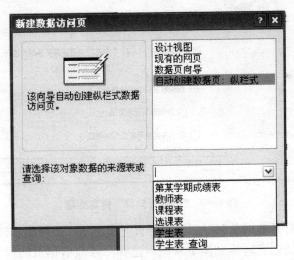

图 8—2　"新建数据访问页"对话框

也可以在数据库窗口中选择"页"对象后，双击窗口右侧的"使用向导创建数据访问页"，打开"数据页向导"对话框的"确定使用哪些字段"部分。此时，数据访问页没有由用户设置数据源，系统默认选择了一个数据源，可以在该对话框中重新设置数据源。

②在"数据页向导"对话框中设置数据源（注意，刚打开该对话框就有一个默认的数据源或是第①步设置的数据源，若该数据源就是需要的数据源，则不用再设置数据源）。通过在"可用字段"区双击需要的字段，或者在"可用字段"区单击选中需要的字段后通

过中间的单个选择按钮将需要在数据访问页中用到的字段选择到"选定的字段"区，也可以通过中间的全部选择按钮将所有可用字段选择到"选定的字段"区。若需要取消已选定的字段，可以通过中间的删除按钮（有单个删除和全部删除之分）删除相应的字段。

　　注意，该步骤可以从多个数据源中添加字段。数据来源为相应数据库中所有的表和查询。

　　③单击"下一步"按钮打开"数据页向导"对话框的"是否添加分组级别"部分。在该对话框中可以通过中间的按钮添加、删除相应的分组，并为已添加的分组设置优先级（也可以不添加任何分组）。

　　注意，当设置了分组后，创建的数据访问页将按照分组显示。读者可以不设置分组、设置一个字段分组、设置多个字段分组分别创建数据访问页，观察创建的数据访问页的差异。

　　④单击"下一步"按钮打开"数据页向导"对话框的"确定记录所用的排序次序"部分。在该对话框中可以根据未分组的字段设置升序或降序次序（也可以不设置排序次序）。

　　⑤单击"下一步"按钮打开"数据页向导"对话框的"请为数据页指定标题"部分，如图8—3所示。在该对话框中为数据页指定相应的标题，并选择"打开数据页"、"修改数据页的设计"二者之一，还可以选择是否"为数据页应用主题"以及"显示有关使用数据页的帮助"。

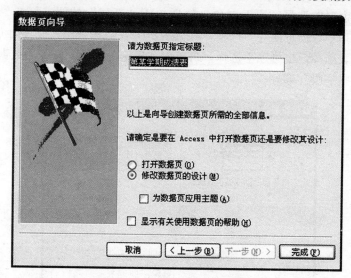

图 8—3　"数据页向导"指定标题

　　注意，当选择"打开数据页"时"为数据页应用主题"不可用。选择"打开数据页"，系统会直接将该数据访问页转换到浏览视图；选择"修改数据页的设计"，系统会将该数据访问页转换到设计视图。

　　⑥单击"完成"按钮，根据上一步的单选情况，将打开数据访问页向导设计视图或者直接打开数据访问页。

　　下面通过实例具体了解使用向导创建数据访问页的过程。

　　【例 8—1】　使用向导为数据库学生管理中的学生表创建数据访问页。

　　操作步骤如下：

　　①打开"学生管理"数据库，在数据库窗口中选择"页"对象，然后单击"新建"按

钮，打开"新建数据访问页"对话框。选择"数据页向导"选项，数据来源设置为"学生表"，如图 8—4 所示。

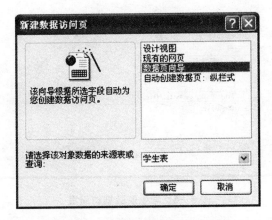

图 8—4　"新建数据访问页"对话框

②单击"确定"按钮，在打开的对话框中单击"全部添加"按钮添加所有的字段，再单击"下一步"，不设置分组级别，直接单击"下一步"，打开"数据页向导"对话框的"请确定记录所用的排序次序"部分，设置按"姓名"升序排序，如图 8—5 所示。

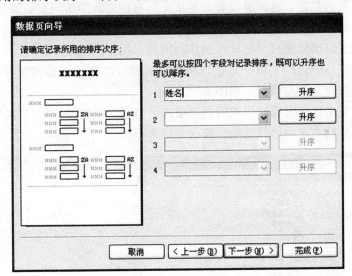

图 8—5　确定记录排序次序

③单击"下一步"按钮，数据页指定标题默认，选择"打开数据页"，单击"完成"按钮，创建完成一个简单的数据访问页，如图 8—6 所示。单击工具栏上的"保存"按钮，保存创建好的数据访问页。

说明：

（1）在该数据访问页中可以浏览、修改相应的数据。可以关闭 Access 直接通过 IE 浏览器打开创建好的数据访问页。

（2）该数据访问页比较简单，比如没有标题等，还需要进一步的修改、细化等。修改和细化的方法可以通过后面介绍的知识进行操作。

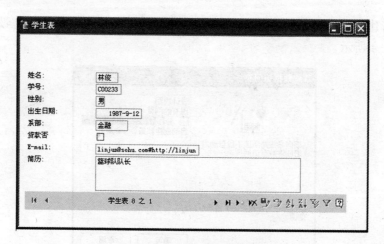

图 8—6 学生表数据访问页

8.2.3 编辑现有的网页

无论是自动创建数据访问页，还是通过向导创建数据访问页，都是从无到有创建数据访问页，但有时候需要创建的数据访问页可能与现有的某个数据访问页相似，或者是现有的某个数据访问页的扩充，这时就没有必要从无到有创建数据访问页，而是在现有的数据访问页上进行修改，以减少工作量。Access 提供了编辑现有网页的功能，可以编辑现有的数据访问页，也可以编辑通过其他软件制作的网页，操作步骤如下：

①在数据库窗口中选择"页"对象，然后双击窗口右侧的"编辑现有的网页"，系统将打开一个"定位网页"对话框，如图 8—7 所示。

②在该对话框中选择需要编辑的网页，单击"打开"按钮，直接打开数据访问页设计视图，即可对选择的页对象进行编辑、修改、保存。

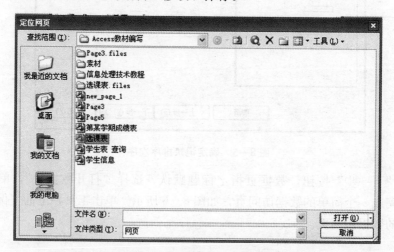

图 8—7 "定位网页"对话框

说明：

（1）通过双击窗口右侧的"编辑现有的网页"打开"定位网页"对话框后，可以选择当前 Access 数据库中的数据访问页进行编辑修改，也可以选择不在当前数据库中的网页，比如利用 Office FrontPage 创建的网页，但当编辑修改完成后，系统自动将所编辑修改的网页（快捷方式）加入到当前数据库中，而且原来网页图标也自动修改为 Access 数据访问页图标。

（2）也可以通过单击该数据库工具栏中的"新建"按钮，打开"新建数据访问页"对话框，选择"现有的网页"选项，单击"确定"按钮从而打开"定位网页"对话框。

（3）若编辑修改的网页是当前 Access 数据库中的数据访问页，也可以单击选中该数据访问页，然后单击该数据库工具栏中的"设计"按钮从而打开设计视图进行编辑修改。

8.2.4　把其他数据对象转化为数据访问页

在 Access 中，可以将数据库中的表、查询、窗体、报表等对象转换为数据访问页对象，或者直接导出为 HTML 文档，以便用户通过 Web 浏览器查看数据库中的数据。

要将表、查询、窗体、报表等对象转换为数据访问页对象，首先打开数据库，选中要转换的对象，然后单击"文件"菜单的"另存为…"，打开"另存为"对话框，如图 8—8 所示。在该对话框中输入转换生成的数据访问页的名称，保存类型务必选为"数据访问页"类型，最后单击"确定"按钮，应用"新建数据访问页"对话框保存转换好的数据访问页，完成将其他数据对象转换为数据访问页对象的操作。

图 8—8　"另存为"对话框

除了使用"另存为"命令将数据库中表、查询、窗体、报表等对象转换为数据访问页对象外，还可以利用"导出"命令将数据库中的对象导出为 HTML 文档。方法是首先在数据库窗口中选中要导出的数据库对象，然后单击"文件"菜单的"导出…"，打开"导出为"对话框，在该对话框中输入相应的名称，保存类型设置为"HTML 文档"，最后单击"导出"按钮完成 HTML 文档的导出。

【例 8—2】　将数据库学生管理中的学生表转换为数据访问页。

操作步骤如下：

①打开"学生管理"数据库，在数据库窗口中选择"表"对象，单击"学生表"选中要转换的表。

②单击"文件"菜单的"另存为…"，打开"另存为"对话框，在该对话框中的名称部分填写"学生信息"，保存类型通过右侧的下拉列表设置为"数据访问页"。

③单击"确定"按钮，打开"新建数据访问页"对话框，直接单击"确定"按钮（也可以修改数据访问页的名称），即完成将学生表转换为数据访问页的操作，系统自动以浏览视图的方式打开新转换好的数据访问页，如图 8—9 所示。

学号	姓名	性别	出生日期	系部	贷款否	E-mail	特长	照片
100201	张志军	男	1986-6-12	法律	On	zj@163.com.cn#http://	喜欢篮球,为学校篮	151C2B0002
100208	刘小红	女	1987-10-5	法律	Off	lxh@yahoo.com.cn#http	有表演爱好,演讲比	151C2B0002
110210	马丽	女	1988-5-20	金融	On	mayan@sohu.com#http:/	班长	151C2B0002
100215	王刚	男	1987-12-25	计算机	On	wanggang@yahoo.com.cn	副班长	151C2B0002
100220	张志军	男	1988-8-15	化学	Off	zzj@tom.com.cn#http	学生会干部	151C2B0002
100225	马红燕	女	1988-11-10	计算机	On	mahongyan@sohu.com#ht	学校艺术表演队员	151C2B0002
110233	林俊	男	1987-9-12	金融	Off	linjun@sohu.com#http:	篮球队队长	151C2B0002
110236	林兰英	女	1986-10-12	数学	On	linlanying@163.com.cn	书画协会副会长	151C2B0002
110237	王大鹏	男	1988-11-8	化学	On	lixiao@126.com#http:/		151C2B0002

学生表 1-9 of 9

图 8—9　由表转换的数据访问页

8.3 用数据访问页设计器创建数据访问页

无论是自动创建的数据访问页,还是应用向导创建的数据访问页,都与 Access 系统的设置等有关,不能完全按照设计者的意愿创建数据访问页。若读者比较熟悉 Access,则可以直接在数据访问页设计视图中根据自己的喜好,随心所欲地创建数据访问页。在图 8—2 所示的"新建数据访问页"对话框中选择"设计视图"选项,或者在数据库窗口中双击"在设计视图中创建数据访问页"选项,都可打开数据访问页对象的设计视图。

与窗体设计视图一样,数据访问页设计视图也有控件工具箱,如图 8—10 所示。

图 8—10　数据访问页设计视图中的控件工具

该工具箱和前面学习的窗体设计视图中的工具箱很相似,但增加了一些用于 Web 的控件,其名称和功能如表 8—1 所示。

表 8—1　　　　　　　　　　　数据访问页控件工具箱中新增的控件

控件名称	图标	功能作用
Office 电子表格		在电子表格中输入值、添加公式、应用筛选等
Office 数据透视表		按行列格式显示数据,便于分析
Office 图标		启动"Microsoft Office 图表向导",在页面中插入二维图表
超链接		建立超级链接
图像超链接		建立指向图像的超级链接
影片		放映影片
绑定范围		将 HTML 代码与 Access 数据库中的"文本"或"备注"字段绑定,或与 Access 项目中的 text、ntext 或 varchar 列绑定
滚动文字		显示滚动的文字信息
展开		显示或隐藏分组的记录
记录浏览		显示一个导航栏,可以切换、添加、删除记录等

应用数据访问页设计视图创建数据访问页的操作步骤如下：

①在数据库窗口中选择"页"对象，然后单击"新建"按钮，打开"新建数据访问页"对话框，参见图 8—2 所示。选择"设计视图"选项，数据来源可以通过右侧的下拉列表设置选择，也可以不设置，再单击"确定"按钮，打开数据访问页设计视图，如图 8—11 所示。左侧为数据访问页设计窗口，右侧为字段列表任务窗格，包括了该数据库中的所有表和查询。

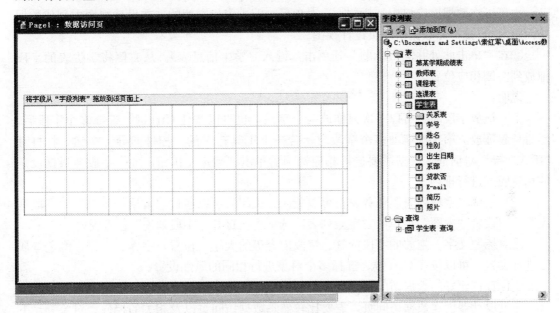

图 8—11　数据访问页设计视图

也可以在数据库窗口中选择"页"对象后，双击窗口右侧的"在设计视图中创建数据访问页"，直接打开数据访问页设计视图。

②根据提示信息，在"单击此处并键入标题"处单击键入标题，将需要在数据访问页中显示的字段从右侧拖放到左侧相应位置，并对标题文字、拖放的字段标签对象、字段内容对象等进行大小、位置、字体、字号、颜色等的属性设置。

③根据需要，应用工具箱按钮为数据访问页添加其他适当的控件对象，并设置其属性。

说明：

ⅰ）该设计视图中部显示区默认有网格显示，便于编辑各控件对象的位置、大小等，通过"视图"菜单的"网格"可以取消网格。

ⅱ）设计视图中各个对象单击选中后，周围出现选中标志，当鼠标放在选中标志上变为双向箭头时拖动可以直接改变对象的大小，当鼠标放在对象上变为手形时拖动可以直接改变对象的位置。

ⅲ）对象的属性设置可以通过工具栏、菜单栏等方式完成。

ⅳ）右侧的字段可以通过单击"＋"及"－"标志展开或折叠。

④将设计好的数据访问页保存成默认的数据访问页类型，完成数据访问页的创建。也可以将其保存成其他 HTML 文件类型。保存成其他 HTML 文件类型后，双击打开只显示

用户设计的内容，没有 IE 浏览器的菜单、工具栏、地址栏等。

【例 8—3】 使用设计视图为"学生管理"数据库中的学生表创建数据访问页。

操作步骤如下：

①打开"学生管理"数据库，在数据库窗口中选择"页"对象，然后单击"新建"按钮，打开"新建数据访问页"对话框。选择"设计视图"选项，单击"确定"按钮，打开"数据访问页"设计视图。

也可以在数据库窗口中选择"页"对象后，双击窗口右侧的"在设计视图中创建数据访问页"，直接打开数据访问页设计视图。

②在"单击此处并键入标题"处单击，键入"学生信息表"。从右侧将学生表的字段拖放到左侧相应位置。

说明：

ⅰ）拖放字段时，可以一次只拖放一个字段，也可以按住 Ctrl 键，选择多个字段后，然后一起拖放。第一次拖动多个字段时，若按下工具箱中的"控件向导"按钮，将打开"版式向导"对话框，根据需要选择相应选项后单击"确定"按钮，各个字段会根据设定的相应版式进行排列。

ⅱ）右侧"字段列表"任务窗格可以关闭。关闭后可以通过"常用"工具栏"字段列表"按钮或者"视图"菜单的"字段列表"选项再次打开"字段列表"任务窗格。

③对标题文字、拖放的字段标签、字段内容等的大小、位置、字体、字号、颜色等属性进行设置。可以按住 Ctrl 键，选择多个对象进行相同的属性设置。

④保存创建好的数据访问页，保存类型为默认的数据访问页类型。

通过设计器创建数据访问页，需要比较熟悉数据访问页以及相关的控件、对象等，下面对数据访问页再做一些介绍并说明通过工具箱添加一些控件对象的方法。

8.3.1 数据访问页的组成

数据访问页的组成部分大致包括正文和节。正文是数据访问页的基本设计表面。在支持数据输入的页上，可以用它来显示信息型文本、与数据绑定的控件以及节。节是数据访问页的一部分，如页眉、页脚或记录导航节等。使用节可以显示文字、数据库中的数据以及工具栏。

数据访问页的窗口界面最多可以由 4 个节构成：

1. 标题

标题是简单页的第一个节，或者带条纹页中的一个组级别的第一个节，最典型的情况就是用于为显示在页眉节中的信息添加标题信息。但是，标题可能包含数据绑定控件以外的任意类型的控件。在"设计视图"中创建数据访问页时，并不默认添加标题节。要添加标题节，右键单击页眉节，然后单击"标题"。

2. 页眉

尽管这一节称作页眉，但其在功能上类似于窗体或报表的明细节。页眉节主要用于显示数据绑定控件中的数据以及计算值。简单页具有单一的页眉节，每次展示一个记录，而带条纹页每次显示多个记录，以分组级别的形式为每个记录重复页眉节。

3. 页脚

页脚节与同一分组级别上的页眉节相关联。页脚节通常用于为显示在相关页眉节中的数据显示合计或小计，但也可以将数据绑定控件添加到此处。在设计视图中创建数据访问页时，并不默认添加页脚节。要添加页脚节，需右键单击页眉节，然后单击"页脚"。不可以将页脚节添加到简单页或带有单一页眉节的带条纹页。在带有分组的页（带有两个或更多页眉节结构的页）上，不可以将页脚节添加到分组结构中的最低（最内层）级别。

4. 记录浏览

记录浏览节是简单页或带条纹页中组级别的最后一个节，与同一分组级别上的页眉节相关联。其中包含一个记录浏览控件，该控件用于在记录之间移动，或对相关页眉节中的记录进行添加、删除、保存、撤销更改或筛选。记录浏览节不得包含数据绑定控件。

在设计时，可以将节看作一个二维容器，用于对数据访问页的各个控件和元素进行布局。在"设计视图"中开始创建数据访问页时，Access 就将单独一个没有任何特定类型的节添加到未绑定节。一个节最初是未绑定的，因为在设计过程开始时，页的"数据源"控件在其 Recordsets 集合内并没有任何可供绑定的 Recordset 对象。有两种方法可以用于将数据绑定到节，一种是将字段或表从字段列表拖到节内；另一种是设置节属性中的 RecordSource 属性。

用两种方法之一将未绑定的节绑定，使得节成为一个页眉节，并自动添加一个与新的页眉节相关联的浏览节。两种绑定机制均自动将 Recordset 对象添加到与页相关联的"数据源"控件的 Recordsets 集合。通过将生成的 Recordset 对象所定义字段的 ControlSource 属性设置为所需字段的名称，就使这些字段可供绑定控件使用了。

如果从字段列表拖放字段或表，Access 就将控件的 ID 属性设置为与绑定字段相同的名称（或在有重复名称的情况下，生成一个独特名称），并设置控件的 ControlSource 属性，从而对其进行绑定。

如果通过设置 RecordSource 属性，然后从"工具箱"将控件添加到一个节来对该节进行绑定，则用户必须手动为该控件指定 ControlSource 属性。

在对数据访问页中的数据绑定控件的值进行操纵时，是对底层数据库字段进行修改。所作的更改会立即生效，就像用户进行更改时一样，在记录得到提交时，值就被存回数据库（通过单击记录浏览控件上的"保存"按钮，通过离开记录，或通过 DataPage 对象的 Save 方法）。

8.3.2 添加标签

标签是在数据访问页中用来显示文本信息的控件，常用作提示和说明，不能用于数据操作。标签控件的常用属性有标签的 Id 号，标题，背景样式，前景色和背景色，标签的宽度和高度以及标签的内部文本（Inner Text）属性等（其中标签的内部文本属性是指定标签中显示的文本内容，真正体现标签的提示和说明含义）。在 Access 数据访问页中添加标签可以用两种方法完成。

1. 通过拖动数据源的字段而直接得到相应字段说明的标签

在图 8—11 所示的设计视图中，从右侧的字段列表任务窗格中直接将需要的字段拖放到设计窗口内。这时，系统将在窗口内创建两个控件，其中一个是用来显示字段内容的文本框、复选框或者其他控件；另一个就是标签控件，用来说明相应字段的名称等信息，其标题默认为字段的名称加上一个冒号，如图 8—12 所示。在标签控件上右击，从弹出的快捷菜单中选择"元素属性"，或者双击标签控件、单击常用工具栏的"属性"按钮，打开"属性"对话框，可以设置标签的标题、字体、颜色等各种属性。

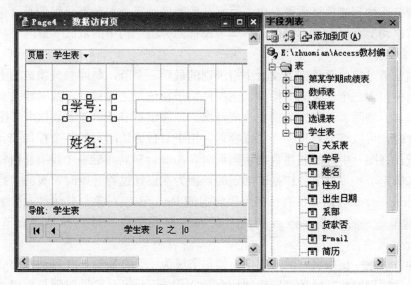

图 8—12　拖动字段创建相应控件

2. 通过控件工具箱的标签控件按钮绘制标签

也可以通过控件工具箱自己创建标签控件。在控件工具箱中单击"标签"控件按钮，将鼠标移动到页面窗口，此时鼠标变为加号和一个大写字母 A，按下左键拖动即可创建一个标签控件，该控件默认 Id 号为字符串"label"加上一个数字序号，即创建第 1 个标签时默认 Id 号为"label0"，创建第 2 个标签时默认 Id 号为"label1"，以此类推。同时该默认 Id 号反相显示，可以直接输入需要在标签上显示的提示或说明信息，即直接输入的文本内容为标签的内部文本（InnerText）属性值。

8.3.3　添加命令按钮

命令按钮是页面中用于实现某种功能操作的控件，其操作代码通常放在命令按钮的"单击"事件中。页面中添加命令按钮的方法也有多种。

1. 使用控件向导添加命令按钮

页面设计视图中，在工具箱中先按下"控件向导"按钮，然后单击工具箱的"命令"控件按钮，在页面上拖动添加一个命令按钮，系统将自动打开"命令按钮向导"，如图 8—13 所示。在"类别"和"操作"中分别选择需要的选项，然后单击"下一步"，按照向导提示完成命令按钮的添加，或者直接单击"完成"，应用默认的设置完成命令按钮的添加。添加完成命令按钮后，和标签一样，可以打开"属性"对话框对选中的命令按钮进行相关的属性设置。

2. 通过控件工具箱的命令控件按钮添加命令按钮

和添加"标签"控件一样，也可以自己通过工具箱添加命令按钮。在工具箱中不要按下"控件向导"按钮，然后单击"命令"控件按钮，将鼠标移动到页面窗口，此时鼠标变

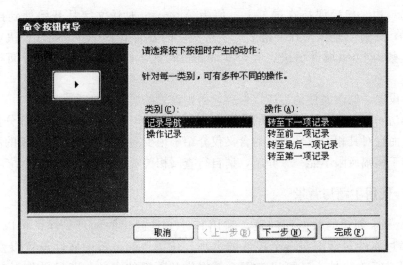

图 8—13 "命令按钮向导"对话框

为加号和一个小矩形，按下左键拖动即可创建一个命令按钮控件，默认标题为"Command"加序号，打开"属性"对话框，设置命令按钮的各种属性。

命令按钮控件一般都要实现一定的操作，要使自己添加的命令控件实现一定的操作，比如显示上一条记录或下一条记录等，可以修改其 ClassName 属性的值。其中 ClassName 属性的值为 MsoNavNext 时跳到下一条记录，值为 MsoNavPrevious 时跳到上一条记录，值为 MsoNavLast 时跳转到最后一条记录，值为 MsoNavFirst 时跳转到第一条记录，值为 MsoNavDelete 时删除记录，值为 MsoNavSave 时执行保存操作等。由于篇幅所限，ClassName 属性其他值的含义请自行查阅相关资料。

8.3.4 添加滚动文字

在数据访问页中使用一个滚动文字控件，常称为字幕，可以显示移动或滚动的文字。滚动文字可以显示一行文字，例如一个大字标题或一个重要声明。通过滚动文字控件与数据库中的一个字段绑定，可以显示该字段的内容。通过设置移动方向、速度和移动类型这样的选项，可以自定义滚动文字。若要查看滚动文字控件中的文字如何移动，可以在"页"视图中查看该控件。

添加滚动文字的操作步骤如下：

①打开数据访问页设计视图，单击工具箱中的"滚动文字"按钮，在页面中想要插入滚动文字的地方按下左键拖动，即可添加一个滚动文字控件。

②刚添加的滚动文字控件默认标题为"滚动文字"加序号，从右边向左边滚动。

③如果要更改滚动文字的属性，应选中滚动文字控件对象，打开属性对话框进行设置。如果要修改滚动文字控件滚动显示的内容，应该将 ControlSource 属性设置为空值，修改其 InnerText 属性值，就可以将 InnerText 属性值作为显示内容滚动。若将 ControlSource 属性设置为某一个字段，则该字段的内容将作为滚动显示的内容（与 InnerText 属性值无关）。如果要设置文字在控件中的滚动方式，应该设定该控件的 Behavior 属性。当 Behavior 属性的值为 Scroll 时文字在控件中连续滚动，值为 Slide 时文字从开始处滑动

到控件的另一边，然后保持在屏幕上，值为 Alternate 时让文字从开始处到控件的另一边来回滚动，并且总是保持在屏幕上。文字滚动的方向由 Direction 属性值决定，滚动文字重复的次数由 Loop 属性值决定等，其他属性在此不做说明，请自行查阅相关资料并操作体会。

注意，设置、修改属性值后应该保存，否则设置的属性值会丢失。

在数据访问页中添加控件对象的方法都有相似之处，在此只介绍了一部分控件对象的添加方法，而且对其相关属性的值的含义仅介绍了很少一点，其他控件对象的添加及其属性含义等由于篇幅所限不能一一介绍，请自行查阅相关资料具体了解。

8.3.5　使用主题与背景

应用 Access 创建的数据访问页，和用其他工具创建的网页一样，可以进行美化，其中除了通过属性对话框对各个控件的大小、位置、颜色等的属性设置以及对各个节的属性设置进行美化外，还可以应用系统提供的页面的主题与背景操作对控件或节进行美化。

在数据库访问页中应用主题的操作步骤如下：

①在数据库的"页"对象窗口以设计视图的方式打开要美化的数据页，选择菜单栏"格式"下的"主题…"命令，打开"主题"对话框。

②在"主题"对话框左侧选择需要的主题，右侧自动出现选择的主题的示范，然后单击"确定"按钮即可。

在数据库访问页中设置背景的操作方法如下：在数据库的页对象窗口以设计视图的方式打开要美化的数据访问页，选中要设置背景的控件或节，单击"格式"菜单下"背景"选项下的两个选项之一。

"背景"下有两个选项，一个是"颜色"，可以将选中的控件或节的背景设置成需要的一种颜色；另一个选项是"图片"，可以将页面的背景设置成一个图片。

8.4　数据访问页的使用

数据访问页创建好之后，就可以对数据访问页进行浏览了，可以通过 IE 浏览器显示和编辑来自数据库中的记录。

启动 IE 浏览器的方法有以下几种：

（1）打开数据访问页设计视图，从工具栏的"视图"列表中选择"网页浏览"选项。

（2）在数据库窗口中右击某个页对象，从打开的快捷菜单中选择"网页浏览"命令。

（3）在 Windows 资源管理器或"我的电脑"中直接双击某个页对象。

使用上述方法，都可以在 IE 浏览器中打开页对象，如图 8—14 所示。

打开页对象后，就可以通过窗口中的文本框等控件对象及页面下方的按钮对记录进行浏览、修改等。当修改了记录的内容后，应该单击页面下方的"保存"按钮进行保存，完成修改底层数据源的内容。若没有保存，当关闭该页面时，系统将弹出消息框以提醒用户，如图 8—15 所示，根据需要选择相应的操作。

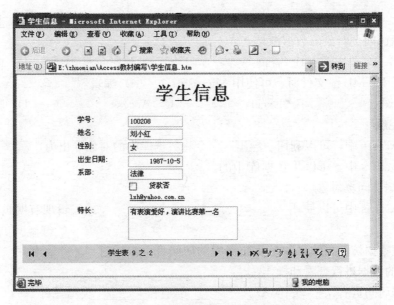

图 8—14 在 IE 浏览器中打开页对象

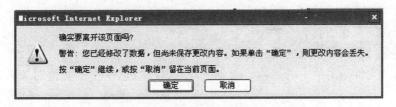

图 8—15 未保存修改内容时的提示消息框

本章小结

本章着重介绍数据访问页的概念、功能、创建方法等。通过学习，可以从概念上掌握数据访问页的功能特点，并掌握创建数据访问页的方法；能够创建交互式的数据访问页，并能够编辑数据访问页，还可以掌握美化数据访问页的方法，如添加滚动文字、设置背景和应用主题等。在 Access 中，通常使用"自动创建"和"数据页向导"创建数据访问页，然后用"设计视图"编辑已有的数据访问页，应该熟练掌握创建及编辑修改的过程。另外，值得说明的是，在大型数据库中，应该尽量对数据库进行优化，以更加快速地使用数据库，同时，在特殊场合为防止数据库中的数据泄露，还应对数据库进行加密等，保证数据的安全。

习题

一、选择题

1. 将 Access 数据库中的数据发布到 Internet 上可以通过（　　）。

A. 表　　　　　　　B. 查询　　　　　　C. 窗体　　　　　　D. 数据访问页

2. 数据访问页对象的数据源是（　　）。

A. 表　　　　　　　B. 查询　　　　　　C. 表或查询　　　　D. 窗体

3. 查看 HTML 源文件时，可使用 Microsoft（　　）编辑器。

A. Word　　　　　　B. Excel　　　　　　C. Access　　　　　D. 脚本

二、填空题

1. 在 Access 中，可以利用"导出"命令将数据库中的对象导出为＿＿＿＿＿文档。

2. 在 Access 中，可以将数据库中的＿＿＿＿＿、＿＿＿＿＿、＿＿＿＿＿、＿＿＿＿＿等对象转换为数据访问页对象。

3. 在 Access 中可以使用＿＿＿＿＿、＿＿＿＿＿、＿＿＿＿＿或编辑现有网页等方法建立数据访问页。

4. 创建数据访问页的目的是使数据库的访问者可以通过＿＿＿＿＿利用＿＿＿＿＿直接对数据库中的数据进行查看和操作。

5. 数据访问页有＿＿＿＿＿类型、＿＿＿＿＿类型和＿＿＿＿＿类型三种。

6. 数据访问页与其他的数据库对象有所区别，Access 数据库中数据访问页保存的是其＿＿＿＿＿，而数据访问页本身则作为＿＿＿＿＿保存起来。

7. 数据访问页视图有＿＿＿＿＿和＿＿＿＿＿两种。

8. 标签是显示文本信息的控件，常用做＿＿＿＿＿，不能用于＿＿＿＿＿。

9. 利用"文件"菜单中的＿＿＿＿＿命令，可以将数据库中的其他对象转换为数据访问页对象。

三、思考题

1. 数据访问页的作用是什么？

2. 如何创建一个数据访问页？

第 9 章

宏

宏是 Access 中执行选定任务的操作或操作集合，其中的每个操作实现特定的功能，有了宏可以使多个任务同时完成，使单调的重复性操作自动完成。在许多其他数据库管理系统中，要想完成同样的操作，就必须采用编程的方法才能实现。本章将介绍宏的概念、宏的设计方法、宏的调试和运行。

9.1 宏的概念

在 Access 中，可以在宏中定义各种操作，如打开或关闭窗体、显示及隐藏工具栏、预览或打印报表等，如同使用菜单命令一样，但是宏操作和菜单操作命令有些差别，它们对数据库施加作用的时间有所不同，作用时的条件也有所不同。菜单命令一般用在数据库的设计过程中，而宏命令则用在数据库的执行过程中。菜单命令必须由使用者来施加这个操作，而宏命令则可以在数据库中自动执行。

宏是一种简化操作的工具，使用宏时，不需要记住各种宏语法，也不需要编程，只需要将所执行的操作、参数和运行的条件输入到宏窗口即可。

Access 2003 提供了 50 多种基本的宏操作，在实际使用中，很少单独使用某个基本宏命令，常常是将这些命令排成一组，按照顺序执行，或者是在满足一定条件时才能执行，以达到完成一种特定任务的目的。

按照不同的应用目的，宏的组织方式可以分为：操作序列宏、含有条件操作的条件宏和宏组。

1. 操作序列宏

操作序列宏是一系列的宏操作组成的序列，每次运行该宏时，Access 都会按照操作序列中命令的先后顺序执行，如图 9—1 所示。

在图 9—1 所示的宏中包含 3 个宏操作，首先执行的是 Beep，让计算机发出"嘟嘟"

声，然后弹出一个信息提示框，显示信息"本次操作只能浏览数据，不能编辑数据！"，最后以只读方式打开学生信息表。

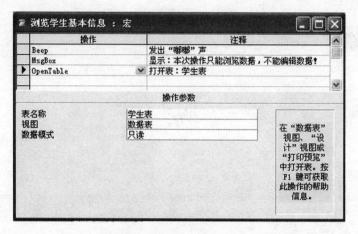

图 9—1　操作序列宏设计窗口

2. 条件宏

条件宏是指带有条件的宏。在条件列指定某些条件，只有条件成立才执行对应的宏操作。如果条件不成立，将跳过对应的宏操作，如图 9—2 所示。

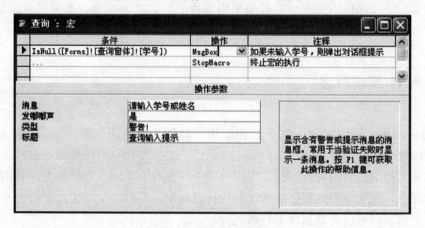

图 9—2　条件宏设计窗口

3. 宏组

宏组是在同一个宏窗口中包含多个宏的集合，如图 9—3 所示。宏组中的每个宏单独运行，互相没有关联。在宏设计窗口中，宏名列的默认状态是关闭的，在创建宏组过程中需要先将宏名列打开，然后将每个宏的名字加入到它的第一项操作左边的宏名列中，每个宏名代表一个宏。一个宏组中可能有多个操作，同一组的所有操作的宏的列名中，只能在第一项操作的左边的宏名列中填入宏名，其他均为空白。

为了运行宏组中的宏，可以使用如下格式调用宏组中的宏：

宏组名.宏名

例如，要运行图 9—3 所示的"宏组例"宏组中的"打开报表"的宏语句格式如下所示：

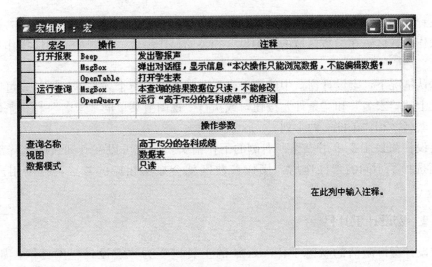

图 9—3　宏组设计窗口

宏组例.打开报表

9.2　宏的创建

在使用宏之前，必须先创建宏。创建宏的过程主要有指定宏名、添加操作、设置操作参数及提供备注等。

9.2.1　宏的设计窗口

在创建或编辑一个宏时，都需要打开宏的设计窗口，如图 9—4 所示。

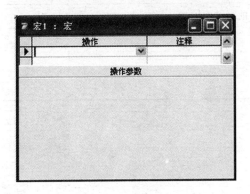

（a）初始宏设计窗口

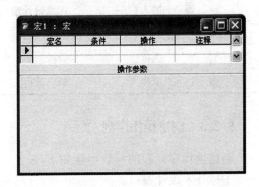

（b）添加了宏名和条件的宏设计窗口

图 9—4　宏的设计窗口

宏的设计窗口中各列功能说明如下：

①宏名：在该行中设置宏的名称。

②条件：在该行中输入条件表达式，用于控制宏执行的条件。

③操作：用来指定宏执行的操作。

④注释：用来说明每个操作执行的功能。

⑤操作参数区：在参数区域的左侧设置相关的操作参数，右侧显示相应操作参数的提示信息。

在默认情况下，宏设计窗口中的"宏名"和"条件"两个列是不显示的，可以通过单击工具栏上的"宏名"和"条件"按钮，或执行"视图"菜单的"宏名"和"条件"命令来显示"宏名"和"条件"两个列。

在宏设计窗口中，单击操作列右侧的下拉箭头，用户可以在其列表中选择需要的宏操作，当选择了不同的宏操作后，操作参数区就会显示相应的参数，提示用户输入与选择。

9.2.2 宏设计工具栏

在宏设计窗口激活的状态下，Access 的工具栏变为"宏设计"工具栏，如图 9—5 所示。

图 9—5 "宏设计"工具栏

在宏设计工具栏中，与操作相关的工具按钮说明如表 9—1 所示。

表 9—1   常用的宏设计工具按钮

工具按钮	名称	功能说明
	宏名	在宏设计窗口中显示或隐藏"宏名"列
	条件	在宏设计窗口中显示或隐藏"条件"列
	插入行	在宏设计窗口中当前行前面增加一行
	删除行	删除当前行
	执行	运行宏
	单步	单步运行宏

9.2.3 创建操作序列宏

创建操作序列宏的一般步骤如下：

①打开宏设计窗口。

②光标定在"操作"列的第一个空白行，输入操作或单击下拉按钮打开操作列表，选择要使用的操作。

③若有必要，在宏设计窗口的下半部分设置操作参数。

④在"备注"列为宏操作添加相应说明，该列内容是可选的。

⑤若要添加更多的操作，将光标定在"操作"列的下一个空白行，重复②～④完成操作。

⑥命名并保存设计好的宏。

【例9—1】 创建一个操作序列宏，宏名为"浏览学生基本信息"，宏中包含三个操作，分别是 Beep、MsgBox 和 OpenTable。这个宏的作用是在弹出信息提示框之前，先发出一个"嘟嘟"声，然后弹出一个信息框，其内容为"本次操作只能浏览数据，不能编辑数据！"，在关闭信息对话框后，以只读方式打开"学生表"。

操作步骤如下：

①在数据库窗口单击"宏"对象。

②单击工具栏上的"新建"按钮，打开宏设计窗口。

③单击"操作"列的第一行右侧下拉箭头，在宏操作列表中选择宏操作 Beep；然后在"注释"列可以为操作输入一些说明信息，虽然此列为可选项，但是这样做便于理解和维护相关的宏操作。这里输入"发出'嘟嘟'声"，如图9—6所示。

④单击"操作"列的第二行右侧下拉箭头，在操作列表中选择宏操作 MsgBox；在操作参数区设置"消息"值为"本次操作只能浏览数据，不能编辑数据！"；设置"发嘟嘟声"值为"是"；设置"类型"值为"信息"；设置"标题"值为"提示信息"；在"注释"列输入"显示：本次操作只能浏览数据，不能编辑数据！"；如图9—6所示。

⑤单击"操作"列的第三行右侧下拉箭头，在操作列表中选择宏操作 OpenTable；在操作参数区设置"表名称"的值为"学生表"；设置"视图"值为"数据表"；设置"数据模式"值为"只读"；在"注释"列输入"打开表：学生表"；如图9—6所示。

⑥打开"文件"菜单，执行"保存"命令，或单击工具栏上的"保存"按钮，系统显示"另存为"对话框，在对话框中输入宏名称"浏览学生基本信息"，然后单击"确定"按钮，宏创建完毕。

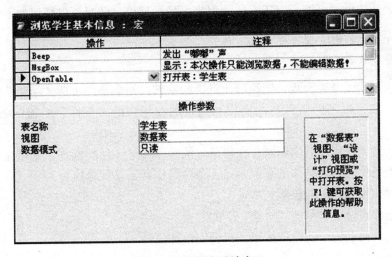

图9—6 序列宏设计窗口

⑦运行创建好的宏。在数据库窗口选择宏"浏览学生基本信息"，单击数据库窗口工具栏按钮！运行，首先听到"嘟嘟"声，然后弹出提示对话框，如图9—7所示，单击"确定"按钮关闭对话框，随后打开"学生表"的数据，如图9—8所示。

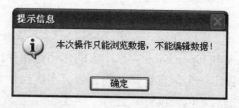

图 9—7 "提示信息"对话框

学号	姓名	性别	出生日期	系部	贷款否	E-mail	特长	照片
100201	张志军	男	1986-6-12	法律	☑	zj@163.com.cn	喜欢篮球，为学校篮球	位图图像
100208	刘小红	女	1987-10-5	法律	☐	lxh@yahoo.com.cn	有表演爱好，演讲比赛	位图图像
100215	王刚	男	1987-12-25	计算机	☑	wanggang@yahoo.com.cn	副班长	位图图像
100220	张志军	男	1988-8-15	化学	☐	zzj@tom.com.cn	学生会干部	位图图像
100225	马红燕	女	1988-11-10	计算机	☑	mahongyan@sohu.com	学校艺术表演队员	位图图像
110210	马丽	女	1988-5-20	金融	☑	mayan@sohu.com	班长	位图图像
110233	林俊	男	1987-9-12	金融	☐	linjun@sohu.com	篮球队队长	位图图像
110236	林兰英	女	1986-10-12	数学	☑	linlanying@163.com.cn	书画协会副会长	位图图像
110237	王大鹏	男	1988-11-8	化学	☑	lixiao@126.com		位图图像

记录: 1 共有记录数: 9

图 9—8 "学生表"数据表视图

9.2.4 条件宏

条件操作宏是指在数据库处理过程中，如果希望只是当满足指定条件时才执行宏的一个或多个操作，可以使用条件控制宏操作流程，条件项是逻辑表达式，返回值只有"真"和"假"，系统会根据条件结果来选择执行宏的路径。

在条件表达式中，可能会引用窗体或报表上的控件值，此时可以使用如下语法：

Forms!［窗体名］!［控件名］

Reports!［报表名］!［控件名］

如果条件表达式结果为真，则执行此行中的操作；如果条件表达式结果为假，则忽略其后的操作。如果以下的条件与此操作相同，则在相应的"条件"栏输入省略号（…）即可。

如果宏的组成操作序列中同时存在带条件的操作和无条件的操作，则带条件的操作是否执行取决于条件表达式结果的真假，而无条件操作会无条件地执行。

创建条件操作宏的一般步骤如下：

①在数据库窗口中，单击"对象"下的"宏"选项。

②单击工具栏上的"新建"按钮，打开宏设计窗口。

③选择"视图"菜单中的"条件"命令或单击工具栏上的"条件"按钮，此时宏编辑器窗口会增加一个"宏条件"列。

④将所需的条件表达式输入到编辑窗口的"条件"列中。

⑤在操作列输入或选择条件表达式为真时执行的操作。

⑥重复步骤④～⑤继续输入其他条件下执行的操作。

⑦命名并保存设计好的条件操作宏。

【例 9—2】 创建一个条件宏，用于登录系统的操作界面（参照"登录窗体"）。宏名为"登录系统"，宏的功能是：当输入的用户名不正确时，给出提示并停止执行宏；当输入密码不正确时，给出提示并停止执行宏；只有用户名和密码全部正确时才能打开报表。

操作步骤如下：

①在数据库窗口中，单击"对象"下的"宏"选项。

②单击工具栏上的"新建"按钮，打开设计器窗口。

③选择"视图"菜单中的"条件"命令或单击"条件"按钮，此时宏设计窗口会增加一个"条件"列。

④在"登录窗体"中设计的输入用户名的文本框"名称"为"UserName"，此处规定用户名必须是"王鹏"，而且不能为空，所以在"条件"列第一行中输入"[Forms]！[登录窗体]！[UserName]<>"王鹏" Or IsNull([Forms]！[登录窗体]！[UserName])"。当用户输入的用户名不是"王鹏"时，在操作列选择宏操作"MsgBox"，以提示用户，并在其操作参数部分设置"消息"为"请输入正确的用户名!"、"发嘟嘟声"设置为"是"、"类型"设置为"警告!"、"标题"设置为"输入用户姓名提示"。

⑤在"条件"列第二行输入"…"，表示与上一个宏的执行条件相同，在操作列选择宏操作"StopMacro"，停止宏的执行。

⑥在"登录窗体"中设计的输入用户密码的文本框"名称"为"PassWord"，此处规定密码必须是"123"，而且不能为空，所以在"条件"列第三行中输入"[Forms]！[登录窗体]！[PassWord]<>"123" Or IsNull([Forms]！[登录窗体]！[PassWord])"。当用户输入的密码不是"123"时，在操作列选择宏操作"MsgBox"，以提示用户，并在其操作参数部分设置"消息"为"请输入正确的密码!"、"发嘟嘟声"设置为"是"、"类型"设置为"警告!"、"标题"设置为"输入密码提示"。

⑦在"条件"列第四行输入"…"，表示与上一个宏的执行条件相同，在操作列选择宏操作"StopMacro"，停止宏的执行。

⑧在"条件"列第五行中输入"[Forms]！[登录窗体]！[PassWord]="123""。当用户输入的密码是"123"时，在操作列选择宏操作"OpenReport"打开报表，并在其操作参数部分设置"报表名称"为"教师授课情况"、"视图"设置为"打印预览"、"窗口模式"设置为"普通"。

⑨保存宏。打开"文件"菜单执行"保存"命令，或单击工具栏"保存"按钮，在弹出的"另存为"对话框中输入宏名称"条件宏"。

9.2.5 宏组

如果要在一个位置上将几个相关的宏构成组，而不希望对其单个追踪，可以将它们组织起来构成一个宏组。创建宏组的一般步骤如下：

①在数据库窗口中，单击"对象"下的"宏"选项。

②单击工具栏上的"新建"按钮，打开宏设计窗口，如图 9—4 所示。

③选择"视图"菜单中的"宏名"命令或单击工具栏上的"宏名"按钮 ，此时宏编辑器窗口会增加一个"宏名"列。

④在"宏名"列内，输入宏组中的第一个宏的名字。

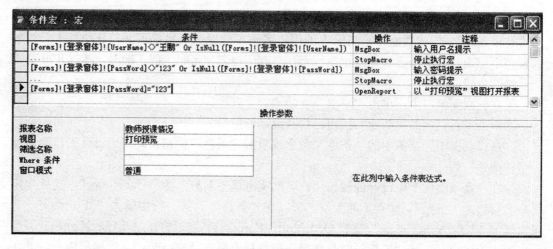

图 9—9　条件宏设计

⑤添加需要宏执行的操作。

⑥如果需要在宏组内包含其他的宏，重复步骤④～⑤。

⑦命名并保存设计好的宏组。

【例 9—3】　在例 9—2 的基础上创建一个宏组，宏组名为"宏组"，其中包含两个宏"登录系统"和"退出登录"。"登录系统"是判断用户的名称和密码正确与否，如果用户名称和密码正确，则打开报表；"退出登录"是用户可直接退出登录系统。

操作步骤如下：

①在数据库窗口中，单击"宏"对象。

②打开宏"条件宏"设计窗口。打开"文件"菜单执行"另存为"命令，显示"另存为"对话框，在"将宏'条件宏'另存为："文本框中输入"宏组"，在"保存类型"下拉列表中选择"宏"。

③执行"视图"菜单中的"宏名"命令，或单击"宏名"按钮，此时宏设计窗口会增加一个"宏名"列。

④在"宏名"列第一行，输入宏组中的第一个宏的名字"登录系统"。

⑤在"宏名"列第七行，输入宏组中的第二个宏的名字"退出登录"。

⑥在"条件"列第七行，输入"MsgBox("您真的要退出登录吗?",4＋32＋256,"请确认")＝6"，该条件是调用系统内部函数 MsgBox()。该函数的功能是显示一个对话框，等待用户单击按钮，并返回一个整数，此函数运行结果如图 9—10 所示。MsgBox() 函数的参数解释如下：

""您真的要退出登录吗?""是显示在对话框中的消息；

"4＋32＋256"数值表达式是指显示按钮的数目及形式，使用的图标样式等，其中：4表示将显示"是（Y）"及"否（N）"两个按钮；32 表示将显示 Warning Query 图标；256 表示对话框中第二个按钮是默认按钮；

""请确认""是对话框的标题信息；

条件表达式右端的 6 是调用该函数后的返回值，如果在对话框中用户选择了"是（Y）"按钮，MsgBox() 函数返回值为 6。

图 9—10　MsgBox 函数对话框

⑦在 "操作" 列第七行，选择宏操作 "Close"，关闭窗体，并在其操作参数部分设置 "对象类型" 为 "窗体"、"对象名称" 为 "登录窗体"、"保存" 为 "提示"。然后单击 "保存" 按钮，宏组创建完毕，如图 9—11 所示。

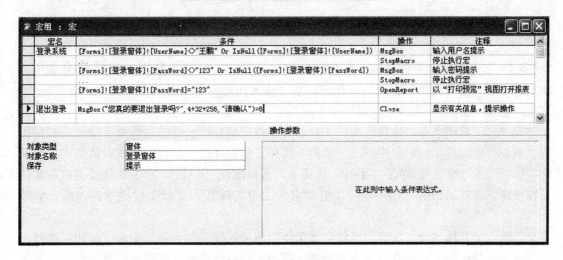

图 9—11　创建宏组

需要注意的是，保存宏组时指定的名字为宏组的名字。这个名字也是显示在 "数据库" 窗体中的宏和宏组列表的名字。

Access 提供了引用宏组中的宏的方法，具体的语法如下：

宏组名.宏名

如：宏组.登录系统

　　宏组.退出登录

【例 9—4】　创建如图 9—12 所示的窗体，指定 "登录" 和 "退出" 两个命令按钮的 "单击" 属性值为宏组中不同的宏名，如图 9—13 所示。

操作步骤如下：

①单击 "窗体" 对象，双击 "在设计视图中创建窗体"，或单击 "新建" 按钮，在打开的 "新建窗体" 对话框中选 "设计视图"，打开窗体设计窗口。

②在 "主体" 中添加一个 "标签" 控件，设置其属性 "标题" 值为 "欢迎使用成绩查询系统"，并设置字号为 12。

③在 "主体" 中添加第一个 "文本框" 控件，设置其附加的标签的属性 "标题" 值为 "用户名："，设置文本框控件属性 "名称" 为 "UserName"，设置字号为 9。

图 9—12　登录窗体

④在"主体"中添加第二个"文本框"控件，设置其附加的标签的属性"标题"值为"密码："，设置文本框控件属性"名称"为"PassWord"，设置字号为 9；打开"数据"选项卡，单击"输入掩码"右端的⊡按钮，在"输入掩码向导"对话框下方的"输入掩码"列表中选择"密码"，单击"完成"。

⑤单击工具箱"命令按钮"控件，在窗体中拖放鼠标，创建第一个命令按钮，在弹出的"命令按钮向导"对话框中单击"取消"按钮，然后在该命令按钮属性对话框中设置属性"标题"为"登录"；单击"事件"选项卡，选择属性"单击"，单击该属性值框右端的下拉按钮，选择"宏组.登录系统"，把此宏作为单击按钮"登录"后的事件过程，如图 9—13（a）所示。

⑥单击工具箱"命令按钮"控件，在窗体中拖放鼠标，创建第二个命令按钮，在弹出的"命令按钮向导"对话框中单击"取消"按钮，然后在该命令按钮属性对话框中设置属性"标题"为"退出"；单击"事件"选项卡，选择属性"单击"，单击该属性值框右端的下拉按钮，选择"宏组.退出登录"，把此宏作为单击按钮"退出"后的事件过程，如图 9—13（b）所示。

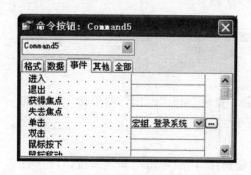
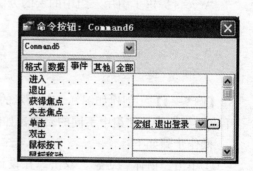

（a）登录按钮的单击属性　　　　　　　　　　（b）退出按钮的单击属性

图 9—13　命令按钮的属性设置

⑦打开"文件"菜单，选择"保存"命令或单击工具栏的"保存"按钮，在弹出的"另存为"对话框中输入窗体名称：登录窗体。

9.2.6 常用宏操作和参数设置

在设计宏时，宏中一系列操作都是通过效果的操作命令来完成的。Access 宏编辑窗口中提供了 50 多个可选的宏操作命令。创建宏时可以根据需要选择合适的宏操作命令，然后在宏设计窗口下方为选择的宏操作设置参数信息。

1. 常用的宏操作

Access 提供的 50 多个宏操作命令中常用的宏主要有：

（1）打开或关闭数据对象

OpenTable：可以用不同的视图方式打开表，也可以选择表的数据输入方式。

OpenForm：可以用不同的视图方式打开一个窗体，可以选择窗体的数据输入与窗口方式并限制窗体所显示的记录。

OpenReport：可以用不同的视图方式打开报表或立即打印报表，也可以限制需要在报表中打印的记录。

OpenQuery：可以用不同的视图方式打开选择查询或交叉表查询。

Close：可以关闭指定的 Microsoft Access 窗口。如果没有指定窗口，则关闭活动窗口。

Save：用于保存当前对象。

（2）运行和控制流程

RunSQL：用于执行指定的 SQL 语句。

RunApp：用于执行指定的外部应用程序。

RunCode：用于执行 VB 的过程。

RunCommand：用于执行 Access 的菜单命令。

RunMacro：用于执行一个宏。

Quit：用于退出 Access。

（3）设置值

SetValue：用于设置控件、字段或属性值。

SetWarning：用于关闭或打开系统的所有消息。

（4）记录操作

Requery：用于指定控件重新查询，即刷新控件数据。

FindRecord：用于查找满足指定条件的第 1 条记录。

FindNext：用于查找满足指定条件的下一条记录。

GoToRecord：用于指定当前记录。

（5）控制窗口

Maximize：用于最大化激活窗口。

Minimize：用于最小化激活窗口。

Restore：用于将最大化或最小化窗口恢复为原始大小。

MoveSize：用于移动并调整激活窗口。

（6）通知或警告

Beep：用于使计算机发出"嘟嘟"声。

MsgBox：用于弹出消息框。

（7）菜单操作

AddMemu：用于为窗体或报表添加自定义的菜单栏，菜单栏中每个菜单都需要一个独立的 AddMemu 操作，也可以定义快捷菜单。

SetMemuItem：用于设置活动窗口自定义菜单栏中的菜单项状态。

（8）导入和导出数据

TransferDatabase：用于从其他数据库导入和导出数据。

TransferText：用于从文本文件导入和导出数据。

TransferSpreadsheet：用于从电子表格中导入或导出数据。

2. 宏操作参数的设置

在宏中添加了某个操作之后，可以在"宏"设计窗体的下部设置与这个操作相关的参数。设置宏操作参数的方法简要介绍如下：

（1）可以在参数框中输入数值，也可以从列表中选择某个设置。

（2）通过从"数据库"窗体以拖动数据库的方式向宏中添加操作，系统会设置适当的参数。

（3）如果操作中有调用数据库对象名的参数，则可以将对象从"数据库"窗体中拖动到参数框，从而由系统自动设置操作及其对应的对象类型参数。

（4）可以用前面加等号"＝"的表达式来设置操作参数，但不能对表 9—2 中的参数使用表达式。

表 9—2　　　　　　　　　不能设置成表达式的操作参数

参数	宏操作
对象类型	Close、DeleteObject、GoToRecord、Rename、Save、SelectObject、SendObject、RepaintObject
源对象类型	CopyObject
数据库类型	TransferDatabase
电子表格类型	TransferSpreadsheet
规格名称	TransferText
工具栏名称	ShowToolbar
输出格式	OutputTo、SendObject
命令	RunCommand

9.3 运行宏

9.3.1 宏的直接运行

宏有多种运行方式，可以直接运行某个宏，可以运行宏组里的宏，还可以通过响应窗体、报表及其上控件的事件来运行宏。

下列操作方法之一即可直接运行宏：

（1）从"宏"设计窗体中运行宏。单击工具栏上的"执行"按钮 。

（2）从数据库窗体中执行宏。请单击"宏"对象选项，然后双击相应的宏名。

（3）从"工具"菜单中选择"宏"选项，单击"运行宏"命令，再选择或输入要运行的宏。

（4）使用 DoCmd 对象的 RunMacro 方法，在 VBA 代码过程中运行宏。

9.3.2 运行宏组中的宏

下列操作方法之一即可运行宏组中的宏：

（1）将宏指定为窗体或报表的事件属性设置，或指定为 RunMacro 操作的宏名参数。引用宏的格式是：宏组名·宏名。参见例 9—4。

（2）从"工具"菜单中选择"宏"选项，单击"运行宏"命令，再选择或输入要运行的宏组里的宏。

（3）使用 DoCmd 对象的 RunMacro 方法，在 VBA 代码过程中运行宏。

9.3.3 将宏作为窗体、报表以及其上控件的事件响应

通常情况下直接运行宏或宏组里的宏是在设计和调试宏的过程中进行的，只是为了测试宏的正确性。在确保宏设计无误后，可以将宏附加到窗体、报表或其上控件中以对事件做出响应，或创建一个执行宏的自定义菜单命令。

事件（Event）是在数据库中执行的一种特殊操作，是对象所能辨识的检测的动作，当动作发生于某一个对象上时，其对应的事件便会被触发。例如单击鼠标、打开窗体或者打印报表，可以创建某一特定事件发生时运行的宏，如果事先已经给这个事件了宏或事件程序，此时就会执行宏或事件过程。例如，当使用鼠标单击窗体中的一个按钮时，会引起"单击"（Click）事件，此时事先指派给"单击"事件的宏或事件程序也就被投入运行。参见例 9—4。

事件是预先定义好的活动，也就是说一个对象拥有哪些事件是由系统本身定义的，至于事件被引发后要执行什么内容，则由用户为此事件编写的宏或事件过程决定。事件过程是为响应由用户或程序代码引发的事件或由系统触发的事件而运行的过程。

在 Access 中可以通过设置窗体、报表或控件上发生的事件来响应宏或事件过程。操作步骤如下：

①在"设计"视图中打开窗体或报表。

②设置窗体、报表或控件的有关事件属性为宏的名称。参见例 9—4。

9.4 宏的调试

在 Access 系统中提供了"单步"执行的宏调试工具。使用单步跟踪执行，可以观察宏的流程和每一个操作的结果，从中发现并排除出现的问题或错误的操作。

【例 9—5】 以图 9—6 所示宏"浏览学生基本信息"为例，调试操作步骤如下：

①在设计视图中打开要调试的宏"浏览学生基本信息"。

②打开"运行"菜单，执行"单步"命令，或在工具栏上单击"单步"按钮，使其处于凹陷状态，然后在工具栏上单击"执行"按钮，系统将出现"单步执行宏"对话框，如图 9—14 所示。

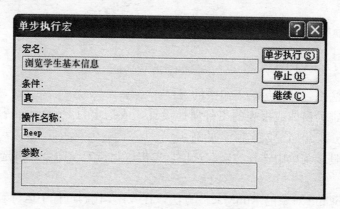

图 9—14 "单步执行宏"对话框

③单击"单步执行"按钮，执行其中的操作。单击"停止"按钮，停止宏的执行并关闭对话框。单击"继续"按钮会关闭"单步执行宏"对话框，并执行宏的下一个操作命令。如果宏操作有误，则会出现"操作失败"对话框。如果要在宏执行过程中暂停宏的执行，可按组合键 Ctrl＋Break。

本章小结

创建宏既可以在数据库的"宏"对象窗口创建宏，也可以在为窗体或报表的对象创建事件行为时创建宏。对所创建的宏可以使用"单步执行宏"来进行调试，以观察宏的流程和每一个操作的结果，便于发现错误。运行宏时可以直接利用"运行"命令来执行相应的宏，但大多数情况下，是将宏附加到窗体、报表或控件中，以对事件做出响应。

习题

一、选择题

1. OpenForm 基本操作的功能是打开（   ）。

A. 表   B. 窗体   C. 报表   D. 查询

2. 在设计条件宏时，如果该行操作条件与上一行操作条件相同，只要在相应的"条件"栏输入下面的符号（   ）。

A. ···   B. ＝   C. .   D. ：

3. 在宏的表达式中要引用报表 test 上控件 txtName 的值，可以使用的引用是（   ）。

    A.　txtName　　　　　　　　　　　B.　test！txtName

    C.　Reports！test！txtName　　　　D.　Reports！txtName

  4.　某窗体中有一命令按钮，在窗体视图中单击此命令按钮打开另一个窗体，需要执行的宏操作是（　　　）。

    A.　OpenQuery　　　　　　　　　B.　OpenReport

    C.　OpenWindows　　　　　　　　D.　OpenForm

  5.　有关宏操作的叙述中错误的是（　　　）。

    A.　宏的条件表达式中不能引用窗体或报表的控件值

    B.　所有宏操作都可以转化为相应的模块代码

    C.　使用宏可以启动其他应用程序

    D.　可以利用宏组来管理相关的一系列宏

  6.　在一个宏的操作序列中，如果既包含带条件的操作，又包含无条件的操作，则带条件的操作是否执行取决于条件表达式的真假，而没有指定条件的操作则会（　　　）。

    A.　无条件执行　　　　　　　　　B.　有条件执行

    C.　不执行　　　　　　　　　　　D.　出错

  7.　使用宏组的目的是（　　　）。

    A.　设计出功能复杂的宏　　　　　B.　设计出包含大量操作的宏

    C.　减少程序内存消耗　　　　　　D.　对多个宏进行组织和管理

  8.　在创建条件宏时，如果要引用窗体上的控件值，正确的表达式引用是（　　　）。

    A.　［报表名］！［控件名］

    B.　［窗体名］.［控件名］

    C.　［Reports］！［报表名］！［控件名］

    D.　［Forms］！［窗体名］！［控件名］

  9.　在宏的设计窗口中，可以隐藏的列是（　　　）。

    A.　宏名和参数　　　　B.　条件　　　　　C.　宏名和条件　　　　D.　注释

  10.　有关宏的叙述中，错误的是（　　　）。

    A.　宏是一种操作代码的组合

    B.　宏具有控制转移功能

    C.　建立宏通常需要添加宏操作并设置宏参数

    D.　宏操作没有返回值

二、填空题

  1.　按是否满足指定条件执行宏中的一个或多个操作，这类称为＿＿＿＿＿＿。

  2.　在默认情况下，宏设计窗口中的＿＿＿＿＿＿和＿＿＿＿＿＿两列是不显示的。

  3.　在宏设计中，有时会引用窗体中控件的值，引用控件值的语法为：＿＿＿＿＿＿。

  4.　＿＿＿＿＿＿是在数据库中执行的一种特殊操作，是对象所能辨识的检测的动作。

  5.　打开一个表应该使用的宏操作是＿＿＿＿＿＿。

  6.　为了发现并排除宏中出现的问题或错误的操作，应该使用＿＿＿＿＿＿执行的宏调试工具。

三、思考题

1. 简述宏的作用有哪些。
2. 简述在窗体上使用宏的方法。
3. 简述在宏中引用窗体中控件和报表中控件值的方法。
4. 要确保宏的正确性，有哪些方法？

四、操作题

1. 创建一个序列宏，宏名为"查看借书信息"，能够以只读方式打开"读者借书情况"窗体，然后以只读方式打开数据表"图书表"，以"打印预览"方式打开报表"各部门借书统计"。

2. 设计一个"读者查询"窗体，该窗体上放 2 个组合框，一个是性别，一个是工作部门，当在任何一个组合框操作后，按组合框中的值显示相关的读者信息。

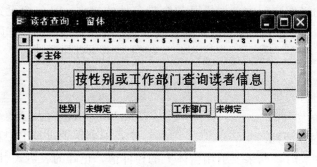

图 9—15　"读者查询"设计视图

第 *10* 章

模块和 VBA 程序设计

Access 本身具有强大的向导机制，能提供大量的数据库常用操作。在前面各章中的大部分设计都是使用向导或者设计器来实现的，通过在窗体中使用宏，可以完成简单的数据管理功能。但对于复杂的数据库系统，往往需要更灵活的数据处理及控制，这就必须依赖 VBA（Visual Basic for Application）。VBA 是 Microsoft Office 系列的内置编程语言，它是 Microsoft Visual Basic 语言的一个子集，采用面向对象（OOP）编程技术，非常适合读者入门级的学习。如果读者有 Visual Basic 的基础，那么学习将更加轻松而有效。VBA 本身涉及的内容非常广泛，本章只对 VBA 的部分常用内容进行了说明和举例，更详尽和系统的介绍，请参考专门的 VBA 专著。

10.1 模块概念

模块是用 VBA 语言所编写的程序单元，它将 VBA 语言的声明、语句和过程集合在一起。通过模块的组织和 VBA 代码设计，可以大大提高 Access 数据库应用的处理能力，解决大量的复杂问题，因此 VBA 是实现数据管理的主要方式。Microsoft 推荐用户使用 VBA 而不是宏来开发 Access 应用，用户可以使用 VBA 函数和子过程来创建宏的等价物。

与宏比较，VBA 具有以下优点：

（1）使数据库应用程序易于维护。宏是独立于窗体和报表的，当应用程序中含有多个响应事件的宏时就难以维护。VBA 中的事件代码包含在窗体或报表的类定义中，可以与窗体或报表同时维护。

（2）功能更丰富多样。宏只能完成一些简单的操作，而 VBA 使用丰富的语言元素，可以完成许多复杂多变的功能。

（3）可利用内置函数或自定义函数。使用 VBA 可以使用 Access 中的大量内置函数，也可由用户自定义函数来完成更复杂的功能。

（4）能在运行时更改参数。使用 VBA 过程或函数，可以在运行期间更改参数，从而使数据处理更灵活。

（5）数据处理更准确。宏只能一次对整个记录进行操作，而 VBA 既可以一次处理单条记录，也可处理一个记录集。

（6）处理错误信息。使用 VBA 可以检测应用程序在使用中出现的异常，并且显示准确的信息或根据事先设计的代码执行某些操作。

（7）具有创建或处理对象的能力。使用 VBA 可以创建、处理数据中所有的对象，包括数据库本身，而宏对于对象的处理能力有限。

（8）可执行系统级的操作。使用 VBA 可以执行系统级的操作，如检测系统信息、与其他应用进行数据交换等。

10.2　模块分类

模块有两个基本的类型：类模块和标准模块。模块中的每一个过程都可以是一个函数过程或者一个子程序。

10.2.1　类模块

类模块是包含类的定义的模块，包含其属性和方法的定义。类模块有三种基本形式：窗体类模块、报表类模块和自定义类模块，它们各自与某一窗体或报表相关联。为窗体（或报表）创建第一个事件过程时，Access 将自动创建与之关联的窗体或报表模块。

窗体模块和报表模块通常都含有事件过程，而过程的运行用于响应窗体或报表上的事件。使用事件过程可以控制窗体或报表的行为以及它们对用户操作的响应。

窗体模块和报表模块中的过程可以调用标准模块中已经定义好的过程。

窗体模块和报表模块具有局限性，其作用范围局限在所属窗体或报表内部，而生命周期则伴随着窗体或报表的打开而开始、关闭而结束。

10.2.2　标准模块

标准模块包含在数据库窗口的模块对象列表中。标准模块一般用于存放供其他 Access 数据库对象使用的公共变量和公共过程，它可以包含通用过程和常用过程，这些过程不与 Access 数据库文件中的任何对象相关联，但可以在数据库中的任何其他对象中引用标准模块中的过程。

在标准模块内部也可以定义私有变量和私有过程，仅供本模块内部使用。

标准模块中的公共变量和公共过程具有全局特性，其作用范围是整个应用程序，其生命周期伴随着应用程序的运行而开始、关闭而结束。

10.2.3　将宏转换为模块

在 Access 应用程序中，要执行某种操作，既可以使用宏，也可以使用 VBA。宏本身就是使用 VBA 实现的简单操作，因此，宏操作基本上都可使用 VBA 来实现，用户也可以将已有的宏转换为 VBA 代码。

将宏保存为模块，可以加快宏操作的执行速度。将宏转化为模块时，如果希望整个数据库中都可以使用转换后的代码，用户可以直接在"数据库"窗口的对象"宏"中进行转换；如果要让代码和窗体、报表等数据库对象保存在一起，则可以在相关窗体或报表的设计视图中转换。

1. 在设计视图中转换

①打开"学生管理"数据库，单击"窗体"对象，选中其中的"查询学生考试平均成绩"窗体，然后在设计视图中打开"查询学生考试平均成绩"窗体。

②在设计视图中，单击"工具"|"宏"|"将窗体的宏转换为 Visual Basic 代码"命令，弹出"转换窗体宏"对话框，如图 10—1 所示。

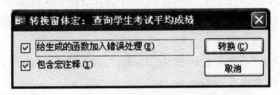

图 10—1 "转换窗体宏"对话框

③单击"转换"按钮，Access 弹出"将宏转换到 Visual Basic"消息框，表示转换结束，如图 10—2 所示。

图 10—2 宏转换消息框

④单击"确定"，关闭消息框，然后单击工具栏上的"代码"按钮，打开"Visual Basic 编辑器"窗口，其中含有由宏转换的代码。

```
Private Sub Command14_Click()
On Error GoTo Command14_Click_Err
        If (IsNull(Forms! 查询学生考试平均成绩! Textxh) And IsNull(Forms! 查询学
生考试平均成绩! Textxm)) Then
            Beep
            MsgBox "请输入学号或姓名", vbExclamation, "查询输入提示"
            Exit Sub
        End If
        DoCmd.ApplyFilter "", "[学生表].[学号] Like [Forms]! [查询学生考试平均成
绩]! [textxh]+""" * "" Or [学生表].[姓名] Like [Forms]! [查询学生考试平均成绩]!
[textxm]+""" * """
        DoCmd.GoToRecord , "", acFirst
```

```
Command14_Click_Exit：
    Exit Sub
Command14_Click_Err：
    MsgBox Error $
    Resume Command14_Click_Exit
End Sub
```

2．从数据库窗口转换

从数据库窗口进行宏转换时，宏操作将被保存为全局模块中的一个函数，并在数据库窗口的"模块"对象中保存转化的宏。从"数据库"窗口中转换的宏可供整个数据库使用，且宏组中的每个宏不是转换成子过程，而是转换为不同的函数。

将在数据库中创建的宏转换为 Visual Basic 代码的操作步骤如下：

①单击数据库窗口中"对象"列表中的"宏"对象，然后在右边的列表框中选中需要进行转换的宏。

②单击"工具"|"宏"|"将宏转换为 Visual Basic 代码"命令，或者单击"文件"|"另存为"命令，然后选择将它保存为模块。

【例 10—1】　将宏"浏览学生基本信息"宏转换为标准模块。

操作步骤如下：

①打开"学生管理"数据库，单击左侧"窗体"按钮，在右侧的宏对象列表中选中宏"学生基本信息追加宏"。

②单击"工具"|"宏"|"将宏转换为 Visual Basic 代码"命令，或者单击"文件"|"另存为"命令，然后选择将它保存为模块。

③单击左侧"模块"按钮，在右侧的模块对象列表中查看转换所得的模块"被转换的宏 — 学生基本信息追加宏"。

④单击工具栏中的设计按钮或双击宏，查看模块代码如下：

```
Option Compare Database
'------------------------
'浏览学生基本信息
'------------------------
Function 浏览学生基本信息()
On Error GoTo 浏览学生基本信息_Err
    '发出"嘟嘟"声
    Beep
    '显示：本次操作只能浏览数据，不能编辑数据！
    Beep
    MsgBox "本次操作只能浏览数据，不能编辑数据！", vbInformation, "提示信息"
    '打开表：学生表
    DoCmd.OpenTable "学生表", acViewNormal, acReadOnly
浏览学生基本信息_Exit：
```

```
        Exit Function
浏览学生基本信息_Err：
        MsgBox Error $
        Resume 浏览学生基本信息_Exit
End Function
```

10.3 创建模块

模块是用 VBA 语言所编写的程序单元。一个模块包含一个声明区域，且可以包含一个或多个子过程（以 Sub 开头）或函数过程（以 Function 开头）。因此，创建模块就是编写一系列合适的过程。

10.3.1 类模块的创建

类模块通常与某一窗体或报表相关联，其定义包含在相关联的窗体或报表定义中，因此类模块的创建是隐式的，是随着我们设计窗体的过程自动创建的。当我们为窗体（或报表）创建第一个事件过程时，Access 将自动创建与之关联的窗体或报表模块。

要查看或修改窗体模块，在窗体的设计视图里，单击工具栏"代码"按钮或者创建窗体或报表的事件过程即可进入类模块的设计和编辑窗口。

【例 10—2】 创建窗体模块，在数据库中创建一个窗体 Hello，如图 10—3 所示。通过按钮代码来实现信息的显示和清除。

操作步骤如下：

①打开"学生管理"数据库，新建一个窗体，保存为 Hello，窗体上放三个按钮、一个文本框。各控件的位置如图 10—3 所示。

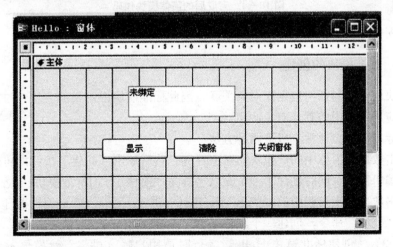

图 10—3 创建窗体模块

②文本框命名为 Text _ xs。

③设置"显示"按钮的 Click 事件，此时自动创建窗体模块。双击"显示"按钮或单

击"窗体设计"工具栏中的"属性"按钮 ，打开"属性"对话框，并切换至"事件"选项卡。单击"单击"事件右侧的"生成器"按钮 并选择"代码生成器"。在打开的 Visual Basic 编辑器窗口，可看到系统已自动创建了按钮事件过程"Private Sub Command2_Click()…End Sub"。在过程中输入如下代码：

Me. Text_xs = "你好！欢迎你学习 VBA"

④设置"清除"按钮的 Click 事件，操作同③，代码如下：

Me. Text_xs. SetFocus
Me. Text_xs. Text = " "

⑤完成后的窗体模块代码如图 10—4 所示：

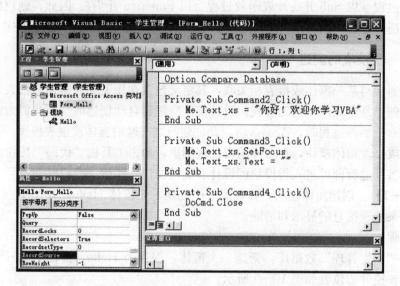

图 10—4　完成后的窗体模块代码

⑥运行窗体，调试按钮的功能。

10.3.2　标准模块的创建

标准模块通常不与任何数据库对象关联，因此标准模块中定义的变量、过程通常可以很方便地被应用程序中的其他对象调用。

要创建标准模块，通常有以下两种方法：

（1）单击数据库窗体中的"模块"对象标签，然后单击"新建"按钮即可进入标准模块的设计和编辑窗口，同时创建了一个默认名称为"模块 1"的标准模块。

（2）单击数据库工具栏中的"代码"按钮 ，进入 Visual Basic 编辑器环境，然后执行"插入"|"模块"命令，创建一个默认名称为"模块 1"的标准模块。

【例 10—3】　创建标准模块 Hello，运行时请用户输入姓名，然后显示"XXX，你好，欢迎使用 VBA"。

操作步骤如下：

①打开"学生管理"数据库，切换到"模块"对象列表，单击数据库工具栏上的"新

建"按钮,则系统创建了一个名为"模块1"的标准模块。

②在代码窗口中输入代码,结果如图 10—5 所示。

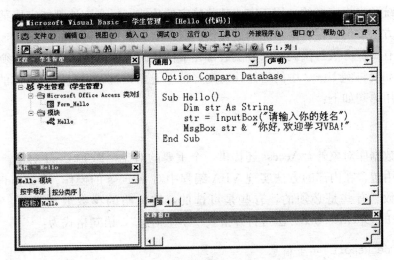

图 10—5　标准模块 Hello

③保存模块,并命名为"Hello"。

④运行模块。

10.4　VBA 程序设计基础

10.4.1　面向对象程序设计的基本概念

在 Access 中,面向对象编程技术主要用于设计窗体和报表,其主要由 VBA 来实现。Access 内嵌的 VBA,功能强大,采用目前主流的面向对象编程机制和可视化编程环境。

1. 对象和集合

Access 采用面向对象的程序开发环境,其数据库窗口可以方便地访问和处理表、查询、窗体、报表、页、宏和模块对象。VBA 中可以使用这些对象以及范围更广泛的一些可编程对象,例如"记录集"等。

一个对象就是一个实体,如一辆汽车或一个人等。每种对象都具有一些属性以相互区分,如人的性别、姓名、年龄等。即属性可以定义对象的一个实例。

在 Access 程序设计中,对象就是代码和数据的组合,可以将它看作一个单元。例如,表、窗体、文本框、命令按钮等都是对象,而且,其中有些对象内部,例如窗体、报表等,还可以包含其他对象。

集合由某类对象所包含的实例构成,通常包含一组相关的对象。例如所有窗体对象的集合 Forms、所有报表的集合 Reports。

Access 中"对象"可以是单一对象,也可以是对象的集合。

2. 属性和方法

对象的属性描述了对象的性质,如大小、颜色、状态等。数据库对象的属性均可以在各自的"设计"视图中，通过"属性窗体"进行浏览和设置。

对象的方法代表对象能够执行的动作，通常是由 VBA 语言定义的处理对象的过程和函数，是系统预先规定好的，用于完成某些特定的功能。每个方法都能完成某个功能，用户只能调用方法，但实现这个功能的过程代码对用户来说是不可知的。Access 应用程序的各个对象都有一些方法可供调用。方法通常在事件代码中被调用，调用时必须遵循对象引用规则。例如要将例 10—2 中的窗体移动到屏幕左上角，就可通过调用窗体的 Move 方法来实现。调用语句如下：

```
Form_Hello.Move 0,0
```

除 7 个数据库对象外，Access 还提供一个重要的对象，即 DoCmd 对象。它的主要功能是通过调用包含在内部的方法实现 VBA 编程中对 Access 的操作。DoCmd 对象的方法大都需要参数。有些是必须的，有些是可选的，被忽略的参数取缺省值。例如，利用 DoCmd 对象的 OpenReport 方法可打开报表"学生信息"，语句格式为：

```
DoCmd.OpenReport "学生信息"
```

上述 OpenReport 方法有 4 个参数，其语法格式如下：

```
DoCmd.OpenReport reportname[,view][,filtername][,wherecondition ]
```

其中只有 reportname（报表名称）参数是必需的。

3. 事件和事件过程

事件泛指以一定方式触发的特定操作，是 Access 窗体或报表及其上的控件等对象可以"辨识"的动作，如单击鼠标、窗体或报表打开等。一个对象可以有多个事件，但每个事件都必须由系统预先规定。表 10—1 列出了 Access 常见的事件。

表 10—1　　　　　　　　　　　　　　　**Access 常见的事件**

事件	触发时机
打开（Open）	打开窗体，但第一条记录尚未显示时
关闭（Close）	当窗体关闭，并从屏幕上删除时
加载（Load）	窗体打开并显示记录时
卸载（UnLoad）	窗体关闭后，但从屏幕上删除前
激活（Activate）	窗体变成活动窗口时
停用（Deactivate）	窗体变成非活动窗口时
调整大小（Resize）	窗体打开后，窗体大小有所更改时
获得焦点（GotFocus）	对象获得焦点时
失去焦点（LostFocus）	对象失去焦点时
单击（Click）	单击鼠标左键时
双击（DblClick）	双击鼠标左键时
鼠标按下（MouseDown）	按下鼠标时
鼠标移动（MouseMove）	移动鼠标时
鼠标释放（MouseUp）	释放鼠标键时
键按下（KeyDown）	按下某键盘键时
击键（KeyPress）	按下并释放某键盘键时
键释放（KeyUp）	释放某键盘键时
更新前（BeforeUpdate）	在控件或记录更新时
更新后（AfterUpdate）	控件中数据被改变或记录更新后

在 Access 数据库系统里，可以通过两种方式来处理窗体、报表或控件的事件响应。一是使用宏对象来设置事件属性，对此前面已有叙述；二是为某个事件编写 VBA 代码过程，完成指定动作，这样的代码过程称为事件过程或事件响应代码。

在 Access 中，事件一旦被触发，系统马上就去执行与该事件相关的程序事件过程或宏。执行完毕后，系统又处于等待某事件发生的状态，这种程序执行方式称为事件驱动工作方式。

事件的触发方式可分为 3 种：由用户触发，如应用程序运行中用户单击某按钮即触发 CommandX _ MouseDown 事件；由系统触发，如应用程序运行时的窗体加载事件在窗体打开时自动执行；由代码引发，如用户在程序代码中调用某个事件过程。

4. 对象的引用

在面向对象的程序设计中，常常需要引用对象的属性、事件、方法。在 VBA 代码中，对象引用一般采取以下的格式：

[＜集合名＞!][＜对象名＞.]＜属性名＞|＜方法名＞[＜参数名表＞]

其中感叹号（!）和点（.）称为引用运算符，主要用在面向对象的程序设计中。

感叹号（!）可用来引用集合中由用户定义的一个项，包括窗体、报表及其控件等。例如引用"学生基本信息维护窗体"窗体：

Forms！[学生基本信息维护窗体]

点（.）可用来引用集合中 Access 定义的一个项，即引用窗体或控件的属性或引用 SQL 语句中的字段、Visual Basic 的方法以及某个集合等。例如引用并执行 Visual Basic 的 Close 方法：

DoCmd. Close

引用窗体或报表必须从集合开始。例如引用"窗体 1"的"标题"属性：

Forms！[窗体 1].Caption = "学生成绩管理系统"

引用控件或节既可以从集合开始逐级引用，也可从控件开始引用。例如引用"窗体 1"中"Label1"的"FontName"属性：

Forms！[窗体 1].[Label1]. FontName = "隶书"
或 [Label1]. FontName = "隶书"

10.4.2 Visual Basic 编辑环境

Access 利用 Visual Basic 编辑器来编写程序代码。它实际是一个集编辑、调试、编译等功能于一体的编程环境。编辑器窗口如图 10—6 所示。

1. Visual Basic 窗口的打开

进行 VBA 编程前，首先要打开 VBA 编程环境，可使用如下几种方式打开 VBA 编程环境：

（1）在窗体对象选项卡中选定一个窗体，单击"数据库"工具栏中的"代码"按钮 。

（2）在"窗体设计"视图下，单击"数据库"工具栏中的"代码"按钮。

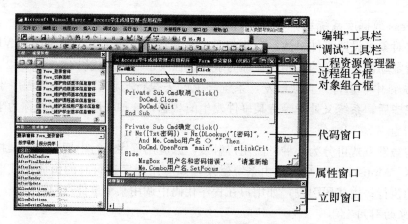

图 10—6 编辑器窗口

（3）单击某事件属性，在其属性框中选定［事件过程］，然后单击"生成器"按钮 ⊡。

（4）在"模块"对象选项卡中选定一个模块对象，单击"数据库"工具栏中的"代码"按钮。

（5）按 Alt＋F11 键。

2. "编辑"工具栏

在 Visual Basic 窗口中执行"视图"|"工具栏"|"编辑"命令，显示如图 10—7 所示的"编辑"工具栏，其中包括 14 个按钮，按功能可以划分为帮助输入（属性/方法列表、自动完成关键字）、显示提示信息（快速信息、参数信息）、程序设计风格（缩进、凸出、设置注释块、解除注释块）、使用书签（切换书签、下一书签、上一书签、清除所有书签）和程序调试（切换断点）5 个方面。

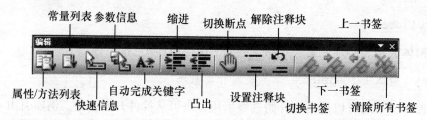

图 10—7 "编辑"工具栏

（1）属性/方法列表。该按钮用于修改字符串或调换关键字。若光标处于代码窗口中，单击此按钮即显示一个列表框，其中包含可以选用的关键字。

（2）自动完成关键字。该按钮用于自动完成 VBA 关键字的输入。单击该按钮，VBA 将在所键入字符后自动添加字符来完成一个关键字，或显示一个供选的关键字列表。例如键入"Cap"后单击此按钮，VBA 会自动添加"tion"，以完成"Caption"的输入。

（3）显示提示信息。在进行代码输入时，单击"快速信息"按钮，系统根据光标所在的对象、属性、方法、函数或过程的名称，显示其语法。当光标在函数或方法的参数部分时，单击"参数信息"按钮，系统即显示该函数或方法的参数信息。

（4）代码缩进与凸出。代码的缩格书写方式和恰当的注释是良好的编程风格，可增强程序的可读性。单击"缩进"或"凸出"按钮可使选定的程序行向右或向左移动 4 个字符。

（5）设置与解除注释。注释的作用是增加代码的可读性，注释行可由英文单引号''开头，或以 Rem 连接一个空格开头，然后加上注释文本。单击"设置注释"或"解除注释"按钮，可在光标所在行代码前添加注释引导符或取消代码前的注释引导符。

（6）使用书签。使用书签可以在进行代码编写或阅读时快速定位光标，是一种快速查看代码的方法。可以使用"切换书签"按钮在当前行设置或删除书签；使用"下一书签"和"上一书签"可以把光标快速定位在已设置书签的代码行；使用"清除所有书签"可一次性删除所有书签。

（7）设置或删除断点："切换断点"用于在当前的程序行上设置或删除断点。

3. Visual Basic 语句编码规则

（1）语句应写在代码窗口声明部分和过程中的语句行上。

（2）通常一个语句占一行，如果一行中包含多个语句，须以冒号（:）作为分隔符。例如下面三个赋值语句写在一行可节省篇幅：S＝0:I＝1:J＝1。

（3）允许一个语句占多行，但须在换行前键入续行符（ _ ）。例如：

```
If Dir(wjm) Like "*.*" Then Debug.Print "存在"_'此语句未完部分在下一行
    & wjm Else Debug.Print "文件不存在!"
```

10.4.3 数据类型和数据库对象

1. 数据类型

在 Visual Basic 中，数据类型可用来决定变量能保存何种数据。VBA 语言的数据类型包括布尔型、日期型、字符串型、货币型、字节型、整型、长整型、单精度型、双精度型以及变体型和用户自定义型。除少数特例外，表达式中各运算项的数据类型必须一致。如表 10—2 所示。

表 10—2 **Visual Basic 数据类型**

数据类型	类型声明符	存储字节	范围
Byte 字节型		1	0～255
Boolean 布尔型		2	True 和 False
Integer 整型	％	2	−32 768～32 767
Long 长整型	＆	4	−2 147 483 648～214 748 364 7
Single 单精度型	！	4	负：−3.402 823E38～−1.401 298E−45 正：1.401 298E−45～3.402 823E38
Double 双精度型	♯	8	负：−1.797 693 134 862 31E308 到−4.940 656 458 412 47E−324 正：4.940 656 458 412 47E−324 到 1.797 693 134 862 31E308
Currency 货币型	＠	8	−922 337 203 685 477.580 8～922 337 203 685 477.580 7
Date 日期型		8	100 年 1 月 1 日～9999 年 12 月 31 日
Object 对象型		4	任何 Object 引用
String * Length 定长字符串型	＄	串长	1～65 400 个字符
String 变长字符串型	＄	10＋串长	0～大约 20 亿
Variant 变体型			

在使用 VB 代码中的字节、整数、长整数、自动编号、单精度和双精度数等的常量和

变量与 Access 的数据库对象进行数据交换时，必须符合数据表、查询、窗体和报表中相应的字段属性。

2. 用户自定义数据类型

应用过程中可以建立包含一个或多个 VBA 标准数据类型的数据类型，这就是用户自定义数据类型。它不仅包含 VBA 的标准数据类型，还可以包含前面已经说明的其他用户自定义数据类型。

用户自定义数据类型可以在 Type…End Type 关键字间定义，定义格式如下：

```
Type [数据类型名]
    <域名>As<数据类型>
    <域名>As<数据类型>
End Type
```

例如，下面的代码定义了一个学生信息数据类型。

```
Type NewStudent
    txtSno As String * 7        '学号,7位定长字符串
    txtName As String           '姓名,变长字符串
    txtSex As String * 1        '性别,1位定长字符串
    txtAge As Integer           '年龄,整型
End Type
```

当需要建立一个变量来保存包含不同数据类型字段的数据表的一条或多条记录时，用户自定义数据类型就特别有用。

一般用户定义数据类型使用时，首先要在模块区域中定义用户数据类型，然后显式地以 Dim，Public 或 Static 关键字来定义此用户类型变量。

若要调用用户自定义类型变量的成员，可以指明变量名及成员名，两者之间用句点分隔，例如，定义一个学生信息类型变量 NewStud 并操作变量成员的例子如下：

```
Dim NewStud as NewStudent
NewStud. txtSno = "100101"
NewStud. txtName = "张娟娟"
NewStud. txtSex = "女"
NewStud. txtAge = 20
```

可以用关键字 With 简化程序中重复的部分。例如，为上面 NewStud 变量赋值可以用：

```
With NewStud
    .txtSno = "100101"
    .txtName = "张娟娟"
    .txtSex = "女"
    .txtAge = 20
End With
```

3. 数据库对象

在 VBA 编程中，Access 数据库对象如数据库、表、查询、窗体和报表等，也有对应的 VBA 对象数据类型，这些对象数据类型由 Access 对象库所定义，常用的 VBA 对象数据类型和对象库中所包括的对象如表 10—3 所示。

表 10—3　　　　　　　　　　　VBA 编程支持的对象数据类型

对象数据类型	对应的数据库对象
Database	使用 DAO 时用 Jet 数据库引擎打开的数据库
Connection	数据连接对象
Form	窗体，包括子窗体
Report	报表，包括子报表
Control	窗体和报表上的控件
QueryDef	查询
TableDef	数据表
Command	命令行调用参数
Recordset	查询返回的结果集

10.4.4　变量与常量

变量是指程序运行时值会发生变化的数据。常量是在程序中可以直接引用的实际值，其值在程序运行中不变。

1. 变量的声明

变量实际上是一个符号地址，它代表了命名的存储位置，用于存储程序执行阶段的数据。VBA 声明变量有两种方法：显式声明（先声明，后使用）和隐式声明（直接使用）。

变量通常应该先声明后使用，对变量进行声明可以使用 Dim 语句或类型说明符号。

变量名必须以字母字符开头，在同一范围内必须是唯一的，不能超过 255 个字符，而且不能包含空格或除下划线字符（＿）外的任何其他的标点符号。

（1）使用 Dim 声明变量的格式：

语法格式：Dim　变量名　As　数据类型[,变量名　As　数据类型]

例如：

Dim X As Integer, ShuMing As String ＊ 40

变量声明后在未赋值时，默认的初值为：整型＝0，字符串型＝' '，逻辑型＝False，日期型＝0:00:00。

（2）使用类型声明符号来声明变量的数据类型，即声明变量时的"As 数据类型"可用表 10—2 中的类型声明符来代替。例如，

Dim Y%　　'声明 Y 为整型变量

（3）隐式声明

隐式声明是指没有直接定义而直接使用变量，变量的默认数据类型为 Variant，默认值为 Empty。例如，

Dim m,n　　　　　　'm、n 为变体 Variant 变址

NewVar＝528　　　　'NewVar 为 Variant 类型变量,值是 528

2. 强制声明

在默认情况下，VBA 允许在代码中使用未声明的变量。如果在模块设计窗口的顶部 "通用—声明" 区域中，加入语句：

```
Option Explicit
```

则强制要求所有变量必须定义才能使用。这种方法只能为当前模块设置强制变量声明功能，如果想为所有新模块都启用此功能，可以单击菜单命令 "工具"，在 "选项" 对话框中，选中 "要求变量声明" 选项即可。

3. 变量的作用域和生命周期

在 VBA 编程中，变量定义的位置和方式不同，则它存在的时间和起作用的范围也有所不同，这就是变量的作用域与生命周期。在声明变量作用域时可以将变量声明为 Locate（本地）、Private（私有，Module 模块级）或 Public（公共）。

本地变量：仅在声明变量的过程中有效。在过程和函数内部所声明的变量，不管是否使用 Dim 语句，都是本地变量。本地变量具有在本地使用的最高优先级，即当存在与本地变量同名的模块级的私有或公共变量时，模块级的变量则被屏蔽。

私有变量：在所声明的模块中的所有函数和过程都有效。私有变量必须在模块的通用声明部分使用 "Private 变量名 As 数据类型" 进行声明。

公共变量：在所有模块的所有过程和函数都可以使用。在模块通用声明中使用 "Public 变量名 As 数据类型" 声明公共变量。

另外，要在过程的运行时保留局部变量的值，可以用 Static 关键词代替 Dim 定义静态变量。静态（Static）变量的持续时间是整个模块执行的时间，但它的有效作用范围是由其定义决定的。

4. 数据库对象变量

Access 建立的数据库对象及其属性，均可被看成是 VBA 程序代码中的变量及其指定的值来加以引用。例如，Access 中窗体与报表对象的引用格式为：

```
Forms! 窗体名称.控件名称[.属性名称]
或 Reports! 报表名称.控件名称[.属性名称]
```

其中，关键词 Forms 或 Reports 分别表示窗体或报表对象集合。

如果对象名称中含有空格或标点符号，就要用方括号把名称括起来。下面举例说明含有学生编号信息的文本框操作：

```
Forms! 学生管理.编号 = "100101"
Forms! 学生管理.[编 号] = "100101"          '对象名称含空格时用[ ]
```

此外，还可以使用 Set 关键字来建立控件对象的关联变量。例如，要多次操作引用窗体 "学生管理" 上控件 "姓名" 中的值时，可以使用以下处理方式：

```
Dim txtName As Control                      '定义控件类型变量
Set txtName = Forms! 学生管理.姓名          '指定引用窗体控件对象
txtName = "张娟娟"                          '操作对象变量
```

借助将变量定义为对象类型并使用 Set 语句将对象指派到变量的方法，可以将任何数据库对象指定为变量的名称。当指定给对象一个变量名时，不是创建而是引用内存的对象。

5. 数组

数组是同种类型的一组数据组成的线性结构。数组变量由变量名和数组下标构成，通常用 Dim 语句来定义数组。

语法格式：Dim 数组名([下标下限 to]下标上限)

缺省情况下，下标下限为 0，数组元素从"数组名（0）"至"数组名（下标上限）"；如果使用 to 选项，则可以安排非 0 下限。

例如：

Dim NewArray(10) As Integer'定义了由 11 个整型数构成的数组，数组元素为 NewArray(0)至 NewArray(10)

Dim NewArray(1 To 10) As Integer'定义了由 10 个整型数构成的数据，数组元素为 NewArray(1)至 NewArray(10)

VBA 也支持多维数组。可以在数组下标中加入多个数值，并以逗号分开，由此来建立多维数组，最多可以定义 60 维。下面定义了一个三维数组 NewArray：

Dim NewArray(5,5,5) As Integer   '有 6 * 6 * 6 = 216 个元素

VBA 还特意支持动态数组。定义和使用多维数组的方法是：先用 Dim 显示定义数组但不指名数组元素数目，然后用 ReDim 关键字来决定数组包含的元素数，以建立动态数组。例如：

```
Dim NewArray( ) As Long          '定义动态数组
…
ReDim NewArray(9,9,9)            '分配数组空间大小
…
```

VBA 中，在模块的声明部分使用"Option Base 1"语句，可以将数组的默认下标下限由 0 改为 1。

6. 常量

常量可分为字面值常量和特种常量（符号常量、系统常量）。

（1）符号常量

由用户定义的常量，通常将程序中会多次使用的某些值定义为符号常量。

语法格式：[Public | Private] Const constname [As type] = expression

Public 和 Private 关键字只能用于模块级常量，Public 声明的常量在工程的所有模块以及所有过程中都可以使用，Private 声明的常量只能在该模块的所有过程中使用。模块级常量默认为是私有的。

创建符号常量时，应该采用具有一定意义的名称。

例：

Const conPI = 3.14159265

```
Const conPI2 = conPI * 2
Public Const conAge As Integer = 34
Const conWage As Currency = 3500
```

（2）系统常量

系统常量可在代码中的任何地方代替实际值，使程序设计变得更为简单。除了系统定义的 True、False、Empty、Null 外，Access 对象库中定义了大量的系统常量。用户可以单击"视图"菜单的"对象浏览器"命令，可以在"对象浏览器"中查看到 Access、VBA 等对象库中提供的常量，在编写代码时可以直接使用。

10.4.5 常用标准函数

VBA 语言内置了近百个标准函数，可以帮助我们完成许多操作。标准函数一般用于表达式中，有的能和语句一样使用。其使用形式如下：

函数名（<参数 1><，参数 2>[，参数 3][，参数 4][，参数 5]… ）

其中，函数名必不可少，函数的参数放在函数名后的圆括号中，参数可以是常量、变量或表达式，可以有一个或多个，有些函数为无参函数。每个函数被调用时，都会返回一个值。需要指出的是：函数的参数和返回值都有特定的数据类型与之对应。这里按分类介绍一些常用标准函数的使用。

1. 算术函数

算术函数完成数学计算功能。主要包括以下算术函数：

（1）绝对值函数

语法格式：Abs(<表达式>)

函数功能：返回数值表达式的绝对值。如 Abs(-3)=3。

（2）向下取整函数

语法格式：Int(<数值表达式>)

函数功能：返回数值表达式的向下取整数的结果，参数为负值时返回小于等于参数值的第一负整数。

例如：Int(3.25)=3,Int(-3.25)=-4

（3）取整函数

语法格式：Fix(<数值表达式>)

函数功能：返回数位表达式的整数部分，参数为负值时返回大于等于参数值的第一负数。

例如

Fix(3.25)=3,Fix(-3.25)=-3

（4）四舍五入函数

语法格式：Round(<数值表达式>[,<表达式>])

函数功能：按照指定的小数位数返回四舍五入运算的结果。

例如：

Round (3.754,1) = 3.8;Round(3. 754,2) = 3.75;Round(3.754,0) = 4

（5）开平方函数

语法格式：Sqr(＜数值表达式＞)

函数功能：计算数值表达式的平方根。

例如：

Sqr(9) = 3

（6）产生随机数函数

语法格式：Rnd(＜数值表达式＞)

函数功能：产生一个 0～1 之间的随机数，为单精度类型。实际操作时，先要使用无参数的 Randomize 语句初始化随机数生成器，以产生不同的随机数序列。

例如：

```
Int(100 * Rnd)              '产生[0,99]的随机整数
Int(100 + 200 * Rnd)        '产生[100, 299]的随机整数
```

2. 字符串函数

（1）字符串检索函数

语法格式：InStr([Start,] ＜Strl＞,＜Str2＞ [,Compare])

函数功能：检索子字符串 Str2 在字符串 Strl 中最早出现的位置，返回一整型数。

例如：

```
strl = "98765" str2 = "65"
s = InStr(strl ,str2)              '返回 4
s = InStr( 3,"aSsiAB","a",1)       '返回 5。从字符 s 开始,检索出字符 A
```

（2）字符串长度检测函数

语法格式：Len(＜字符串表达式＞或＜变量名＞)

函数功能：返回字符串所含字符数。注意，定长字符，其长度是定义时的长度，和字符串实际值无关。

例如：

```
Dim str As String * 10
str = "123"
lenl = Len("12345")        '返回 5
len4 = Len("考试中心")       '返回 4
len4 = Len(str)            '返回 10
```

（3）字符串截取函数

语法格式：Left |Right(＜字符串表达式＞,＜N＞)

函数功能：字符串左/右边起截取 N 个字符。

语法格式：Mid(＜字符串表达式＞,＜N1＞,[N2])

函数功能：从字符串左边第 N1 个字符起截取 N2 个字符。

例如：

```
str1 = "opqrst"
str = Left( str1,3)        '返回"opq"
str = Right( str1,2)       '返回"st"
str = Mid( str1,4,2)       '返回"rs"
```

（4）生成空格字符函数

语法格式：Space(＜数值表达式＞)

函数功能：返回数值表达式的值指定的空格字符数。

例如：

```
str1 = Space(3)        '返回 3 个空格字符
```

（5）大小写转换函数

语法格式：Ucase| Lcase(＜字符串表达式＞)

函数功能：将字符串中小（大）写字母转换成大（小）写字母。

例如：

```
str1 = Ucase("fHkrYt")          '返回"FHKRYT"
str2 = Lcase("fHKrYt")          '返回"fhkryt"
```

（6）删除空格函数

语法格式：Ltrim| Rtrim| Trim(＜字符串表达式＞)

函数功能：删除字符串的开始/尾部/开始和尾部的空格。

例如：

```
str = "ab cde"
str1 = Ltrim(str)          '返回"ab cde"
str2 = Rtrim(str)          '返回"ab cde"
str3 = Trim(str)           '返回"ab cde"
```

3. 日期/时间函数

日期/时间函数的功能是处理日期和时间。主要包括以下函数：

（1）获取系统日期和时间函数

语法格式：Date()| Time()| Now()

函数功能：返回当前系统日期/时间/日期和时间。

例如：

```
D = Date()       '返回系统日期,如 2008 - 08 - 08
T = Time()       '返回系统时间,如 9:45:00
DT = Now()       '返回系统日期和时间,如 2008 - 08 - 08 9:45:00
```

（2）截取日期分量函数

语法格式：Year| Month| Day| Weekday(＜表达式＞)

函数功能：返回日期表达式年份/月份/日期/星期的整数。

例如：

```
D = #2008-8-8#
YY = Year(D)                    '返回 2008
MM = Month(D)                   '返回 8
DD = Day(D)                     '返回 8
WD = Weekday(D)                 '返回 6,因 2008-8-8 为星期五
```

（3）截取时间分量函数

语法格式：Hour | Minute | Second(＜表达式＞)

函数功能：返回时间表达式的小时/分钟/秒数。

例如：

```
T = #10:40:11#
HH = Hour(T)                    '返回 10
MM = Minute(T)                  '返回 40
SS = Second(T)                  '返回 11
```

（4）日期/时间增加或减少一个时间间隔

语法格式：DateAdd(＜间隔类型＞,＜间隔值＞,＜表达式＞)

函数功能：对表达式表示的日期按照间隔类型加上或减去指定的时间间隔值。

例如：

```
D = #2004-2-29 10:40:11#
D1 = DateAdd("YYYY",3,D)        '返回 #2007-2-28 10:40:11#,日期加 3 年
D3 = DateAdd("m", -2,D)         '返回 #2003-12-29 10:40:11#,日期减 2 个月
D4 = DateAdd("d",3 ,D)          '返回 #2004-3-3 10:40:11#,日期加 3 日
```

（5）计算两个日期的间隔值函数

语法格式：DateDiff(＜间隔类型＞,＜日期 1＞,＜日期 2＞[,W1][,W2])

函数功能：返回日期 1 和日期 2 之间按照间隔类型所指定的时间间隔数目。

例如：

```
D1 = #2003-5-28 20:8:36#
D2 = #2004-2-29 10:40:11#
n1 = DateDiff("yyyy",D1,D2)     '返回 1,间隔 1 年
n3 = DateDiff("m",D2,D1)        '返回 -9,间隔 9 个月
```

（6）返回日期指定的时间部分函数

语法格式：DatePart(＜间隔类型＞,＜日期 1＞,＜日期 2＞[,W1][,W2])

函数功能：返回日期中按照间隔类型所指定的时间部分值。

例如：

```
D = #2004-2-29 10:40:11#
n1 = DatePart("yyyy",D)         '返回 2004
```

```
n2 = DatePart("d",D)          '返回 29
n3 = DatePart("ww",D)         '返回 10
```

（7）返回包含指定年月日的日期函数

语法格式：DateSerial(表达式 1,表达式 2,表达式 3)

函数功能：返回由表达式 1 值为年、表达式 2 值为月、表达式 3 值为日组成的日期值。

例如：

```
D = DateSerial(2008,2,29)'返回♯2008-2-29♯
```

4. 类型转换函数

类型转换函数的功能是将数据类型转换成指定数据类型。

（1）字符串转换字符代码函数

语法格式：Asc(<字符串表达式>)

函数功能：返回字符串首字符的 ASCII 值。

例如：

```
s = Asc("abcdef")             '返回 97
```

（2）字符代码转换字符函数

语法格式：Chr(<字符代码>)

函数功能：返回与字符代码相关的字符。

例如：

```
s = Chr(70)          '返回 f
s = Chr(13)          '返回回车符
```

（3）数字转换成字符串函数

语法格式：Str(<数值表达式>)

函数功能：将数值表达式值转换成字符串。

例如：

```
s = Str(99)          '返回"99",有一前导空格
s = Str(-6)          '返回"-6"
```

（4）字符串转换成数字函数

语法格式：Val(<字符串表达式>)

函数功能：将数字字符串转换成数值型数字。

例如：

```
s = Val("16")             '返回 16
```

（5）字符串转换日期函数

语法格式：DateValue(<字符串表达式>)

函数功能：将字符串转换为日期值。

例如：

```
D = DateValue("February 29, 2004")        '返回♯2004-2-29♯
```

5. 常用对话框函数

（1）MsgBox 函数

格式：MsgBox(prompt[,buttons][,title])

功能：打开一个含有提示信息的对话框，框中可预设多种按钮，用户单击某个按钮即返回一个相应的按钮常数。

说明：prompt 为提示信息，buttons 为按钮、图标和默认按钮的常数组合，title 为对话框标题，函数返回值是一数值，可用于决定下一动作。

（2）InputBox 函数

格式：InputBox(prompt[,title][,default][,xpos][,ypos])

功能：显示一个输入对话框，然后等待用户往文本框输入数据。

例：

X = InputBox("请输入数据:")

如果要省略中间的某些参数，则相应的逗号分界符不能省略。

例：

X = InputBox("请输入数据:",,,50,50)

10.4.6 运算符和表达式

运算符是描述各种不同运算的符号，利用运算符和圆括号将常量、变量、函数连接起来的式子称为表达式。VBA 语言有算术运算符、字符串运算符、比较运算符和逻辑运算符，如表 10—4 所示。

表 10—4   **VBA 语言运算符及其优先顺序**

运算类型	运算及运算符
算术运算符	指数运算（^）
	负数（一）
	乘法和除法（＊、/）
	整除（\）
	求模运算（Mode）
	加法和减法（＋、一）
字符串运算符	字符串连接（&）
比较运算符	相等（＝）
	不等（<>）
	小于（<）
	大于（>）
	小于或等于（<＝）
	大于或等于（>＝）
	模式匹配（Like）
逻辑运算符	非（Not）
	与（And）
	或（Or）
	异或（Xor）
	等价（Eqv）
	蕴涵（Imp）

VBA 表达式是运算符、常量、变量、函数和对象关键字的组合，它们大量用于各类语句和函数之中，用来执行数据的运算或测试。

10.5 VBA 流程控制语句

一个语句是能够完成某项操作的一条命令。VBA 程序就是由大量的语句构成。

VBA 程序语句按照其功能不同分为两大类型：

一是声明语句，用于给变量、常量或过程定义命名；

二是执行语句，用于执行赋值操作、调用过程、实现各种流程控制。

执行语句可分为 3 种结构：

（1）顺序结构：按照语句顺序顺次执行。如赋值语句、过程调用语句等。

（2）分支结构：又称选择结构，根据条件选择执行路径。

（3）循环结构：重复执行某一段程序语句。

10.5.1 赋值语句

赋值语句是为变量指定一个值或表达式。通常以等号（＝）连接。其使用格式为：

[Let]变量名 = 值或表达式

这里，Let 为可选项。

例如：

```
Dim txtAge As Integer
txtAge = 21
Debug.Print txtAge
```

首先定义了一个整型变量 txtAge，然后对其赋值为 21，最后将整型变量 txtAge 的值输出在立即窗口中，语句按顺序执行。

顺序结构是在程序执行时，根据程序中语句的书写顺序依次执行的语句序列，其程序执行的流程是按顺序完成操作。

10.5.2 分支结构

VBA 语言使用 If 语句和 Select Case 语句构成分支结构，并根据条件成立与否来决定代码执行的流向。If 语句分为单行格式和块格式两种，单行格式 If 语句仅能设计两分支的流程，块格式 If 和 Select Case 语句可实现多分支结构。

1. 单行格式 If 语句

If 语句是典型的判断分支控制语句，可以通过紧跟在 If 后面的表达式的值，判断出在其影响范围下的语句是否被执行。

语法格式：

If 条件 Then［语句1］［Else 语句2］

该语句执行逻辑如图 10—8 所示，语句执行时首先计算条件。若条件为 True 执行语句1，然后执行 If 语句的后续语句，否则执行语句2，然后执行 If 语句的后续语句。

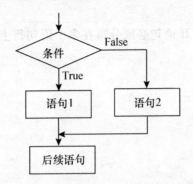

图 10—8　单行格式 If 语句的执行逻辑

语句说明：

(1) 语句中的条件可以是逻辑表达式，其运算结果为 True 或 False。

(2) 单行 If 语句仅允许写在一个语句行上。例如：

If M Then M = False Else M = True

(3) 语句1和语句2可以是一个或多个以冒号分开的语句。例如：

If A＞B Then C = A：A = B：B = A

【例 10—4】　设计一个检查文件是否存在的过程。

操作步骤如下：

①创建标准模块。在 Access 数据库窗口中单击左侧对象类别列表中的"模块"，然后单击工具栏中的"新建"按钮，系统会自动打开 Visual Basic 环境并创建默认名为"模块1"的标准模块，单击工具栏中的"保存"按钮并将模块命名为"FileTest"。

②创建"FileTest"过程。在"Access 学生成绩管理－应用程序－FileTest（代码）"窗口中键入名为"FileTest"的过程代码。如果窗口未显示，请双击右侧"模块"文件夹中的"FileTest"模块。

```
Sub FileTest()
    Dim wjm
    wjm = InputBox("请输入文件名：","检查文件是否存在") '输入时包含文件路径
    If Dir(wjm) Like "*.*" Then Debug.Print "存在" & wjm Else Debug.Print "文件
不存在！"
End Sub
```

【例 10—5】　设计一个能按教师姓名查找教师代码的过程。

```
Sub FindBh(xm as String) '调用时传入教师姓名
    Dim bh As String
```

```
bh = DLookup("教师代码", "教师表", "[姓名] = " & Chr(34) & xm & Chr(34))
    If Len(bh) <> 0 Then Debug. Print xm & bh Else Debug. Print "查无此人!"
End Sub
```

2. 块格式 If 语句

与单行格式不同，块格式 If 语句必须分写在多个语句行上，并以 End If 结尾。其中，Else If 子句可有任意多个。

语法格式：

```
If 条件 1 Then
    语句 1
[ElseIf 条件 n Then
    语句 n]
[Else
    语句]
End If
```

该语句执行逻辑如图 10—9 所示，语句执行时首先计算条件 1。若条件为 True 则执行语句 1；若为 False 则依次判断每个 ElseIf 的条件，如果某个条件为 True，则执行其后的语句，如果条件均为 False 则执行 Else 之后的语句。执行完后继续执行 End If 后的后续语句。

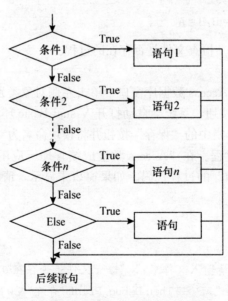

图 10—9　块格式 If 语句的执行逻辑

下面的 IF 语句用来判断一个字符是否是字母，而且判断它的大小写。

```
If Asc(strChar)>63 And Asc(strChar<91) Then
    strCharType = "大写字母"
ElseIf Asc(strChar)>96 And Asc(strChar<123) Then
```

```
    strCharType = "小写字母"
End If
```

【例 10—6】　设计一个过程，输入 3 个数，输出最大值。

```
Sub MaxNum()
    Dim S As String, a, b, c, m As Integer
    Dim num As Variant
    S = InputBox("请输入 3 个整数(数之间用逗号隔开):", "求 3 个数中的最大值")
    num = Split(S, ",")'将输入的字符串按逗号分隔为 3 个数字串
    a = CInt(num(0))
    b = CInt(num(1))
    c = CInt(num(2))
    If a >= b And a >= c Then
        m = a
    ElseIf b >= a And b >= c Then
        m = b
    Else
        m = c
    End If
    Debug.Print "您输入的数为" & S & ",最大值为" & m
End Sub
```

3. Select Case 语句

如果在 If 语句中，一个表达式有多个可选值，并要为这些可选值建立不同的执行语句，就会使得语句十分复杂，程序可读性差。这时就可以使用 Select Case 语句。Select Case 语句是一个多分支控制语句，它可以将相应的表达式与多个值进行比较，在验证之后执行合适的语句。

语法格式：

```
Select Case 测试表达式
    [Case 可选值 n
        [语句 n]]
    ……
[Case Else
        [语句]]
End Select
```

该语句的执行逻辑如图 10—10 所示。语句执行时，对 Select Case 子句的测试表达式，依次用所有 Case 子句中的可选值来检测是否满足，若有某个可选值满足，就执行其后的语句；若都不满足，则执行 Case Else 子句的语句。执行完后，接着执行 End Select 之后的语句。

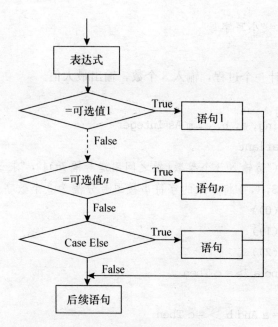

图 10—10　Select Case 的执行

下列 Select Case 语句判断输入字符的类别：

```
Select Case strChar
    Case "A" To "Z"
        strCharType = "大写字母"
    Case "a" To "z"
        strCharType = "小写字母"
    Case "0" To "9"
        strCharType = "数字字母"
    Case "!","?",".",",",";"
        strCharType = "标点符号"
    Case ""
        strCharType = "空格"
    Case < 32
        strCharType = "特殊字母"
    Case Else
        strCharType = "其他字母"
End Select
```

语法说明：

（1）测试表达式可以是字符串表达式或数值表达式。

（2）若有多个值满足测试表达式，仅第一个满足表达式的 Case 子句被执行。

（3）可选值可以是值的列表，其中可使用的列表方法有 3 种：用逗号分隔的表达式；用 To 关键字指定值的范围；使用 Is 关键字表示值的范围。例如，以下均为合法表达式：

Case 2 To 5

Case "pear", "apple", "peach"

Case Is < 60

(4) Select Case 语句允许嵌套。

【例 10—7】 设计一个过程，输入员工工作量，计算并输出应得奖金数额。

```
Sub PrizeSet()
    Dim S As String, achievements As Integer, Prize As Double
    S = InputBox("请输入工作业绩:", "根据工作成绩计算奖金")
    achievements = CInt(S)
    Select Case achievements
        Case 1
            Prize = 100
        Case 2, 3
            Prize = 200
        Case 4 To 9
            Prize = 400
        Case Is > 9
            Prize = 600
        Case Else
            Prize = 0
    End Select
    MsgBox ("应发奖金" & Prize)
End Sub
```

10.5.3 循环结构

在编程中经常需要重复执行某些操作，这时需要通过循环语句来判断并执行这些操作，其中被重复的语句称为循环体。

VBA 语言中的循环语句有条件循环语句、步长循环语句以及专用于处理集合对象的循环语句。循环执行的次数一般由循环次数或循环条件来决定，也可在循环体中插入退出语句（Exit Do）来结束循环。

1. Do…Loop 循环

Do…Loop 循环根据循环条件使用方式及位置共有 4 种语法格式，每一种格式都应在循环体中包含改变循环条件的语句，以使循环能正常结束。

表 10—5 Do…Loop 循环语句的格式

条件循环语句				无条件循环语句
前当循环	后当循环	前直到循环	后直到循环	
Do While 条件表达式 　循环语句 Loop	Do 　循环语句 Loop While 条件表达式	Do Until 条件表达式 　循环语句 Loop	Do Until 条件表达式 　循环语句 Loop Until 条件表达式	Do 　循环语句 Loop

当条件判断使用 While 或 Until 时语句的执行逻辑不同。若使用 While，当条件为 True 时重复执行循环体中的语句，条件为 False 时结束循环；而使用 Until，当条件为 False 时重复执行循环体中的语句，条件为 True 时结束循环。

这里以 Do While…Loop 为例，其执行逻辑如图 10—11 所示。语句执行时，先检查循环条件，若条件表达式为 False 就结束循环，然后执行 Loop 子句后面的语句；若条件表达式为 True 则执行循环，一旦遇到 Loop 就自动返回到 Do While 重新判断循环条件是否成立，以决定是否继续重复执行循环体。

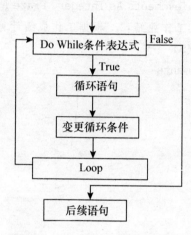

图 10—11 Do While 的执行逻辑

【例 10—8】 设计一个过程，计算 $1+2+3+\cdots+100$ 的值。

```
Sub Sum100()
    Dim s, i As Integer
    s = 0        '累加值,初值为 0
    i = 1        '加数,兼做计数器,初值为 1
    Do While i <= 100
        s = s + i
        i = i + 1
    Loop
    Debug.Print "1 + 2 + 3 + … + 100 = "; s
End Sub
```

若要使用其他三种格式的条件循环语句来完成此例，循环体不变，只需将循环语句作如下修改：

(1)Do…Loop While i<= 100

(2)Do Until i>100…Loop

(3)Do…Loop Until i>100

【例 10—9】 设计一个过程，强制必须在输入框中输入数据。

```
Sub Qzsr()
```

```
Dim sj As String
Do
    sj = InputBox("请输入数据:", "输入框")
    If sj <> Empty Then Exit Do '如果不是空串则退出
Loop
Debug.Print "您输入的数据是"; sj
End Sub
```

2. For…Next 循环

For…Next 语句可以根据指定的次数来重复循环体，在循环中通过使用计数器变量达到控制循环执行效果的目的。

语法格式为：

For 计数变量 = 开始值 To 结束值 [Step 步长]（缺省的步长值为 1）
　　循环语句
Next [计数器变量]

语句执行时，通过比较计数器变量与结束值来决定是否结束循环。当步长为正数时，若计数器变量不大于结束值就执行循环体；当步长为负数时，若计数器不小于结束值就执行循环体。执行一旦遇到 Next，计数器变量自动加上步长，然后返回到 For 重新与结束值进行比较。也可在循环体中使用循环退出语句 Exit For 来强制退出循环。

【例 10—10】 设计一个过程，计算 1～100 之间的奇数之和。

```
Sub SumOdd()
    Dim s, i As Integer
    For i = 1 To 100 Step 2    'For i = 99 To 1 Step - 2
        s = s + i
    Next
    Debug.Print "1～100 之间奇数之和为:"; s
End Sub
```

3. For Each…Next 循环

For Each…Next 语句专用于遍历访问集合或数组中元素的循环。

语法格式：

For Each In 集合
循环语句
Next [集合元素]

语句执行时，首先访问集合中的第一个元素，执行循环体，接着访问集合中第二个元素，直至集合中所有元素都访问完，就退出循环，然后继续执行 Next 之后的语句。

【例 10—11】 设计一个过程，使用 For Each…Next 语句访问数组元素。

```
Sub ForEach()
    Dim ys, sz(3) As Integer
    For i = 1 To 3
        sz(i) = 2 * i 'sz(1)至 sz(3)赋值 2,4,6
    Next
    For Each ys In sz 'ys 分别从 sz(0)到 sz(3)取值
        ys = ys + 1
        Debug.Print ys;
    Next
    Debug.Print
    For i = 1 To 3
        Debug.Print sz(i);
    Next
End Sub
```

4. 多重循环

若一个循环语句的循环体内又包含了其他循环，就构成了多重循环，也称为循环嵌套。对于许多较复杂问题的解决，都需要用到多重循环。

【例 10—12】 设计一个过程，要求在立即窗口显示输出乘法表。

```
Sub MultiTable()
    Dim i, j, m As Integer
    For i = 1 To 9
        For j = 1 To i
            s = i * j
            Debug.Print "    "; i; "*"; j; "="; i * j;
        Next
        Debug.Print
    Next
End Sub
```

10.5.4　其他语句——标号和 GoTo 语句

VBA 的 GoTo Label 语句可以跳过一些代码块到 Label 的位置，并从该点继续执行。Label 标号要从代码的最左边（第 1 列）开始写，这个位置通常会影响代码的缩进格式。

一般情况下不要使用 GoTo 语句。在 VBA 程序中使用 GoTo 语句的唯一目的就是用 On Error GoTo Label 语句来处理错误。

10.6　过程调用和参数传递

VBA 过程可分为 Sub 过程和函数过程两大类，Sub 过程又可分为事件过程和通用过

程。事件过程实际上是对象的某个事件属性，其名称和格式都由 VBA 内定，例如 Form _
Load、主体 _ Click 等。通用过程的名称由用户定义，例如 10.5 节示例程序中的过程。

10.6.1　过程

Sub 语句用来声明 Sub 过程的名称、参数，以及构成其主体的代码。格式如下：

[Private|Public][Static] Sub 过程名 [（参数列表）]
　　过程体
End Sub

说明：

（1）Public 和 Private 用于指定过程的可用性。Private 表示只有其所在模块中的其他
过程可以调用该过程；Public 表示任何模块的过程都可调用该过程；除事件过程外，所有
过程都默认为公共的。若不想使 Sub 过程成为公共的，必须用 Private 关键字显式声明。
事件过程在创建时，VBA 会在过程声明中自动加上 Private 关键字。

（2）Static 表示在调用之后保留其所在过程的局部变量的值，VBA 默认不保留局部变
量的值。

（3）Exit Sub 表示立即从 Sub 过程中退出。

（4）参数列表中各参数之间用逗号隔开，参数的基本格式为：

[ByVal|ByRef]参数名[As type]

其中 ByVal 表示该参数按值传递，ByRef 表示该参数按地址传递。Visual Basic 默认
ByRef。

所谓按值传递参数就是将实参值传递给过程，实参变量和形参变量是两个变量，被调
用过程不会改变实参变量的值。按地址传递参数是将实参地址传递给过程，这使过程能访
问到实参变量，在调用返回时实参变量能获得形参的值，即被调用过程能回送参数值。两
者相比，按地址传递参数所花费的空间与传递时间都较少，效率较高。

10.6.2　过程调用

Call 语句用来调用过程，也可调用 VBA 的函数和自定义函数（函数作为过程调用时，
其返回值将被丢弃）。调用后，程序流程将转移到被调用过程的过程体代码执行。

调用格式：

[Call] 过程名 [参数列表]

说明：

（1）关键字 Call 可以省略。

（2）在无参调用时，无论使用或不使用 Call，过程名后既不能跟参数，也不能跟空括
号。例如 "Call FindBh" 或 "FindBh"。

（3）在有参调用时，若使用 Call，参数列表必须加上括号，例如 "Call FindBh("李
华")"；若省略 Call，则参数列表不可外加括号，例如 "FindBh "李华""。

（4）在窗体的过程中可以直接调用标准模块中的过程，例如 "max a,b"，但也可使用

标准模块的名称来调用，例如"模块 1. max a,b"。

（5）在标准模块的过程中调用窗体模块中的过程，必须用 Visual Basic 格式指出窗体名，例如"Form_窗体 1. max a,b"。

10.6.3 函数

过程可以执行设计的相应命令，但一般不返回数值，因此不能在表达式中引用。函数不仅能执行相应命令，还可以带有返回值。VBA 语言提供了丰富的内部函数，如数学函数、字符串函数、日期/时间函数和类型转换函数等。

如果内部函数不能满足需要，就需要自己定义函数。自定义函数由关键字 Function 定义，也称为函数过程，函数体代码应放在 Function…End Function 之间。

语法格式：

[Public | Private | Friend] [Static] Function 函数名 [(参数列表)] [As type]
  [语句]
  [函数名 = 表达式]
End Function

【例 10—13】 设计一个"MyFunctions"的模块，并在其中编写一个能检测一个字符串是否是另一字符串的子串的自定义函数。

操作步骤如下：

①创建"MyFunctions"的模块。在 Visual Basic 窗口菜单栏中单击"插入"|"模块"命令创建一个标准模块，并保存为"MyFunctions"。

②创建 Substr 自定义函数。在"MyFunctions（代码）"窗口中创建名为"Substr"的函数，函数代码如下：

```
Function Substr(Mstr, Sstr As String)
    Dim i As Integer
    Substr = False
    For i = 1 To Len(Mstr) − Len(Sstr) + 1
        If Mid(Mstr, i, Len(Sstr)) = Sstr Then
            Substr = True
            Exit For
        End If
    Next
End Function
```

③编写 Test 过程，调用 Substr 函数，代码如下：

```
Sub Test()
    Dim M, S As String
    M = InputBox("请输入第一个字符串(母串)", "检测子串")
    S = InputBox("请输入第二个字符串(子串)", "检测子串")
```

```
    If Substr(M, S) Then
        MsgBox S & "是" & M & "的子串"
    Else
        MsgBox S & "不是" & M & "的子串"
    End If
End Sub
```

④运行 Test 过程，分别输入字符串"new star"和"star"，则在弹出的消息框中显示"star 是 new star 的子串"。

10.6.4　参数传递

VBA 过程根据有无参数，可分为无参过程和有参过程两种。有参过程中必须设置相应参数（称为形式参数或形参）。当调用过程时，调用语句中的参数（称为实际参数或实参）要传送给被调用过程为形式参数赋值。实参和形参按参数顺序来对应赋值，实参可以是常量、变量或表达式。

例如下面的 Student 过程接受三个形式参数：

```
Sub Student(name As String, age As Integer, bir As Date)
    ……
End Sub
```

在过程调用语句中需要提供 3 个相应的实际参数：

```
Student "John",20,#2-28-1970#
```

下面通过几个例子，说明参数传递的不同情况。

【**例 10—14**】　按地址传递参数示例：创建 circlearea 模块，在其中设计一个计算圆面积的 Sub 过程，代码如下：

```
Sub test()
    Dim bj, ymj As Single
    bj = InputBox("请输入半径:", "计算圆面积")
    If bj = 0 Or bj = Empty Then Exit Sub
    js bj, ymj
    Debug.Print "半径为"; bj; "的圆面积 ="; ymj
End Sub
Sub js(r, s)
    Const PI = 3.1415926
    s = PI * r * r
End Sub
```

【**例 10—15**】　传递参数到事件过程：设计一个过程，在窗体中使用方向键移动窗体中的按钮。

操作步骤如下：

①创建示例窗口。使用设计视图创建一个新窗体，在窗口中放置一个"按钮"控件，将窗口保存为"移动按钮"。

②编写事件过程代码。选中窗口中的按钮控件，打开属性对话框并切换到事件选项卡，单击"键按下"属性的属性框，单击"生成器"按钮，然后在打开的"选择生成器"对话框中选择"代码生成器"并按"确定"按钮。在 Visual Basic 代码窗口的 Command2 _ KeyDown 事件过程中键入以下代码：

```
Private Sub Command2_KeyDown(KeyCode As Integer, Shift As Integer)
    Select Case KeyCode
        Case Shift = 1 And vbKeyLeft
            If Command2.Left > 20 Then Command2.Left = Command2.Left - 20
        Case Shift = 1 And vbKeyUp
            If Command2.Top > 20 Then Command2.Top = Command2.Top - 20
        Case Shift = 1 And vbKeyRight
            If Me.Width - Command2.Left - Command2.Width > 20 Then Command2.
Left = Command2.Left + 20
        Case Shift = 1 And vbKeyDown
            If 主体.Height - Command2.Top - Command2.Height > 20 Then Command2.Top = Command2.Top + 20
    End Select
End Sub
```

【例 10—16】 传递数组参数：设计一个以数组为参数的自定义函数，求一元一次方程 $AX+B=0$ 的解。

```
Sub FuncRoot()
    Dim ab(2) As Single
    ab(1) = InputBox("请输入一次项系数:", "一元一次方程 AX + B = 0 求根", 1)
    ab(2) = InputBox("请输入常数项:", "一元一次方程 AX + B = 0 求根", 0)
    MsgBox "X = " & Root(ab())
End Sub
Function Root(sz)
    Root = IIf(sz(1) = 0, "无解", - sz(2) / sz(1))
End Function
```

10.7 VBA 程序的调试

调试的目的就是检查并纠正程序中的错误，以保证程序的可靠运行。同其他高级语言一样，VBA 也提供了丰富的程序代码调试方法和工具，例如设置断点、使用变量监视、单步跟踪等。

调试通常分三步进行：检查程序是否存在错误，确定出错的位置，纠正错误。

10.7.1 错误与查错技术

1. 错误分类

程序中的错误一般可区分为以下三类。

（1）逻辑错误：指程序设计中的差错，例如错误的变量名、不正确的变量类型、计算公式不对、不进入循环或无穷循环、比较中的谬误等。

（2）编译错误：常指源代码编译期间发现的语法错误。有些语法错误在键入代码阶段会被 VBA 自动查出。若在键入代码时按 Enter 键后所在行的代码显示为红色，表示该行存在语法错误。

（3）运行错误：指代码正运行时发生的错误，通常在对所执行的语句进行非法操作时发生。

2. 查错技术

查错技术通常可以分为两类，一类是静态检查，如通过仔细阅读程序代码以找出其中的错误；另一类是动态检查，即通过执行程序来考察结果是否与设计要求相符。

10.7.2 "调试"工具栏

在 Visual Basic 窗口中执行"视图"|"工具栏"|"调试"命令，显示如图 10—12 所示的"调试"工具栏。工具栏中的按钮按功能可以分为设置模式（设计模式、中断、重新设置）、设置断点（切换断点）、选取代码执行方法（运行子过程/用户窗体、逐语句、逐过程、跳出）、打开信息窗口（本地窗口、立即窗口、监视窗口、快速监视窗口和调用堆栈窗口）几个方面。主要功能介绍如下：

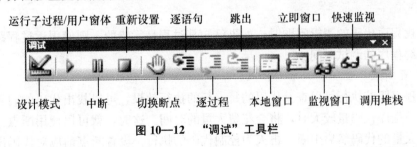

图 10—12 "调试"工具栏

（1）设计模式：进入或退出设计模式。若窗体正在运行，单击此按钮则切换到该窗体的设计视图。

（2）运行子过程/用户窗体：运行宏或继续。若光标在 Sub 过程中，则运行该过程；若当前一个用户窗体是活动的，则运行该窗体；若两者均不符合，即弹出一个标题为"宏"的对话框，供用户选择一个过程或宏来运行。

（3）中断：使正在运行的程序停止执行，切换至中断模式。除单击"中断"按钮外，若出现以下情况之一也能进入中断模式：在程序运行时遇到断点；在执行程序时按下 Ctrl＋Break；在执行程序时遇到 Stop 语句或尚未捕获的运行错误；遇到所设置的监视表达式中断。

（4）重新设置：清除执行堆栈及模块级变量并重置工程。

（5）切换断点：在当前的程序行上设置或删除断点。

（6）逐语句：一次执行一个语句，在调用过程时，进入所调用过程，快捷键为 F8。

（7）逐过程：一次执行一个语句，对于调用过程语句一次执行完所调用的过程，快捷键为 Shift＋F8。

（8）跳出：执行过程中自当前执行语句起的所有剩余代码，然后跳到调用过程中调用语句的下一句。

（9）本地窗口：用于显示"本地窗口"。"本地窗口"用表达式、值、类型 3 列显示变量内容。其中"值"列中显示的变量值可以更改并作用于其后续代码。

（10）立即窗口：用于显示"立即窗口"。"立即窗口"用于在调试程序时使用 Debug．Print 方法输出中间结果。

（11）监视窗口：用于显示"监视窗口"，以显示当前语句中表达式或变量的值、类型和上下文。

（12）快速监视：用于显示预先选定的表达式的当前值。在代码中选定某个表达式，单击"快速监视"按钮即弹出此对话框，其中会显示所选表达式的当前值。

（13）调用堆栈：用于显示"调用"对话框。其中列出在过程调用中已开始执行但未结束的过程的名称。

10.7.3　程序调试

1．跟踪程序执行

跟踪程序执行是读懂程序代码，熟悉程序执行流程的基本方法，通过跟踪程序代码的执行过程，可以有效发现程序代码执行中的问题。其中跟踪执行又可分为逐语句跟踪、逐过程跟踪两种。逐语句跟踪一次执行一个语句，在调用过程时，跟踪进入所调用过程。逐过程跟踪一次执行一个语句，对于调用过程语句一次性执行完所调用的过程而不进入所调用的过程。

在查找程序代码的逻辑问题时，如果已知某过程是无错的，则使用逐过程跟踪方式将会大量节约程序的调试时间。

2．设置断点

虽然程序跟踪执行可以查看代码的每一行的执行效果，可以找出代码的问题所在，但当一个应用程序代码量较大时，将会花费大量的时间。这时，就可以使用断点，使程序一次性执行大量的代码然后中断，再人为控制代码的执行。设置断点前应对代码出现的问题进行分析，找到问题的大致位置，然后在此位置之前设置断点。

3．监视表达式

当程序代码执行中遇到断点或出现错误，代码的执行将进入中断状态，这时为了分析程序的执行逻辑，我们就需要查看程序中的相关变量的值是否与算法期望值相同。如果相关变量的值与期望值不符，那么可以判定程序的逻辑出了问题。

【例 10—17】　对例 10—16 的代码进行调试，要求设置断点和表达式，使在执行过程时能观察表达式的值和过程中变量的值。

操作步骤如下：

①打开"circlearea"模块，打开"Access 学生管理"数据库窗口，选中模块对象列表

中的"circlearea"模块，然后点击数据库窗口工具栏上的"设计"按钮，即打开 Visual
Basic 窗口，并显示"circlearea"模块的全部代码。

②打开本地窗口、监视窗口和立即窗口，分别单击调试工具栏中的"本地窗口"、"监
视窗口"和"立即窗口"按钮，调整窗口位置如图 10—13 所示。

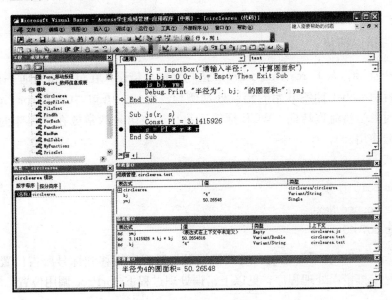

图 10—13　circlearea 模块调试

③设置监视表达式，执行"调试"｜"添加监视"命令，使"添加监视"对话框显示。

首先设置监视表达式"bj"。分别在"表达式"框中输入"bj"，在"模块"框中选定
"circlearea"，在"过程"框中选定"test"。单击"确定"按钮后，"监视窗口"中即显示
一行有关"bj"的信息。

以同样的方法设置监视表达式"3.1415926 * bj * bj"和"ymj"，设置监视表达式
"ymj"时在"过程"框中选定"js"。

④在代码窗口设置断点。在代码中过程调用行和计算行左侧的灰色竖条，若在单击处
显示棕色圆点，则表示已在此行设置了断点，当程序执行到此行时就会暂停。

⑤执行程序。单击"运行子过程/用户窗体"按钮或使用逐语句、逐过程等方式运行
程序，观察程序执行中各调用窗口中信息的变化以及程序中断点的作用。

10.8　VBA 程序运行错误处理

应用程序出错的通常原因有两个。一是代码中包含不正确的逻辑，以致不能执行操
作。例如，在进行除法运算时，除数可能为 0，程序运行时就会出现错误。另一个是由于
环境变化或不能约束用户操作等原因，即使正确的代码也会引发错误。例如，在向移动磁
盘中备份数据时磁盘未准备好。当应用程序出错时，系统将会停止运行并显示出错信息，
而系统给出的出错信息对一般用户来说可能是难以理解的。因此，为了增强应用程序的健
壮性，开发人员在编写应用程序时应包含错误处理例程来应对可能出现的错误。

无论怎样彻底地为程序代码作测试与排错，程序错误仍可能出现。VBA 中提供 On Error 语句来处理错误。过程中的错误处理代码包括错误捕获陷阱、错误处理例程、退出例程等三部分。错误捕获陷阱用来捕捉可能发生的错误，使用发生错误时 Visual Basic 立即中断程序的运行并转去执行预选编制的错误处理例程，在例程结束时返回中断处恢复执行原程序。

10.8.1　错误捕获

Visual Basic 用 On Error GoTo Label 语句来捕获错误。在过程执行时一旦发生错误，就会转去执行由 Label 标签开始的错误处理例程。例如，语句"On Error GoTo CWCL"在发生错误时，会将流程转向 CWCL 标签行执行。该语句通常放在过程体的前部，对其后所有语句起作用。

语法格式：

```
On Error GoTo 标号
On Error Resume Next
On Error GoTo 0
```

"On Error GoTo 标号"语句在遇到错误发生时程序转移到标号所指位置执行。一般标号之后都是安排错误处理程序，见以下错误处理过程 ErrorProc 调用位置：

```
On Error GoTo ErrHandler    '发生错误，跳转至 ErrHandler 位置执行
    …
ErrHandler:
    Call ErrorProc
…
```

在此例中，On Error GoTo 指令会使程序流程转移到 ErrHandler 标号位置。一般来说，错误处理的程序代码会在程序的最后。

On Error Resume Next 语句在遇到错误发生时不会考虑错误，并继续执行下一条语句。

On Error GoTo 0 语句用于关闭错误处理。

如果没有用 On Error GoTo 语句捕捉错误，或者用 On Error GoTo 0 语句关闭了错误处理，则在错误发生后会出现一个对话框，显示出相应的出错信息。

VBA 编程语言中，除使用 On Error…语句结构来处理错误外，还提供了一个对象（Err）、一个函数（Error$()）和一个语句（Error）来帮助了解错误信息。其中，Err 对象的 number 属性返回错误代码；而 Error$() 函数则可以根据错误代码返回错误名称；Error 语句的作用是模拟产生错误，以检查错误处理语句的正确性。

【例 10—18】　错误处理应用。

```
Private Sub test_Click()          '定义一事件过程
    On Error GoTo ErrHandler      '监控错误，安排错误处理至标号 ErrHandler 位置
    Error.Raise 11                '模拟产生代码为 11 的错误
    MsgBox "no error!"            '没有错误，显示"no error!"信息
```

```
        Exit Sub                      '正常结束过程
    ErrHandler:                       '标号 ErrHandler
        MsgBox Err.Number             '显示错误代码(显示为 11)
        MsgBox Err.Description        '显示错误名称(显示为"除数为零")
    End Sub
```

Err 对象还提供其他一些属性（如 source、description 等）和方法（raise、clear）来处理错误发生。

实际编程当中，需要对可能发生的错误进行了解和判断，充分利用上述错误处理机制可快速、准确地找到错误原因并加以处理，从而编写出"健壮"的程序代码来。

10.8.2　错误处理例程

错误处理例程可分为三部分：

（1）以标签行开头，在标签名后必须加上冒号。错误处理语句写在该行或后续行上，在发生错误时，该标签供 On Error GoTo 语句识别，以便转到错误处理例程执行。

（2）错误处理。VBA 语言中的 Err 对象保存了程序出错的相关信息，程序设计时，可根据 Err.Number 的值判断错误类别，然后进行一系列的处理。也可直接显示 Err.Description 中所给出的错误信息。

（3）过程的恢复执行。用 Resume 语句将执行从错误处理例程返回到过程主体。该语句共有三种形式：

Resume 或 Resume 0 将执行返回到发生错误的代码行，适用于可重复操作的场合。

Resume Next 将执行返回到错误代码行的下一行，适用于无需重复操作的场合。

Resume Label 将执行返回到由 Label 标签指定的代码行。

10.8.3　退出例程

由于错误处理例程通常放置在过程末尾，故其前必须放置"退出例程"，使在无错误时能立即退出过程，避免执行后面的错误处理代码。退出例程通常使用 Exit Sub 或 Exit Function。

【例 10—19】　试编写一个能将文件复制到 A：盘的过程，若驱动器未准备好应允许重试。

```
Sub CopyFileToA()
    On Error GoTo CWCL
    Dim BZ As Boolean, WJ As String
    WJ = InputBox("请键入路径及文件名" & Chr(13) & _
    "(包括扩展名,允许使用通配符)", "选择要复制的文件")
    WJ = Trim(WJ)
    If WJ <> Empty Then
        Set wjxtdx = CreateObject("Scripting.FilesystemObject")
        wjxtdx.Copyfile WJ, "A:\"
```

```
                MsgBox "复制完成!", , "复制文件"
        Else
                MsgBox "结束运行!", , "信息"
        End If
        Exit Sub
    CWCL: Select Case Err.Number
            Case 76
            If Right(WJ, 1) = "\" Then
                    MsgBox Err.Description & ",结束运行!", , "信息"
            Else
                If Not BZ Then
                        MsgBox "请将磁盘插入 A:驱动器!", , "消息"
                        BZ = Not BZ
                        Resume
                Else
                        MsgBox "找不到路径 A:,结束运行!", , "信息"
                End If
            End If
            Case 53
                MsgBox Err.Description & ",结束运行!", , "信息"
            Case Else
                MsgBox "存在其他错误,结束运行!", , "信息"
        End Select
    End Sub
```

10.9　VBA 应用编程实例

为系统设计一个登录窗体,要求只能使用系统用户表中已注册的用户。如果用户密码正确,打开应用程序主界面窗体;如果密码错误,则关闭应用程序。

首先,为系统创建系统用户表如表 10—6 所示并录入系统用户。

表 10—6　　　　　　　　　　　　　　系统用户表结构

字段名	字段类型	字段长度
用户名	文本	10
密码	文本	6

其次,创建系统登录窗体如图 10—14 所示,其中用户列表控件 Combo _ User 的数据来源为"系统用户表"。

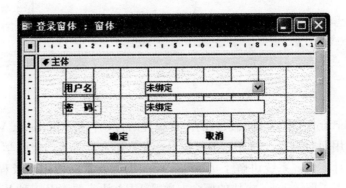

图 10—14 登录窗体

第三，为两个按钮添加"单击事件过程"，其代码如下：

```
Private Sub Command_OK_Click()'确定按钮单击事件
On Error GoTo Err_Command_OK_Click
If Nz([Text_pwd]) = Nz(DLookup("[密码]", "系统用户表", "[用户名] = " & "'" & Combo_
User & "'")) And Me.Combo_User <> "" Then          '验证用户名和密码
    MsgBox ("您已通过系统验证,即将登录")          '测验本窗体
    '实际应用系统中先关闭本窗体,然后打开系统主窗体
    'DoCmd.Close
    'stDocName = "main"
    ' DoCmd.OpenForm stDocName, , , stLinkCriteria
Else
    MsgBox "用户名和密码错误", , "请重新输入"
    Me.Combo_User.SetFocus
End If
Exit_Command_OK_Click：
    Exit Sub
Err_Command_OK_Click：
    MsgBox Err.Description
    Resume Exit_Command_OK_Click
End Sub


Private Sub Command_Cancel_Click()'取消按钮单击事件
On Error GoTo Err_Command_Cancel_Click
    DoCmd.Close
    DoCmd.Quit
Exit_Command_Cancel_Click：
    Exit Sub
Err_Command_Cancel_Click：
    MsgBox Err.Description
```

```
    Resume Exit_Command_Cancel_Click
End Sub
```

本章小结

VBA 是 Microsoft Office 办公系列的内置编程语言，它是 Microsoft Visual Basic 语言的一个子集，采用面向对象（OOP）编程技术，非常适合读者入门级的学习利用。本章借用丰富的程序设计实例，系统讲解了 Access VBA 编程要素的使用以及程序的调试运行。通过学习要求读者了解 Access 模块的概念，熟悉 VBA 语言要素及三种基本程序结构，掌握 VBA 程序设计方法及程序调试运行的方法。

习　题

一、选择题

1. 能被"对象所识别的动作"和"对象可执行的活动"分别称为对象的（　　）。
   　A. 方法和事件　　　B. 事件和方法　　　C. 事件和属性　　　D. 过程和方法
2. 函数 Right("计算机等级考试",4)的执行结果是（　　）。
   　A. 计算　　　　　B. 计算机等　　　　C. 等级考试　　　　D. 考试
3. 在窗体上画两个文本框和一个命令按钮，然后在命令按钮的代码窗口中编写如下事件过程：

```
Private Sub Command1_Click()
    Text1 = "VB programming"
    Text2 = Text1
    Text1 = "ABCD"
End Sub
```

程序运行后，单击命令按钮，文本框 Text2 中显示的内容为（　　）。
   　A. "VB programming"　　　　　　　　　B. "ABCD"
   　C. ""　　　　　　　　　　　　　　　　D. "Text1"
4. 在窗体上添加一个命令按钮（名为 Command1），然后编写如下程序：

```
Function m(x As Integer, y As Integer) As Integer
    m = IIf(x > y, x, y)
End Function
Private Sub Command1_Click()
    Dim a As Integer, b As Integer
    a = 1
    b = 2
    MsgBox m(a, b)
End Sub
```

打开窗体运行后，单击命令按钮，消息框中输出结果为（　　）。

    A. "1"　　　　　　　B. "2"　　　　　　　C. "m"　　　　　　　D. "m（a，b）"

5. 某个窗体已编写以下事件过程。打开窗体运行后，单击窗体，消息框的输出结果为（　　）。

```
Private Sub Form_Click()
    Dim k As Integer, n As Integer, m As Integer
    n = 10: m = 1: k = 1
    Do While k <= n
        m = m * 2
        k = k + 1
    Loop
    MsgBox m
End Sub
```

    A. 10　　　　　　　B. m　　　　　　　C. 1024　　　　　　　D. 2

6. VBA 中，以对话框的形式打开名为'StudentForm'窗体的格式为（　　）。

    A. DoCmD.OpenForm"StudentForm",aCDialog

    B. DoCMD.OpenForm"StudentForm",aCWindowNormal

    C. DoCmd.OpenForm"StudentForm",,,,adWindowNormal

    D. DoCmd.OpenForm"StudentForm",,,,acDialog

7. 在 VBA 的调试过程中能够显示出所有在当前过程中变量声明及变量值的窗口是（　　）。

    A. 快速监视窗口　　　B. 监视窗口　　　　C. 立即窗口　　　　D. 本地窗口

8. 下列关于标准模块的描述错误的是（　　）。

    A. 通常安排一些公共变量或过程供类模块里的过程调用

    B. 公共变量和公共过程具有全局特性

    C. 内部可以定义私有变量和私有过程仅供本模块内部使用

    D. 作用范围局限在窗体或报表内部，生命周期伴随着窗体或报表的打开而开始、关闭而结束

9. 在 VBA 中，如果没有显式声明或用符号来定义变量的数据类型，变量的默认数据类型为（　　）。

    A. Boolean　　　　　B. Int　　　　　　　C. String　　　　　　D. Variant

10. 假定窗体的名称为 fmTest，则把窗体的标题设置为"Access Test"的语句是（　　）。

    A. Me="Access Test"　　　　　　　　B. Me.Caption="Access Test"

    C. Me.Text="Access Test"　　　　　　D. Me.Name="Access Test"

二、填空题

1. 模块是用 Access 2003 所提供的 VBA（Visual Basic for Application）语言所编写的程序。模块有两个基本的类型：_____和_____。模块中的每一个过程都可以是一个

_____或者一个_____。

2. VBA 中，在模块中执行设计好的宏可以使用 DoCmd 对象的_____方法。

3. 把 X 定义成 String 型数据的语句为_____。

4. 程序中的错误一般可区分为_____、_____和_____三类。

5. 在进行 VBA 模块设计时，_____用于在调试程序时输出中间结果。

6. Visual Basic 用_____语句来捕获程序运行错误。

7. VBA 过程根据有无参数，可分为_____和_____两种。

8. VBA 程序中循环结构的执行次数一般由循环次数或循环条件来决定，也可在循环体中插入_____来结束循环。

9. VBA 程序语句按照其功能不同分为两大类型：一是_____，用于给变量、常量或过程定义命名；二是_____，用于执行赋值操作、调用过程、实现各种流程控制。

10. 类模块通常与某一窗体或报表相关联，其定义包含在相关联的窗体或报表定义中，因此类模块的创建是_____的。当我们为窗体（或报表）创建第一个_____时，Access 将自动创建与之关联的窗体或报表模块。

11. 若要在 VBA 代码中强制显式声明变量，应该在模块的通用声明部分加上_____语句。

三、简答题

1. 简述程序设计的三种基本结构。

2. 多分支结构有几种形式？各有什么特点？

3. 简述 VBA 编程中变量的声明及变量的作用范围。

4. VBA 与宏比较，具有哪些优点？

5. 简述 VBA 过程调用中参数的使用方式。

6. 在 VBA 程序设计中，如果捕获到程序错误，应如何处理错误？

四、操作题

1. 编写一个过程，其功能是统计一个字符串中英文字母、数字、空格和其他字符的个数。

2. 试编写一个过程，要求运行后在立即窗口显示如下乘法表。

$$1*1=1 \quad 1*2=2 \quad 1*3=3 \quad 1*4=4$$
$$2*2=4 \quad 2*3=6 \quad 2*4=8$$
$$3*3=9 \quad 3*4=12$$
$$4*4=16$$

3. 设计一个窗体，输入长方形的长和宽，如图 10—15 所示。若在选项组中选择"周长"则可以计算并显示其周长；若选择"面积"，则可以计算并显示其面积。

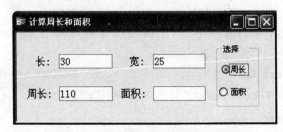

图 10—15　计算长方形的周长和面积

第 *11* 章

学生管理系统实例

对于一个软件开发项目，初学软件开发的人员往往不知如何入手。有的人员拿到项目后就急于构思如何编写程序，往往在开发中走了不少弯路，项目开发时效和最终质量也难以保证。现实的数据库应用系统开发，应该以软件工程思想为基础，按照一定的规范有步骤地进行。

本章将在前面学习的基础之上，以普通学校对学生教学的信息化管理需求为目标，围绕学生管理数据库的建立，设计和开发一个完整的学生管理系统。通过应用系统的开发过程，将软件工程、数据库设计和程序设计等有关知识融入其中。

11.1 数据库应用系统的开发过程

一般的数据库应用系统以数据库为基础，其重点是数据的使用，即对于系统中的数据进行查询、统计和报表输出等，这些功能正是一般企事业单位信息化管理的需求。本章就以普通学校的信息化管理系统为例，说明一般数据库应用系统的开发过程，其大致过程如图 11—1 所示。

1. 需求分析

由图 11—1 可知，整个开发活动从对系统的需求分析开始。其中系统需求又可分为对数据的需求和对应用功能的需求两个方面。我们把前者称为数据分析，后者称为功能分析。数据分析的结果是归纳出系统应用的数据库设计；功能分析的目的是为应用程序设计提供依据。

进行需求分析时，应该以充分的调查研究为基础，包括访问用户，了解人工管理系统模型，收集相关数据表格和资料等。这一过程应该让系统最终的用户更多地参与，认真细致地进行分析与系统的早期规划，可为将来节省时间、精力和资金。

2. 数据库设计

使用数据库统一管理数据和程序，可以增强数据库的可靠性和完整性，也便于进行系统的开发。因此在设计应用程序之前，首先要组织好系统数据。

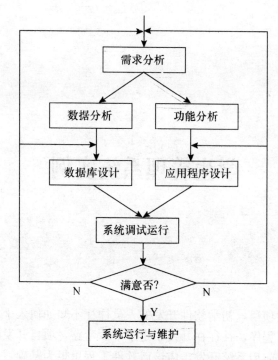

图 11—1 数据库应用系统开发过程

（1）了解数据库系统特点。Access 数据库具有定义数据字典的功能，包括字段属性、表属性、表间关系和联接。

（2）数据库的逻辑设计。数据库逻辑设计的任务为：按一定的原则将数据组织成一个或多个数据库，指明每个数据库中包含哪些表、每个表包含的字段，并确定表间关系。

（3）数据库的物理设计。数据库物理设计就是使用 DBMS 来创建数据库，定义表及表间关系。

（4）考虑数据库与应用程序设计的关系。整个系统设计中，应用程序设计和数据库设计是相互制约的。也就是说，应用程序设计将受到数据库当前结构的约束；在设计数据库时，也必须考虑实现应用程序数据处理功能的需求。

3. 应用程序设计与编码

Access 支持面向对象程序设计，程序设计以对象设计为重点。事实上，系统中的许多内容对于最终用户来说都是不可见的，如表、查询、宏、程序代码等。用户能见到并进行操作的，仅是应用系统提供给用户的用户界面，如窗体、报表、菜单、工具栏等。因此，用户对应用系统是否满意，很大程度上取决于界面功能是否完善、是否易于操作。

4. 软件调试

应用程序设计的过程中，常伴随着对窗体、报表、菜单等程序模块的测试和调试，通过测试找出错误，然后通过调试来纠正错误，最终达到预定的目的。测试一般可分成模块测试和综合测试两个阶段。Access 对于 VBA 和宏都提供了调试工具。

系统编码、调试完成后，就应该投入试运行，即把数据库和相关应用程序一起装入用户计算机中运行，从而考察系统功能是否达到预定的功能和性能需求。若不能满足要求，还需返回前面的步骤再次进行需求分析或设计修改。

5．系统运行与维护

系统开发完成后，即交付用户使用。在系统的使用期间，可能会由于工作原因进行某些调整或修改，以便改进系统。

11.2　系统需求分析

11.2.1　系统开发任务

随着信息化技术的发展，某学校为了提高教学管理效率，决定建立一个学生教学管理系统以取代以往的人工管理。学校对管理系统的基本目标为：

（1）参照手工管理业务流程，能够对学生、教师以及课程等相关数据编辑与修改；

（2）能够打印相关信息的纸质报表，以便档案室存档；

（3）系统使用方便、操作简单，并具有一定的安全措施。

11.2.2　数据需求分析

在调研过程中，校方提供了人工管理时所使用的表格，包括教师花名册、学生花名册、学生考试成绩表等。通过对系统需求和这些表格的分析，初步确定系统开发需要的数据应包括学生信息、教师信息、学生选课信息、学生考试成绩以及系统人员使用密码等。

11.2.3　功能需求分析

功能需求分析目的是找出用户对系统数据处理功能所提出的需求。根据系统的基本目标和数据需求，并与用户充分讨论交流后，确定系统应具有以下几方面功能：

（1）数据录入。用户把各种日常管理数据登记到系统定义的数据表中，同时要求能对已输入的数据进行修改。

（2）数据查询。能按照用户需要进行灵活的数据查询。

（3）数据统计。能够对所录入的工作数据提供统计功能。

（4）报表输出。能够根据录入的数据或查询统计结构产生报表并打印输出。

（5）系统维护。能对系统数据进行维护，包括系统初始化、数据的备份和恢复。

（6）用户验证。设置用户登录界面，对系统使用者进行身份和密码验证。

11.3　系统数据库设计

数据库设计的任务是确定系统所需的所有数据表以及表间关系。其中数据库设计可划分为逻辑设计与物理设计两个步骤。

11.3.1　数据库逻辑设计

1．确定数据表

数据库逻辑设计常用 E-R（实体—联系）图。但是，对于小的数据库系统也可直接进行表及表间关系的设计。

数据库逻辑设计可从分析输入数据着手，将输入数据进行划分，将输入数据中的某类相关数据归纳为一个表。对可能在多个类别中出现的数据，应使它们符合表间"关系"的要求。初步完成数据划分后，还要对每个表进行规范化，以控制数据冗余和方便应用。

以前面提到的"学生教学管理"数据库为例，将其所涉及的数据进行划分后可归纳出 6 个表：

(1) 系部（<u>系号</u>，系名）

(2) 学生（<u>学号</u>，姓名，性别，出生日期，<u>系号</u>，贷款否，Email，特长，照片）

(3) 教师（<u>教师编号</u>，姓名，性别，学历，职称，<u>系号</u>，照片）

(4) 课程（<u>课程号</u>，课程名，学分，<u>教师编号</u>，开课学期，学时，课程说明）

(5) 成绩（<u>学号</u>，<u>课程号</u>，成绩）

(6) 用户（<u>用户名</u>，用户密码）

以上表定义中括号外的字符串是表名，括号内为字段名列表，下划线为表间关系设计后的结果，其中带双下划线的字段为主键，带单下划线的字段为外键。

2. 表间关系设计

根据表间关联的需求，结合程序设计的方便性，本例为数据库中 5 个基本数据表设计了 5 个一对多关系，如图 11—2 所示，文本框表示表，直线表示表间关系，关系一端标出形成表间关系的关键字。表间关系的详细说明如表 11—1 所示。

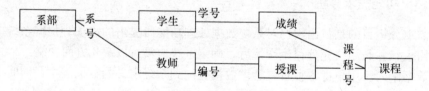

图 11—2　表间关系图

表 11—1　　　　　　　　　　　　表间关系表

需求	关系	主键	外键
一个系部有多个学生	系部表与学生表	系部.系号	学生.系号
一个系部有多个教师	系部表与教师表	系部.系号	教师.系号
一个学生有多门课程成绩	学生表与成绩表	学生.学号	成绩.学号
一个教师可以讲多门课程	教师表与授课表	教师.编号	授课.编号
一门课程可以有多个授课教师	课程表与授课表	课程.课程号	授课.课程号
一门课程有多个学生学习	课程表与成绩表	课程.课程号	成绩.课程号

注意：为了设计合理的表间关系，可以在表中补充字段，也可以添加必要的表。

3. 关系规范化

所谓关系规范化，其中心思想就是每个关系在其逻辑设计中都应满足一定的规范，才能使整个数据库达到减少冗余、提高查询效率的目的。为了建立冗余较小、结构合理的数据库，关系数据库创始人 E. F. Codd 把关系应满足的规范划分为若干等级，每级称为一个范式。Codd 认为，所有的关系至少应满足第一范式，一般应满足第三范式。

在本例中，关系起初被定义为：

学生（学号，姓名，性别，出生日期，系部，贷款否，Email，特长，照片）

教师（教师编号，姓名，性别，学历，职称，系部，照片）

由第一范式定义有关系 R 的每一属性都是不可再分的，即不允许"表中有表"。我们仔细分析以上关系可发现，"系部"被"学生表"和"教师表"多次使用，而事实上它并不是"学生"或"教师"的一部分。另外，对于以上设计，如果"系部"信息发生变化，则需要修改每个与其相关的学生和教师的相关信息。以上设计显然很容易造成数据的不可靠和不一致。因此，我们应按照规范要求，把以上设计改为：

学生（学号，姓名，性别，出生日期，系号，贷款否，Email，特长，照片）

教师（教师编号，姓名，性别，学历，职称，系号，照片）

系部（系号，系名，……）

对于新的设计，在"系部"信息发生变化时，只需要在"系部"表中修改一个记录就行了。不仅操作方便，出错的机会也少得多。

Access 提供了表分析器来帮助用户将表规范化。打开数据库后，执行"工具"|"分析"|"表"命令，就会显示"表分析器向导"对话框。如果用户的 Access 表在一个或多个字段中包含重复的信息，可以拆分为每种类型的信息只存储一次的多个独立表。

11.3.2 数据库的物理设计

经过数据分析，我们确定了学生管理数据库所需求的表对象以及表间的关系。下面我们就以此为基础，以 Access 数据库创建为例，进行具体的表对象及表间关系的定义。

1. 表的结构定义

表 11—2 列出了学生管理数据库中 6 个表的结构。

按照表 11—2 给出的表结构定义完表格后，输入部分测试数据，以便在后期开发中进行应用测试使用。

表 11—2 　　　　　　　　　　　学生管理数据库中表的结构

表名	字段名	数据类型	字段属性	主键	说明
系部	系号	数字	格式：自动编号	是	
	系名	文本	字段大小：10		不允许为空
	系主任	文本	字段大小：5		
学生	学号	文本	字段大小：8	是	
	姓名	文本	字段大小：5		不允许为空
	性别	文本	字段大小：1		设置有效性规则："男"or"女"，默认值为"男"
	出生日期	日期/时间	格式：短日期		
	系号	数字	格式：长整型		
	贷款否	是/否			默认值为"否"
	Email	文本	字段大小：20		
	特长	备注			
	照片	OLE 对象			

续前表

表名	字段名	数据类型	字段属性	主键	说明
教师	教师编号	数字	格式：自动编号	是	
	姓名	文本	字段大小：5		不允许为空
	性别	文本	字段大小：1		设置有效性规则："男" or "女"
	出生日期	日期/时间	格式：短日期		
	系号	数字	格式：长整型		
	学历	文本	字段大小：5		
	职称	文本	字段大小：3		
	简历	备注			
	照片	OLE 对象			
课程	课程号	数字	格式：自动编号	是	
	课程名	文本	字段大小：20		不允许为空
	学分	数字	格式：整型		
	开课学期	数字	格式：整型		设置有效性规则："<8"
	学时	数字	格式：整型		
	课程说明	备注			
	教师编号	数字	格式：长整型		
成绩	学号	文本	字段大小：8	是	
	课程号	数字	格式：长整型	是	
	平时成绩	数字	格式：单精度型		
	期末成绩	数字	格式：单精度型		
用户	用户名	文本	字段大小：5		设置唯一索引
	密码	文本	字段大小：8		

2. 在 Access 中创建表间关系

创建好表对象后，为了方便数据的维护，确保数据的可靠性与完整性，应按照数据库逻辑设计的结果创建表间关系。图 11—3 所示的是创建完成后的表间关系视图，在创建每个关系时，应在"编辑关系"窗口中选定"实施参照完整性"、"级联更新相关字段"和"级联删除相关字段"3 个复选框。具体的关系创建操作请参照相关内容。

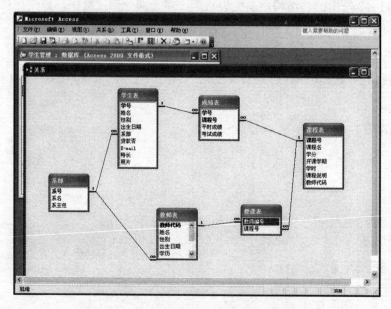

图 11—3　学生管理数据库及其表间关系窗口

11.4　系统功能设计

根据数据库应用系统开发过程，在数据库设计完成后，就可设计应用程序。后者又包括总体设计和详细设计。总体设计也可与数据库设计同时进行，而详细设计由于要在数据基础之上进行，因此宜在数据库设计完成后进行。

11.4.1　系统功能总体设计

根据前期系统功能分析以及数据分类情况，学生管理系统总体结构可用图 11—4 所示的层次图表示。

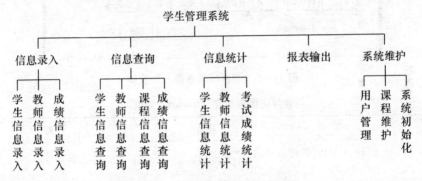

图 11—4　学生管理系统总体结构图

由于整个系统的设计内容较多，本节仅对系统中部分功能的设计进行讲解，其他功能模块可自行设计。

11.4.2　"教师信息录入"窗体

教师表信息较多，设计为单个窗体。为了窗体美观，先使用窗体向导生成教师信息窗体，然后通过设计视图进行进一步修改，最终结果如图 11—5 所示。

其中，"系号"组合框可使用控件向导生成，选择为控件提供数据的表为"表：系部"，数据列选择"系号"、"系名"两列。"职称"组合框的"行来源类型"使用值列表，其值为"教授；副教授；讲师；助教；高级工程师；工程师；助理工程师"。窗体中导航按钮可使用按钮向导生成。

为了方便用户在修改已有数据时能够快速找出要修改的教师记录，窗体下部设计了教师记录查找功能。在"教师编号"文本框中输入要查找的教师编号后，单击"查找"按钮，可以在当前窗体中显示相应的教师信息，以便修改数据；单击"全选"按钮，可以取消记录筛选，恢复显示所有的教师记录。记录查找功能使用宏实现，宏的定义如表 11—3 所示，其中"查找"按钮的单击事件调用"findTno"宏，"全选"按钮的单击事件调用"selAll"宏。

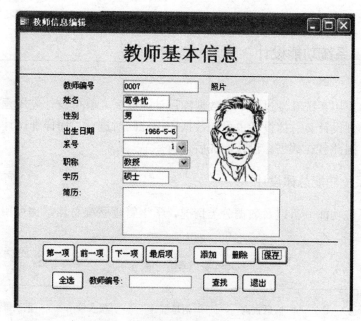

图 11—5   "教师信息录入"窗体

表 11—3   教师记录查找宏"teacher"定义

宏名	条件	操作	注释
findTno	IsNull（［Forms］!［教师信息录入］!［txtTno］）	StopMacro	
		ApplyFilter	Where 条件：［教师代码］＝［Forms］!［教师信息录入］!［txtTno］
		GoToRecord	记录：定位
selAll		ApplyFilter	Where 条件：［教师代码］Is Not Null
		GoToRecord	记录：首记录
		SetValue	项目：［Forms］!［教师信息录入］!［txtTno］表达式：' '

11.4.3   "成绩查询"窗体

考试成绩是学生管理系统数据处理和数据应用的核心数据，因此对学生成绩的查询及统计输出也是系统的主要功能。窗体的设计效果如图 11—6 所示，在成绩查询窗体中选择查询方式并输入查询条件，然后采用筛选输出满足查询条件的记录。

窗体的数据源为"学生成绩查询"，查询设计结果如图 11—7 所示。

其中，窗体中平均成绩的计算采用计算型文本框，其表达式为：

＝［平时成绩］＊0.2＋［考试成绩］＊0.8

成绩查询采用 VBA 程序设计实现，设计完成后的 VBA 代码如下：

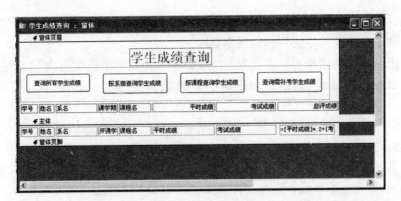

图 11—6 "学生成绩查询"窗体的设计效果

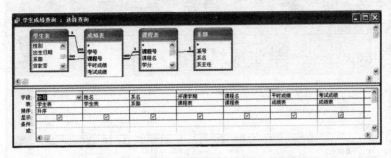

图 11—7 "学生成绩查询"窗体的查询设计

```
Dim str As String                         'str 变量用于接收查询条件
Private Sub Command_All_Click()     '查询所有学生成绩
    Me.FilterOn = False
End Sub
Private Sub Command_kc_Click()'按课程查询学生成绩
    str = InputBox("请输入要查询的课程名")
    Me.Filter = "[课程名] like '*" & str & "*'"
    Me.FilterOn = True
End Sub
Private Sub Command_xb_Click()'按系部查询学生成绩
    str = InputBox("请输入要查询的系部名")
    Me.Filter = "[系名] = '" & str & "'"
    Me.FilterOn = True
End Sub
Private Sub Command1_bk_Click()'查询所有需补考的学生成绩
    Me.Filter = "[平时成绩]*0.2+[考试成绩]*0.8<60"
    Me.FilterOn = True
End Sub
```

11.4.4 "学生成绩表"报表

考试成绩报表输出是系统主要的数据输出功能。本例中以学生成绩报表设计为例,为了提高报表设计效率，我们首先使用报表向导创建基本的"学生成绩表报表"，然后使用报表设计器做进一步设计，使其满足最终要求。

首先，使用向导创建基本报表，报表的数据源选择"学生成绩查询"的所有字段，查看数据方式选择"通过成绩表"，为报表添加分组级别为"系名"，其他选项采用默认设置。

其次，使用报表设计器打开向导创建的基本报表，为报表添加计算字段"总评成绩"，字段数据源为"＝[平时成绩]＊0.2＋[考试成绩]＊0.8"。为了突出显示总评不及格的成绩，需为"总评成绩"设置条件格式，其中条件为"字段值小于 60 时，为字体设置下划线"。然后调整报表整体布局，最终设计效果如图 11—8 所示。

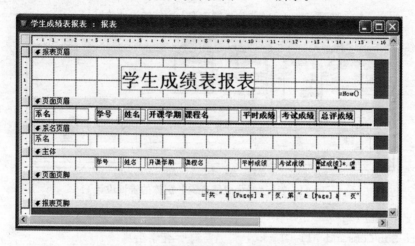

图 11—8 "学生成绩表报表"最终设计效果

11.4.5 系统主控面板

主控面板是系统登录后显示的第一窗体，是系统各功能的组织调用界面。主控面板可使用 Access 数据库提供的"工具"｜"切换面板管理器"命令来创建，也可采用设计自定义窗体形式创建。本例的主控面板采用窗体设计视图来创建。

首先，使用窗体设计视图创建一个窗体，然后按照系统功能的设计添加相应的控件，最后再对窗体做一些美化工作。系统主控面板最终设计效果如图 11—9 所示。

11.4.6 系统登录窗体

为保证系统的可靠运行，对系统使用者进行身份验证是必要的。本例中为系统设计的登录窗体具有如下功能：

（1）从系统用户表中取得用户名列表；

（2）用户输入密码并确定后，与系统用户表中存储的密码进行比较；

（3）如密码正确则允许登录；

（4）如密码错误，允许试登录三次，如密码仍不正确则关闭系统。

设计完成后的登录窗体如图 11—10 所示，其中窗体属性"计时器间隔"设置为 200，窗体中 VBA 程序代码如下：

图 11—9　系统主控面板设计效果

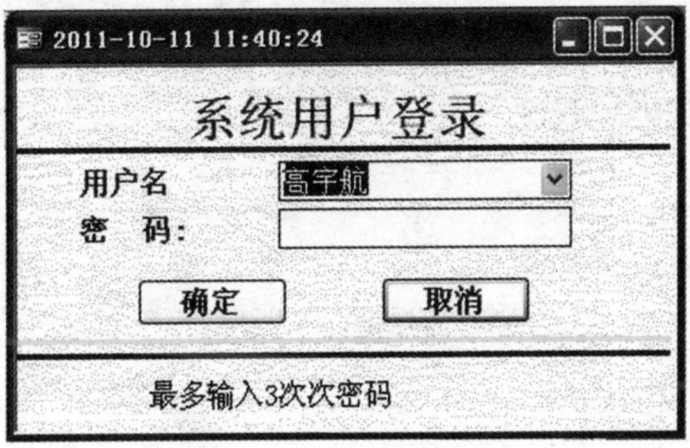

图 11—10　登录窗体

Option Compare Database

Dim I As Integer, d As Integer, m As Boolean

Private Sub Command_OK_Click()

On Error GoTo Err_Command_OK_Click

    I = I + 1

    If Nz([Text_pwd]) = Nz(DLookup("[密码]", "系统用户表", "[用户名] = " & "'" & Combo_User & "'")) _

        And Me. Combo_User <> "" Then　　　'验证用户名和密码

           MsgBox ("您已通过系统验证，即将登录")

           DoCmd. Close

           DoCmd. OpenForm "主控面板"

    Else

        If I < 3 Then

```
            MsgBox "用户名和密码错误", , "请重新输入"
            Me.Combo_User.SetFocus
        Else
            MsgBox "密码错,禁止进入系统!"
            DoCmd.Quit
        End If
    End If
Exit_Command_OK_Click:
    Exit Sub
Err_Command_OK_Click:
    MsgBox Err.Description
    Resume Exit_Command_OK_Click
End Sub
Private Sub Command_Cancel_Click()
On Error GoTo Err_Command_Cancel_Click
    DoCmd.Close
    DoCmd.Quit
Exit_Command_Cancel_Click:
    Exit Sub
Err_Command_Cancel_Click:
    MsgBox Err.Description
    Resume Exit_Command_Cancel_Click
End Sub
Private Sub Form_Load()
  d = 50
  Me.Caption = Now
End Sub
Private Sub Form_Timer()
  If m = False Then
    If Label6.Left < = d Then
      m = True
    Else
      Label6.Left = Label6.Left – d
    End If
  Else
    If Label6.Left > = Label6.Width Then
      m = False
    Else
      Label6.Left = Label6.Left + d
```

```
        End If
      End If
    End Sub
```

11.4.7　系统设置

通过以上设计，系统已具备了学生信息管理的功能，但是系统目前仍处于设计开发期，数据库打开后所有的对象对于用户都是开放的。在系统测试正常后，还需要对系统做一些设置，才能交给用户使用。下面简单介绍一下如何设置启动窗体。

启动窗体是进入 Access 系统后自动显示的第一个窗体，通常将登录窗体设置为启动窗体。如没有登录窗体，则可以将用于系统功能选择的主控窗体（主控面板）设置为启动窗体。

设置启动窗体的方法是：打开"学生管理"数据库，选择"工具"|"启动"命令，在启动对话框的"显示窗体/页"组合框中选择需要的启动窗体，本例中为"登录窗体"，如图 11—11 所示。根据需要，还可以设置应用程序标题、应用程序菜单、应用程序图标、配置系统工作环境等。

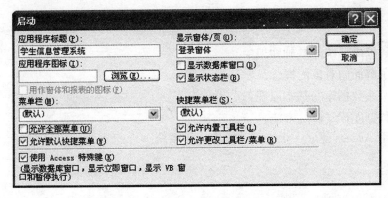

图 11—11　设置启动窗体与配置工作环境

习　题

设计一个"图书管理"数据库应用系统，要求完成图书数据的录入、查询、借阅登录、统计报表、系统维护等功能。

全国计算机等级考试二级 Access 考试大纲

◆考试要求

1. 具有数据库系统的基础知识。
2. 基本了解面向对象的概念。
3. 掌握关系数据库的基本原理。
4. 掌握数据库程序设计方法。
5. 能使用 Access 建立一个小型数据库应用系统。

◆考试内容

一、数据库基础知识

1. 基本概念：

数据库，数据模型，数据库管理系统，类和对象，事件。

2. 关系数据库基本概念：

关系模型（实体的完整性，参照的完整性，用户定义的完整性），关系模式，关系，元组，属性，字段，域，值，主关键字等。

3. 关系运算基本概念：

选择运算，投影运算，连接运算。

4. SQL 基本命令：

查询命令，操作命令。

5. Access 系统简介：

（1）Access 系统的基本特点。

（2）基本对象：表，查询，窗体，报表，页，宏，模块。

二、数据库和表的基本操作

1. 创建数据库：

(1) 创建空数据库。

(2) 使用向导创建数据库。

2. 表的建立：

(1) 建立表结构：使用向导，使用表设计器，使用数据表。

(2) 设置字段属性。

(3) 输入数据：直接输入数据，获取外部数据。

3. 表间关系的建立与修改：

(1) 表间关系的概念：一对一，一对多。

(2) 建立表间关系。

(3) 设置参照完整性。

4. 表的维护：

(1) 修改表结构：添加字段，修改字段，删除字段，重新设置主关键字。

(2) 编辑表内容：添加记录，修改记录，删除记录，复制记录。

(3) 调整表外观。

5 表的其他操作：

(1) 查找数据。

(2) 替换数据。

(3) 排序记录。

(4) 筛选记录。

三、查询的基本操作

1. 查询分类：

(1) 选择查询。

(2) 参数查询。

(3) 交叉表查询。

(4) 操作查询。

(5) SQL 查询。

2. 查询准则：

(1) 运算符。

(2) 函数。

(3) 表达式。

3. 创建查询：

(1) 使用向导创建查询。

(2) 使用设计器创建查询。

(3) 在查询中计算。

4. 操作已创建的查询：

(1) 运行已创建的查询。

(2) 编辑查询中的字段。

(3) 编辑查询中的数据源。

(4) 排序查询的结果。

四、窗体的基本操作

1. 窗体分类：

（1）纵栏式窗体。

（2）表格式窗体。

（3）主/子窗体。

（4）数据表窗体。

（5）图表窗体。

（6）数据透视表窗体。

2. 创建窗体：

（1）使用向导创建窗体。

（2）使用设计器创建窗体：控件的含义及种类，在窗体中添加和修改控件，设置控件的常见属性。

五、报表的基本操作

1. 报表分类：

（1）纵栏式报表。

（2）表格式报表。

（3）图表报表。

（4）标签报表。

2. 使用向导创建报表。

3. 使用设计器编辑报表。

4. 在报表中计算和汇总。

六、页的基本操作

1. 数据访问页的概念。

2. 创建数据访问页：

（1）自动创建数据访问页。

（2）使用向导创建数据访问页。

七、宏

1. 宏的基本概念。

2. 宏的基本操作：

（1）创建宏：创建一个宏，创建宏组。

（2）运行宏。

（3）在宏中使用条件。

（4）设置宏操作参数。

（5）常用的宏操作。

八、模块

1. 模块的基本概念：

（1）类模块。

（2）标准模块。

（3）将宏转换为模块。

2. 创建模块：

（1）创建 VBA 模块：在模块中加入过程，在模块中执行宏。

（2）编写事件过程：键盘事件，鼠标事件，窗口事件，操作事件和其他事件。

3. 调用和参数传递。

4. VBA 程序设计基础：

（1）面向对象程序设计的基本概念。

（2）VBA 编程环境：进入 VBE，VBE 界面。

（3）VBA 编程基础：常量，变量，表达式。

（4）VBA 程序流程控制：顺序控制，选择控制，循环控制。

（5）VBA 程序的调试：设置断点，单步跟踪，设置监视点。

◆考试方式

1. 笔试：90 分钟，满分 100 分，其中含公共基础知识部分的 30 分。

2. 上机操作：90 分钟，满分 100 分。

上机操作包括：（1）基本操作。（2）简单应用。（3）综合应用。

全国计算机等级考试二级 Access 笔试模拟题

一、选择题（每小题 2 分，共 70 分。下列各题 A、B、C、D 四个选项中，只有一个选项是正确的。）

1. 下面叙述正确的是（　　）。
   A. 算法的执行效率与数据的存储结构无关
   B. 算法的空间复杂度是指算法程序中指令＜或语句＞的条数
   C. 算法的有穷性是指算法必须能在执行有限个步骤之后终止
   D. 以上三种描述都不对

2. 以下数据结构中不属于线性数据结构的是（　　）。
   A. 队列　　　　　　B. 线性表　　　　　　C. 二叉树　　　　　　D. 栈

3. 在一棵二叉树上第 5 层的结点数最多是（　　）。
   A. 8　　　　　　　　B. 16　　　　　　　　C. 32　　　　　　　　D. 15

4. 下面描述中，符合结构化程序设计风格的是（　　）。
   A. 使用顺序、选择和重复（循环）三种基本控制结构表示程序的控制逻辑
   B. 模块只有一个入口，可以有多个出口
   C. 注重提高程序的执行效率
   D. 不使用 goto 语句

5. 下面概念中，不属于面向对象方法的是（　　）。
   A. 对象　　　　　　B. 继承　　　　　　C. 类　　　　　　　D. 过程调用

6. 在结构化方法中，用数据流程图（DFD）作为描述工具的软件开发阶段是（　　）。
   A. 可行性分析　　B. 需求分析　　　C. 详细设计　　　D. 程序编码

7. 在软件开发中，下面任务不属于设计阶段的是（　　）。
   A. 数据结构设计　　　　　　　　　　B. 给出系统模块结构
   C. 定义模块算法　　　　　　　　　　D. 定义需求并建立系统模型

8. 数据库系统的核心是（   ）。

    A. 数据模型   B. 数据库管理系统

    C. 软件工具   D. 数据库

9. 下列叙述中正确的是（   ）。

    A. 数据库系统是一个独立的系统，不需要操作系统的支持

    B. 数据库设计是指设计数据库管理系统

    C. 数据库技术的根本目标是要解决数据共享的问题

    D. 数据库系统中，数据的物理结构必须与逻辑结构一致

10. 下列模式中，能够给出数据库物理存储结构与物理存取方法的是（   ）。

    A. 内模式   B. 外模式   C. 概念模式   D. 逻辑模式

11. 在 Access 数据库中，表就是（   ）。

    A. 关系   B. 记录   C. 索引   D. 数据库

12. ODBC 的中文含义是（   ）。

    A. 浏览器/服务器   B. 客户/服务器

    C. 开放数据库连接   D. 关系数据库管理系统

13. 数据模型反映的是（   ）。

    A. 事物本身的数据和相关事物之间的联系

    B. 事物本身所包含的数据

    C. 记录中所包含的全部数据

    D. 记录本身的数据和相关关系

14. 能够使用"输入掩码向导"创建输入掩码的字段类型是（   ）。

    A. 数字和日期/时间   B. 文本和货币

    C. 文本和日期/时间   D. 数字和文本

15. 在查询中，默认的字段显示顺序是（   ）。

    A. 在表的"数据表视图"中显示的顺序

    B. 添加时的顺序

    C. 按照字母顺序

    D. 按照文字笔画顺序

16. 既可以直接输入文字，又可以从列表中选择输入项的控件是（   ）。

    A. 选项框   B. 文本框   C. 组合框   D. 列表框

17. Access 数据库表中的字段可以定义有效性规则，有效性规则是（   ）。

    A. 控制符   B. 文本   C. 条件   D. 前三种说法都不对

18. 在课程表中要查找课程名称中包含"计算机"的课程，对应"课程名称"字段的正确准则表达式是（   ）。

    A. "计算机"   B. "*计算机*"

    C. Like "*计算机*"   D. Like "计算机"

19. 某窗体中有一命令按钮，在"窗体视图"中单击此命令按钮，运行另一个应用程序。如果通过调用宏对象完成此功能，则需要执行的宏操作是（   ）。

    A. RunApp   B. RunCode   C. RunMacro   D. RunSQL

20. 建立一个基于"学生"表的查询，要查找"出生日期"（数据类型为日期/时间型）在 1980－06－06 和 1980－07－06 间的学生，在"出生日期"对应列的"准则"行中应输入的表达式是（　　）。

    A. between 1980－06－06 and 1980－07－06

    B. between ＃1980－06－06＃ and ＃1980－07－06＃

    C. between 1980－06－06 or 1980－07－06

    D. between ＃1980－06－06＃ or ＃1980－07－06＃

21. 可以作为窗体记录源的是（　　）。

    A. 表　　　　　　　　　　　　　B. 查询

    C. select 语句　　　　　　　　　D. 表、查询或 select 语句

22. 创建交叉表查询，在"交叉表"行上有且只能有一个的是（　　）。

    A. 行标题和列标题　　　　　　　B. 行标题和值

    C. 行标题、列标题和值　　　　　D. 列标题和值

23. Access 窗体中的文本框控件分为（　　）。

    A. 计算型和非计算型　　　　　　B. 结合型和非结合型

    C. 控制型和非控制型　　　　　　D. 记录型和非记录型

24. 要显示格式为"页码/总页数"的页码，应当设置文本框控件的控件来源属性为（　　）。

    A. ［Page］/［Pages］　　　　　　B. ＝［Page］/［Pages］

    C. ［Page］&"/"&［Pages］　　　　D. ＝［Page］&"/"&［Pages］

25. 在报表每一页的底部都输出信息，需要设置的区域是（　　）。

    A. 报表页眉　　B. 报表页脚　　C. 页面页眉　　D. 页面页脚

26. 如果设置报表上某个文本框的控件来源属性为"＝7 Mod 4"，则打印预览视图中，该文本框显示的信息为（　　）。

    A. 未绑定　　　　B. 3　　　　　C. 7 Mod 4　　　D. 出错

27. 在数据访问页的工具箱中，为了设置一个超级链接，应该选择的图标是（　　）。

    A. 🖼　　　　　B. 🖼　　　　　C. ％　　　　　D. 🖼

28. 为窗体或报表上的控件设置属性值的宏操作是（　　）。

    A. Beep　　　　B. Echo　　　　C. MsgBox　　　D. SetValue

29. 要限制宏操作的操作范围，可以在创建宏时定义（　　）。

    A. 宏操作对象　　　　　　　　　B. 宏条件表达式

    C. 窗体或报表控件属性　　　　　D. 宏操作目标

30. 在宏的条件表达式中，要引用"rptT"报表上名为"txtName"控件的值，可以使用的引用表达式是（　　）。

    A. Reports! rptT! txtName　　　B. Report! txtName

    C. rptT! txtName　　　　　　　D. txtName

31. 在 Access 中，自动启动宏的名称是（　　）。

    A. autoexec　　B. auto　　　　C. auto. bat　　D. autoexec. bat

32. 以下关于 VBA 运算符优先级的比较，正确的是（　　）。

A. 算术运算符＞逻辑运算符＞比较运算符

B. 逻辑运算符＞比较运算符＞算术运算符

C. 算术运算符＞比较运算符＞逻辑运算符

D. 以上均是错误的

33. 定义了二维数组 A（2 to 5，5），该数组的元素个数为（　　　）。

A. 20　　　　　　B. 24　　　　　　C. 25　　　　　　D. 36

34. 在 VBA 中，如果没有显式声明或未用符号定义变量的数据类型，变量的默认数据类型为（　　　）。

A. Boolean　　　B. Int　　　　　　C. String　　　　　D. Variant

35. 使用 VBA 的逻辑值进行算术运算时，True 值被处理为（　　　）。

A. −1　　　　　　B. 0　　　　　　　C. 1　　　　　　　D. 任意值

二、填空题（每空 2 分，共 30 分。请将每一个空的正确答案写在答题处【1】至【15】。）

1. 算法的复杂度主要包括【1】复杂度和空间复杂度。

2. 数据的逻辑结构在计算机存储空间中的存放形式称为数据的【2】。

3. 若按功能划分，软件测试的方法通常分为白盒测试方法和【3】测试方法。

4. 如果一个工人可管理多个设备，而一个设备只被一个工人管理，则实体"工人"与实体"设备"之间存在【4】的联系。

5. 关系数据库管理系统能实现的专门关系运算包括选择、连接和【5】。

6. 操作查询共有 4 种类型，分别是删除查询、【6】、追加查询和生成表查询。

7. 在 Access 中可以定义三种主关键字：自动编号、单字段及【7】。

8. 在表格式窗体、纵栏式窗体和数据表窗体中，将窗体最大化后显示记录最多的窗体是【8】。

9. 宏是一个或多个【9】的集合。

10. 在设计带条件宏时，对于连续重复的条件，可以用【10】符号来代替重复条件。

11. 下面程序的功能是计算折旧年限。假设一台机器的原价值为 100 万元，如果每年的折旧率为 4%，多少年后它的价值不足 50 万元？请填空。

```
y = 0
p = 100
x = 0.04
Do
p = p * (1 − x)
y = y + 1
Loop Until p<【11】
MsgBox y
```

12. 执行下面的程序段后，b 的值为【12】。

```
a = 5
b = 7
```

```
a = a + b
b = a − b
a = a − b
```

13. 执行下面的程序，消息框里显示的结果是【13】。

```
Private Sub Form Click()
Dim Str As String,k As Integer
Str = "ab"
For k = Len(Str)To 1 Step − 1
Str = Str&Chr(Asc(Mid(Str, k, 1)) + k)
Next k
MsgBox Str
End Sub
```

14. 在名为 "Form1" 的窗体上添加三个文本框和一个命令按钮，其名称分别为
"Text1"、"Text2"、"Text3" 和 "Command1"，然后编写如下两个事件过程：

```
Private Sub Command1_Click()
Text3 = Text1 + Text2
End Sub
Private Sub Form1 Load()
Text1 = ""
Text2 = ""
Text3 = ""
End Sub
```

打开窗体 Form1 后，在第一个文本框（Text1）和第二个文本框（Text2）中分别输
入 5 和 7，然后单击命令按钮 Command1，则文本框（Text3）中显示的内容为【14】。

15. 执行下面的程序，消息框的输出结果是【15】

```
Option Base 1
Private Sub Command1_Click()
  Dim a(10), p(3) As Integer
  k = 5
  For i = 1 To 10
    a(i) = i
  Next i
  For i = 1 To 3
    p(i) = a(i ∗ i)
  Next i
  For i = 1 To 3
    k = k + p(i) ∗ 2
```

```
    Next i
    MsgBox k
End Sub
```

参考答案：

一、选择题

1~10：CCBADBDBCA

11~20：ACACBCCCAB

21~30：DDBDDBADBA

31~35：ACBDA

二、填空题

1. 时间	2. 存储结构	3. 黑盒	4. 一对多	5. 投影
6. 更新查询	7. 多字段	8. 数据表窗体	9. 命令	10. ⋯
11. 50	12. 5	13. Abab	14. 57	15. 33

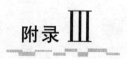

全国计算机等级考试二级 Access 上机模拟题

一、基本操作题

（1）在考生文件夹下，"samp1. mdb"数据库文件中建立表"tTeacher"，表结构如下：

字段名称	数据类型	字段大小	格式
编号	文本	8	
姓名	文本	6	
性别	文本	1	
年龄	数字	整型	
工作日期	日期/时间		短日期
职称	文本	6	
退休否	是/否		是/否

（2）设置"编号"字段为主键；

（3）设置"职称"字段的默认值属性为"讲师"；

（4）在"tTeacher"表中输入以下 2 条记录：

编号	姓名	性别	年龄	工作日期	职称	退休否
9851	张军	男	28	1998-9-1	讲师	
0015	李丽	女	62	1958-9-3	教授	✔

二、简单应用题

考生文件夹下存在一个数据库文件"samp2. mdb"，里面已经设计好两个关联表对象"tEmp"和"tGrp"及表对象"tBmp"和"tTmp"。试按以下要求完成设计：

（1）以表对象"tEmp"为数据源，创建一个查询，查找并显示年龄大于等于 40 的职工的"编号"、"姓名"、"性别"、"年龄"和"职务"五个字段内容，所建查询命名为"qT1"。

（2）以表对象"tEmp"和"tGrp"为数据源，创建一个查询，按照部门名称查找职工信息，显示职工的"编号"、"姓名"及"聘用时间"三个字段的内容。要求显示参数提示信息为"请输入职工所属部门名称"，所建查询命名为"qT2"。

（3）创建一个查询，将表"tBmp"中"编号"字段值前面增加"05"两个字符，所建查询命名为"qT3"。

（4）创建一个查询，删除表对象"tTmp"里所有姓名含有"红"字的记录，所建查询命名为"qT4"。

三、综合应用题

考生文件夹下存在一个数据库文件"samp3.mdb"，里面已经设计了表对象"tEmp"、窗体对象"fEmp"、报表对象"rEmp"和宏对象"mEmp"。试在此基础上按照以下要求补充设计：

（1）设置表对象"tEmp"中"姓名"字段为"必填字段"，同时设置其为"有重复索引"。将考生文件夹下图像文件"zs.bmp"作为表对象"tEmp"中编号为"000002"、名为"张三"的女职工的照片数据。

（2）将报表"rEmp"的主体节区内"tAge"文本框控件改名为"tYear"，同时依据报表记录源的"年龄"字段值计算并显示出其四位的出生年份信息。

注意：当前年必须用相关函数返回。

（3）设置"fEmp"窗体上名为"bTitle"的标签文本显示为阴影特殊效果。同时，将窗体按钮"btnP"的单击事件属性设置为宏"mEmp"，以完成单击按钮打开报表的操作。

注意：不允许修改数据库中的宏对象"mEmp"；不允许修改窗体对象"fEmp"和报表对象"rEmp"中未涉及的控件和属性；不允许修改表对象"tEmp"中未涉及的字段和属性。

全国计算机等级考试二级 Access 真题
(2011 年 3 月)

一、选择题 (每小题 2 分，共 70 分)

下列各题 A、B、C、D 四个选项中，只有一个选项是正确的，请将正确选项涂写在答题卡相应位置上，答在试卷上不得分。

(1) 下列关于栈叙述正确的是 (   )。

    A. 栈顶元素最先能被删除   B. 栈顶元素最后才能被删除

    C. 栈底元素永远不能被删除   D. 以上三种说法都不对

(2) 下列叙述中正确的是 (   )。

    A. 有一个以上根结点的数据结构不一定是非线性结构

    B. 只有一个根结点的数据结构不一定是线性结构

    C. 循环链表是非线性结构

    D. 双向链表是非线性结构

(3) 某二叉树共有 7 个结点，其中叶子结点只有 1 个，则该二叉树的深度为 (假设根结点在第 1 层)(   )。

    A. 3   B. 4   C. 6   D. 7

(4) 在软件开发中，需求分析阶段产生的主要文档是 (   )。

    A. 软件集成测试计划   B. 软件详细设计说明书

    C. 用户手册   D. 软件需求规格说明书

(5) 结构化程序所要求的基本结构不包括 (   )。

    A. 顺序结构   B. GOTO 跳转

    C. 选择 (分支) 结构   D. 重复 (循环) 结构

(6) 下面描述中错误的是 (   )。

    A. 系统总体结构图支持软件系统的详细设计

    B. 软件设计是将软件需求转换为软件表示的过程

C. 数据结构与数据库设计是软件设计的任务之一

D. PAD 图是软件详细设计的表示工具

(7) 负责数据库中查询操作的数据库语言是（　　）。

A. 数据定义语言 B. 数据管理语言

C. 数据操纵语言 D. 数据控制语言

(8) 一个教师可讲授多门课程，一门课程可由多个教师讲授。则实体教师和课程间的联系是（　　）。

A. 1∶1 联系 B. 1∶m 联系 C. m∶1 联系 D. m∶n 联系

(9) 有三个关系 R、S 和 T 如下：

R		
A	B	C
a	1	2
b	2	1
c	3	1

S	
A	B
c	3

T
C
1

则由关系 R 和 S 得到关系 T 的操作是（　　）。

A. 自然连接 B. 交 C. 除 D. 并

(10) 定义无符号整数类为 UInt，下面可以作为类 UInt 实例化值的是（　　）。

A. −369 B. 369

C. 0.369 D. 整数集合 {1，2，3，4，5}

(11) 在学生表中要查找所有年龄大于 30 岁姓王的男同学，应该采用的关系运算是（　　）。

A. 选择 B. 投影 C. 联接 D. 自然联接

(12) 下列可以建立索引的数据类型是（　　）。

A. 文本 B. 超级链接 C. 备注 D. OLE 对象

(13) 下列关于字段属性的叙述中，正确的是（　　）。

A. 可对任意类型的字段设置"默认值"属性

B. 定义字段默认值的含义是该字段值不允许为空

C. 只有"文本"型数据能够使用"输入掩码向导"

D. "有效性规则"属性只允许定义一个条件表达式

(14) 查询"书名"字段中包含"等级考试"字样的记录，应该使用的条件是（　　）。

A. Like "等级考试" B. Like "* 等级考试。

C. Like "等级考试 * " D. Like "* 等级考试 * "

(15) 在 Access 中对表进行"筛选"操作的结果是（　　）。

A. 从数据中挑选出满足条件的记录

B. 从数据中挑选出满足条件的记录并生成一个新表

C. 从数据中挑选出满足条件的记录并输出到一个报表中

D. 从数据中挑选出满足条件的记录并显示在一个窗体中

(16) 在学生表中使用"照片"字段存放相片，当使用向导为该表创建窗体时，照片字段使用的默认控件是（　　）。

　　　　A. 图形　　　　　B. 图像　　　　　C. 绑定对象框　　D. 未绑定对象框

（17）下列表达式计算结果为日期类型的是（　　　）。

　　　　A. ＃2012-1-23＃-＃2011-2-3＃

　　　　B. year(＃2011-2-3＃)

　　　　C. DateValue("2011-2-3")

　　　　D. Len("2011-2-3")

（18）若要将"产品"表中所有供货商是"ABC"的产品单价下调 50，则正确的 SQL 语句是（　　　）。

　　　　A. UPDATE 产品 SET 单价 = 50 WHERE 供货商 = " ABC"

　　　　B. UPDATE 产品 SET 单价 = 单价 - 50 WHERE 供货商 = " ABC"

　　　　C. UPDATE FROM 产品 SET 单价 = 50 WHERE 供货商 = " ABC"

　　　　D. UPDATE FROM 产品 SET 单价 = 单价 - 50 WHERE 供货商 = " ABC"

（19）若查询的设计如下，则查询的功能是（　　　）。

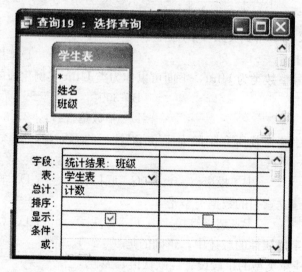

　　　　A. 设计尚未完成，无法进行统计

　　　　B. 统计班级信息仅含 Null（空）值的记录个数

　　　　C. 统计班级信息不包括 Null（空）值的记录个数

　　　　D. 统计班级信息包括 Null（空）值全部记录个数

（20）在教师信息输入窗体中，为职称字段提供"教授"、"副教授"、"讲师"等选项供用户直接选择，应使用的控件是（　　　）。

　　　　A. 标签　　　　　B. 复选框　　　　　C. 文本框　　　　　D. 组合框

（21）在报表中要显示格式为"共 N 页，第 N 页"的页码，正确的页码格式设置是（　　　）。

　　　　A. ="共" + Pages + "页,第" + Page + "页"

　　　　B. ="共" + [Pages] + "页,第" + [Page] + "页"

　　　　C. ="共"&Pages&"页,第"&Page&"页"

　　　　D. ="共"&[Pages]&"页,第"&[Page]&"页"

（22）某窗体上有一个命令按钮，要求单击该按钮后调用宏打开应用程序 Word，则设计该宏时应选择的宏命令是（　　）。

    A. RunApp   B. RunCode

    C. RunMacro   D. RunCommand

（23）下列表达式中，能正确表示条件"x 和 y 都是奇数"的是（　　）。

    A. x Mod 2＝0 And y Mod 2＝0   B. x Mod 2＝0 Or y Mod 2＝0

    C. x Mod 2＝1 And y Mod 2＝1   D. x Mod 2＝1 Or y Mod 2＝1

（24）若在窗体设计过程中，命令按钮 Command0 的事件属性设置如下图所示，则含义是（　　）。

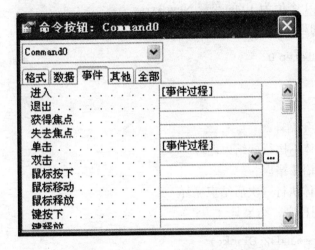

    A. 只能为"进入"事件和"单击"事件编写事件过程

    B. 不能为"进入"事件和"单击"事件编写事件过程

    C. "进入"事件和"单击"事件执行的是同一事件过程

    D. 已经为"进入"事件和"单击"事件编写了事件过程

（25）若窗体 Frm1 中有一个命令按钮 Cmd1，则窗体和命令按钮的 Click 事件过程名分别为（　　）。

    A. Form_Click() Command1_Click()

    B. Form1_Click() Command1_Click()

    C. Form_Click() Cmd1_Click()

    D. Form1_Click() Cmd1_Click()

（26）在 VBA 中，能自动检查出来的错误是（　　）。

    A. 语法错误   B. 逻辑错误   C. 运行错误   D. 注释错误

（27）下列给出的选项中，非法的变量名是（　　）。

    A. Sum   B. Integer_2   C. Rem   D. Form1

（28）如果在被调用的过程中改变了形参变量的值，但又不影响实参变量本身，这种参数传递方式称为（　　）。

    A. 按值传递   B. 按地址传递

    C. ByRef 传递   D. 按形参传递

(29) 表达式 "B=INT(A+0.5)" 的功能是（　　）。

    A. 将变量 A 保留小数点后 1 位

    B. 将变量 A 四舍五入取整

    C. 将变量 A 保留小数点后 5 位

    D. 舍去变量 A 的小数部分

(30) VBA 语句 "Dim NewArray(10) as Integer" 的含义是（　　）。

    A. 定义 10 个整型数构成的数组 NewArray

    B. 定义 11 个整型数构成的数组 NewArray

    C. 定义 1 个值为整型数的变量 NewArray(10)

    D. 定义 1 个值为 10 的变量 NewArray

(31) 运行下列程序段，结果是（　　）。

```
For m = 10 to 1 step 0
    k = k + 3
Next m
```

    A. 形成死循环

    B. 循环体不执行即结束循环

    C. 出现语法错误

    D. 循环体执行一次后结束循环

(32) 运行下列程序，结果是（　　）。

```
Private Sub Command32_Click()
    f0 = 1 : f1 = 1 : k = 1
    Do While k < = 5
        f = f0 + f1
        f0 = f1
        f1 = f
        k = k + 1
    Loop
    MsgBox "f = "&f
End Sub
```

    A. f=5   B. f=7   C. f=8   D. f=13

(33) 有如下事件程序，运行该程序后输出结果是（　　）。

```
Private Sub Command33_Click()
    Dim x As Integer, y As Integer
    x = 1 : y = 0
    Do Until y < = 25
        y = y + x * x
        x = x + 1
```

```
    Loop
    MsgBox "x = "&x&", y = "&y
End Sub
```

  A. x=1，y=0   B. x=4，y=25

  C. x=5，y=30   D. 输出其他结果

（34）下列程序的功能是计算 sum=1+(1+3)+(1+3+5)+…+(1+3+5+…+39)

```
Private Sub Command34_Click()
    t = 0
    m = 1
    sum = 0
    Do
        t = t + m
        sum = sum + t
        m = _____
    Loop While m<= 39
    MsgBox "Sum = "&sum
End Sub
```

为保证程序正确完成上述功能，空白处应填入的语句是（　　）。

  A. m+1   B. m+2   C. t+1   D. t+2

（35）下列程序的功能是返回当前窗体的记录集

```
Sub GetRecNum()
    Dim rs As Object
    Set rs = _____
    MsgBox rs.RecordCount
End Sub
```

为保证程序输出记录集（窗体记录源）的记录数，空白处应填入的语句是（　　）。

  A. Recordset   B. Me. Recordset

  C. RecordSource   D. Me. RecordSource

二、填空题（每空 2 分，共 30 分）

请将每一个空的正确答案写在答题卡【1】～【15】序号的横线上，答在试卷上不得分。

（1）有序线性表能进行二分查找的前提是该线性表必须是【1】存储的。

（2）一棵二叉树的中序遍历结果为 DBEAFC，前序遍历结果为 ABDECF，则后序遍历结果为【2】。

（3）对软件设计的最小单位（模块或程序单元）进行的测试通常称为【3】测试。

（4）实体完整性约束要求关系数据库中元组的【4】属性值不能为空。

（5）在关系 A(S，SN，D) 和关系 B(D，CN，NM) 中，A 的主关键字是 S，B 的主关键字是 D，则称【5】是关系 A 的外码。

（6）在 Access 查询的条件表达式中要表示任意单个字符，应使用通配符【6】。

（7）在 SELECT 语句中，HAVING 子句必须与【7】子句一起使用。

（8）若要在宏中打开某个数据表，应使用的宏命令是【8】。

（9）在 VBA 中要将数值表达式的值转换为字符串，应使用函数【9】。

（10）运行下列程序，输入如下两行：

Hi,

I am here.

弹出的窗体中的显示结果是【10】。

```
Private Sub Command11_Click()
    Dim abc As String, sum As string
    sum = ""
    Do
        abc = InputBox("输入 abc")
        If Right(abc,1) = "." Then Exit Do
        sum = sum + abc
    Loop
    MsgBox sum
End Sub
```

（11）运行下列程序，窗体中的显示结果是：x=【11】。

```
Option Compare Database
Dim x As Integer
Private Sub Form_Load()
    x = 3
End Sub
Private Sub Command11_Click()
    Static a As Integer
    Dim b As Integer
    b = x^2
    fun1 x,b
    fun1 x,b
    MsgBox "x = "&x
End Sub
Sub fun1(ByRef y As Integer,ByVal z As Integer)
    y = y + z
    z = y - z
End Sub
```

（12）"秒表"窗体中有两个按钮（"开始/停止"按钮 bOK，"暂停/继续"按钮

bPus）；一个显示计时的标签 1Num；窗体的"计时器间隔"设为 100，计时精度为 0.1 秒。

要求：打开窗体如图 1 所示；第一次单击"开始/停止"按钮，从 0 开始滚动显示计时（见图 2）；10 秒时单击"暂停/继续"按钮，显示暂停（见图 3），但计时还在继续；若 20 秒后再次单击"暂停/继续"按钮，计时会从 30 秒开始继续滚动显示；第二次单击"开始/停止"按钮，计时停止，显示最终时间（见图 4）。若再次单击"开始/停止"按钮可重新从 0 开始计时。

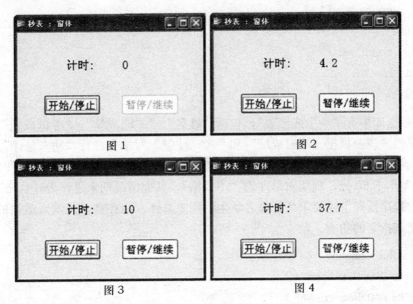

图 1　　　　　　　　图 2

图 3　　　　　　　　图 4

相关的事件程序如下。请在空白处填入适当的语句，使程序可以完成指定的功能。

```
Option Compare Database
Dim flag,pause As Boolean
Private Sub bOK Click()
    flag = ___【12】___
    Me! bOK. Enabled = True
    Me! bPus. Enabled = flag
End Sub
Private Sub bPus_Click()
    pause = Not pause
    Me! bOK. Enabled = Not Me! bOK. Enabled
End Sub
Private Sub Form Open(Cancel As Integer)
    flag = False
    pause = False
    Me! bOK. Enabled = True
    Me! bPus. Enabled = False
End Sub
```

```
Private Sub Form Timer()
    Static count As Single
    If flag = True Then
        If pause = False Then
            Me! 1Num. Caption = Round(count,1)
        End If
        count = ____【13】____
    Else
        count = 0
    End If
End Sub
```

(13) 数据库中有"学生成绩表"，包括"姓名"、"平时成绩"、"考试成绩"和"期末总评"等字段。现要根据"平时成绩"和"考试成绩"对学生进行"期末总评"。规定：

"平时成绩"加"考试成绩"大于等于 85 分，则期末总评为"优"，"平时成绩"加"考试成绩"小于 60 分，则期末总评为"不及格"，其他情况期末总评为"合格"。

下面的程序按照上述要求计算每名学生的期末总评。请在空白处填入适当的语句，使程序可以完成指定的功能。

```
Private Sub Command0_Click()
Dim db As DAO. Database
Dim rs As DAO. Recordset
Dim pscj,kscj,qmzp As DAO. Field
Dim count As Integer
Set db = CurrentDb()
Set rs = db. OpenRecordset("学生成绩表")
Set pscj = rs. Fields("平时成绩")
Set kscj = rs. Fields("考试成绩")
Set qmzp = rs. Fields("期末总评")
count = 0
Do While Not rs. EOF
    ____【14】____
    If pscj + kscj > = 85 Then
        qmzp = "优"
    ElseIf pscj + kscj < 60 Then
        qmzp = "不及格"
    Else
        qmzp = "合格"
    End If
    rs. Update
```

```
        count = count + 1
    【15】
    Loop
    rs.Close
    db.Close
    Set rs = Nothing
    Set db = Nothing
    MsgBox "学生人数:"&count
End Sub
```

参考答案：

一、选择题

1～10：ABDDBACDCB

11～20：AADDACCDCD

20～30：DACDDACABB

31～35：BDABB

二、填空题

1. 顺序	2. DEBFCA	3. 单元测试	4. 主键中	5. D
6. ?	7. group by	8. opentable	9. str( )	10. hi,
11. 21	12. true	13. count＋1	14. rs.Edit	15. rs.movenext

各章习题参考答案

第 1 章

一、选择题

1～4　ADCC

二、填空题

1. 数据库　2. 关系　3. 关系模型　4. 树形结构　5. 关键字

第 3 章

一、选择题

1～5　CBDBC　　6～10　CDBCC　　11～14　ABAB

二、填空题

1. .mdb　2. 无重复记录，排序和加快检索　3. 快速查找数据

4. 设置参照完整性　5. 主索引　6. 有效性规则

7. 设计视图，数据表视图，数据透视图视图

第 4 章

一、选择题

1～5　DDBDA　　6～10　DAABB　　11～13　DBA

二、填空题

1. ＞#1988/01/01#　2. Like " * 熊 * "　3. Like " 张 * " or like" 王 * "

4. 追加查询　5. 使用设计视图创建　6. SQL 视图

第 5 章

一、选择题

1～5　BBCCB　　6～8　AAC

二、填空题

1. 结构化查询语言 2. select，from，where 3. update 4. delete 5. distinct

第 6 章

一、选择题

1～5 ABDAA 6～10 DBADA 11～15 ADDCD 16～20 DBABD

二、填空题

1. 接口 2. 窗体页眉，页面页眉，主体，页面页脚，窗体页脚 3. 数据表，查询
4. 输入数据、显示数据 5. 命令 6. 输入数据 7. 动作 8. 单击 9. 一对多
10. 事件

第 7 章

一、选择题

1～5 BDDDA 6～10 DDCCB

二、填空题

1. 自动报表，报表向导 2. 打印预览视图，版面预览视图 3. 报表页眉，主体
4. 表格式报表，标签报表 5. 正确的联系 6. 报表，报表

第 8 章

一、选择题

1～3 DCD

二、填空题

1. HTML 2. 表，查询，窗体，报表
3. 自动创建数据访问页，利用向导创建数据访问页，在设计视图中创建数据访问页
4. Web，IE 浏览器 5. 交互式报表类型，数据入口类型，数据分析类型
6. 快捷方式，单独文件 7. 设计视图，浏览视图 8. 提示和说明，数据操作
9. 另存为…

第 9 章

一、选择题

1～5 BACDA 6～10 ADDCC

二、填空题

1. 条件宏 2. 宏名，条件 3. Forms！［窗体名］！［控件名］ 4. 事件（Event）
5. OpenTable 6. 单步

第 10 章

一、选择题

1～5 BCABC 6～10 DDDDB

二、填空题

1. 类模块，标准模块，函数，过程　2. RunMacro　3. Dim x as String

4. 逻辑错误，编译错误，运行错误　5. 立即窗口　6. On Error GoTo label

7. 无参过程，有参过程　8. 退出语句　9. 声明语句，执行语句

10. 隐式，事件过程　11. Option Explicit